# 1 MONTH OF
# FREE
# READING

at

## www.ForgottenBooks.com

By purchasing this book you are eligible for one month membership to ForgottenBooks.com, giving you unlimited access to our entire collection of over 1,000,000 titles via our web site and mobile apps.

To claim your free month visit:

www.forgottenbooks.com/free701963

ISBN 978-0-266-48720-3
PIBN 10701963

This book is a reproduction of an important historical work. Forgotten Books uses
state-of-the-art technology to digitally reconstruct the work, preserving the original format
whilst repairing imperfections present in the aged copy. In rare cases, an imperfection in
the original, such as a blemish or missing page, may be replicated in our edition. We do,
however, repair the vast majority of imperfections successfully; any imperfections that
remain are intentionally left to preserve the state of such historical works.

# PSICOLOJIA

# DEL PUEBLO ARAUCANO

POR

## TOMAS GUEVARA

(Rector del Liceo de Temuco)

*v. 4 of Series.*

SANTIAGO DE CHILE

IMPRENTA CERVANTES

BANDERA, 50

1908

CHR

# ADVERTENCIA

Este trabajo ha sido redactado con intencion científica. No es, pues, labor de propaganda contra la raza indíjena: seria eso pueril i sin ningun fin práctico. No es tampoco un idilio para ensalzar las cualidades de nuestros aboríjenes, porque tal obra tendria el inconveniente de perturbar el criterio público i dificultar, por consiguiente, el plan de asimilacion de los 70 u 80 mil indíjenas que aun sobreviven.

Nuestro propósito primordial es allegar un pequeño concurso a este proyecto de conveniencia nacional.

Tiene este libro otro interes de órden teórico: dar a conocer a la raza en aspectos que no pudieron estudiar los cronistas, i suministrar algunos datos sobre instituciones de conocimiento contemporáneo, como el totem, el tabú, la majia i otras.

No seria posible buscar luz suficiente en los cronistas acerca del oríjen i desarrollo de la sociedad

araucana, pues no comprendieron estos investigadores las transiciones que habia esperimentado la
tribu en el trascurso de los siglos hasta llegar a la
familia patriarcal.

Como no conocian sino las instituciones natales,
establecieron similitudes erróneas entre la estructura social de los indios i las formas europeas.

Los restos sobrevivientes del pueblo araucano i
métodos modernos de investigacion, facilitan la tarea
de rehacer algunos datos de los cronistas i adelan-
tar otros de los límites en que los dejaron.

Las comunidades indíjenas existentes tienen, sobre todo, para la ciencia un valor inapreciable. porque, no habiendo cambiado algunas la situacion de
sus viviendas i lo esencial en la organizacion i usos
de sus antepasados, se prestan a la observacion actual con hechos auténticos que no dejan lugar a
duda en muchos puntos.

Por lo demas, el plan de este libro es mui sencillo: va dividido en dos partes que dan a conocer el
medio natural i social primero i el alma araucana
en seguida; se estudia la evolucion de las instituciones indíjenas i se hace el análisis psicolójico de
ciertos estados sociales.

El Autor.

# PARTE PRIMERA

## MEDIO NATURAL I SOCIAL

---

### CAPÍTULO PRIMERO

#### Réjimen paterno

Forma social a la llegada de los conquistadores.—Vestijios del totem en la época histórica.—Ubicacion de las primitivas agrupaciones patriarcales.--Las rancherías antiguas i sus moradores. -El grupo local.—La zona o agregado de grupos.--Denominaciones· de los antiguos documentos españoles. Persistencia de la•organizacion antigua de los grupos simples.--Denominaciones territoriales usadas por los indios. Personalidad del grupo.--Parentesco agnático. El jefe del grupo. Trasmision de la jefatura al primojénito.— La zona tribal.--Su jefe.--La confederacion rejional. ---Su jefe. Influencia de los funcionarios españoles en las ideas de administracion de los araucanos.—Confederaciones de los últimos tiempos de la Araucanía libre.—Decacadencia del cacicazgo.

Al arribo de los españoles al territorio araucano, se encontraba establecida ya en él la familia paterna.

Aunque debieron preceder largos ciclos de desenvolvimiento social para pasar de otros tipos de organizacion a la sociedad patriarcal, a fines del siglo XV no habia llegado a su término esta transformacion.

Investigaciones pacientes practicadas con el auxilio de tradiciones i supervivencias de costumbres remotas i con los indicios que suministran los primeros escritores españoles, se puede afirmar con verdad que este tránsito se activó en la primera mitad del siglo XVI mediante la influencia de la conquista peruana i las condiciones favorables del medio natural.

Por intermedio de los indios que habitaban al norte del Biobio, aprendieron los del sur de este rio el cultivo de algunas plantas, principalmente del maiz; a domesticar i reproducir el llama (hueque), a hilar i tejer.

De manera que los araucanos se hallaban al arribo de los conquistadores en un periodo de barbarie que bien pudiera calificarse de medio.

Este proceso hácia la familia basada en la paternidad, se fijó por último a fines del siglo XVI, con los nuevos horizontes de existencia creados por el contacto de la raza mas adelantada de los conquistadores.

Pero a causa de la lentitud con que se van borrando las instituciones en los pueblos de cultura incipiente, se hallan testimonios irrecusables de que los aborijenes conservaban a la llegada de los españoles huellas de organizacion i prácticas totémicas, anteriores en varios siglos al patriarcado i que servirán de punto de partida al estudio de la familia, de la relijion i otros aspectos de la vida araucana.

*Totem* es una espresion tomada de los pieles rojas.

En resúmen, hé aqui las ideas de que era objeto.

La fauna, la flora o alguna particularidad jeográfica, solian hacerse especiales o notables en muchas comarcas. Así, en unas abundaban los zorros, en otras habia una clase de culebras de color especial, lagunas o rios que en determinados parajes tenian honduras profundas. Como el hombre primitivo tendía a personificar la naturaleza i a venerar las grandes fuerzas destructivas, se orijinaba de cada una de esas circunstancias una idea supersticiosa, un fetiche, que se trasformaba con el tiempo en el jenio protector de la familia o del clan. «Al estado inferior de cultura en que se hallaba el hombre de este tiempo, correspondía en lo relijioso lo que ha dado en llamarse *animismo*» (1).

Cuando las unidades sociales tuvieron necesidad de distinguirse entre sí, tomaron el nombre del totem, que pasó a tener, por lo tanto, carácter relijioso i social.

«Al efecto, cada fratria adoptó comunmente un animal, con ménos frecuencia una planta u otro objeto cualquiera, i la imájen del animal, de la planta o del objeto fué el emblema, i su nombre, el nombre propio de la fratria. Así, una fratria se llamó lobo; otra, zorro; ésta, nube; aquella, rio; la de allá, flor; i todas usaban como distintivo la imájen de su totem, pintarrajeada en las carnes o en los vestidos. Siendo el totem emblema de la patria, sirvió en adelante para espresarla. El totem fué el signo; la fratria, la cosa significada. De aqui la regla: «Entre individuos del mismo totem, la union se « xual es *tabú*, vedada; licita entre personas de toten dis- « tinto» (2).

El totem «casi siempre es un ser animado; mui rara vez un objeto inanimado. Su importancia consiste, principalmente, en que los individuos hacen arrancar de él su filiacion» (3).

La alianza que el bárbaro juzga existir entre su clan i una especie animal, está calcada de la que une a dos grupos o tribus. Supone, ademas, a los animales los mismos sentimientos de furor o venganza que los hombres se sujieren unos a otros cuando se ha violado alguna prescripcion. Esto lo lleva a persuadirse de que los animales están constantemente preocupados del hombre (4).

«La sangre que corre por todo individuo del clan, es la sangre del ser mítico de quien desciende. Esta sangre es el alma del grupo, el principio comun, el comun vínculo, la substancia vital por cuyo medio el totem se perpetúa: es el

---

(1) Sales i Ferré *Tratado de Sociolojia*, tomo II, páj. 62.
(2)          Id.,          id.
(3) Schoolcraft, *Indian Tribus.*
(4) Consentini, *La sociólogie génétique.*

totem mismo que adquiere un carácter sagrado. Pero todo lo que es sagrado en las relijiones primitivas, deviene para los hombres, objeto de infinitas prohibiciones. El respeto relijioso proscribe toda idea de contacto, pues la sangre de cada individuo tiene con el *totem* tan estrecha relacion; prohibido comerla, tocarla i hasta pronunciar su nombre» (1).

De aqui provienen muchos *tabús* que hasta hace poco sobrevivian entre los indios.

«El totemismo es uno de los fenómenos constantes i jenerales que se desenvuelven en la historia de la humanidad.»

Algunos escritores españoles consignan, al hablar de las costumbres araucanas, breves noticias que son rastros de una vieja organizacion totémica.

Pedro de Valdivia insinúa en una de sus cartas al rei el sistema del totem en estas palabras: «Luego reparti todos los caciques que hai del rio (Cabtena o Cautin) para acá, sin dar ninguno de la otra parte, por sus levos, cada uno de su nombre, que son como apellidos, i por donde los indios reconocen la subjecion a sus superiores, etc.»

Posteriormente dieron los escritores españoles noticias bastante esplicitas acerca del parentesco totémico que se designaba con la palabra *cúga*, apellido, linaje o familia, i que provenia de simbolos tomados del reino animal o vejetal. En todas las tribus existian todavia en los siglos XVI i XVII estirpes que llevaban el nombre de *antu* (sol), *cagten* (pato), *calquin* (aguila), *cura* (piedra), *yene* (ballena), *pangi* (leon), *vilu* (culebra), *luan* (huanaco), etc. (2).

Febrés aporta acerca de este particular el importante dato que sigue: «I nótese aqui que sus nombres siempre son compuestos a lo ménos de dos palabras, de las cuales la una es el nombre propio de su linaje, o *cúga*, o digamos apellido, como *larquen, leuvu, nahuel, pagi, gúrú, calquin*, etc., esto es, mar, rio, tigre, leon, zorro, águila, etc. I aunque en los *coyaghtunes* se nombran con el nombre entero, mas en sus plá-

---

(1) Viazzi, *Lucha de sexos*, páj. 310.

(2) Nájera, *Desengaño i reparo de la guerra de Chile*, páj. 46.

ticas familiares suelen nombrarse con sola la primera palabra, i una silaba, o letra de la segunda, vg: Vuchalav por
Vuchalauvquen, mar grande; Milla-leu por Millaleuvu, oro
del rio, o rio de oro; Curiñ o Curiñam, por Curiñancú, aguilucho negro; lo cual al principio no deja de causar alguna
confusion» (1).

El historiador Molina adelanta mas este órden de investigaciones. «Los nombres de los araucanos son compuestos del
nombre propio, que suele ser un adjetivo o un numeral, i del
apellido de la familia, el cual se pospone siempre al nombre propio, como se usa en Europa; por ejemplo, *cari-lemu*,
verde bosque; *meli-antu*, cuatro soles. El primero denota un
individuo de la familia de los *lemus* o de los bosques, i el segundo de la de los *antus*, o de los soles. No hai alli cuasi algun objeto material que no suministre un apellido noble. De
donde vienen las familias de rios, de montes, de piedras, de
leones, etc. Estas familias que se llaman *cúga* o *elpa*, son
mas o ménos respetadas, a proporcion del grado de ellas o
de los héroes que han dado a la patria. El oríjen de tales
renombres es desconocido; pero ciertamente precede muchos siglos a la época de las conquistas españolas» (2).

Hace pocos años que aun quedaban en las costumbres
indíjenas hechos auténticos que disipan todo jénero de dudas acerca de la existencia del totem araucano.

En muchos grupos se encuentran todavia los dos fenómenos asociados del totemismo: lugares con nombres de animales i culto tributado a la especie epónima, aunque no siempre fuese ésta exactamente reverenciada.

En el cambio frecuente de la toponimia indíjena, muchos
nombres de animales han desaparecido, pero se han perpetuado otros que pertenecieron, a no dudarlo, a la antigua
denominacion totémica. Apuntarlos todos seria prolijo e
inútil; basta con unos pocos.

_____

(1) *Arte de la lengua Chilena*, páj. 92, de la edicion orijinal
1764.

(2) Molina, *Compendio de historia Civil*, páj. 187.

Alhuellanco, ánima del aguilucho.

Arinco, rana arúnco, animal milotójico.

Huequen, del llama aclimatado i reproducido en Chile.

Luan, huanaco.

Ñanco, aguilucho.

Quilque (quililque) alcon.

Chelle, gabiota.

Colocolo, gato montes i un mito.

Raqui, bandurria.

Quilquil, buho.

Caicai, nombre de un mito.

Nahuel, tigre (1).

Mahuelvuta, tigre grande.

Guirivilu, animal mitolójico.

Pequen, ave.

Pupañi, los leones.

Pilmaiquen, golondrina.

Rucapillan, casa de pillan (espiritu mayor).

Trehuanqui, alacran.

Choique, avestruz.

Quelenquelen, peuco.

Piguchen, animal mitolójico.

Chomulco, caracol.

Yenc, ballena.

Son numerosos los lugares en cuyo nombre entra alguna de las palabras *vilu*, culebra; *manque*, cóndor; *quirque*, lagarto; *quilquil*, chuncho (Falco femorales); *dullin*, abeja, etc.

La creencia en la accion májica de los animales, por sus gritos, cantos i movimientos se encuentra en todo vigor en los distintos ramales de la raza. Por algunos animales siente el indio un temor supersticioso, un respeto absoluto, que le impiden dañarlos i hasta mirarlos (tabú, vedado), vestijio

---

(1) Tambien llaman hoi los indios al tigre *ngen mahuida* (dueño de la montaña) i *trapial*, este último traido de la Arjentina. Los araucanos arjentinos lo llaman ademas «hombre grande» i lo respetan como ser superior.

evidente, fragmento petrificado de un remoto culto a los mismos.

La culebra (Coronella chilensis), especialmente la de color rojo, es la serpiente mítica del araucano, que simboliza una fuerza maléfica: su mirada lo espone a peligros i desgracias inevitables, como enfermedades de la vista, cojera, etc. El lagarto listado de negro i blanco, pertenecia a los mitos serpientes que no podian mirarse ni atacarse.

El lugar Maquehue, rio Cautin por medio con Temuco, es un lomaje estenso donde abundan las culebras (1). Reside aquí desde tiempo inmemorial la familia *Vilu*, compuesta de los caciques Painevilu (culebra turqui), Melivilu (cuatro culebras), Alcavilu (culebra macho), Gúrúvilu (culebra zorro, mito).

En este grupo se conserva un temor atávico al reptil, mantenido en los dibujos de algunos utensilios, en cuentos i tradiciones.

La anotacion de una de estas últimas demostrará que en las costumbres araucanas se petrificaron algunas ideas del antiguo totemismo.

En algunos parajes de este lugar las culebras se envolvian en las patas de las vacas i les chupaban la leche. Nadie se atrevia a interrumpirlas, ni mucho ménos a herirlas, porque habria sido provocar el enojo de las culebras i hacer lo que ningun hombre habia hecho en el trascurso de los siglos, aunque las vacas se enflaquecieran i las ubres se les secasen (2).

En otros grupos quedan indicios de una lejana veneracion al *ñancu* o aguilucho (Buteo erythronutus). Es el guardador del rebaño i cuando lo ven sobre un árbol, lo saludan con respeto i le dan el tratamiento de «compañerito».

Miéntras mas peligroso era el animal o el pájaro, mayor veneracion inspiraba.

---

(1) El doctor Armando Phillippi describe una clase especial de este lugar en los «Anales de la Universidad»,

(2) Recojida por el autor.

En el número de las aves, insectos i reptiles que les han inspirado temor i admiracion, se cuentan el *chuncho* (Glauci dium nanum), el *peuco* (Autenor unicinctus), el *cernicalo*- (Tinnunculus cinnamominus), el *nuco* (Asiobrachyotus), el pequeñ (Speotyto canicularia), las cigüeñas, el cuervo o gallereta (Plegadis guarauna), la perdiz, la *lloica* (Trupialis militaris), el *chucao* (Pteroptochus rubecula), el cóndor, o buitre, la cuca (Ardea cocoi) el moscardon. La bandurria (Theristicus caadatus) indicaba al pasar por un lugar que el próximo viaje de algun indio seria feliz.

En cambio, las tribus cazadoras del este veneraban al avestruz i al huanaco (Auchenia guanaca) que les aseguraban una parte de su alimento.

Los demas clanes sentian un respetuoso temor por ciertos actos o gritos del zorro, personificacion de la astucia i del robo lejitimo contra los estraños; el *tréguil* o frailecillo (Vanellus cayenensis), que simbolizaba la perspicacia, de la *machi* o curandera (1).

El vuelo o grito de estas aves i animales auguraban próspera o mala fortuna, segun el lado en que se verificaban, derecho o izquierdo.

Como entre los araucanos, a semejanza de otros pueblos incivilizados, la música i la danza tienen relacion íntima con la vida relijiosa, algunos de sus bailes eran imitados de los movimientos de animales i pájaros, especialmente del avestruz (Rhea amer) i del tréguil (Vanellus cayenensis). Solian mezclar, asimismo, en sus invocaciones nombres zoolójicos con los de sus mitos i espiritus tutelares, en todo lo que no es aventurado ver restos de un culto teriomórfico.

Fuera de este culto a una especie animal, no es raro hallar en estas reminiscencias del toten antiguo de los araucanos, vestijios de su estension a espíritus miticos individuales, de los que han creido descender los miembros de algunos clanes, como el de Pihuicheñ (en Cholchol) i Guirivilu (ngúrúvilu, diversos lugares de este nombre).

---

(1) Informes recojidos en algunas reducciones.

Sobrevivencia del totemismo, fué igualmente la pintura del rostro, vestijio sin duda del tatuaje, que los españoles encontraron a su arribo al territorio.

El tatuaje, que no es un simple adorno sino un signo de reconocimiento entre los clanes, se mantuvo en la forma atenuada de pintura de la cara hasta los últimos años de vida independiente de los araucanos. Los historiadores antiguos suelen hacer lijeras referencias a esta costumbre, i hasta hace poco se veia de ordinario a muchos indios con el rostro pintado de rojo, que obtenian de algunas raices, tierras o polvos que sabian preparar i despues obtenian de los comerciantes. Llamaron *colo* esta pintura lacre i ahora la designan *quelihue* (1).

Mariño de Lobera dice que en las primeras peleas con los conquistadores los indios venian «mui lucidos con las pinturas de sus rostros, que estaban matizados con la variedad de colores». Carvallo confirmaba mas tarde esta noticia: «Se adornan tanto los hombres como las mujeres con pinturas encarnadas de figura triangular, que se ponen en las mejillas i barba, tirando por todo el rostro tres líneas negras desde los párpados i labio superior».

«Los que se hallaban por aquellas partes eran de condicion doméstica, i aunque se pintaban i tomaban las armas a su modo para defender sus habitaciones, duraban poco en la resistencia» (2).

No hace muchos años que subsistia en muchas agrupaciones la costumbre de pintarse el rostro, accion que se espresaba con la palabra *huirca*. Desde las mejillas partia una linea lacre (*colo*) que daba vuelta por la barba, formando ángulo. Iba orillada por otra linea negra (*codio*). Para que no se borraran mui pronto, se mezclaban con sebo las materias colorantes.

---

(1) Datos recojidos.

(2) J. Perez de García, en su relacion del viaje de don García de Mendoza al sur de Valdivia.

En idolillos de greda de época mui antigua, se ve dibujada la pintura facial con bastante simetria i perfeccion (1).

Costumbres nupciales sobrevivientes hasta hace algunos años a esta fecha, han dejado rastros evidentes del matrimonio por rapto, que correspondia al clan totémico.

Antes que la familia patriarcal entrara a un periodo de franco desenvolvimiento, las agrupaciones del poniente habian establecido su residencia en el litoral i las del oriente en las orillas de los rios i lagos, donde los peces, los mo luscos i las plantas les proporcionaban alimento regular i continuo.

Esta reconcentracion de las habitaciones, con referencia al valle central, se notaba sobre todo en las márjenes de las grandes corrientes, como el Biobio, el Cholchol, el Cautin, Imperial, Tolten, etc., i de sus afluentes principales.

La mayor densidad de la poblacion se hallaba en las riberas del mar. En cambio, iba raleando hácia la cordillera de los Andes (2). Prueba evidente de que las tribus ictiófagas de las orillas del océano se habian transformado en terrestres corriéndose en otras épocas por las cuencas de los rios hasta el valle lonjitudinal i los Andes.

Esplica asimismo el orijen costino de las agrupaciones centrales, la aficion no estinguida hasta hoi del indio a la alimentacion de productos marinos (3).

Vivian entónces las familias agrupadas en rancherías pequeñas. Todas estas aldeillas constaban de un número reducido de habitaciones circulares, que pocas veces excedian de 50. Entónces ni despues las aglomeraciones patriarcales fueron susceptibles de número fijo de viviendas.

En dos o tres de ellas, de ordinario las mejores, residia un jefe, cabeza de familia. En las demas, separadas por algunos metros, habitaban los parientes inmediatos, como los hermanos segundos, tios, primos, etc.

---

(1) De la coleccion del autor.
(2) Informes de Pedro de Valdivia al rei.
(3) Véase el capítulo *Medios de existencias.*

Agregábanse a esta familia, a titulo de aliados, algunos estraños, como emigrados de otras tierras, servidores, prisioneros i desertores del enemigo, todos los cuales se encontraban en condiciones que no discrepaban mucho de la que
correspondia a los miembros unidos por la sangre. Llegaban
con el tiempo a suponerse tambien procedentes de un antepasado comun.

Todos estos elementos que formaban una clase inferior,
contribuian a incrementar el poder del jefe de la familia, el
cual los utilizaba tambien en trabajos comunes. Tal fué el
oríjen de los *cona* (jente de guerra) i *reche* (simple indio o
moceton).

Estas rancherías de parientes ocupaban un solo lugar,
que se estendia en proporcion al número de individuos. Era
un grupo local.

A cierta distancia de un grupo i en distintas direcciones
se hallaban radicados otros, con la separacion a veces de algun accidente del terreno. Era una serie de familias que
ocupaban una zona.

Los parientes del grupo local constituian, pues, una pequeña comunidad independiente i autónoma, que reconocia
un solo jefe. Segun el principio de autoridad paternal, esta
sociedad no podia fracmentarse, porque los hijos varones del
jefe quedaban siempre bajo la dependencia de éste cuando
formaban por matrimonio una rama secundaria. En esta forma social se producian, sin duda, varias ramas secundarias,
pero alrededor del tronco principal.

El conjunto de zona fué una simple confederacion de grupos, los cuales, teniendo cada cual un jefe a su cabeza, se
consideraban reunidos por comunidad de raza o de intereses
i se coligaban a menudo para prestarse mutua proteccion.

De manera que cada uno de estos agregados de grupos
equivalia a una tribu, o a la gens de los griegos i romanos
i al clan de los americanos.

Pocas huellas han dejado los documentos antiguos acerca
de la organizacion política de los araucanos cuando entraron al dominio de la historia. En algunos relativos a la con-

quista, se encuentran los términos *levo* i *cavi*, que usaron los escritores i guerreros de esa época: «i les repartí los levos e indios dellos de dos leguas a la redonda para el servicio de la casa» (1).

Equivalen sin duda esas dos espresiones traidas a Chile del norte del continente, a las divisiones sociales de la gens i del grupo patriarcal.

En los titulos de encomienda a Lorenzo Bernal de Mercado se lee: «os encomiendo en vos el levo nombrado Curape con sus caciques principales que se llaman, etc.; e mas os encomiendo el lebo nombrado Niningo (Nininco) con sus ca- ciques principales, que son, etc.; en nombre de su majestad encondamos en vos el repartimiento de indios que en los tér- minos de la ciudad de los Confines tuvo e poseyó Diego Ca- no, ya difunto, que son el lebo de Guadaba, con seis caciques i el lebo Cuyuncabide, que son caciques, etc» (1).

En otro título a favor de Juan Montenegro: «os encomien- do la regua de Coipalaviven, que está en las cabezadas de Rauco, con los cabies Popillo, cavi Guercon, cabi Llobu- co, etc.» (2).

En una encomienda que dió Valdivia a Luis de Toledo: «encomiendo por la presente en vos el lebo dicho de Lucone con sus caciques; asimismo os encomiendo para el servicio de vuestra casa en la ciudad de Valdivia, donde habeis de ser vecino, el principal llamado Navaljinemo, con ochenta casas que tienen i los indios dellas» (3).

El grupo patriarcal era una division política que en la lengua indíjena se designaba *rehue* i equivalia a la parciali- dad de los españoles. Cuando el conjunto de casas tenia di- mensiones menores de la ordinaria, se llamaba *lov* i tambien *quiñe lovche*, un lugar.

---

(1) Cuarta carta de Pedro de Valdivia al rei.
(1) Medina, *Coleccion de Documentos Inéditos*, tomo XXIII.
(2) Medina, *Coleccion de Documentos Inéditos*.
(3) Medina, *Coleccion de Documentos Inéditos*, tomo XIII, páj. 341.

Fig. 1.—Rehue (árbol para ceremonias, plantado en cada agrupacion).

La gens o tribu, conjunto de grupos, se llamaba *aillarehue* de *ailla*, nueve, i *rehue*. Designábase tambien *vill mapu* (toda la zona) i equivalía a la reduccion de los españoles.

Provenia esta designacion social del *rehue* o tronco de árbol con ramas renovadas que se plantaba i se planta todavia para las fiestas de indole relijiosa. Probablemente cada grupo tenia esta divisa.

De manera que el *aillarehue* o reduccion debia constar, segun los cronistas i lexicógrafos del araucano, de nueve parcialidades. Pero, como en las sociedades inferiores las instituciones no tienen formas fijas i ríjidas como en los pueblos modernos, sino diversas i adaptables a las circunstancias, el número de nueve *rehues* para formar un *aillarehue* o tribu variaba en mas o en ménos.

En pocas manifestaciones de la vida política del araucano ha quedado tan intacta su individualidad primitiva como en la ubicacion de sus viviendas. Ha persistido esa distribucion domiciliaria hasta la fecha. Solo ha variado el número de habitaciones i por consiguiente el de sus moradores. Alcanzó su mayor dilatacion el conjunto de casas en el periodo de florecimiento del patriarcado, en los siglos XVI i XVII, para descender en los sucesivos.

Así, un jefe de familia tiene sus habitaciones, dos o tres rucas, en que se albergan sus deudos inmediatos i allegados. A poca distancia vive una segunda familia con mas o ménos casas, en seguida otra i sucesivamente varias mas, ligadas todas por vínculo de parentesco real o supuesto. Tal es el grupo actual.

La tribu de Quepe consta solo de tres grupos, entre el rio de este nombre por el norte i el estero Pelal por el sur. El del oriente se llama Huecameu, en el lugar en que hoi se encuentra el pueblo de Quepe; el del poniente conserva el nombre de Pelal i el del centro se denomina Trapilhue.

En el grupo local de Huecameu reside la parentela de los Hual: Marcelino Nahuelhual ocupa un paraje al oriente del pueblo; Juan Huenchual, que tiene el título de cacique, otro mas al norte, i Juan Añihual, que vive en el mismo pueblo, por haberse delineado éste en su misma posesion. Todos provienen de un ascendiente comun, jefe del Hualmapu o tierra de los Hual.

El grupo de Trapilhue está dirijido por el cacique Huenchuñir i el de Pelal por Manquilef, que ha ejercido ascendiente en toda la tribu. Divídese este grupo en los lugares de Huechuñ, Rucahue, Alcañirre, donde vive Manquilef, Mellelche i Huapi.

En la zona de Truftruf hai un grupo de parientes, vecino a la ciudad de Temuco, que, ni por esta circunstancia ha perdido la formacion caracteristica de las comunidades araucanas. Varias familias ocupan en un solo lugar distintos parajes con su nombre respectivo cada uno.

En el paraje de Collerrahue vive:

Estéban Romero.

En el de Lleupe, Juan Sandoval.

En el de Cahuintúe, Pichuman, moceton.

En el de Fuilco, Juan Quidel.

En el de Millahuesco, José Maria Romero.

En Caifuco, Antinao.

En Vutamallin, Juan Tori.

En Catripilli, un moceton de Sandoval.

El jefe principal de este grupo fué el cacique Sandual (Sandoval). Una de sus hijas casó con Estéban Romero, mapuche. De aquí vino el entroncamiento de todos con una familia o casa.

Hoi un grupo tiene entre diez i veinte casas. En una de éstas suelen asimilarse hasta quince personas. En la vivienda del cacique Huechuñir de Quepe, por ejemplo, viven él, su mujer, dos hijas, dos hijos solteros i un sobrino. En las demas, otros parientes. En suma, como cien personas en veinte casas.

En la ruca de Antonio Tropa de Cholchol, viven él i sus dos mujeres, un hijo, cinco hijas, un sobrino i un tio.

El conjunto de moradores de estas viviendas se llamó *rucatuche*, jente de la casa.

Habia en la lengua una palabra que denotaba una rejion

completa, en la que_se hallaban radicadas varias tribus, el *uútranmapu;* pero significaba una seccion jeográfica i no social. Se reconocian cuatro de estas divisiones, paralelas de norte a sur, a saber: *lavquen mapu* (tierra del mar) era el nombre de la rejion de la costa; *lelbun mapu* (tierra del llano), la central; *inapire mapu* (tierra cercana a la nieve), la subandina; *pire mapu* (tierra de la nieve), la andina.

*Puelmapu* se llamaba el pais del este, la República Arjentina.

El *uútranmapu* de la costa tenia ocho tribus i mas de cien grupos; el de los llanos, cinco tribus i como cincuenta grupos (1). Igual número o poco ménos se contaban en los restantes.

Los indios empleaban otras denominaciones particulares, que significaban la procedencia jeográfica de los individuos, especies de nombres nacionales.

*Pehuenche,* jente del *pehuen* (Araucaria imbricata). de los Andes.

*Huenteche,* jente de arriba, al este del valle central.

*Nagche,* jente de abajo, de la falda oriental de la sierra de la costa.

*Lavquenche,* jente del mar.

*Lelvunche,* jente del llano.

*Picunche,* jente del norte.

*Ngúche,* jente del poniente.

*Guilliche* i *huaihuenche,* jente del sur.

*Puelche,* jente del este.

El grupo patriarcal tenia su personalidad bien definida. Se reconocian los mismos antepasados *(putrem)* i las mismas tradiciones. La propiedad del suelo era colectiva i las casas, próximas unas de otras, se levantaban en sitios que formaban un solo lugar.

El parentesco por el hombre o agnacion era el principio inmutable sobre que se fundaba la familia paterna. El patriarca reconocia determinadamente dos jeneraciones debajo

(1) Febrés, *Arte de la lengua jeneral.* etc.—Carvallo i Goyeneche, *Historia del reino de Chile.*

de él, la de sus hijos i la de sus nietos i otras dos en la línea ascendente, la de su padre i la de su abuelo. El bisabuelo (*yom lacu* o *epuchi lacu*, mas de abuelo o dos veces abuelo) i el bisnieto (*yom lacu* o *epuchi lacu* tambien) fueron grados que se confundian, sobre todo en las épocas antiguas, en la denominacion jenérica de antepasados, mayores (*putrem*).

El jefe dirijia la comunidad con autoridad paternal absoluta i derecho de administracion heredado.

En él se reconcentraban las funciones de cabeza de la familia, juez i caudillo guerrero. Disponia por esto de los medios necesarios para hacerse obedecer, para castigar i protejer.

Sus derechos eran numerosos: podia repudiar a las mujeres, casar a las hijas, escluir o autorizar a los hijos para el cambio de casa, fijar i presidir las fiestas rituales i familiares, dirijir los ataques, delegar sus facultades militares i permitir el trueque de especies.

Sin embargo, el *gúlmen* tenia el deber de usar en el ejercicio de su soberania la prudencia i la justicia que establecian las costumbres i practicaron los antepasados. Limitábase su poder si se desviaba de esta línea de conducta. Cuando la propiedad individual adquirió toda su importancia, se relajaba la sujecion al cacique si carecia de bienes muebles i de animales: incierta i vacilante, quedaba sujeta al capricho de los jefes secundarios i de los mocetones i a las inspiraciones de una borrachera (1).

El jefe o padre del *rehue* o *lov* llevaba el titulo de *gúlmen* o *úlmen*, que significa rico o noble, i tambien el de *lonco*, es decir, cabeza, principal o superior. «Los caciques son las cabezas de las familias i linajes» (2).

Al presente se ha estendido mucho en las agrupaciones del sur, Cautin i Valdivia, el tratamiento de *ñidol*, jefe o el que tiene el mando.

---

(1) Testimonio de los cronistas i documentos de las autoridades de la República.

(2) Rosales, *Historia*, tomo I, páj. 137.

Los araucanos, como muchos pueblos inferiores, emplearon términos concretos para espresar las abstracciones de mando: *gúlmen*, rico, por omnipotencia; *lonco*, cabeza, por superioridad; *ñidol* (de *ñidolun*, principiar), por anterioridad en el órden.

En épocas de guerra i particularmente cuando un grupo patriarcal tomaba grandes proporciones, algunos miembros de él se ausentaban estraordinariamente para ir a establecerse a otro lugar. El cacique hacia lo posible por impedir estas segregaciones, que a veces asumian el carácter de desercion, porque el mayor o menor número de parientes i allegados regulaba su prestijio. Presentarse a las reuniones con un cortejo numeroso, era su orgullo mas preciado; disponer de un continjente crecido de lanzas, le daba fuera de su núcleo una autoridad respetable.

El cargo de cacique era permanente i hereditario. Se trasmitia del padre al hijo mayor inmediatamente que ocurria la vacante, con derechos i obligaciones inalterables.

La familia no se desmembraba. Los hermanos segundos seguian unidos bajo la autoridad del primojénito, aun cuando separasen habitacion. Las mujeres quedaban tambien en la casa i se casaban a veces con éste, ménos la madre, o con el hermano que sucedia al jefe.

«El ser *toqui* o cacique no se adquiere por merced ni eleccion, sino por herencia, de modo que muerto el cacique pasa el cargo al hijo o al mas capaz, i si el hijo mayor es pequeño, ejercita el cargo el hermano del cacique difunto o el pariente mas cercano, hasta que el hijo mayor tiene edad competente» (1).

Antes de morir el cacique hacia comparecer a su presencia a todos sus deudos, i enumeraba la porcion de bienes que dejaba a cada uno, i los animales que debian matarse para su entierro. Era este acto propiamente un testamento verbal, llamado *chalin* en la lengua.

_____

(1) Rosales, *Historia*, tomo I, páj. 139.

No se trasmitian las tierras. El que asumia el mando ejecutaba las disposiciones testamentarias.

Como los jefes asignaban a veces a los hijos recien nacidos, algunos animales que se multiplicaban con los años, a su muerte se suscitaban algunas dificultades en la particion.

Aunque el derecho de projenitura no consistia en la espoliacion de los bienes de todos, el hijo mayor manifestaba a veces demasiada ambicion i pretendia apoderarse de la mejor parte de ellos. Entónces intervenia como juez árbitro un pariente caracterizado o un cacique vecino.

Las costumbres tradicionales reglamentaban con minuciosidad las dificultades sobre la trasmision de la dignidad de cacique. Se juzgaban estos asuntos ante un cuerpo de los principales parientes (1).

Por lo tanto, se desarrollaba el grupo patriarcal estrechamente ligado por las costumbres, los intereses i las necesidades adquiridas.

No sucedia lo mismo con el grupo tribal, cuya personalidad aparecia ménos determinada. La familia estaba fundada en la consanguinidad, i la tribu en la asociacion convencional. Le faltaba a la segunda la unidad de la primera.

La unidad de la tribu se afirmaba en tiempo de guerra. Entónces aparecian un jefe en condiciones de imponerse i un peligro jeneral que estrechaban entre sí a todos los grupos, pero sin que perdieran su autonomía durante la coalicion.

Ejercia la jefactura tácita de la tribu alguno de los caciques de grupo, a quien se denominaba en la lengua antigua *apo gúlmen. Apo*, termino traido a Chile por los conquistadores.

Floja era la autoridad de este jefe, i mucho mas cuando no poseia parentela numerosa, animales i bienes muebles; pues quien estaba en la imposibilidad de costear el consumo de las frecuentes reuniones, debia carecer necesariamente de influencia entre los caciques de los grupos simples. Confundiase así la sociedad política con la doméstica.

(1) Gómez de Vidaurre, tomo I, páj. 324.

No ordenaba a éstos, sino que les esponia la conveniencia de adoptar alguna resolucion. Eran «dignidades i personas de respeto a quienes reconosen; pero sin superioridad ni dominio para castigar; de modo que no tiene un cacique que le conozca mas de los de su linaje» (1).

Presidia las reuniones para tratar de asuntos públicos i otras de carácter doméstico, i como todas iban acompañadas de un consumo excesivo de licor, su dignidad quedaba vejada a menudo por otro cacique inferior, hasta por un simple *cona* o indio de arma. No sucedia tal vejámen cuando el jefe superior contaba con parientes i bastantes allegados para repeler toda agresion.

No se le pagaban contribuciones ni servicios personales de ningun jénero por las familias de la tribu, razon por la cual no despertaba ambiciones la posesion del titulo. Solamente disfrutaban estos jefes de las prerrogativas que, como a todos los caciques, les otorgaban las ordenanzas i reales cédulas de los monarcas españoles.

La personalidad del *uútranmapu* estaba todavia mucho mas borrada que la de la tribu.

Solia suceder, en mui contados casos, que la necesidad de rechazar un ataque o emprender una invasion, obligaba a unir sus fuerzas a varias tribus de una rejion. Establecíase entónces una especie de federacion militar. Las fracciones de que ésta se formaba transitoriamente, no perdian por cierto nada de su autonomía.

Revestian estas alianzas momentáneas mayor estension cuando se juntaban por separado diversas rejiones para celebrar parlamento (*collgh i vuta collagh*) con el ejército i las autoridádes españolas.

«En el parlamento que se hizo despues de la guerra de

---

(1) Rosales, *Historia*, tomo I, páj. 137. A la llegada de los españoles dice el padre Francisco J. Ramírez que habia en Arauco 30 régulos, número que Ercilla reduce a 16. Debieron ser éstos evidentemente jefes de zona o tribu.

1723, se encontraron 123 *úlmenes* con su respectivo acompa·
ñamiento» (1).

La dependencia de los jefes subalternos se dejaba sentir,
pues, en la órden militar i no en el administrativo. De manera que el tiempo de guerra se estendia al *uútranmapu* la
unidad que en esas mismas circunstancias se producia en la
tribu.

Unicamente en el período moderno se realizaron estas federaciones rejionales, porque en las anteriores los individuos
tenian manifiesta incapacidad para concebirlas i organi-
zarlas.

Las grandes familias patriarcales, fuese que residieran mas
o ménos próximas en una misma zona territorial o distan-
ciadas en rejiones o *uútranmapu* diversos, vivian aisladas,
teniendo cada una sus tierras, sin conocer lazos politicos i
declarándose frecuentemente la guerra hasta el punto de
crearse un rencor perpetuo. Bien se comprende que esta organizacion de sociedades autónomas i antagónicas no favorecia la formacion estable de estas federaciones.

El jefe rejional o de una confederacion se reconocia con
el nombre de *toqui* (de *troquin*, mandar, gobernar); ·*quiñe tro-
quinche* era una nacion.

Toqui se llamaba tambien el hacha de piedra que usaban
como insignia estos jefes. «I la nobleza de toqui jeneral les
proviene a los que le son de tener un toqui, que es una acha
de piedra con que mataron a algun gobernador o jeneral
por su mano e industria. I este toqui con quien hizo esta hazaña, queda por armas de su linaje i le van heredando los
hijos como un mayorazgo» (2).

Los *gúlmen* i *apogúlmen* al servicio de los españoles usaron como distintivo de mando bastones con empuñadura de
plata, con que los agraciaban las mismas autoridades.

Aunque la dignidad de *toqui* se reconocia como permanente
en casos estraordinarios asumia la direccion de las operacio-

---

(1) Molina, *Compendio de la Historia de Chile*, páj. 116.
(2) Rosales, *Historia*, tomo I, páj. 138.

nes un cacique o un simple guerrero de aptitudes conocidas.

La dignidad de *toqui* i la de *apogúlmen*, a pesar de ser no-
minales, se trasmitian por herencia al hijo mayor.

Durante el réjimen colonial, las autoridades españoles tra-
taron de acentuar el poder de estos jefes jenerales, los «caciques gobernadores», concediéndoles titulos i prerrogativas
que facilitaron la dominacion. Otro tanto se hizo despues de
la independencia. *Huinca gúlmen* llamaron los indios a estos
caciques al servicio de los españoles.

La presencia entre los indios de los funcionarios adminis-
trativos que las autoridades españolas i de la república mantuvieron en el territorio araucano, llevó al seno de las comunidades indíjenas algunas ideas de adelanto administrativo,
sin alcanzar a establecer un verdadero réjimen de tribu i de
*uútranmapu.*

Esos funcionarios fueron los capitanes de amigos (intérpre-
te i parlamentarios), los capitanejos de reduccion o tribu (in-
térprete i consejero de caciques), comisario (con atribuciones
de cónsul i juez de apelacion en los cuatro *uútranmapu*),
comandantes de plaza (con jurisdiccion civil, criminal i militar), el intendente (jefe i juez superior de apelacion en todos
los casos).

En contadas ocasiones sucedia que un solo cacique tuviese
influencia efectiva en una o mas zonas. Cuando tal sucedia
en secciones independientes i belicosas, las autoridades chilenas protejian a otros rivales afectos al gobierno para mantener viva la animadversion entre unos i otros. Durante el
siglo XIX se observó la politica de robustecer la autoridad
de estos caciques, i a este plan obedecia el sistema de asig-
naciones con que se gratificaba a los jefes de mas prestijio,
en calidad de capitanes de amigos. En 1879 habia 15 indijenas que recibian una gratificacion anual en dinero (1).

En 1849 uno de los estadistas chilenos de mayor ilustra-
cion i autoridad, opinaba que algunos caciques debian tener

_____

(1) Archivo del autor.

Fig. 2.—Toqui (insignia de jefes guerreros).

carácter de representantes del gobierno. «Esas funciones agregadas, decia, darian al cacique una respetabilidad que ahora no tiene, darian mas fueza a sus órdenes. Algo parecido ha concurrido a dar a Colipí una posicion tan ventajosa como la que ocupa i un poder como el que ejerce. Robustecida la autoridad de los caciques, mucho se habrá avanzado, para poner freno a la mala fé de los indíjenas en sus relaciones con las autoridades» (1).

Así fué como vivieron en perpetua enemistad las vastas unidades confederadas de Mariluan en los llanos de Angol; Coñoepan, en las faldas orientales de Nahuelbuta; Colipí, en Sauces i Puren; de Magñil i Quilapan en Quillen i Perquenco, i en muchas otras.

La autonomia araucana desapareció con marcada tendencia a la formacion de estas agrupaciones confederadas, dirijidas por un jefe jeneral que ejercia autoridad omnímoda i despótica en su jurisdiccion. Cuanto mas guerrera aparecia una tribu en esa época, tanto mas acentuado estaba en ella el principio de autoridad del caudillo.

De modo que las dignidades administrativas de la colectividad araucana pueden clasificarse en este órden: el *úlmen*, correspondia al patriarca de una familia i jefe del grupo; rango permanente i hereditario. El *apoúlmen*, cacique de tribu; jefe convencional. El *toqui*, caudillo militar de una confederacion, el *nútranmapu*; jefe ocasional.

Bajo la presion de nuevas condiciones de vida, la familia ha concluido al presente por adquirir cierta independencia, en el espiritu i en los actos, que ha roto el sentimiento patriarcal. El cacique ha perdido, pues, su prestijio de jefe, cuando no lo tiene personal. En algunos lugares han supeditado su autoridad, meramente moral en la actualidad, otros mapuches que lo han aventajado en bienes de fortuna.

Por lo jeneral, si actúa como cabeza de la comunidad, su accion es nula a los intereses de todos. Es ambicioso o negli-

---

(1) Informe de don Antonio Varas sobre el sometimiento de los araucanos.

jente; vive del trabajo de los comuneros o entrega las tierras a labradores inescrupulosos en arriendo o aparceria. De ordinario no toma parte en las faenas agricolas de la familia, que ejecutan los hijos i las mujeres.

# CAPÍTULO II.

## Composicion de la familia.

La personalidad del padre en la familia.—El sentimiento paterno para los hijos.—El amor filial en la familia araucana.—El sentimiento de la comunidad.—Cambios de residencia por guerra.— Uniformidad de costumbres entre las diversas casas de un grupo i los diversos grupos de una zona.—Diversidad de ocupaciones.—La mujer en la familia.—Concepto araucano sobre la belleza.—El pudor.—La funcion sexual en el hombre. — Costumbres araucanas para estimularla.—Tipos de matrimonios araucanos. —La poligamia.—El celo sexual.—Rol de las hijas i de los ancianos en la familia.—El parentesco araucano.—El saludo.—Nomenclatura de parientes.—La onomástica araucana.—La toponimia.

Como queda dicho en el capitulo anterior, la familia patriarcal se basaba en el parentesco agnático o por linea masculina i se componia del padre, centro del organismo fundamental; de la madre, varias por lo comun; de los hijos i otros parientes.

Uno de los caractéres predominantes de la sociedad familiar, fué siempre el despotismo del jefe i la sumision de los elementos componentes. Tenia derecho de vida i muerte dentro de su casa, i solia intervenir en los negocios domésticos del resto de la parentela i de los allegados, si su poder material imponia temor a todos.

Sin embargo, no estaba desprovisto de un sentimiento de afeccion por sus hijos. Jugaba con ellos, no correjia sus malos instintos, ni los castigaba cuando golpeaban a la madre. Cuando morian, lloraba i se vengaba de los que suponia causantes de la muerte; pero mui a menudo sobrevenia una contrariedad i estallaba su cólera, que concluia en palos i azotes. Estos cambios de sentimientos constituian la inconsistencia del bárbaro, su impresionabilidad instantánea i característica.

En jeneral, el sentimiento paterno se manifestaba bien desarrollado, aunque no tan intensamente como en las sociedades superiores.

Eso sí que existia una diferencia mui marcada entre el respeto que los hijos tributaban al padre i el que concedian a la madre.

Dentro del réjimen patriarcal, los hijos esperaban i recibian de sus padres cuanto significaba para ellos fortuna i reputacion, como nombre, sustento, animales i bienes muebles. Por consiguiente, se dejaban sentir con mayor intensidad el respeto i la sujecion al padre. En cambio, la madre que habia llegado al hogar por compra, que vejetaba en él abrumada por el trabajo i los golpes, envilecida, sin derechos de posesion, no inspiraba ningun sentimiento de consideracion, ni podia tener la menor influencia en la decision de los hombres.

A esta condicion precaria de la madre se debia la debilidad con que se manifestaba para ella el amor filial en el seno de la familia. Solia llegar esta falta de amor del hijo para la madre hasta el vejámen de hecho. Ha sido mui citada la siguiente noticia de un cronista acerca de este particular: «Suele acaecer preguntar a algun indio si está crecido un mocetoncillo, i respondiendo que si, dan estas señas: Ya está grande; ya sigue a las mujeres; ya pelea con su padre; ya golpea a su madre, i esto en tono tan grave como que en ello no hubiera la menor disformidad» (1).

_____

(1) Olivares, *Historia civil de Chile*, tomo I.

Acontecia a veces, cuando el hijo llegaba a la edad viril, que el mismo padre sufria la agresion del hijo o se verificaba entre ámbos una lucha personal, en la que el primero de ordinario quedaba vencido. El segundo se ausentaba entónces momentáneamente del hogar paterno, hasta que el tiempo i el olvido atenuaban la falta.

En la actualidad los padres ancianos, sobre todo cuando la edad los priva de iniciativa en los negocios domésticos i económicos, reciben con frecuencia de sus hijos golpes i tratamientos que revelan lo débil que es el sentimiento filial en el hombre de civilizacion inferior (1).

La deficiencia de sentimientos afectivos del hijo se deja sentir sobre todo con el padre: lo teme i respeta mas que a la madre, pero lo ama ménos.

En efecto, en un medio de poligamia, dentro de una comunidad numerosa, se halla habituado a ver en su padre a un jefe poderoso, árbitro de la vida i de la muerte de sus hijos, juez de todos, representante de los antepasados de la familia. El amor filial se encuentra, pues, mitigado por el temor i la reserva.

Esta circunspeccion infiltrada en el alma del jóven, en el hogar paterno, lo incapacitará en adelante para sentir las inclinaciones superiores de afeccion por los demas hombres. Todo su sér estará dominado por el egoismo familiar i preparado en su trato con los que no son de su raza, principalmente, a la cautela i a la inhabilidad para los impulsos desinteresados.

Como efecto de esta organizacion social, el sentimiento de la comunidad se manifestaba mui vivo entre los araucanos. El egoismo dentro de la familia se reputaba como accion denigrante i contraria al bienestar de todos. La voluntad colectiva dominaba como un poder absoluto, incontrarrestable, ante el cual el individuo, a diferencia de lo que sucede en las sociedades contemporáneas, deponia ciegamente la suya.

Este sentimiento de la familia anulaba el de cualquiera

---

(1) Datos recojidos por el autor.

otra unidad mayor, como el de la tribu. Todo, en efecto, se desenvolvia en torno de la familia. En el espacio de terreno que se reconocia como de su dominio, trabajaban sus miembros para ella i no para los demas grupos.

Nadie, ni a título de aliado, podia instalarse en el espacio de terreno de un grupo patriarcal sin la aceptacion tácita de la comunidad i sin la declaracion prévia del recien llegado de pertenecer a ella. El estenso radio del distrito familiar facilitaba, por otra parte, estas ocupaciones (1).

Aunque los araucanos vivian apasionadamente ligados al suelo de sus mayores, la guerra perpetua a que estuvieron entregados durante tres siglos, contribuyó al cambio de residencia de grupos, pues ántes de someterse, abandonaban sus tierras al usurpador para radicarse en otras secciones territoriales, unidos o fraccionados.

Reponíanse i agrandaban mui luego las familias en sus nuevos dominios, porque no salian de su clima, i es sabido que éste determina mas normalmente el aire de difusion de un pueblo (2).

Un hecho no mencionado con toda certeza por los observadores de esta raza, ha sido la emigracion de verano hácia el lado arjentino de las agrupaciones próximas a la cordillera, sobre todo que viene practicándose desde mediados del siglo XIX. Esta dispersion estival, de varones únicamente, se ha hecho mas activa en estos últimos tiempos.

Otros factores entraban en la morfolojía de la unidad patriarcal, fuera de la consanguinidad.

El distrito tenia nombre propio i fronteras determinadas que lo separaban de los otros. Los miembros de las diversas casas estaban unidos por un fuerte lazo de afeccion. La májica maleficiaria poco ejercitaba entre ellos. Los intereses económicos i las costumbres funcionaban con entera uniformidad.

---

(1) Tradiciones anotadas por el autor acerca de la ocupacion de algunas familias de terrenos que no fueron de sus antepasados.

(2) Molina, *Compendio de la Historia de Chile.*

Los grupos de la zona tribal tenian tambien entre sí una notable uniformidad en su réjimen de vida: unidad lingüística, moral (tabú) i relijiosa. Pero esta homojeneidad de organizacion no significaba la de ocupaciones.

En las agrupaciones que habitaban en la costa i el centro, predominaban el arte pastoral sedentario i la agricultura accesoria, agregándose la pesca a las primeras.

En las familias de las alturas andinas, a los dos lados de la cordillera, eran las ocupaciones preferentes la caza i el pastoreo nómada. Este jénero de trabajo de los *pehuenches*, distinto del resto de la colectividad araucana, no establecia diferencias en la organizacion doméstica ni en las formas de administracion: «Cada aduar le gobierna un *ulmen* o príncipe hereditario» (1).

En estas rejiones se ostentaban magnificas selvas i praderias que favorecian la vida patriarcal, por la abundante produccion espontánea que proporcionaban.

En esta organizacion doméstica los dos sexos prestaban sus servicios: la mujer trabajaba para la familia, principalmente en la agricultura, i el hombre, fuera de ocupaciones accidentales, se dedicaba a la guerra o asistia al *malon* o ataque armado al que habia inferido algun perjuicio a la comunidad.

En el réjimen patriarcal la mujer aparecia oprimida desde antiguos tiempos: sobre ella gravitaba el peso de casi todos los trabajos. Su resistencia era notable. Con los prisioneros i la jente sin aptitudes para la guerra, cooperaba, pues, al ocio del hombre i servia a la vez de animal de carga e instrumento de voluptuosidad.

En los tiempos primitivos de la raza se le reservaban ciertas ocupaciones referentes a la produccion natural, como busca de frutas, raices, animales pequeños, etc. Despues, cuando los indios aprendieron a sembrar las escasas semillas de importacion peruana, el cultivo, como tarea complementaria, se encomendaba poco ménos que en su totalidad a la

(1) Molina, *Compendio de la historia de Chile.*

mujer. Por último, cuando se ensanchó algo mas la agricul
tura por la influencia española i siguió aumentando hasta la
ocupacion definitiva, ella continuó cooperando a los trabajos
del hombre, en el cuidado de los animales, en las múltiples
faenas de la siembra i de la cosecha i en el acarreo de la
produccion al pueblo inmediato.

La mujer hila i confecciona los tejidos que llaman la atencion por su ejecucion paciente i por su variedad, como las
mantas de distintos colores i dibujos, los *pontros* (frazadas),
*lamas* (pieza de la silla de montar).

En todo tiempo ha corrido igualmente con las labores i
menesteres domésticos, no divididos en la familia araucana
como en la civilizada.

Acompaña al marido a sus reuniones i borracheras, para
transportarle las provisiones i el licor. Siempre camina tras
él con paso acelerado i semblante tranquilo i conforme. Rara vez utiliza el caballo, i cuando lo hace, sube como el hombre con las piernas abiertas, las rodillas un poco recojidas
i sentada en una silla ancha (*salma*), sin estribera por lo
comun.

Carga pesados canastos, cántaros i el niño que cria, echán-
dolos a la espalda i sosteniéndolos en una correa o lazo de
lana que se ata a la frente (*trapel quelco*).

Siempre estuvo escluida de la propiedad: casada no here-
daba del padre; soltera, jamas disponia de lo que habia heredado. Cuanto adquiria en el matrimonio por accidente es
traordinario, recaia en el marido.

Carecia de voz i opinion en las resoluciones de los hombros i por consiguiente de autoridad en el hogar.

Se le reputaba incapaz de gobernarse por sí misma, en
ningun estado ni época de su existencia; durante la juventud dependia del padre, i si éste moria, del hermano o de
los parientes; cuando casada, del marido, i cuando viuda,
del primojénito o de los agnados.

La mujer, considerada como ser inferior, comia hasta ha
ce pocos años aparte del hombre. Un cronista dice acerca de
esto: «I jamas come el marido con la mujer, porque las mu

jeres sirven a la mesa, i aunque no sirvan, los hombres comen juntos i las mujeres aparte, i los hijos en pié o fuera de
la casa» (1).

Cuando la familia se constituyó mejor, desde la ocupacion
definitiva de la Araucania, esta costumbre fué desapareciendo hasta quedar reducida a los grupos apartados del trato
con la raza dominadora.

Mujeres i hombres comen en el suelo, a pierna cruzada, o
sentados en cueros o unos pequeños asientos de un trozo de
madera llamados *huancu* (bancos).

La condicion social de la mujer araucana aparecia mas
deprimida aun con la costumbre jeneralizada de que su dueño la maltratara sin piedad. A semejanza de muchos pueblos atrasados, sobre todo de los guerreros, los araucanos
afirmaban el derecho de propiedad sobre la mujer apaleán-
dola o azotándola por fútiles motivos, por impulsos del alcohol o por simple mal humor, ya fuese en el oculto recinto
del hogar, ya en sus públicas reuniones. Cuando esto último
sucedia, a nadie le llamaba la atencion un acto tan insólito
en las sociedades evolucionadas. La misma ofendida lo tomaba como una contrariedad pasajera del marido, autorizada
por el uso secular.

El alcoholismo del hombre desgraciadamente se ha comu·
nicado sin limitacion a la mujer, sobre todo en la última
época de la existencia de la raza: ella tambien se embriaga
en las frecuentes reuniones, en el despacho del camino o en
los suburbios del pueblo vecino, pero en estos excesos rara
vez incurren las jóvenes solteras.

Es digno de notarse que la mujer araucana posee tambien
algunas de las cualidades de la psiquis femenina jeneral,
entre las cuales descuellan la paciencia i la aptitud para
aumentar artificialmente sus atractivos por los adornos.

Las alhajas son de plata con dibujos de fabricacion araucana i formas invariables. No se adorna jamas con joyas de
procedencia europea o chilena. Recibe con mucho agrado un

---

(1) Rosales, *Historia*, tomo I, páj. 152.

regalo de una medalla, por ejemplo, pero la guarda como objeto de curiosidad i no de uso personal.

La mujer es en esto distinta del hombre, quien por la vanidad ilimitada del individuo inferior, mezcla estravagantemente las prendas de su indumentaria indíjena con algunas de la raza dominadora, como levitas, casacas militares o sombreros altos.

Rechaza tambien la india el uso del traje chileno. Cuando alguna, despues de haber residido en algun establecimiento para indíjenas, llega a la reduccion con prendas de vestir estrañas a las de la raza, el ridiculo cae sobre ella i las abandona pronto, porque las burlas hieren la propension a la vanidad del araucano.

El recargo de adornos de plata, principalmente, da realce a la belleza araucana, segun el gusto indíjena.

Entre los caractéres dominantes que la estética particular de la raza asigna a la belleza de la mujer, figura en primer lugar la talla. No debe ser resaltante; pues cuando sobresale demasiado de la media, toma proporciones de hombre i cuando es diminuta, se asemeja a la pequeñez infantil.

Los cabellos negros i largos son mas admirados. Era antiguamente grande afrenta cortarle por castigo a una mujer u hombre la cabellera, pero la costumbre tradicional prescribia a todos despilarse las partes vellosas del cuerpo. «Son comunmente de poca barba, dice el abate Molina, i en sus semblantes jamas se ve algun pelo, por la estrema atencion que tienen de arrancar aquel poco que alli asoma, estimando en poca policia el ser barbados; de ahi es que por escarnio llaman barbudos a los europeos. La misma dilijencia practican en lo que mira a las partes cubiertas del cuerpo, donde esta vejetacion natural es mas abundante» (1).

Hasta hace poco no habia ofensa igual para una mujer que decirle *calcha cutri,* frase que no es posible traducir. Hoi mismo los hombres se arrancan los pelos de la barba i

(1) *Compendio.*

de las cejas con unas pequeñas tenazas que tienen el nombre de *payuntuve.*

Los araucanos como muchos pueblos imberbes en estado de barbarie, querian exajerar así la parte del cuerpo que los seducia.

La cara redonda i regular agrada al indio como la espresion jenuina de la belleza. Las lineas angulosas i el color blanco de algunas *champurrias* (mestizas) no son tipos que le interesan bastante; acéptalos por la vanidad de poseer una mujer medio española i no por inclinacion de raza.

Ojos grandes i negros, pestañas largas, cejas bien marcadas, piernas gruesas i pié ancho, completan los rasgos del gusto araucano.

La mirada de la mapuche es tímida i apacible i da a su fisonomia un aspecto de natural recato.

Concíbese que al emplear este último término se trata del aspecto sumiso que la distingue i no de lo que en el concepto civilizado se entiende por pudor. Este sentimiento existe solo en estado rudimentario en la araucana, es decir, en forma sencilla i poco compleja.

El pudor como todos los fenómenos psiquicos de órden elevado, se manifiesta en completa conformidad con el adelanto moral e intelectual de un pueblo. Las sociedades mas púdicas son, en consecuencia, las que poseen mayor suma de cultura i lo que a ella es inherente, la dignidad personal, el respeto fisico de si mismo.

La estructura psiquica i el medio ambiente del bárbaro, no se acondicionan al desenvolvimiento del pudor.

En efecto, los espectáculos impúdicos, que despiertan imájenes eróticas, eran corrientes en sus bailes i sus fiestas (1).

Casi no habia vida intima: las uniones sexuales se verificaban en el hogar sin el recato de la cultura, a la vista i al oido a veces de los demas.

En sus diversiones colectivas, acompañadas siempre de exceso alcohólico, la libertad amorosa se manifestaba tan

_____

(1) Espectáculos presenciados por el autor.

pronto como el licor, el baile i la mimica lasciva incitaban la imajinacion.

Los hombres, particularmente los jóvenes, se apartaban del concurso con las solteras libres. Pernoctaban muchos en una misma habitacion o fuera de ella, juntos los casados i sin órden ni reserva los demas.

Estas solteras libres, *curre domo, ñua mangeve*, tenian cos-tumbres estremadamente fáciles. Ejercian la prostitucion desde tiempo inmemorial recorriendo los distintos lugares sin obstáculo de nadie. Se les hospedaba en las viviendas adonde llegaban sin tomar en cuenta los peligros de corrup-cion para la familia (1).

A causa de la deficiencia del sentimiento del pudor, no se ocultaba la desnudez transitoria cuando las mujeres se ba-ñaban, amamantaban a sus hijos o en otras muchas ocasio-nes de la vida ordinaria i cuando los hombres dormian en el verano medio desnudos. A fuerza de ser un hábito, no ha-cia esperimentar excitaciones sexuales esta desnudez oca-sional.

El hombre daba mui poco valor a la castidad de las solte-ras i no concedia ninguna importancia a la virjinidad para la union conyugal. Al contrario, solia decidir su eleccion la viudez o la edad adelantada

La necesidad de la belleza que domina toda la psicolojía del amor en las sociedades evolucionadas, se manifiesta im-perfecta en la colectividad araucana: reuna o nó la mujer las cualidades de la estética peculiar de la raza, el hombre la acepta en sus relaciones conyugales.

Puede inferirse por la esposicion de los datos anteriores que la funcion sexual ocupa una parte esencial en la exis-tencia del araucano, sin diferencia de lo que sucede en casi todos los pueblos de civilizacion inferior.

Practicaban el acto de la jeneracion con una frecuencia

(1) Costumbre que persistió siempre. El cronista Núñez de Pineda i Bascuñan dice: «Acontece en semejantes fiestas i concurso las muje-res de unos revolverse con otros».

que superaba a la raza dominadora. Las mujeres en estado de ebriedad revelaban en tono de reproche familiar i cariñoso la decadencia de la fuerza erótica de sus maridos (1).

Siendo manifiesta la enerjía i la lonjevidad jenésica de la raza, aun los viejos se entregan con largueza a los placeres sexuales, sobre todo si, como caciques, tienen el estimulo de la multiplicidad de mujeres.

Se recurria a veces a prácticas májicas para adquirir el vigor jenésico que la edad destruia en los ancianos.

Hasta hoi mismo ha existido una singular costumbre entre los indios viejos para recobrar las fuerzas reproductoras. Consiste en frotarse la cintura, los riñones i partes sexuales con los residuos de los testiculos de *huillin* (Lutra Huidobra) reducidos a pomada en olla que se pone al fuego. Llámase esta operacion *huillintun*. Los mapuches, que no dudan de la eficacia de este afrodisíaco, ignoran por qué secreta virtud de este roedor se le preferia a otros animales de mas conocida virilidad jenital.

Consérvanse en todas las secciones aun habitadas por indíjenas, anécdotas i tradiciones de viejos vigorosos que se sometian a la operacion del *huillintun*.

Basta con estampar una, entre muchas. Concurrió una vez un indio viejo llamado Millape a una fiesta en una de las reducciones de Purén. Como es usual, acompañábalo su mujer. Las libaciones de la fiesta despertaron la lubricidad de los concurrentes. Un grupo de jóvenes colocó en el aguardiente residuos de la pomada de *huillin* i lo dió al anciano, el cual, entre las mofas de sus convencidos burladores, apartó a su mujer del concurso.

Bien se advierte que en tales casos era el alcohol el que obraba como estimulante en el organismo de los ancianos (2).

Como algunos pueblos de costumbres voluptuosas refina-

_____

(1) Informes suministrados al autor.

(2) Investigando el autor las costumbres íntimas pudo descubrir i comprobar como mui jeneralizada la que se deja descrita.

das, los araucanos se valian tambien de medios orijinales para estimular la sensibilidad de la mujer en la cópula. Tenian para este objeto un instrumento llamado *huesquel* (bosal), compuesto de uno, dos o tres cordones de crin de seis centimetros de largo, que estaban atravesados en los estremos y el centro por hilos de lana destinados a servir de amarra. Otros tenian la forma de un dedal tejido a manera de red.

Creian los indios que el uso de estos instrumentos producia en la mujer una especie de fetichismo amoroso, de estado patolójico que la entregaba en absoluto e incondicionalmente a un solo individuo.

A veces causaban estos instrumentos en la mujer, por lesion orgánica, espasmos musculares que los hombres atribuian a intensificacion afectiva.

Empleaban el *huesquel* jóvenes i viejos. Solian valerse de él caciques decrépitos que deseaban la posesion esclusiva de una jóven i temian la intervencion de rivales afortunados.

Esta práctica era un verdadero sadismo indíjena. Como su existencia data desde antiguo, no es ir fuera de camino suponer que la hubiesen tomado de los españoles (1).

El doctor Lehmann Nitsche, investigador laborioso i concienzudo de las costumbres de los araucanos de la República Arjentina, ha publicado en aleman las noticias que siguen acerca de este particular:

«Instrumentos que tienen el objeto de aumentar la voluptuosidad en la mujer, hasta ahora han sido desconocidos en Sud-América, al ménos segun las aclaraciones de Ploss-Bartels («La mujer», tomo I. V edicion, 1897, páj. 398 ss). Tal instrumento fué enviado últimamente al Museo de la Plata como regalo, con la aseveracion de que el dicho ejemplar ha estado en uso con ese fin entre los araucanos arjentinos. El vasito, en el cual fué entregado, llevaba el siguiente letrero:

_____

(1) El autor ha comprobado con el testimonio de caciques mui viejos la antigua costumbre del *huesquel*, del que ellos habian oido hablar en su mocedad a mapuches de jeneraciones anteriores.

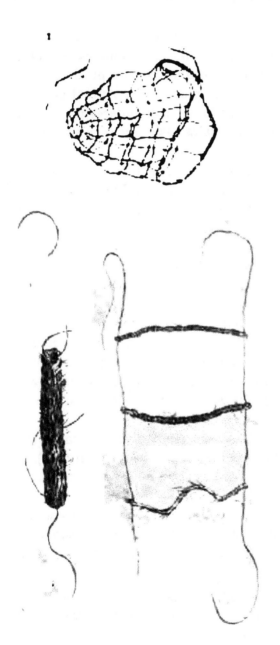

Fig. 3.—Huesquel (uso jenésico)

«Huesquel araucano». Despues de investigaciones hechas con conocidos araucanos que viven en la Plata, pude saber de uno, que el instrumento tenia dicho objeto, pero él lo llamaba «Huesquen». Más él no podia o no queria comunicarme nada.

El doctor Lenz de Santiago de Chile, el conocido investigador del idioma araucano, no conocia la palabra (comunicacion privada), i la cree no araucana. Por eso puede ser que el instrumento con su curioso empleo no sea orijinal de estos indios, sino que lo han tomado de las mujeres de la tribu patagónica o Pampa, con las cuales los araucanos se han casado frecuentemente.

Nuestro ejemplar consta de una escobillita trabajada cuidadosamente de crin, de 3 cm. de largo. El hilo mide 41 cm. El crin no es igual, pues una parte es negra, la otra mitad moreno-oscuro.

Parece que con el hilo el instrumento debe ser amarrado en el miembro masculino.

El trabajo tan cuidadoso parece indicar que el instrumento ha sido trabajado para mujeres por mujeres» (1).

Hubo i hai todavia tres clases de matrimonios entre los araucanos: 1.º tomar mujer clandestinamente o con simulacion de rapto (ngapin o ngapitun, robar mujer); 2.º comprar mujer al contado (ngillanentun o ngillan, comprar, negociar), i 3.º casamiento por fuga, que se efectúa con el consentimiento de la mujer i sin el de los padres.

El primero consta de dos actos: simulacion del rapto (leventun, escaparse corriendo o huichantun, sacar tirando), el pago (mavún o mafún), visita de la novia a casa de sus padres, visita de éstos a la de su hija.

Esta simulacion del rapto ha llegado hasta la época actual a manera de petrificacion de una costumbre mui antigua.

Existió sin duda el rapto cuando la organizacion social

---

(1) Entre los araucanos de Chile trabajan el *huesquel* hombres, i solamente algunos iniciados en su uso secreto. Hai tejedores de lazos de crin que se llaman *huesqueve*.

correspondia a la gens arcaica, que precedió varios siglos a la patriarcal.

La lei fundamental de las comunidades totémicas fué la exogamia, o prohibicion absoluta de mantener relaciones sexuales entre miembros de la misma fraccion que se consideraban emparentados.

Reputándose las mujeres del mismo grupo como *tabú*, o cosa vedada, los hombres se veian obligados a practicar el rapto en otro.

En choques continuos estas fracciones unas con otras, las mujeres se adquirian tambien por captura.

Cuando la constitucion social arcaica se hubo trasformado en sociedad patriarcal, persistió aun la exogamia o sea la restriccion completa de las relaciones sexuales entre individuos del mismo clan. Siguió practicándose, en consecuencia, como medio único de union sexual la apropiacion de mujeres de agrupacion distinta.

Sin embargo, la exogamia fué perdiendo paulatinamente su antigua estension i quedó al fin reducida a la prohibicion de uniones de los individuos de una misma familia i no de distintas dentro de un mismo grupo. El rapto perdió, pues, su violencia primitiva, que debió enjendrar choques frecuentes entre las tribus no relacionadas por el parentesco, i quedó por último, por razon de su larga vijencia, como fórmula o simple simulacro.

Así lo hallaron los conquistadores españoles i así se perpetuó hasta el dia.

El araucano quedó en libertad, desde entónces hasta hoi, de tomar mujer dentro del grupo a que pertenecia o en cualquier otro, fuese distante o cercano del suyo.

«Las ceremonias del matrimonio son pocas, dice el cronista Molina, o por mejor decir no consisten en otra cosa que en el simple rapto, el cual es creido de ellos un prerrequisito esencial de las bodas» (1).

En el ceremonial del matrimonio de ordinario figura un intermediario entre el pretendiente i el padre de la novia.

_____

(1) *Compendio de la Historia Civil*, capítulo IX.

Arreglados los pormenores del negocio i el dia de la entrega, el novio reunia a un grupo de amigos i parientes, i sijilosamente todos se acercaban a la casa. A veces se destacaba un emisario que iba a distraer a los moradores de ella o a atisbar la salida de la niña, la cual solia apartarse de su hogar para traer agua o recojer leña.

Cuando se encontraba cerca del novio i su comitiva, salianse todos «i sorprendiéndola, la ponen por fuerza en las ancas del caballo de su marido, al que la ligan estrechamente; de este modo la conducen a la casa del esposo, donde otros parientes de él, particularmente mujeres, con algazara i buenas maneras i palabras procuran enjugarle las lágrimas» (1). Los parientes de la niña que habian oido sus gritos, permanecian inmutables i ninguno intentaba ir a defenderla; el raptor la cojia por la cintura i huia con ella. Otras veces la sorpresa se llevaba a cabo en la misma casa de la niña. Presentábase de repente la comitiva i el novio. Algunos de los acompañantes penetraban al interior i el interesado tomaba por la cintura a su prometida, quien finjia resistirse. Mujeres i niños la defendian con palos, tizones encendidos i agujas. El novio recibia una lluvia de golpes, miéntras se apoderaba de la niña i la subia a la grupa de su caballo, para huir en seguida a su habitacion o al bosque cercano, donde solia permanecer hasta tres dias.

Los hombres no intervenian en este acto; se manifestaban indiferentes, sentados fuera de la casa o tendidos en la yerba.

Todavia se practica el simulacro del rapto en las agrupaciones alejadas de los pueblos i de las vias de comunicacion.

El novio llega a la casa de su prometida con cierto estrépito consentido por sus moradores i, colocándola a la grupa de alguna cabalgadura o en una carreta preparada con anticipacion, huye con ella.

Despues de permanecer la pareja tres dias en el bosque o en la casa del novio, iba éste a la del suegro i comia con él

---

(1) Gómez de Vidaurre, *Historia de Chile*, tomo I, páj. 326.

sin hablar una sola palabra de lo sucedido. En seguida se acordaba entre ámbos el dia en que se verificaria la ceremonia del pago.

El recien casado reunia los animales i objetos con que debia cancelar su deuda matrimonial.

Cuando sus recursos escaseaban, ayudábanlo sus parientes inmediatos, obligacion que se espresaba con la palabra *mavútun*.

Nunca dejaba de cubrirse una deuda que se consideraba como sagrada, segun las reglas consuetudinarias. El clvido de tal obligacion, significaba el derecho del padre para recobrar su hija i dar un *malon* al engañador. Por su parte el marido podia recuperar el valor dado por la mujer en caso de muerte prematura, adulterio o abandono del hogar.

La ceremonia del pago, *mavún*, *mafún* o *mafútun* (pagar al dueño de la hija) revestia de ordinario las proporciones de una fiesta de primer órden, sobre todo si el recien casado era cacique.

Desde tiempos antiguos se observaban estos pormenores en el festin nupcial. Reuníanse el novio i sus parientes i se encaminaban a la casa del suegro.

Entraba en primer lugar el yerno con su mujer i lo seguian todos sus parientes, que conducian «sus carneros i ovejas de la tierra (*hueque*), todos vestidos de gala i con el adorno de sus llancas i piedras preciosas» (1). A continuacion llegaban los parientes de las mujeres «con carneros, aves, pescados, i otras cosas para la fiesta».

Concurrian tambien los parientes de la novia «con mucho adorno i grande reposteria de botijas i tinajas de chicha».

En la casa del suegro se hallaban reunidas de antemano su familia i la parentela.

Al encontrarse los diversos grupos que concurrian a la reunion, prorrumpian en ruidosas manifestaciones de alegría.

«El marido da a los padres i parientes de la novia todos los carneros, vacas i ovejas de la tierra que él i los parientes

---

(1) Rosales, *Historia*, tomo I, páj. 143.

4

han traido, i muchas mantas i camisetas, que todo se cuenta por dote i por paga de la mujer»; i a la novia i a su madre las cubren de mantas i camisetas, que es la paga i el dote que se da a la madre de la novia por la crianza de la hija, todo lo cual reparten la madre i la hija entre sus parientes» (1).

Se mataba una buena parte de los animales para el consumo de la concurrencia.

Enterado el pago a los padres i sus parientes, correspondian éstos presentando a los concurrentes abundante cantidad de chicha.

En el acto de la entrega de los animales i objetos en que se habia avaluado la mujer i en otros momentos de la fiesta, algunos oradores decian discursos alusivos al acto, i los *ngenpin*, compositores de cantiñas araucanas, *gul*, amenizaban la fiesta. Pagábalos el novio. Estas cantinelas, especie de prosa entonada, aparecen en los cronistas con el nombre de «romances».

«I acabados estos cumplimientos se sientan a beber i comer, i andan los brindis, i en cargando bien la romana, se levantaban a bailar i cantar al son de sus tambores, flautas i otros instrumentos. I así se están de dia i de noche hasta que se acaba la chicha, que si hai para cuatro o seis dias que beber, no se apartan hasta ver el fondo de las tinaxas» (2).

Este ceremonial que pudieron consignar los cronistas, siguió practicándose hasta estos últimos tiempos, con las variaciones que cada época imponia en las especies con que se hacia el pago.

El gasto de un matrimonio dependia de la calidad del padre o del novio, del número de parientes a quienes habia que contentar i secundariamente de la importancia personal de la mujer.

En los siglos que siguieron a la conquista, el precio de

(1) Rosales, *Historia*, tomo I, páj. 143.
(2) Rosales, *Historia*, tomo I, páj. 143.

una mujer, por término medio, era de cincuenta pesos (1).
A poco mas alcanzaba en los tiempos de la república, pagado siempre en animales i especies, como «bueyes para el
padre, caballos ensillados para la madre, prendas de plata,
carolas de suela, potrillos o terneros para los parientes hasta el quinto grado» (2). En la actualidad le cuesta a un indio rico, segun los bienes que motivan tal concepto entre los
araucanos, hasta 200 pesos, en animales, objetos de plata i
prendas de vestir. Para los demas, va descendiendo de esta
suma, conforme a los recursos del comprador, hasta 25 o
20 pesos.

De esta venta se esceptuaban las viudas i las solteras que
carecian de padres i parientes (3).

La union conyugal por compra (*ngillanentun o ngillan*), que
ha quedado en vijencia hasta el presente, es el antiguo matrimonio araucano con la supresion de simulacro de rapto.
Consta de estos actos: 1.º intervencion del intermediario, 2.º
pago i traslacion de la novia a la casa del suegro, 3.º visita
de los recien casados a la casa de los padres de la mujer,
4.º visita de éstos al yerno.

El ceremonial de este matrimonio, escrito en araucano por
un jóven *mapuche* i traducido para esta insercion, se desarrolla de esta manera.

El intermediario, indispensable en los pedidos de matrimonio, se dirije a instancias del jóven á la habitacion de los
padres de la niña i formula sus proposiciones, a nombre del
padre de la familia.

« —¿Está bueno Ud., amigo? dice al dueño de casa.

—Estoi bueno, contesta el interrogado; no ha sucedido
nada: no hai muerte ni pérdidas. Es suerte, pues, estar sin
novedad. I Ud., amigo ¿tambien está bueno?

—Estoi bueno. No hai novedad. En la reduccion no habido ninguna cosa; toda la jente está buena. Estamos todos

(1) Gómez de Vidaurre, *Historia*, tomo I, páj. 326.
(2) Ruiz Aldea, *Los araucanos i las costumbres*, páj. 37.
(3) Pérez de García, *Historia*, tomo I, páj. 59.

sin novedad. Hoi me mandaron aqui. Me mandó mi pariente. Vaya a ver a mi amigo, dijo; si está bueno, si están todos
buenos, sin pérdidas, sin muerte. De repente, a medio dia, a
media noche, sucede a la jente cualquiera cosa. Me mandó
mi pariente; vaya, me dijo, en este dia. Tiene una hija mi
amigo; la recuerdo todos los dias. Yo tengo tambien un hijo.
Ojalá que me la diese. Los hombres necesitan mujer; las
mujeres deben tener maridos. En todas partes es así. Tengo
vacas, tengo yeguas, ovejas, chalon i plata (joyas). Si me la
da, todo esto le daré. Es hombre jóven, no tiene mujer. Diga
(esto) a su mujer, a todos sus amigos, a la vecindad. En cinco dias vendré, diga a mi amigo. Voi a traer todas las cosas;
una vaca voi a matar en el casamiento. Esto es no mas; ya
no tenemos que decir mas, amigo. Eso es no mas; ya he terminado la palabra. Apartémonos, mi amigo. Ya me voi, hermano; me voi, madre (la mujer del dueño de casa); me voi,
amigos (los oyentes)» (1).

El padre de la niña da su respuesta favorable, de ordinario en estos términos «Mupiñ hueni yefilú inché, chem pia-
fun, niguai ngenca», que traducidos libremente, significan:
«Si es mi amigo, no puedo poner ninguna dificultad; se casarán».

En ocasiones varian los términos i la énfasis de la peticion, segun la calidad del emisario, *huerquen*, como asimismo la respuesta del cacique. El emisario trasmite comunmente esta respuesta. «Así me dijo mi amigo: le daré mi
hija a mi pariente; que se casen ellos, que me dé animales mi
amigo».

En el dia fijado para la ceremonia, el padre del novio dispone los preparativos de la visita.

«Ya nos vamos, dice a sus parientes e invitados al matrimonio. Vayan a buscar los caballos. Ensillen; arréglesen
bien; anden lijero. Piensen lo que van a decir allá en la conversacion. Quien sabe si nos van a negar la novia (*gapin*).

---

(1) Relacion escrita para el autor por el jóven Manquian, de
Cholchol.

Den la mano (saludar) a la novia, a todos los de allá. No se les vuelvan los animales, que es mala seña; así tambien pue-de volverse la novia».

En seguida un cortejo de parientes, amigos e invitados del padre, se traslada a la casa de la familia a que pertenece la novia, a caballo los hombres i en carreta las mujeres.

La llegada de este acompañamiento se saluda por los que esperan con demostraciones de júbilo.

La novia se halla ataviada con su traje i joyas mejores. Tan pronto como llega la jente, se esconde con otras dos jó-venes en un departamento de la *ruca* llamado *catrintuco*. Ahí aguarda el desarrollo del formulario.

Entran al interior de la casa solamente los padres del jóven. Entablan con los de la novia un diálogo acerca del pago de la niña i la distribucion de los animales, de la ropa, del vino, objetos de plata, etc. En este reparto corresponde la mayor cantidad a los padres de la novia i otra menor a los hermanos de ésta, a los tocayos, que son considerados como hermanos i en jeneral a los parientes.

Esta entrevista se prolonga por algunas horas. Al fin los padres i parientes se declaran satisfechos. El matrimonio queda autorizado.

Penetran entónces al interior de la habitacion el novio i el número de concurrentes que cabe en ella, todos los cua-les habian permanecido afuera, para dar principio al ban-quete araucano con que finaliza esta ceremonia.

Cuando las libaciones i la comilona han avanzado, entran dos mujeres i sacan a la novia a presencia de los concu-rrentes (1).

Durante la fiesta, exhorta el padre a la niña a que sea trabajadora i cumpla con los deberes que le impone su nuevo estado.

A veces encarga decir este discurso, *hueupin*, a un repre-sentante hábil en el manejo de la palabra, *hueupive* o *hueu-pife*.

_____

(1) Relacion escrita para el autor por el jóven mapuche Millahual Paillal, del lugar de Reipupil, en Cholchol.

Antes que decline el dia, el padre del novio da la órden de regreso. «Monten a caballo, dice; enyunguen sus bueyes. Salga la mujer».

«El novio, despues de recibir a la novia, se despide de todos i vuelve a su casa acompañado de varios amigos.

La novia, con permiso de su esposo, se despide de todos. Las mujeres lloran i algunas se limitan a decirle: «Sírvete de esto, porque ya no te iré a ver mas».

En seguida todas las mujeres van a encaminar a la novia como a dos cuadras de la casa. Algunas le·dan consejo, otras se despojan de sus joyas i al entregarlas le dicen: «Toma esto para que te acuerdes de mí». Despues la novia se va a juntar a la comitiva de su esposo i todos se ponen en marcha» (1).

La niña va en carreta con la madre i hermanas de su marido i éste a caballo.

Al llegar a la habitacion de la familia, el padre habla de este modo: «Ya llegamos a nuestra casa. Desensillen ahora. Ya buscamos a la novia; que entre a la casa. Dénle en qué sentarse».

Entretanto, la fiesta continúa en la vivienda de la recien casada hasta el dia siguiente i a veces suele prolongarse dos i tres, hasta que se agotan las provisiones i el licor.

A los pocos dias de casada, la hija visita a sus padres acompañada del marido i otras personas. El viejo da esta órden para salir: «Llevaremos a la casa del padre a la mujer del jóven, que vaya a ver a su padre, a su madre, a sus hermanos i todos los demas parientes; que vaya a buscar su cama, sus platos, cuchara, cántaro i todas las cosas suyas; tiene que traer todo, porque nosotros lo hemos comprado, con los animales que tiene, vaca, yegua, oveja, gallinas. Prepárense; vayan a ensillar. Llevaremos a la niña para que no tenga pena, si no se acostumbra en la casa del marido».

----

(1) De una relacion del jóven Manuel Manquilef, titulada «El matri_monio entre araucanos». Manquilef fué alumno del liceo i se graduó de normalista en Chillan.

En realidad, una profunda nostaljia suele aflijir a la jóven, quien recurre al fin a la fuga.

Despues de la visita que hace la novia a su padre, éste con todos sus parientes la retribuye, llevándole cada uno un regalo.

El padre i la madre son los únicos que tienen que llevar objetos determinados. Así, el padre le lleva collares, pulseras, ponsones (prendedor araucano), aros i varios otros objetos de lujo. La madre, ollas, cántaros, frazadas i *pilquenes* (un jénero). Los parientes, algunas ovejas muertas, otros vino, chicha de maiz, etc. 1 se celebra otra fiesta» (1).

Las formalidades para tomar una mujer de rango secundario no son tan minuciosas. Segun los lugares, suelen variar tambien algunos detalles, como la duracion del festin matrimonial i la supresion o demora de las visitas reciprocas de yerno i suegros; pero el formulario trascrito es sin duda el tipo mas jenuino del matrimonio araucano por compra.

Tomar mujer clandestinamente, pero con su consentimiento, era una forma antigua de matrimonio, clasificado tambien en el término *ngapitun.*

Los padres se manifestaban indignados si el raptor no disponia de bienes para pagar el valor de su consorte. Procuraban quitársela, sin importarles nada la pérdida de la virjinidad; pero aquél o la escondia o aplacaba la cólera de la familia perjudicada con la entrega de algun animal. No se verificaba esta esplosion de enojo si el ladron se hallaba en la posilidad de pagar bien algun dia; en tal caso se reconocia una deuda de cancelacion segura (2).

En la actualidad esta clase de matrimonio no ha desaparecido.

Al dia siguiente de la fuga, el raptor manda un emisario a casa del padre de la niña a informarlo donde está su hija, a rogarle que no se enoje i a fijar el plazo en que irá a pagarle.

---

(1) Relacion de Manuel Manquilef
(2) Rosales, *Historia*, t. I, pájina 143.

Cuando efectúa el acto del pago, celébrase la fiesta nupcial de estilo (1).

Habia otra forma de union matrimonial, la que se verifi
caba entre dos personas libres, sin ceremonia, ni sujecion o
condicion alguna. Se acordaba entre un hombre independiente i una viuda o jóven sin parientes, es decir, emancipa-
das de tutela. Al presente esta clase de union tiende a dila
tarse en las costumbres contemporáneas (2).

El matrimonio era disoluble. El marido podia repudiar a
la mujer en cualquier momento i por simple voluntad. Por
su parte la mujer abandonaba al marido cuando queria, no
habiendo sido comprada.

El celibato se ha considerado en toda época como vergon-
zoso; es signo de una humillante pobreza. *Vuchapra*, viejo
célibe; *cudepra*, solterona, eran i son todavia insultos mui
ofensivos.

Los araucanos han sido i son poligamos en grados diversos. Los caciques i los ricos tenian ántes hasta veinte mujeres; hoi adquieren hasta tres ó cuatro. Se puede observar
que con el tiempo ha ido decreciendo el número de esposas (3).

Siendo, pues, la situacion de fortuna lo que regula el número de esposas, se comprende que los pobres sean monó-
gamos por necesidad i que la mayor cantidad de mujeres
diera honra i autoridad a sus poseedores, segun lo atestiguan los cronistas i la observacion moderna.

La primera mujer, llamada en la lengua *onen domuche* o

(1) Numerosas anotaciones del autor de matrimonios realizados en
esta forma.

(2) Informes recojidos por el autor.

(3) La lei de Agosto de 1874 tolera las formas de matrimonio indíjena, pues en su artículo 9.º dispone: «la posesion del estado de padre,
madre, marido, mujer e hijo se tendrá como título bastante para constituir a favor de los indíjenas los mismos derechos hereditarios que
establecen las leyes comunes en favor de los padres, cónyuges e hijos
lejítimos». En la actualidad el protector de indíjenas manda legalizar
estas uniones por la inscripcion civil.

*papai* i en el sur *onen cure*, ocupa el primer rango en la familia araucana. Las otras son secundarias i se denominaron ántes en las agrupacionos del norte *inan domuche* o *inan cure* (de *inan*, seguir a otro) i hoi se les nombra en el sur *huentéconkelei* i *rañintu*.

Hai otra clase de mujer en las relaciones sexuales, la simple manceba, fuera del hogar, *uúñan* (*uúñantun*, ejecutar la cópula). Todas las mujeres de un hombre se nombran entre ellas *murihuen*.

La mas antigua en el grupo matrimonial es la verdadera dueña de casa: tiene a su cargo los menesteres de la vida doméstica i ejerce marcada jefatura sobre las secundarias, quienes la respetan i obedecen. Sin embargo, este principio de preeminencia suele relajarse con la predileccion del indio por una mujer mas jóven que la primera; aquélla se convierte en tal caso en el blanco de las iras de todas las otras. Cuando muere, se cree que ha sido victima de algun maleficio de sus celosas rivales (1).

«Cuando el araucano quiere tener otra mujer, pide permiso a la primera, i si ésta se lo concede, se casa. A veces la misma mujer, que se encuentra aburrida, aconseja a su esposo que tome otra. Debe ser ésta hermana de la primera. Por esto no es raro ver a muchos araucanos casados con dos esposas que son hermanas. Si se les interroga por qué no buscan otra mujer que no sea pariente de la primera, ellos, que bien lo han esperimentado, contestan sencillamente que, cuando son hermanas no riñen, i cuando no lo son, lo pasan en continuas rencillas.

El mejor casamiento entre los araucanos es el que se verifica entre dos primos segundos. Pero en este matrimonio el jóven debe ser hijo de la prima i la niña del primo. Los primos hermanos se consideran como hermanos i entre ellos no hai matrimonio.

Las araucanas se consideran mui dichosas cuando en segundas nupcias se casan con un jóven.

---

(1) Datos suministrados al autor.

La casa del araucano está dividida en tantos comparti-
mentos como mujeres tiene, i cada una lleva una vida independiente.

Cada mujer tiene la obligacion de servir a su marido; pero permanece siempre sobre las otras i en el rango de pre-
ferida la primera.

Nunca la mujer araucana debe salir a pasear ni estar
ociosa en su casa, sino entregada a sus ocupaciones favori-
tas, que son hilar i tejer» (1).

El turno en la cópula conyugal se establecia por noche o
por semana. El indio manifestaba su voluntad a este respecto pidiéndole cama (*gutranca* ántes, i hoi *ngetantu*) a la que
le correspondia por órden.

Las restantes, aunque dormian en la misma habitacion, no
podian acercarse al departamento de la elejida.

En estado de embriaguez, interrumpia el turno establecido.

Mediante esta práctica, reinaba entre las mujeres la paz
amorosa, que se alteraba i producia violentas discordias cuando la preferencia era mui marcada por una. En los tiempos
en que los indios tuvieron prisioneras blancas, recaia sobre
ellas el celo furioso de las mujeres indíjenas.

El desprecio sexual del hombre por una de sus mujeres,
solia exasperarla hasta la fuga o el suicidio.

A veces el respeto sin limites de las mujeres desaparecia
por una ofensa comun, principalmente por la relacion clandestina del hombre con alguna *uúñam* (manceba). Acome-
tíanlo entónces, si estaba ébrio (2).

En el réjimen matrimonial araucano, la mujer se consideraba como tabú o vedada a sus parientes en las primeras
lineas de consanguinidad. «Evitan escrupulosamente los grados de inmediato parentesco» (3). Probablemente las inter-

(1) Relacion del jóven Manuel Manquilef.
(2) Costumbres apuntadas por el autor.
(3) Molina, *Compendio*, páj. 189.

Fig. 4 — Abuela i nietas.

dicciones antiguas no se diferenciaban mucho de las actuales, que alcanzan al matrimonio de los abuelos con sus nietas, de los tios con sus sobrinas i de los primos, hijos de varones, que se consideran hermanos.

Predominando la sensualidad en la vida conyugal del araucano , se concibe que la pasion de los celos penetrase hondamente en su sér.

«La mujer casada es mui celada. Primero consentiria un indio el deshonor de su hija que en el de su mujer; no es permitido que esta reciba homenaje de nadie» (1).

Para la mujer casada todo era culpable: hablar en reserva, jestos i miradas sospechosas, toques i preferencias en las reuniones, recibir a un hombre en la casa sin la vénia del marido.

En cambio, la libertad extra matrimonial del hombre no tenia freno alguno, fuera del enojo sin sancion efectiva de sus mujeres.

El sentido jenital que obraba en el araucano como primer estimulo i móvil de su conducta, ha contribuido a mantener latente al traves de los siglos el celo sexual.

Sin lugar a dudas, debió ser en la antigüedad de este pueblo, en un estado mas grosero, rasgo fundamental de su existencia.

El aislamiento por causas topográficas o de organizacion social, fortalecia este instinto en algunas colectividades.

Pues bien, las comarcas araucanas, sin estar por completo aisladas, no ofrecian a los grupos que las habitaban condiciones fáciles para unirlos estrechamente.

Por otra parte, la constitucion de la sociedad tenia por fundamento al jefe polígámo, que vivia temeroso de la desposesion de sus mujeres i de su autoridad i estaba interesado, por lo tanto, en evitar el contacto con otros grupos, de donde podian surjir rivales.

En virtud de la lei de evolucion sociolójica, se mitigaba el celo sexual; pero sin borrarse del todo de la psiquis arauca-

---

(1) P. Ruiz Aldea. *Los araucanos i sus costumbres*, páj. 38.

na, a virtud del atavismo i la persistencia de la constitucion social.

Completaban la fisonomia de la familia araucana el amor entrañable de los padres por las hijas. A ellas únicamente solian besarlas. Parece que no entraba en las manifestacio nes ʀfectivas del araucano la costumbre del beso, tomada en proporciones insignificantes de los españoles (1).

Esta solicitud por las hijas no estaba exenta de cierto fondo de egoismo, pues de ella se esperaba la ventaja de un buen matrimonio i las probabilidades de acrecentar el número de parientes, base del poder i nombradia de los caci- ques.

Por lo comun, se dispensaban consideraciones a los parientes ancianos, quienes vivian a espesas de la familia.

En las reuniones en que habia varios caciques, el respeto por los de mas edad se dejaba sentir como imperiosa regla de la tradicion.

Puede inferirse que las atenciones que se guardaban en la colectividad araucana a los ancianos, era la continuacion del respeto filial por el padre.

La comunidad estuvo i está dividida en grupos ascendentes i descendentes. La linea directa ascendente llega sólo hasta el abuelo; la descendente hasta el nieto. En este punto se mantuvo la clasificacion, pues los parentescos de bisabuelo i bisnieto aparecen borrados, casi perdidos en las relaciones de consanguinidad.

En la linea colateral el parentesco de los araucanos difiere por completo del que se ha adoptado en las sociedades adelantadas; se confunde con el directo. Así los hijos de dos hermanos o de dos hermanas no son primos sino hermanos, i los tios no se consideran como tales con respecto a éstos sino como padres.

El parentesco de tio existe solamente en la relacion de sexos distintos. Si una mujer tiene hermanos, entre éstos i los hijos de la primera se establece el lazo colateral de tio i

_____

(1) Investigaciones del autor.

sobrino i de primos entre los hijos de una i otros. Lo mismo sucede con los hijos de un hombre i sus hermanas.

Por eso en la nomenclatura del parentesco araucano un mismo término le sirve a un hombre para designar a su hijo, *fotem*, i al de su hermano, *malle fotem*. Una mujer llama a su hijo *peñeñ* i a su sobrino por la hermana tambien *peñeñ*, a su nieto por la hija *chuchu* i al hijo de éste, *chuchu* igualmente.

El gramático antiguo Febrés dice:

«Al tio paterno llama el sobrino *malle*, i la sobrina *llepu*, i asimismo él a ellos, i por respeto se llaman con los nombres de padre e hijo.

Los primos i primas tambien se llaman como hermanos».

Estas coincidencias en las designaciones de parentesco son a no dudarlo residuos de una organizacion familiar anterior al patriarcado.

Ne se dejan sentir en el trato diario de la vida, las relaciones que en sociedades progresivas establece el parentesco por afinidad. Se le considera como un vinculo de compañerismo i simpatia. La nomenclatura de la lengua para algunas designaciones de este órden es meramente teórica. Así, dos cuñados se tratan como amigos queridos que se prestan servicios con reciproca confianza.

Desde temprano se enseña al niño el cuadro de las relaciones de parentesco que lo unen al grupo local, para que en su mayor edad conozca a los miembros de la parentela i no incurra en las interdicciones matrimoniales propias del sistema.

Los parientes se saludan, en consecuencia, con el titulo exacto que a cada cual corresponde. La omision de esta fórmula se reputa como grave desatencion.

Esta costumbre, que ha persistido al traves de largas edades, trae su oríjen, sin duda, del clan totémico, en el cual se saludaban las personas con el nombre jenérico del parentesco.

Cuando no hai parentesco, el tratamiento es de simple amistad.

Se ha podido comprobar que antiguamente se agregaba el llanto al saludo de parentesco o amistad. Esta costumbre alcanzó a llegar en forma atenuada a la época moderna (1).

El odio a la raza conquistadora i el orgullo guerrero, los obligaba a ocultar esta costumbre a los españoles; pero en su trato intimo la practicaban como regla ordinaria.

A medida que el tiempo avanzaba, desde la conquista a nuestros dias, el saludo con llanto iba perdiendo lentamente de intensidad.

Antes de la pacificacion de la Araucania, aun se practicaba por ausencias cortas. Un recuerdo a este propósito. Un año fué a Santiago el célebre cacique Colipí, de Sauces i Puren, a conferenciar con uno de los ministros. A su regreso salieron a encontrarlo varios caciques de su tribu a algunas leguas de distancia. Halláronlo en la ruca de un cacique amigo. Uno de ellos le dirijió la palabra espresándole «que se alegraban de su vuelta, pues si le hubiera sucedido alguna desgracia en el viaje o se hubiera muerto, habria sido para sus parientes i amigos un gran dolor». En seguida lloraron sin reserva, i eran los mas valientes de los llanistas. A continuacion le presentaron los regalos de provisiones i de licor (2).

Queda vijente aun en el sistema de parentesco araucano un vinculo particular de fraternidad que se espresa con la palabra *lacu*, tocayo, Se contrae por medio de una ceremonia llamada lacutum, especie de rito bautismal (3).

Un jóven mapuche, cooperador de este trabajo, asistió una vez a una fiesta en Quecheregua, al oriente del rio Allipen, i observó este hecho. Una niña soltera, *lacu* de la dueña de casa, se acercó a conversar familiarmente con el marido de ésta. Algunos hombres le observaron a la mujer la conveniencia de que no permitiera eso, a lo que ella respondió:

(1) Informes recojidos por el autor.
(2) Noticias de un indio de Puren que asistió a esta entrevista.
(3) En otro capítulo va anotado.

«Al cabo es mi hermana».—Tiene razon, contestaron los otros en coro.

Las denominaciones del parentesco araucano varian asimismo en algunos términos, segun la rejion; pero tales variantes no establecen diferencias esenciales del esquema que sigue, en uso en las agrupaciones de las provincias de Cautin i Valdivia.

Un hombre casado designa:

A su mujer, *cure.*

» » padre, *chao.*

» » madre, *ñuque.*

» » abuelo paterno, *lacu.*

» » abuela paterna *cucu* o *cuse papai.*

» » abuelo materno, *cheche, chedcui, chedqui.*

» » abuela materna, *chuchi.*

» » hija, *ñahue.*

» sus nietos por el hijo, *lacu.*

» » nietas por la hija, *cheche.*

» su hermano, *peñi.*

» » hermana, *lamngen* (ng = ñ nasal).

» los hijos de su hermana, *choquem.*

Al hermano de su padre, *malle.*

» hijo de éste, *peñi.*

A la hija de » *lamngen.*

» » hermana de su padre, *palu.*

Al hijo de ésta, *muna.*

A la hija de » *muna.*

» su tio materno, *huecu.*

Al hijo de éste (primo), *muna.*

A la hija de » (prima), *muna.*

» su tia materna, *ñuque.*

Al primo, *muna.*

A la prima, *muna.*

En las relaciones de afinidad llama su suegro, *chedcui* (como al abuelo materno) o *ngillañ* (nombre jenérico de la relacion en que ha mediado compra de mujer).

A su suegra, *llalla*.

» » nuera, *puiñmo*.

» » yerno, *ñahue ngillañ*.

» la mujer de su hermano (cuñada), *fillca*.

Al hermano de su mujer (cuñado), *ngillañ* o *quempu*.

A la hermana de su mujer, *querum*.

Al marido de la sobrina de su mujer, *chale·ngillañ*.

A la mujer del hermano de su padre, *fillca*.

» » » hijo de éste, *fillca*.

Al marido de la hija de éste *ngillañ* o *quempu*.

» » » hermana de su padre, *palu ngillañ*.

A la mujer del hijo de la hermana de su padre, *fillca*.

Al marido de la hija » » » » *malle chuo·*

A la mujer de su tio materno, *chuchu*.

» » » primo, *fillca*.

Al marido de su prima, *muna ngillañ*.

» » » tia, *malle*.

A la mujer de su primo, *fillca*.

Al marido de su prima, *quempu ngillañ*.

Una mujer casada llama a su marido, *feta*. A su suegro, *puiñmo*.

A su madre, *ñuque papai*; a su suegro, *nanen*.

» abuelo paterno, *lacu*; a su abuela paterna, *cucu*.

» » materno, *cheche*; a su abuela materna, *chuchu*.

» hijo, *peñeñ*; a su nuera, *nanen*.

» hija, *peñeñ*; a su yerno, *llalla*.

A sus nietos por el hijo, *cucu*.

» nietas » la hija, *chuchu*; al marido de su nieta, *ñoño*.

A su hermana, *lamngen*; cuñada, *ñadu*.

La mujer no siempre emplea las mismas denominaciones del hombre (1).

Como se ve, varias voces de esta nomenclatura del com-

---

(1) Febrés, «Diccionario».—Araucanía, tomo I.—Frai Félix José de Augusta, «Gramática Araucana.»

plicado parentesco araucano, son mutuas, entre los grados que se corresponden, como *lacu*, abuelo i nieto; *cucu*, abuela i nieto; *cheche, chuchu, peñi, lamngen*, etc.

El regalo mutuo entre los indíjenas o ciertos actos ejecu_ tados en comun, establecen una relacion particular de amistad íntima o de confianza sincera.

Así, los que se han regalado algo son *cachúhuen* o *catrú- huen* (ú = u francesa) i se saludan *eimi cachú;* el acto de contraer esta relacion se llama *cachútun*. Los que han cambiado objetos de cualquiera clase son *chafkúnhuen* i se saludan *eimi chafkún;* el acto de cambiar de esta manera se designa *chafkútun*. Los que se regalan animales para una fiesta son *conchohuen* i se saludan *eimi concho;* el acto de regalar para una reunion es *conchotun*. Los que se brindan licor son *yan- giñhuen* (ng = ñ gutural) i se saludan de igual modo que los anteriores. Los que viajan i comen juntos son tambien *com- pañhuen* i *miyahuen*.

Es fuera de duda que estas denominaciones están destina_ das a mantener vivo el recuerdo de la devolucion o del retorno.

Los saludos constituyen un ceremonial minucioso i mucho mas detallado que el de sociedades adelantadas, con priori-dad i tratamientos determinados.

Al proceso del parentesco indíjena se halla relacionado el de la onomástica.

Se ha visto ya que la denominacion del clan totémico servia de nombre hereditario a los individuos que lo componian, como *ñancu, luan, vilu, manque*, etc.

En el curso de los siglos la constitucion social se transformó en patriarcal.

La individualidad comenzó entónces a ser conocida i apreciada. Hubo que agregar, por lo tanto, al nombre jenérico una cualidad, accion, número que distinguiese a las personas, como *calvuñancu* (aguilucho azul), *levluan* (huanaco lijero), *melivilu* (cuatro culebras) *vuchamanque* (cóndor viejo), etc. Apareció así el nombre propio, que reemplazó poco a poco al colectivo.

No habia, pues, en el nombre personal palabras muertas, como en los de pueblos civilizados.

En esta forma, a que se prestaba mui bien la lengua araucana, se encontraban las denominaciones individuales a la llegada de los conquistadores.

Ahora mismo no es trabajo de imposible ejecucion rastrear en los grupos sobrevivientes el nombre que el totem o el fundador han dado a muchas familias (1).

Segun el diccionario del misionero Febrés, la palabra *cúnga* designó antiguamente el apellido, linaje o familia.

Hoi ha caido en desuso esta voz i ningun mapuche acierta con su significado. En su lugar hai otros términos que no se emplean de un modo uniforme en todas las agrupaciones. En muchos lugares de la provincia de Cautin se dice ahora *cúpan*, como se decia en siglos anteriores, por linaje, familia, jeneracion. Pariente en jeneral es *mogeyeun*, *mogeyel* (de *mongen*, vivir, criar); ántes era *moñmahue*. Hoi se designa el nombre con la voz *úi*. Ser miembro de una familia se espresa con la palabra *cuñil* (2).

En los nombres araucanos entra una sola palabra, como *Pangi* (leon, familia de Angol), *Huentru* (hombre, familia de Temuco), *Pichun* (pluma, familia de Galvarino). Son los ménos.

Lo comun en la onomástica araucana es el nombre compuesto, del sustantivo i un adjetivo antepuesto que califica o determina, como *Pichihuala* (pato pequeño), *Mariluan* (diez huanacos).

Tan abundantes como los anteriores son los nombres formados de dos sustantivos, *Millacura* (piedra de oro). *Lonconahuel* (cabeza de tigre). En este caso el segundo componen-

---

(1) El padre capuchino Félix José de Augusta, aleman, ha publicado una monografía de los nombres indíjenas «¿Cómo se llaman los araucanos?» en el que reune datos interesantes sobre su formacion idiomática.

(2) El padre Augusta menciona el término «Rúnpen in» como usado en las reducciones de Bajo Imperial.

te designa de ordinario el nombre de familia. Así, el padre de la familia *Vilu* de Maquehue, en Temuco, se llamó *Melivilu* i sus hijos tuvieron los nombres de *Ngúrúvilu* (culebra zorro), *Painevilu* (culebra celeste), *Melivilu* (cuatro culebras).

En menor escala figuran los compuestos de adverbio i sustantivo, *Huenuhuala* (pato de arriba), *Huentuaque* (encima del pato) i los de verbo i sustantivo *Nahueltripai* o *Tripainahuel* (salió el tigre), *Amuivilu* o *filu* (se fué la culebra). En los primeros, el adverbio es palabra precedente i en los segundos el verbo va ántes o despues.

No faltan, por último, los nombres de tres componentes, como *Quiñeleftraru* (corrió un traro o un traro lijero). Se cuentan en escaso número.

Los nombres dobles tampoco escasean. *Nahuelpan Cayulepi* fué *gúlmen* de Pumalal (estacion de Cajon); *Antillanca Pucollan* se llamó un cacique residente en un lugar de *Fucollan*. Un jóven estudiante del liceo de Temuco llevaba el nombre de *Millahual Paillal*; esplicaba que el segundo era el de familia i el primero, el de su padrino.

Por conformarse a la fonolojía del idioma, los araucanos abrevian a menudo sus nombres por apócope; como *Colliau* por *Colliauca* (yegua castaña); o por sincope, como *Paillauca* por *Pailla auca* (yegua de espaldas o tendida), i a veces por estas dos alteraciones reunidas, como *Quiñau* por *Quiñeauca* (una yegua),

Determinan la calificacion del nombre circunstancias estraordinarias en el hogar, algun sueño o supersticion, un rasgo fisonómico resaltante, una esperanza de los padres de que el recien nacido sea fuerte como el leon, lijero, etc., i tambien el uso de hacer coincidir su denominacion con la del *lacu* o padrino.

Procedian siempre los nombres del reino animal, del vejetal o de circunstancias cosmográficas i nunca de sus oficios, titulos ó dignidades. A lo sumo solian adoptar un título español, coronel, capitan. Las palabras *huinca* i *cona* se hallan solamente en la composicion de algunos nombres.

Mediante la influencia de la onomástica española, se ha

jeneralizado entre los mapuches actuales, la práctica de anteponer a la denominacion indijena un nombre de los mas comunes en el pais, por su contacto sin duda con campesinos. Se llaman Juan, Pedro. José, Miguel, Lorenzo, Ramon, etc., pero no Enrique, Arturo, Cárlos, Héctor, Oscar, Wenceslao, Eduardo, Alberto. Julio, Humberto, Roberto.

Ha sido frecuente asimismo el cambio de nombres que han hecho en todo tiempo, dejando el de familia para adoptar el de algun pariente, padrino o protector. Basta con un caso, entre mil que podrian citarse. *Coilla* era un cacique dueño de la parte oriental de Angol. Su hijo mayor tuvo el mismo nombre, pero los menores tomaron el de la madre, *Lonconao*. primera mujer del cacique.

Las leyes de radicacion indijena han contribuido actualmente a desterrar la mutabilidad de nombres.

En ocasiones tomaban tambien el apellido de militares de nombradia entre ellos, españoles primero i despues chilenos. Famoso fué el cacique Pancho Búlnes, de las cabeceras de Chihuaihue, cerca de Collipulli.

Cuando algun indio es mestizo, *champurria*, toma preferentemente el apellido español. Maripan Montero, Huaiquilao Morales, Juan Sandoval, Estéban Romero, fueron cacique de fama entre los suyos.

Las mujeres no toman el nombre de familia, ni el de su marido cuando se casan.

No siendo el idioma de flexion, su nombre no tenia terminaciones que correspondieran al sexo femenino, si llevaba el de algun animal.

Frases simbólicas i espresivas servian para nombrarla, como *Calfurai* (flor azul), *Ayunqueu* (pedernal querido) *Rupaimangin* (corriente que pasó), *Amuingürü* (zorro-zorra-que se fué).

Se han jeneralizado al presente los nombres españoles de Isabel, María Cármen, Rosa, Juana, etc., espresados a veces en diminutivo (1).

---

(1) Quien desee obtener noticias acerca de la onomástica primitiva

De igual modo que los nombres personales, los jeográficos fueron cambiando a medida que se operaban las transformaciones sociales.

Claramente se ve que la toponimia araucana se orijinó en un principio del totem. Han persistido varios nombres, algunos ya citados, al traves de los largos períodos, como comprobacion de este hecho indudable.

Antes que terminara la fase inicial del clan totémico, tuvieron que multiplicarse los nombres por segregacion de familias que se establecian en otros lugares, perdiéndose el de oríjen i adoptándose denominaciones jeográficas o de otra circunstancia.

Cuando el patriarcado adquirió todo su florecimiento, muchos grupos dieron a los lugares de su residencia el nombre de algun antepasado o jefe en ejercicio, denominacion nueva que iba borrando la anterior (1).

Así se hallaba formada la nomenclatura jeográfica del territorio a la venida de los conquistadores.

La falta de fijeza que habian tenido los nombres hasta esa época, continuó en los tiempos sucesivos.

La toponimia del siglo XVI difiere casi totalmente de la actual. En los titulos de encomiendas de los conquistadores, aparecen mui pocos de los conocidos hoi. La mayor parte han sido reemplazados por otros. Sucede lo mismo con los que figuran en cartas jeográficas, libros i documentos antiguos.

Los rios, lagos i cordilleras solian tener nombres diversos en su estension. El rio Renaico se denominó tambien Tolpan; el Lumaco, Vutranlevo; el estuario Budi, Colen, etc.

Los trabajos topográficos i las leyes de radicacion indijena han fijado al fin la última nomenclatura.

_____

en jeneral, puede consultar el excelente trabajo del publicista chileno don Valentin Letelier, titulado *Ensayo de Onomatolojía*.

(1) En la toponimia primitiva del centro de Chile, se observó por los conquistadores que varios lugares tenian el nombre del jefe de la agrupacion, como *Tintilica, Cachipual*, etc.

Queda que advertir que las designaciones jeográficas del territorio araucano son por lo comun descriptivas e indican alguna particularidad topográfica, de la zoolojía, de la botánica o la jeolojía.

# CAPÍTULO III

## Medios de existencia

Recursos naturales ántes de la conquista.—Los pinales.—Influencia en los cultivos de la conquista peruana.—El maiz.—Predominio de la alimentacion vejetal i marina.—Alimento animal traido por los españoles.—La carne cruda.— Alimentacion de los grupos del este i de las islas.—Instrumentos primitivos de labranza.—El *hueque* ántes de la conquista española.— Evolucion de los cultivos con la llegada de los españoles.—Instrumentos de labranza.—Los animales.—Terminolojía agrícola.— La agricultura en los grupos del este i la costa.— La pesca.— El arte de navegar.—Trabajos cooperativos.— Las bebidas.— La embriaguez.—La agricultura se estaciona hasta la fundacion de los pueblos.—Sistema alimenticio actual.

Se ha dicho en un capítulo anterior que al presentarse los araucanos a la escena de la historia, se hallaban asentadas las agrupaciones patriarcales en estensiones de suelo feraz, en particular de las cuencas de los rios, las cuales por estar provistas de abundantes medios de subsistencia, fueron convirtiéndose en semilleros de habitantes.

Los grupos de viviendas se establecieron separados unos de otros, aunque no mui distantes, i con un número de cabañas aproximado al de familias. «Estas chozas no forman poblaciones regulares, pero sí lugares o caserios mas o ménos grandes, en las orillas de los rios» (1).

Todavía quedan en algunas zonas vestijios de esta densidad de la poblacion indíjena en las cuencas de los rios. En las riberas del Cautin i del Imperial, entre otras, quedan aun numerosas agrupaciones que permiten deducir que hubo ahí en otros tiempos una acumulacion estraordinaria de moradores.

Las del centro i de las dos faldas de la cordillera de Nahuelbuta eran colectividades que ya habian perdido las aptitudes para la vida dispersa o la mutabilidad de domicilio i se dedicaban a un cultivo en principio.

El historiador Molina dice de nuestros aborijenes a este respecto: «ellos no eran ya cazadores sino agricultores cuando fueron conocidos la primera vez de los españoles».

Sin embargo, si se atiende a la lentitud con que se efectúan los cambios sociales, no abandonaron del todo la caza i continuaron sacando de ella una parte del sustento habitual i de pieles para sus abrigos. Las tribus del centro i del oeste la ejercian no como ocupacion principal sino accidental, como medio de suplir una fortuita deficiencia de alimentos vejetales.

El suelo cruzado de montañas, bosques i prados cubiertos de matorrales, daban albergue a una cantidad de aves i animales mui superior a la del territorio septentrional. Entre los últimos abundaban el venado (Cervus chilensis), el colo-colo o huiña, gato montes (Felis tigrina), el pangi o leon (Felis concolor), el huillin (Lutra Huidobra), el coipu (Myopotamus coypus) i muchos otros menores.

Desde la época de la caza hasta la adopcion del ganado que importaron los españoles, el huanaco figuraba en primera linea entre los cuadrúpedos que proveian al araucano de alimento animal. Reuníanse en grandes manadas, «que las suele haber, dice el historiador Molina, de mas de cuatrocientos o quinientos».

_____

(1) Molina *Compendio de la Historia Civil.*

Los frutos espontáneos formaban un gran recurso en la alimentacion de los aboríjenes del centro i las dos faldas de la sierra de Nahuelbuta.

Las colinas i los prados les proporcionaban abundante cantidad de papas silvestres, entre las cuales utilizaban de preferencia la comun o *poñe* (Solanum tuberosum).

La frutilla silvestre (Fragaria chilensis), *llahuen* en arau- cano, brotaba en todo el territorio i suministraba al indio comida para el dia, pasas para el invierno i la materia pri- ma de un licor fermentado o chicha (1). Raices i bulbos co- mestibles cubrian tambien los campos i aumentaban los pro- ductos de su culinaria.

Entre los muchos que recojian se contaban los que deno- minaron *ngadu*, *coltro*, *liuto* (Alstroemeria ligtu) i *lauú* o la- hue (Herbetia coerulea), que estraian a la par el indio i la bandurria (Theristicus caudátus) (2).

Al lado de su morada, tenia el indio otro acopio de comi- da en el bosque, aunque no mui pródigo en plantas de frutos suculentos. Recojia ahi buena cantidad de hongos, como el *galgal*, *changle*, *pena* o *pinatra* (3).

Frutos comestibles para el consumo inmediato o para guardar, le ofrecian el avellano (Guevina avellana), el ma- qui (Aristotelia maqui), la murta (Ugni Molinae), la luma (Myrtus luma) i su fruta llamada *cauchau*, el queuli (Adenos- temon nitidus), el roble (Nothofagus obliqua), el peumo o *pegu* (Criptocarga peumus), el boldo (Boldoa fragans), el *boqui* (enredadera), el quilo (Muhlembergia sagittifolia), el coihue (Nothofagus Domboyi), que da un fruto que llamaron *llau- llau*, el michai (Berberis Darwini), el huingan (Duvana de- pendens) i muchos otros.

El pino o *pehuen* (Araucaria imbricata), que forma selvas en los flancos de los Andes i Nahuelbuta, era el árbol bien-

---

(1) Cronistas.

(2) Cronistas i obras del autor.

(3) Ha comido siempre el araucano con avidez i abundancia un hongo asado que se llama *nolló*.

hechor de los araucanos de esos lugares, pues desempeñaba un papel esencial en su alimentacion vejetal. Su fruto, el *piñon*, solia proporcionarles comida de reserva para dos o tres años cuando la cosecha había sido abundante.

El año 1908, escepcionalmente seco en el sur, fué de cosecha abundante para los indios del este. Abandonaron sus trabajos de siembra para ir en busca de piñones que les sirvieran para el invierno del año próximo.

Los entierran i tapan cuidadosamente para su conservacion. De este depósito se surte la olla, que constantemente permanece al fuego para que coma el que lo desee, a cualquiera hora del dia.

Los grupos de esas secciones ejercian derecho de propiedad sobre las comarcas de pinares, que fueron trasmitiéndose de familia en familia hasta hace poco. Habia, ademas, en los valles de la cordillera innumerables espacios sin dueños. de libre apropiacion (1).

En la actualidad los indios andinos pagan la mitad de los piñones que recolectan al dueño o poseedor del fundo. Aun las tribus distantes se proveian de los pinares, para el invierno, de piñones o *gnelliu*. Hasta hoi mismo viajan de todo el centro a los valles de los Andes en los meses de marzo i abril en busca de esta pulpa, que traen en cargas i almacenan en sus rucas. Suelen vender en los pueblos del sur el sobrante de lo que calculan para su consumo.

Desde el siglo XVII formó el manzano español verdaderos bosques en todo el territorio araucano i aumentó, por consiguiente, los frutos comestibles i los licores. En cambio, la vid no fué de la aceptacion del indio, por el cuidado que exije su cultivo.

La busca de vejetales comestibles, raices, animales pequeños, etc., persiste hasta la actualidad como ocupacion de la mujer, la que en esto se ha hecho una especialidad.

Estas tribus sedentarias, ya de organizacion patriarcal mui

---

(1) Rosales, *Historia*, tomo I, pájinas 192 i 197. Investigaciones del autor.

avanzada, tuvieron así relaciones concretas i fijas con el
suelo que ocupaban, i se hallaron en aptitud de asimilarse
en parte los adelantos agrícolas que introdujo mas al norte
la civilizacion peruana.

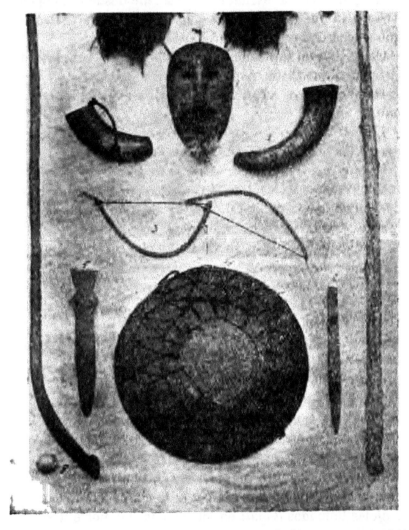

Fig. 5. —1. Máscara (collocollon).—2. Cuernos.—3. Instrumento musical
de criu.—4. Tambor.—5. Pito.—6. Punta de lanza.—7. Instrumento musical de caña —8. Chueca i bola.

En efecto, al arribo de los españoles al territorio, cultiva-
ban desde hace tiempo varios cereales de procedencia pe-

ruana. Ocupaba el maiz, *hua*, el primer lugar entre ellos, particularmonte en las agrupaciones del norte i de la costa del territorio.

En una de sus cartas al rei, Pedro de Valdivia le da cuenta de que envió la escuadra de Pastene desde Concepcion a Arauco «a que cargase maiz»; lo cual bien claro demuestra que se cosechaba ya en cantidades no escasas.

Constituia un suplemento importante en el conjunto de su sistema alimenticio, pues lo utilizaba cocido, *muti* o *mote*: guisado con otros vejetales, en harina tostada, *mulque*, i en pan, *covque*.

Les servia asimismo para la preparacion de un licor mui jeneralizado entre ellos, el *mudai* o *muscá*.

El cronista Ovalle dice: «Este maiz ha sido siempre i es el sustento mas universal de los indios, porque no sólo les sirve de comida, sino tambien de bebida, la cual hacen de harina tostada o desatada simplemente en agua, o cociéndola i haciéndola chicha, que es su vino ordinario» (1).

Aunque cultivada en menor escala, hallábase tambien mui esparcida otra semilla de importacion peruana, la quinoa o *dahue* (Chenopodium quinoa). Tan agradable al gusto araucano debió ser, que su cultivo se perpetuó hasta los últimos tiempos, i aun ahora mismo suelen verse pequeños sembrados de *dahues* contiguos a las viviendas (2).

Una especie de centeno que llamaron *magu*; otras de cebada, el *huegen* i la *tuca*, i el *madi* o melosa (Madia sativa o mellosa), de que estraian un aceite comestible, la linaza araucana, completaban esta agricultura incipiente de orijen peruano.

Seguramente que principiaban a cultivar, ademas, a la llegada de los españoles el aji, *trapi*; la calabaza *dahua*, i los frejoles llamados *dugúll* en los grupos del norte i *kelhui* en los del sur.

Agregaban todavia a tan variadas provisiones, muchas

---

(1) Vistos por el autor en varios lugares.
(2) Tradiciones recojidas por el autor.

algas marinas, de las que iban a proveerse al litoral ántes del invierno en cantidad suficiente para el año. Prueba tam

Fig. 6.—En viaje largo.

bien esta costumbre en la alimentacion, no olvidada al traves de los siglos, el oríjen costino de las tribus centrales (3).

Aun en la actualidad el araucano del centro viaja anual-

(1) Rosales, tomo I, páj. 153.

mente a la costa en busca de cargamentos de cochayuyo o *collof* (Durvillea utilissima), *luche* (Ulva lactuca) i *lualua*, tambien alga marina, que se come en el sur por mapuches i chilenos.

La alimentacion fué, por consiguiente, ántes de la conquista mas vejetal i de productos marinos que animal.

Varios cronistas consignan categóricamente esta observacion. «Comen poca carne, porque ántes que entrasen los españoles no tenian vacas, ovejas, ni cabras, ni aun gallinas, i éstas no sirven sino en los banquetes i fiestas, i aunque tenian el jénero de ovejas, como camellos, de que hablamos en su lugar, no era su ordinario i usual sustento de su carne, sino de la harina de maiz,i otras frutas, yerbas i verduras, i lo mas comun los porotos, que llamamos por otro nombre frejoles i los zapallos que decimos calabazas en España: comian pescado i marisco del mar, i la carne que cazaban en el campo, particularmente los conejitos que llaman *degus*; despues que entraron los españoles comen carne de vaca i carnero» (1).

Por lo tanto, este réjimen alimenticio cambió cuando dispusieron de los animales importados por los españoles. Desde entónces un sistema misto dió a la raza un aporte de enerjía orgánica de que carecieron muchas otras colectividades americanas. En esta época i las siguientes los indios comian la carne cruda (*ilotum*) o con una lijera coccion (2).

Persistió tal práctica hasta que los araucanos depusieron sus hábitos guerreros. Ahora es aun para un mapuche comida esquisita la sangre cruda de un cordero, que bebe con fruicion en la misma degolladura del animal o come cuajada (*ricol*).

La majia tenia parte en esta costumbre, pues creian que así endurecia los músculos i los preparaba, por consiguiente, para recibir los golpes de las peleas i las caidas a caballo sin efectos mui sensibles. Antes de salir a una campaña con-

---

(1) *Histórica relacion*, tomo I, pájina 158.
(2) Tradiciones anotadas por el autor.

tra los españoles, se sometian a una alimentacion de carne cruda.

Manifestaron desde entónces hasta hoi en todos los ramales de la raza, marcada preferencia por la carne de yegua. Comíanla con exceso cada vez que se les presentaba la ocasion, porque la voracidad aparecia aun como uno de los rasgos que caracterizaron a sus antecesores.

Consumian las provisiones de varios dias en uno solo, sin tomar en cuenta las abstinencias que debian suceder a esas orjías de carne. Sus facultades nutritivas adquirian de este modo una elasticidad estraordinaria.

Hoi mismo no es raro ver a mapuches con graves alteraciones de la dijestion, a consecuencia del abuso de la carne de caballo.

Las agrupaciones de los valles andinos, bien que en activo réjimen patriarcal, seguian practicando la caza como principal recurso de subsistencia. Las de las faldas i pampas orientales perseguian el huanaco, el huemul i el avestruz, i comian de diversas maneras las langostas que abundan en esos lugares, segun testimonio del cronista Ovalle.

Las del lado occidental cazaban de preferencia el huanaco i recojian frutos espontáneos, en particular el piñon, que todavia forma la base de su alimentacion.

Las del interior de las pampas arjentinas debieron quedar como colectividades simplemente cazadoras i por tanto nómadas, porque siglos despues, dice el escritor Molina: «habitan en toldos que disponen en circulo, dejando en el centro un lugar espacioso donde pacen sus bestias miéntras hai yerba. Cuando ésta comienza a faltarles, trasportan sus barracas a otro sitio, i así de lugar en lugar van corriendo los valles de la cordillera. Aman la caza i por eso corren a menudo las inmensas llanuras» (1).

Pero, como los paradas que hacian estos grupos andinos dentro de la zona comunal eran largas, por estaciones, po-

---

(1) Molina, *Compendio.*

6

dian entregarse asimismo a la recoleccion de frutos espontáneos.

Las mujeres estraian los tallos i raices i los hombres se dedicaban a la caza i a la guerra. Las agrupaciones de las islas i orillas del mar tenian su inagotable sustento en los peces, moluscos i algas que recojian en la playa, desde épocas prehistóricas hasta su diseminacion hácia el este o su total estincion.

A estos recursos de fácil recoleccion se agregaban otros ocasionales, como las ballenas, *yene*, que solian vararse en la orilla. Como otras secciones del sur, comian la carne, se frotaban la grasa por el cuerpo i utilizaban los huesos para fabricar un número crecido de utensilios.

La presencia de una ballena muerta en la playa se recibia con estraordinario regocijo.

A pesar de existir un ensayo de agricultura a la venida de los españoles, la industria araucana no habia salido de la edad de piedra. Por eso eran todavia de pedernal sus armas, adornos i aperos de labranzas. Entre los últimos habia un instrumento mui jeneralizado, el *hueullu*, palo como de metro i medio de largo, que tenia en su estremo superior una piedra agujereada (*ratancura*) i que en la inferior terminaba en punta o en orqueta. Servia para estraer raices i papas silvestres, cavar la tierra con la punta i romper los terrones por el lado de la piedra horadada.

Usaban, asimismo, palos aguzados de maderas duras como la luma, a los cuales agregaban a veces espátulas de animales, que llamaban *voro* en el norte i *forro*, hueso, en el sur.

Ditinguíanse en la fabricacion de estos instrumentos de labranza los indios de la isla Mocha (1).

Servíanse de otras herramientas de madera que terminaban en punta o en forma de pala, tanto para trabajos agrícolas como para los de construccion: «*pal*, que son a modo de barretas de una madera mui pesada» (2); *pitron*, chuzo; *mai-*

---

(1) Núñez de Pineda, *Cautiverio feliz.* Rosales, *Historia*, tomo I.

(2) *Cautiverio feliz*, páj. 169.

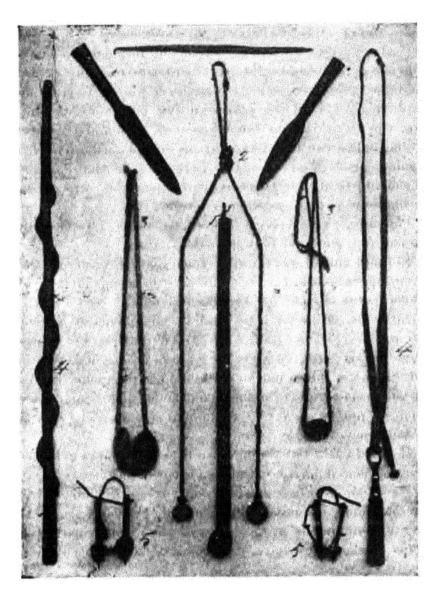

Fig, 7.—1 Puntas de lanza.—2. Boleadora (lecai).—3. Honda (huitrnve
—4. Rebenques (trepue).—5 Espuelas antiguas (de madera, con dos
clavos).

*chihue*, que se asemejaba a un anadon. Fabricábanlos por lo comun de la madera de luma. A la accion de romper la tierra con el último, se llamaba por eso *lumatun*.

Hasta el presente se ha perpetuado un instrumento conocido con el nombre de *calla*, para estraer raices, que es un palo que termina en un pedazo ancho de hierro. Todavía no ha desaparecido del todo esta primitiva costumbre de sembrar con un palo agudo llamado *pilohue*. En una tierra blanda, las indias van cavando agujeros en que depositan las semillas i cubren en seguida de tierra con un pié. Para el mismo objeto utilizan las reducciones apartadas otro de la misma especie que denominan *rengahue* (1).

Por carecer de animales domésticos, estas agrupaciones no pasaron, pues, por el periodo de pastoreo.

El único animal que los araucanos domesticaron con estraordinaria solicitud ántes de la conquista española, fué el llama peruano, que los cronistas llamaron *chilihueque* o carnero de la tierra i los indios, simplemente *hueque*. Lo poseian los caciques i los ricos, *gúlmen*, en escaso número, dos o tres, «y los crian los indios con grande regalia por la lana, y miran mucho por ellos, guardándolos dentro de sus casas porque es la mejor hacienda que tienen para comprar mujeres». (2) Se estinguió en el siglo XVIII por la concurrencia vital de los animales españoles.

Habiendo sido tan limitada su reproduccion, es evidente que este solo animal no alcanzó a crear el pastoreo.

No actuando la necesidad de cultivos mas dilatados, ni la de estensiones con pastos, los límites de las zonas ocupadas por un conjunto de grupos no aparecian bien demarcados: solian mediar entre uno i otro anchos espacios desocupados.

_____

(1)  Costumbres agrícolas presenciadas por el autor en distintas reducciones.

(2)  Rosales *Historia Jeneral*, tomo I, páj. 324.

Hablan tambien los cronistas de un perro *(trehua)* que poseian los indios, especie comestible i quizás la misma que ha sobrevivido hasta hoi, pequeña, delgada i de pelaje un poco largo.

Con la ocupacion española, particularmente en el último tercio del siglo XVI, la agricultura tomó entre los arauca- nos un impulso mayor i produjo, en consecuencia, una re- volucion en el órden económico i social. obrando sobre la constitucion de la familia i multiplicando en consecuencia las intelijencias i las enerjías en la comunidad patriarcal.

Sin abandonar las semillas que ya sabian utilizar, apren- dieron a cultivar los cereales importados por los conquista dores, dando preferencia al trigo, que por su oríjen de Cas- tilla denominaron *cachilla*, i la cebada, *cahuella*.

Los instrumentos de labranza aumentaron de un modo que influia en el incremento paralelo de la agricultura.

En algunas tribus los prisioneros españoles introdujeron el arte de forjar el fierro. Servianse para ello de fraguas pe- queñas i rudimentarias, con fuelles de cuero, que duraron hasta poco ántes del sometimiento definitivo de Araucanía.

Como no conocian la mineria ni la metalurjia, utilizaban el fierro que cambiaban a los españoles, en especial las he- rraduras, i el que recojian en los encuentros o quitaban a los prisioneros.

Pudieron preparar así los primeros cuchillos i las hachas, que fueron reemplazando paulatinamente a los instrumentos de pedernal, hueso i concha. Arreglaron entónces instrumen- tos de agricultura mas pesados o con puntas de hierro, los cuales hicieron innecesarias las piedras agujereadas que se adoptaban a la estremidad superior de un palo.

Hasta consiguieron imitar una hoz o *ichuna* para segar i un primer arado de forma tosca i sencilla, que consistia en un madero grueso i arqueado, con una piedra en la parte que se doblaba hácia el suelo. Arrastrábanla dos a cuatro hombres para formar con él surcos imperfectos i superficia- les. Como el primitivo instrumento de labranza, dieron a esta imitacion de arado el nombre de *hueullu*, palabra que significa «dar vuelta».

Se perfeccionó con el tiempo este primer arado con la adaptacion de un mango, *neghué timun*, i de una pieza de madera para romper la tierra, *hueullu*, a la que se agregaba a veces una punta de hierro. Todo este instrumento, que se arrastraba con bueyes, se llamó i se llama todavia *timun*, de timon.

Idearon tambien una carreta sin ruedas de tres palos que formaban un triángulo, con la base menor que los lados. Designáronla, hasta hace un medio siglo a esta fecha, con el nombre de *larta*. Posteriormente le agregaron ruedas elaboradas de un solo trozo de madera en forma de disco (1).

Al partir del siglo XVII, la cria de caballos habia tomado entre los araucanos una estension tal, que no habia rejion del territorio que no los tuviese en crecida cantidad.

Cuidaron los primeros potros i yeguas, *auca*, que obtuvieron en la guerra i denominaron *huequeinca*, con una solicitud admirable. El medio apropiado por su abundante vejetacion herbácea i el afan constante del indio para arrebatarlos al enemigo, aceleraron su reproduccion, sobre todo despues que desaparecieron las ciudades del sur.

Al mismo tiempo de dilatarse la crianza del caballo, el araucano supo domarlo con destreza i adaptarlo en todos sus usos a su nueva vida, desde la alimentacion hasta la guerra. Sin este continjente tan eficaz, la caracteristica guerrera del indio no habria podido resistir muchos años a la superioridad del conquistador.

Las condiciones del clima, su vida trabajada i el descuido en seleccionarlo para su mezcla, crearon el caballo indíjena, que existe todavia con rasgos propios, delgado, lento i resistente a la fatiga, al hambre i a la intemperie (2).

Al ganado caballar seguia en importancia la oveja, *oricha*, que produjo, asimismo, un progreso notable en la alimentacion i en la indumentaria.

El tipo de oveja introducido al territorio araucano era el español llamado merino, el cual, en un ambiente nuevo i lluvioso, entregado a su desarrollo natural, se transformó en

(1) Son las que hasta la actualidad usan en el sur, las carretas indíjenas.

(2) Este caballo permanece sin mezcla entre los indios.

una raza indíjena inferior, de cuerpo irregular i angosto, lana larga i gruesa, patas finas i prolongadas. Pudo haberse multiplicado en grandes proporciones, favorecido por los pastos exuberantes, pero los indios cuidaban rebaños escasos, de 20 a 50 cabezas por casa, como término medio, número con todo que en el conjunto de una familia crecia bastante (1).

Se contentaban con lo meramente necesario para completar el sustento animal i atender a las exijencias del tejido araucano, limitadas a los ponchos, mantas i telas para el chamal.

El cruzamiento de la oveja indíjena se verificó en Araucanía en época reciente, cuando las tierras se entregaron a la colonizacion nacional i estranjera.

El buei, *mansun*, que no ha perdido hasta hoi mismo su tipo de orijen ibérico. halló igualmente condiciones favorables para su desarrollo en el clima del sur. El araucano prestó a su crianza ménos atencion que al ganado caballar i al ovino. Apénas contaba cada familia con un número que variaba entre cuatro i seis.

La reproduccion de otros animales i de las aves de corral, figuraba en la ganadería indíjena como complementaria únicamente de las anteriores.

Para la crianza de sus animales no tuvieron necesidad de moverse de un sitio a otro, mucho ménos en los primeros tiempos de la ocupacion española, en que los prados i las campiñas de pasto abundaban mas que en los que siguieron a esa época (2).

Una técnica agrícola rudimentaria, perpetuada hasta hoi, se habia formado ya a fines del siglo XVI. Las distintas clases de terrenos se distinguian con estos términos:

*Huincul*, era el de lomas descampadas.

---

(1) Tradiciones recojidas por el autor. Este número persistió hasta el sometimiento de Araucanía.

(2) Las zonas boscosas aumentaron en los siglos posteriores a la conquista.

*Mahuida*, el de lomas arboladas.

*Rulu*, vegas.

*Mallin*, de pantano desecado.

*Lelvun*, de llano.

*Tucun*, semillas para sembrar.

*Quetrahue*, terreno arado; *quetran*, arar; *quetraiñ*, vamos a arar.

*Lecun*, terreno sembrado.

*Cachillalhue*, siembra de trigo; *hualhue*, de maiz; *cahvellal-hue*, de cebada; *aividalhue*, de arvejas, etc.

*Querun*, siembra pequeña i separada, almácigo.

*Maipun*, repasar el arado.

*Reduiñ*, camellon.

*Nganen*, desparramar el trigo; *tucu quetran meyiñ* en el sur es «vamos a sembrar.»

*Dapiltun*, aporcar; *catrinquetran*, segar; *peñad*, gavilla; *panentecun*, emparvar; *ñuiñ*, trillar a pié; *paneltu*, trillar con yeguas; *pichulcan* o *pichultun*, aventar el trigo.

*Rangintun*, partirse por mitad de la cosecha o del sembrado.

*Poñintun*, sacar papas; en la provincia de Cautin *quechd poñen; niesun quelhui*, arrancar los porotos.

*Congitun*, cosechar i la cria de los animales.

*Vochañ*, rastrojo; *vochañ cachilla*, rastrojo de trigo.

*Quechan*, rebaño i arrearlo; *quechan auca*, rebaño de yeguas; *quechan ovicha*, rebaño de ovejas.

*Ngútalen*, pastar los animales; *ovichu camañ*, cuidador de ovejas; *auca camañ*, cuidador de yeguas.

*Vunaltu*, majada.

*Capun*, castrar.

*Quediñ*, trasquilar; *qnediñcan*, tiempo de trasquilar. En épocas pasadas no hacian los araucanos una esquila siste·mada, sino que cortaban con cuchillo la lana necesaria para sus tejidos (1).

*Ngomal cahuello*, amansar caballo.

*Ilocuñillan*, descuartizar las reses; *trelquetuan*, desollarla.

_____

(1) Noticias dadas al autor en Quepe i Metrenco.

ı. *ihuiñen*, trilla a pié en el sur.

*Ponol quetranen*, con yeguas.

Para guardar las cosechas fabricaban las vasijas siguien-- tes: *orron*, cuero en forma de bolsa; *huilli*, bolsa de junco o totora; *chorron*, cuero completo de oveja o ternero; *sacó mamul*, tronco hueco, semejante a una barrica.

Las tribus del centro i las del este de Nahuelbuta, cerros de la costa, adaptaron ántes que las otras estos adelantos agrícolas a su vida económica. Los *pehuenches* o colectividades andinas, con el recurso inagotable del piñon, no prestaban a la agricultura la misma dedicacion. Sin embargo, desde el siglo XVII comenzaron a practicar el cultivo en pequeño de algunas semillas españolas, segun el testimonio del cronista Rosales: «La cebada la siembran antes que comience a nevar y pequeñita la cubren montes altisimos de nieve y se está debajo de ella los seis y ocho meses, y en aviéndose derretido la nieve, que la da el sol, sube con gran pujanza i madura al tiempo que la otra que se siembra donde no hai nieve.»

Las tribus del litoral manifestaron entónces i en los tiempos que siguieron mui escasa inclinacion a la agricultura i al pastoreo. La pesca i la estraccion de moluscos i algas marinas continuaban siendo sus ocupaciones habituales. Para los que habitaban las orillas de grandes rios o lagunas, la tarea de pescar era ocasional. Ahora, por lo jeneral, el indio del centro no se aplica a la pesca.

Para esta operacion se valian de redes, *ñehueñ*, qué fabricaban con hilos de juncos o cortezas de árboles i sumerjian con piedras agujereadas o de pequeñas escavaciones laterales (1). El *chagual*, cardon (Puya coarctata), les suministraba las boyas. Los costinos hacian, ademas, en la playa corrales de piedra o de empalizada, en los que la alta marea dejaba depositados los peces.

---

(1) Los indios de la costa llamaron la red *mallel* i los de la provincia de Cautin, que no practican hoi la pesca, le dan el nombre de *ñichalhue*.

En los rios armaban nasas de varillas entretejidas, llamadas *llolles* que encerraban los peces en la noche.

· Conocian los arpones i anzuelos, que arreglaban de espinas i huesos i ataban al cordel del junco denominado *ñocha* (Bromelia landbecki).

Segun los cronistas, en las aguas mansas adormecian el pescado con estractos de yerbas i cortezas fuertes, i en seguida lo ensartaban con un instrumento de tres ganchos puntiagudos. Hasta hace pocos años los indios del interior pescaban colocándose en hileras en la orilla de un rio i ensartando los peces con un palo aguzado o garrocha, en ocasiones con tres o cuatro puntas, el *rúnquihue.*

El arte de la navegacion se encontraba entre ellos en el estado que corresponde a las sociedades de tipo inferior. No conocian las velas i sus embarcaciones no pasaban de ser toscos i peligrosos aparejos.

Los principales eran la canoa, *huampu,* i una balsa. *trangi* hoi *llangi,* que hacian de totora, carrizos, troncos de *chagual* o madera liviana, atados con *voqui,* enredadera del sur. Fabricaban la primera de un tronco de árbol de dimensiones variadas, que ahuecaban con fuego i hachas de pedernal primero i en seguida con instrumentos de hierro. Celebraban fiestas para cortar el árbol, para alisarlo, ahuecarlo i echar al agua la canoa. Todavia se conserva esta embarcacion entre los indios.

Solian servirse como de timon de un pedazo de madera ancha parecido a una pala. Los remos eran palos con una corteza de árbol atada en uno de sus estremos. Aprendieron despues a elaborarlos de una sola pieza. En este periodo de desenvolvimiento progresivo de la raza, la mujer siguió aportando a las tareas agricolas una parte considerable de esfuerzo i cuidado: ella sembraba, atendia a los detalles de la sementera en el año i pastoreaba el ganado. Posteriormente la secundaron los prisioneros, los niños i los hombres inútiles para la guerra.

Parientes entre sí, cedíanse las familias unas a otras aperos de labranza, animales i víveres cuando la necesidad lo exijia. Estaba vijente, ademas, como una lei la cooperacion en los trabajos de las siembras, de las cosechas i construccion de habitaciones.

El cronista Núñez de Pineda i Bascuñan da testimonio de este hecho en el pasaje que sigue: «Con esta advertencia fuimos a su casa, a donde se juntaron mas de sesenta indios con sus arados e instrumentos manuales, que llaman *hueullos* unos a modo de tenedores de tres puntas, que en otra ocasion me parece, he significado de la suerte que con ellos se levanta la tierra; otros son a la semejanza de unas palas de horno, de dos varas de largo, tan anchas de arriba como de abajo, i el remate de la parte superior, como cosa de una tercia, disminuido i redondo para poder abarcarle con la una mano i con la otra de la asa que en medio tiene para el efecto; i de aquella suerte se cava la tierra muñida, i hacen los camellones en que las mujeres van sembrando. Estos dias son de regocijo i entretenimiento entre ellos porque el autor del convite i dueño de las chacras mata muchas terneras, ovejas de la tierra i carneros para el gasto, i la campaña donde están trabajando, cada uno a donde le toca su tarea, está sembrada de cántaros de chicha i diversos fogones con asadores de carne, ollas de guisados, de adonde las mujeres le van llevando de comer i de beber a menudo» (1).

Todas las faenas agrícolas de accion cooperativa tenian el carácter de fiestas, *cahuiñ*, para los concurrentes. Las habia para cerrar un cortijo, sembrar, trillar, etc.

Tales fiestas, que se verificaban con un ceremonial determinado, exijian un gran consumo de licor.

La pasion de la embriaguez se ha desenvuelto con enerjía entre los araucanos desde ántes de la llegada de los españoles hasta el dia. Siempre han bebido enormes cantidades de licores.

Antes de la conquista española fabricaban numerosos brevajes fermentados de las frutas i semillas de la exuberante flora araucana. Entre muchos, utilizaban los frutos del molle

(1) Núñez de Pineda, *Cautiverio feliz.*

(Litrea molle), del maqui (Aristolia maqui), de la luma (Myrtus luma), de la murtilla (Ugne Molinae), la quinoa (Chepo-
dium quinoa) i la frutilla (Fragaria chilensis). El jugo fermentado de esta fruta, que alcanzaron a mejorar por cultivo,
sobresalia por su gusto ménos desagradable.

La bebida araucana por excelencia fué la chicha de maiz
(*mudai*), de importacion peruana. Obteníase la levadura, que
hacia fermentar el licor, por masticacion ejecutada por las
mujeres viejas i los niños.

Abandonaron la fermentacion por este medio primitivo,
cuando dispusieron de los cereales españoles, para reempla
zarla por una levadura que obtenian haciendo podrirse un
poco de trigo o de maiz en un hoyo. Por último, las mujeres
aprendieron a preparar una levadura parecida a la comun.

El manzano que se propagó en condiciones tan favorables
en el territorio, les proporcionó otra materia prima para
aumentar el número de sus bebidas fermentadas (*pulco*,
chicha de manzana).

No sucedió lo mismo con la vid.

En las zonas donde el clima favorece su cultivo, los indios
no plantaron una sola cepa en sus cortijos.

Las múltiples labores que exije la fabricacion del vino,
eran incompatibles con la falta de prevision i la neglijencia
del indio.

Pero si no aprendieron a elaborarlo, supieron beberlo con
creces. Desde que se afirmó la dominacion española, el vino
i el aguardiente formaban la base de los trueques de especies entre los indios i los mercaderes.

Desde el siglo XVIII hasta la conquista definitiva por el
ejército de la república, se introducian al interior desmedi-
das cantidades de arrobas.

Cuando se fundaron pueblos i surjió la industria del alcohol de fábrica, continuó en mayor escala el consumo de
aguardiente hasta producir en una parte de la poblacion indíjena un verdadero estado patolójico.

En la actualidad, la inclinacion atávica del indio por el

alcohol no ha disminuido. Bebe cada vez que se le invita o tiene dinero para hacerlo.

Sobre los licores que encuentra en el comercio, cuenta con los que él no ha olvidado fabricar, como la chicha de manzanas i la de maiz (*mudai* en el norte i *muscd* en el sur), tipica todavia en sus brevajes embriagantes.

Usaron primero como utensilios para beber conchas del mar, i en seguida platos i tazas de madera o de greda. Algunos caciques ricos tenian tazas de plata de forma parecida a las de madera (1).

Sin embargo, el progreso agricola recibido por los araucanos de los españoles, permaneció en estagnacion hasta el fin de la colonia. Para que se desarrolle la agricultura en un pueblo, es menester que viva tranquilo i con cierta seguridad. Las consecuencias de una guerra prolongada se dejaban sentir sobre todo en los cultivos de los indios, pues los españoles en sus *campeadas* o correrias de verano destruian sus sementeras para castigarlos o rendirlos por hambre. Se veian obligados por esto los araucanos a sembrar espacios limitadisimos, que escondian a veces entre los bosques de las montañas.

En cambio sus ganados permanecian exentos a esta devastacion, pues los ocultaban con facilidad o los trasportaban a largas distancias al primer anuncio de peligro o de invasion.

Aumentaron en consecuencia, hasta formar crecidas cantidades i la verdadera riqueza de las familias, segun el testimonio de los cronistas. «Sus riquezas son los rebaños, que perseveran no por su crianza sino por beneficio de la naturaleza» (2).

Fueron convirtiéndose así los araucanos en comunidades ganaderas mas bien que labradoras.

Pero desde la fundacion contemporánea de los pueblos de

---

(1) Coleccion del autor.

(2) Fernández del Pulgar, *Coleccion de Historiadores de Chile*, tomo XXIX.

la frontera i el natural incremento del comercio, se operó un cambio en las ocupaciones del araucano: perdió su antigua estension la cria de animales i aumentó el cultivo de las tierras.

Los medios de existencia cambiaron igualmente. Los alimentos de oríjen animal disminuyeron para ceder en gran parte su lugar a los vejetales, tanto los cosechados, como el trigo, la cebada, el maiz, las arvejas, etc., cuanto los de produccion silvestre, como los hongos i yerbas de las diferentes estaciones.

La cocina mapuche ha quedado así fija en estas principales comidas:

*Poñe corre* i *pidcu poñe*, guisos de papas con caldo; usados casi diariamente.

*Cacó* (trigo sancochado), *murque* (harina tostada); todos los dias.

*Kúlhué* o *dugúll corre*, guiso de porotos; algunas veces.

*Pidcu avad*, caldo de habas; en diciembre.

*Pidcu aivida*, caldo de arvejas; en el verano.

*Napor corre*, hojas de rábanos con papas; en la primavera.

*Calal corre* i *galgal corre*, guisos de hongos del roble; en el invierno.

*Ilon corre*, guiso de carne; *curan corre*, de huevos; *cancan* carne asada; ocasionalmente.

A estos alimentos vejetales se agregan en verano las frutas.

Como se ve, la carne no se come entre los indios sino en ocasiones fortuitas. Sus animales no están destinados al consumo sino a los trabajos agricolas i a la venta en dinero.

La panificacion tampoco es cotidiana en la cocina indíjena; desconocen el uso del horno i sólo emplean la ceniza caliente.

Para sus comidas no tiene horas fijas el indio: come cuando las viandas están preparadas i en su defecto, las provisiones de consumo estraordinario, como harina tostada con agua *(ulpu)* i mote. Es apasionado por el ají.

En una habitacion suelen hacer las mujeres por separado sus guisos. Si en una misma viven el padre, una hija viuda i un hijo casado, hai tres fuegos. Unas a otras se van invitando a la hora de comer el contenido de la olla (1).

---

(1) Costumbres apuntadas por el autor.

# CAPITULO IV.

## La vida en familia.

El parto.--Ocupaciones del hombre en las diversas fases de su vida.
—Las de la mujer.—Los oficios manuales del hombre.—La al-
farería i los tejidos de la mujer.—El traje.—La vida en invierno.—En el verano.—Las fiestas.—Las reuniones i juegos antiguos.—Los que han sobrevivido. - La chueca.—Las carreras de
caballos.—El *lacutun.* - Los trabajos cooperativos. - El *rucan.*
— El *ñuin.*—Contenido de la casa.

Aun cuando la familia patriarcal habia progresado mucho
desde la conquista española, algunas costumbres de la vida
íntima continuaron en uso hasta dos siglos despues por lo
ménos. Tal sucedió con las referentes al parto.

Tan pronto como la mujer sentia los dolores que preceden
al alumbramiento, se le arrojaba fuera de la habitacion; porque era persona tabuada, que podia comunicar los dolores del embarazo a los que la rodeaban. Iba a establecerse a algun sitio próximo al rio. Como a ella, se botaban
tambien los objetos que le pertenecian. Una india, pariente
o amiga, la acompañaba en trance tan dificil i le suministraba los alimentos.

Luego que se efectuaba el parto i se bañaba, volvia a su
habitacion, abandonada por sus moradores. A los ocho dias
iba a bañarse de nuevo con el niño. Cuando regresaba, los

miembros de la familia la recibian con demostraciones de alegría, porque el tabú habia desaparecido con el lavado (1).

Llegaron a la actualidad modificadas estas prácticas. Hoi la parturiente (*cuñalucutrani*) desembaraza en su casa, de rodillas en la cama, sujeta de un lazo i asistida por una partera (*eputrave*); pero como vestijio del antiguo tabú, se le obliga a bañarse inmediatamente despues del alumbramiento.

Se coloca al niño en la cuna (*cupúlhue*), especie de escalerilla de fácil trasporte i cómoda para dejarse en posicion vertical, arrimada a un objeto cualquiera.

En las diversas fases de su existencia, el hombre se dedica a las ocupaciones que se van a enumerar.

*En la niñez:*

Imita el juego de la chueca con otros niños.

Imita las carreras de caballos, montado en un palo.

Ayuda a la madre a soplar el fuego, a correr las gallinas.

Duerme con la abuela u otros niños, en camarote (*catrin tuco*) separado de la madre.

Come de los alimentos de los grandes.

*En la adolescencia:*

Juega a la chueca con los niños de su edad.

Corre a pié con los mismos.

Juega *avad cudehue* (juego de habas pintadas de blanco i negro).

Ejecuta el *loncotun*, instigado por los grandes (tomarse del cabello i botarse al suelo). Manera de pelear de los grandes.

Cuida las ovejas, acompañado de un grande que le enseña a pastor. Se le provee de harina tostada, sal i ají para el dia.

Ayuda a la madre en los menesteres de la casa, como acarrear leña i agua.

Vijila los cerdos.

Duerme con otros niños o con la abuela.

*Cuando es jóven:*

Juega a la chueca i *avad cudehue*.

_____

(1) Rosales, *Historia*, tomo I.

Fig. 8.—Primitivos trajes de la costa e islas.

Cuida los bueyes i los caballos.

Aprende cuentos (*epeu*). Le enseñan el padre i los viejos.

Lleva recados de su padre para invitaciones (*mangel chel*, convidar jente).

Aprende a dar bien recados i saludos (*pentucu*).

Suele amansar caballos (*ñomamen cahuellu*).

Sirve de jinete en las carreras (*lepun cahuelluve*).

Corta los árboles i los destroza. Conduce la leña en carreta.

Conduce los bueyes de la carreta en los trabajos i mandados.

Va al pueblo a comprar o vender.

Acompaña a los grandes en algunas faenas agrícolas.

Vijila los animales de noche, en una choza pequeña (*pichi ruca*) cerca del corral.

Se baña a la hora que quiere.

Duerme solo.

Escepcionalmente asiste a la escuela o el liceo cuando sus padres cuentan con recursos suficientes.

*En la edad viril*:

Asiste a las fiestas puntualmente.

Se casa, con permiso de los padres.

Aparta casa.

Trabaja en la agricultura: siembra trigo en mayo i junio, chacra en primavera; esquila en octubre; en febrero siega cebada i trigo, i trilla con yeguas.

Suele aprender un oficio mapuche.

Corta madera para leña i para construccion.

Va al pueblo a hacer compras o ventas de trigo, lana i animales.

Pasa a la vuelta a un despacho a tomar vino.

Apuesta dinero a las carreras de caballos, juegos de chueca i de habas.

Va a los pinales en el mes de abril. Los del valle central van a la costa en busca de cochayuyo (Durvillea utilissima) i luche (Ulva lactuca).

Visita a sus parientes i amigos, cuando no tiene trabajo.

Retribuye en su casa los festejos que ha recibido.

Pelea en las fiestas con chicote (*trepuve*).

Suele ir a donde el protector a entablar reclamos sobre sus terrenos o al juzgado a querellarse de despojos.

Van muchos en el mes de marzo a la República Arjentina con mantas i adornos de plata i traen animales.

Narra episodios de sus mayores a la lumbre del hogar, en la noche.

Recibe a los huéspedes que vienen desde léjos, parientes o amigos.

Interviene en el matrimonio de sus hijos.

Consulta a la *machi* cuando está enfermo.

Se baña en verano. Algunas veces en invierno.

Se levanta ántes de la salida del sol; come cuando hai guiso preparado.

Sale fuera de la casa a recibir el sol.

Se acuesta temprano.

*En la vejez*:

Hace trabajar a los hijos i parientes que viven con él.

Acompaña a los niños en el cuidado de los animales.

Suele asistir a las fiestas o ir al pueblo.

Se calienta mucho al sol i al fuego.

Riñe a los que no le obedecen.

Se baña mucho.

Hace testamento verbal (*chalin*) ántes de morir si es cacique o si le quedan bienes.

Las ocupaciones de la vida femenina se desarrollan de este modo en las distintas edades.

*En la niñez*:

Juega a las casitas (*ruca catun*).

Juega a las muñecas (*piñen catun*).

Cuida ovejas.

Aprende a moler trigo, escarmenar lana (*ruacal*) i hacer hilo.

*Cuando es jóven i soltera*:

Hila i teje.

Va al rio a buscar agua.

Hace de comer.

Acompaña a la madre al pueblo.

Barre la ruca (*iputun*).

Muele el trigo i prepara el mote (*cacó*).

Limpia el servicio i lava alguna ropa.

Trabaja *musca* o *mudai*.

Asiste a las fiestas.

Se baña, jeneralmente varias.

Duerme aparte de la madre; si son dos o tres, juntas.

No riñen las hermanas.

Los varones se golpean a menudo.

Se casa.

*Cuando está casada:*

Hila i teje mas, para el marido, para ella i la familia.

Trabaja la comida, el mote, la harina i las chichas.

Se dedica a los trabajos de alfareria.

Coopera a todas las faenas de la agricultura.

Cuida de la comida i reproduccion de las aves de corral.

Acompaña al marido al pueblo i pasa con él al despacho.

Lava algunas veces piezas de vestir.

Cuida a los hijos menores i peina a las niñas.

A veces conduce la carreta.

Guarda el dinero de venta de sus animales.

Asiste con el marido a la fiesta i lleva las provisiones que les corresponde aportar.

Duerme en camarote aparte.

*Cuando llega a la vejez:*

Se hace su comida.

Hila para ella.

Queda en la casa cuando todos salen.

Suele bañarse 1.

En las costumbres domésticas de tiempos pasados entraban algunos hábitos que se relacionaban con la guerra. En

---

1 Esta enumeracion ha sido escrita en araucano por el jóven alumno del liceo de Temuco, Lorenzo Hueche, de Metrenco.

las actuales va disminuyendo la cooperacion de la mujer a las tareas de la agricultura.

Estas circunstancias han variado los rejímenes de la vida en familia de la prolongada época de guerreros i de la contemporánea de agricultores. Entónces todos los actos del hombre se encaminaban a la guerra i los de la mujer a fines económicos; hoi la accion combinada de la familia se concreta a incrementar los medios de existencia.

Basta agregar los pormenores de las varias ocupaciones a que se dedican por separado los hombres i las mujeres, para tener un cuadro completo de la vida doméstica del araucano.

La cultura del suelo ha ocupado en la última mitad de siglo lugar esencial en las atenciones e iniciativas del indio (1).

Secundariamente se ha dedicado a labores manuales complementarias de la agricultura i a otras indispensables a las necesidades materiales de la vida en familia.

Por lo regular, los oficios han estado repartidos entre los indios. En una casa habia un trabajador de utensilios de madera, en otra de objetos de plata i en varias mas, de distintas especialidades indíjenas.

Habia i hai todavia individuos ocupados esclusivamente en hacer sillas de montar (llamados *chillave*, i otros que solo arreglaban pieles para la montura o pellones *chuyuntucuve*).

Los obreros de vasijas de madera (*mamúllcudave*) fabricaban platos, fuentes, tazas, cucharas, cucharones i estriberas. Imitaban estas últimas de las que rara vez solian obtener de hierro o bronce.

Entre estos obreros hai algunos que se dedican únicamente a la fabricacion de bancos para sentarse (*huancu*), otros a la de yugos.

A esta misma categoría de trabajadores en madera pertenecen los que tallan a cuchillo remedos de figuras humanas (*chemamúll*), para los cementerios i las ceremonias de invocacion.

No posee el mapuche aptitudes para el tallado. Sus tenta-

---

(1) Anotadas en capítulos anteriores.

tivas artisticas son toscas figuras que tiene vaga semejanza a las lineas de la fisonomia araucana.

Los trenzadores de riendas de correas (*piscove*) forman un gremio importante i numeroso. No ménos que éstos eran ántes los trenzadores de lazos de crin (*huedqueve*) i los de junco *deve*.

Los canasteros (*quelcove*) forman otro gremio de individuos mui diestros en la elaboracion de cestos de todas dimensiones, aunque de una sola forma, redondos, de la boca ancha i sin asa. Fabricábanlos de varillas de enredaderas.

Mucho mas elegante, artística i resistente es la elaboracion de cestos de juncos, a que se dedica una clase mui limitada de individuos (*llepuve*). *Llepu* se llama una pieza mui comun en las reducciones, especie de fuente para lavar el mote, que es plana, redonda i de un tejido grueso para que no se filtre el agua. Es la obra maestra del arte manual de los mapuches.

Los mismos hacen canastos de igual tejido, tambien de notable perfeccion (*longo*).

El platero (*retrave*) es el artifice por excelencia de los indíjenas.

Desde que comenzaron a obtener monedas de plata, desde el siglo XVI, i talvez iniciados por los españoles, aprendieron a fundir i moldear piezas de este metal.

Los caciques opulentos tenian en sus casas uno de estos peritos, que le fabricaban toda la coleccion de la joyeria indíjena, tan en armonia con la vanidad injénita de los jefes bárbaros.

Hoi es una industria libre.

El platero funde el metal en crisoles que coloca en un bracero. Vacia la plata derretida (*lleu*) en moldes que arregla en un cajon de arcilla o arena fina. En seguida pule sus trabajos con lima o lija.

Da forma a las piezas esféricas o cóncavas con plata laminada, que suelda convenientemente.

Las alhajas mas comunes de los indios son:

*Chahuai* (aro) de distintas formas. Antes de usarlos de plata, los tuvieron de piedra i de metales que tomaron a los españoles, particularmente, de las ciudades que destruyeron (1).

*Tupu*, prendedor de disco. Posiblemente tomaron los arucanos la forma de este adorno de los peruanos, que lo trajeron a Chile.

*Ponson*, prendedor esférico. Tanto los aros como los prendedores toman por lo comun proporciones exajeradas.

*Lluhuelcave*, anillo.

*Trapel acucha*, colgante prendido con aguja.

*Siquil*, colgante para el pecho, de formas mui variadas.

*Rungi* colgante de canutillos.

*Retrihne*, prendedor de colgantes.

*Nitrohue*, cintillos para las trenzas de pequeños discos de plata cosidos a una faja de lana.

*Queltantuve*, collar para el cuello i la cabeza.

*Trarícu*, pulseras.

*Trapapel*, collar de suela con punta de plata o todo de una lámina.

*Trarilonco*, collar.

*Traripel*, collar para el cuello, ancho.

*Llancatu*, una pieza ancha para el pecho.

*Trari mamun*, pulsera para los piés.

Antes trabajaban tambien los plateros tazas para los caciques (*lluhue*), espuelas, estriberas i frenos.

Cuando llegaron los españoles, los adornos araucanos eran de piedras i conchas. Despues adoptaron los de cuentas de vidrios (*chaquiras*) i por último los de plata (2). No conocen la joyas de oro.

Los herreros han desaparecido en la industria araucana. Hoi se proveen los indios en el comercio de las herramientas que necesitan.

La alfareria i el tejido son ocupaciones esclusivas de la mujer.

---

(1) En la coleccion del autor hai un aro de piedra hallado cerca de Villarrica.

(2) González de Nájera, *Reparo de la guerra*, páj. 47.

La conquista peruana trajo a los araucanos el arte de co-cer al fuego las vasijas de barro. Se hicieron con el tiempo eximios frabricantes de tipos hermosos de cántaros i ollas dibujados de colores blanco i rojo, con tierras i raices.

No abandonaron con la llegada do los españoles esta ocu-pacion en que tanto sobresalió la mujer antigua, como se comprueba con los ejemplares encontrados en escavaciones practicadas para trabajos agricolas.

La mujer de ahora mantiene esta aptitud heredada i fa-brica vasijas de todos tamaños i formas, desde el cántaro o jarro grande (*metahue*) hasta el pequeño (*pichi metahue*); des-de la olla grande (*clilhue*) hasta la media (*challa*).

Moldea a mano i ha perdido el conocimiento del dibujo de colores.

Se jeneraliza en el hogar mapuche la vasija ordinaria del comercio, quizás por el ahorro de trabajo que su compra significa para la mujer.

El hilado i el tejido, aunque producidos con los medios mecánicos primitivos, ha continuado perfeccionándose en la calidad de la materia prima i en sus condiciones de estética.

La mapuche hila todavía con huso (*coliu*), que lleva en la parte inferior la tortera (*chinqued*).

Teje en el telar sencillo, que nunca ha variado (*huitral*). Una paleta grande (*quelohue*) i otra pequeña (*ngerehue*), de madera dura, ántes de huesos de ballena, les sirven para apretar los hilos.

Arregla los dibujos de realce de sus tejidos siempre de lineas rectas, pasando otros hilos a mano i no con agujas.

Los colores que antiguamente se obtenian con tierras i raices, son ahora de materias colorantes que la mapuche compra en el comercio.

Las piezas mas variadas del tejido mapuche son: la man-ta (*macuñ*), la faja para la cintura (*trarihue*), la frazada (*pon-tro*), un cobertor de la silla de montar (*lama*). otro de flecos, (*chañuntuco*), el jénero para vestido (*chamal*).

La manta de dibujos blancos se denomina *trarin macuñ*; la listada *nequerr macuñ*.

Variadas en sus dibujos i tamaños son las *lamas* i los *cha-ñuntuco*, los últimos en sus estremos con flecos (*dúhuen*) i en la superficie con crespos (*lapan*).

La mapuche compra hoi el jénero para sus vestidos; ya poco lo teje.

Coloca su telar ordinariamente fuera de la ruca para recibir de lleno la luz que falta en el interior.

No es costurera; rara vez cose, i cuando lo hace, emplea una aguja gruesa.

Cuando los conquistadores invadieron el territorio, serviase para coser de huesos i espinas, que hacian mas bien de leznas que de agujas, para pasar tendones de animales i fibras de cortezas.

Entónces principiaban a usarse los tejidos de lana. Antes los vestidos habian sido de pieles i cortezas de árboles, hiladas primero i tejidas toscamente en seguida.

Persistió en las islas i costas del sur del territorio araucano i en las tribus andinas, el vestido de pieles.

En las demas se hallaba jeneralizado el de lana a fines del siglo XVI (1).

El traje de lana del araucano ha evolucionado en el curso de los siglos. Primero no diferia mucho del que llevaba la mujer: una manta i el chamal que caia desde la cintura hasta mas abajo de la rodilla. Despues el chamal se cruzó por debajo de las piernas i se amarró en la cintura (*chiripá*), tomado sin duda de las tribus *pehuenches*, del oriente. Agregó los calzoncillos (*charahuilla*).

Ahora el mapuche principia a reemplazar el chiripá por un pantalon ancho, atado al tobillo, que llama *charahuilla*.

El traje de la araucana se distingue al presente por su sencillez i uniformidad para todas las edades i estados. El *chamal*, retazo de jénero burdo de lana tejido por ella misma o comprado en el comercio del que se llama «castilla», le envuelve el cuerpo desde los sobacos, sostenido por los hombros con una amarra hasta cerca del tobillo. Una faja de

---

(1) Cronistas i tradiciones recojidas por el autor.

lana, el *trarihue*, lo aprieta en la cintura. La *icúlla*, especie de chal del mismo jénero, prendido al cuello con el *tupu*, cae sobre los hombros i la espalda.

Escepcionalmente llevan algunas camisa corta de lienzo.

En cambio, ninguna ha podido adoptar el calzado, hoi de indispensable uso entre los hombres acomodados i en particular entre los caciques.

Sin embargo, vale advertir que el uso del calzado entre los araucanos es de tiempos recientes. En lo antiguo emplearon unas sandalias llamadas *quelle* i posteriormente las botas de pierna de caballo, curtida, que denominaron *sumel*.

Tanto la mujer como el hombre se dedican de preferencia a los trabajos manuales durante el invierno. Las lluvias copiosas i prolongadas los obligan a encerrarse en su vivienda.

El fuego es el recurso salvador de la familia. En cuanto aclara el dia, las mujeres encienden varios, con algunas brasas enterradas en la noche. Si se ha apagado i no hai fósforos, un niño corre a la vecindad en busca de un tizon.

Han abandonado ya del todo los indios el sistema de producir el fuego por el frotamiento de una varilla puntiaguda introducida en el agujero de un pedazo de madera. (*Rep* se llamaba este sistema; *huentru repu*, o *repu* macho era el palo delgado; *domo repu* o *repu* mujer, el grueso agujereado.

Algunos hombres i jóvenes salen a largar los animales al campo i a cuidarlos que pasten sin perderse. Al medio dia se turnan con otros. Los primeros llegan a calentarse i secar sus ropas a la orilla del fuego.

Las mujeres tejen o se ocupan en algunos menesteres domésticos. Los hombres trabajan en trenzar lazos, hacer vasijas de madera u otra especialidad.

Toda la vida se reconcentra en la ruca; afuera soledad i viento.

En la noche los habitantes de la vivienda se estrechan alrededor de los fuegos Recae la conversacion sobre los incidentes del dia: a los lugares en que habian pastado los animales, a lo sucedido a cada uno de éstos.

El padre aprovecha la oportunidad para dar consejos i

referir recuerdos de su juventud o de la vida de sus mayores. Esto inspira a los miembros de la familia veneracion por los antepasados, estrecha los lazos de union de todos ellos i mantiene el sentimiento de respeto por el padre.

En el verano el réjimen de vida cambia: la ruca es ménos frecuentada i las tareas agricolas, recoleccion de frutos silvestres i otras ocupaciones, dan a la existencia del mapuche una actividad que contrasta con la inercia invernal.

Las fiestas se verificaban en todas las estaciones del año. Habiendo sido únicamente batallador el araucano ántes de su sometimiento definitivo, se comprende que debia dedicar su tiempo tanto al ejercicio de las armas i empresas guerreras como a las diversiones de su raza.

Sus reuniones eran, por lo tanto, mui frecuentes i varia das. Habíalas de carácter jimnástico i guerrero, como la chueca (*palican*), la pelota (*pilma*), el peuco (encerrar a un niño en un circulo de varios tomados de la mano e impedir que otros lo saquen); celebrar la vuelta de un guerrero, etc. De carácter social: casamientos, *lacutun* (poner nombre a un niño) i numerosas reuniones para beber, como festejo a un individuo (*cahuiñ*) a quien se le debia una recepcion de igual naturaleza. Relijiosas: entierros, curacion de enfermos (*machitun*), rogativas, iniciacion de *machis*.

Agregábause los juegos de azar, como el *quechucahue*, con un dado i palitos que se van perdiendo o ganando; las habas pintadas i muchos otros de menor importancia, que se han trasmitido de jeneracion en jeneracion hasta el presente, con prácticas májicas i reglas tambien invariables. Practícanse todavia en el interior de las habitaciones en el invierno i afuera en el verano, con una vehemencia reveladora de que la pasion violenta a los juegos de azar no ha sido rara en los araucanos.

Descuellan hoi entre todas las fiestas del mapuche la del *palican* o chueca. Ha perdido su índole de ejercicio de jimnasia para quedar como simple juego de azar.

Dos filas de hombres desnudos de la cintura para arriba tratan de llevar en sentido contrario una bola (*palin*), con palos arqueados, hasta los estremos de una especie de calle trazada de antemano.

Hai jueces que deciden las dificultades i dan el triunfo a uno de los bandos.

En este juego suelen interesarse dos grupos, que hacen del éxito una cuestion de honor. Numerosos espectadores de una i otra parte, siguen con vivo interes las variaciones de la partida. En ocasiones asisten las *machis*.

A veces los jugadores se van a las manos i la riña se ha ce jeneral con la intervencion de las familias cuyo honor está comprometido.

El juego, al que se han apostado animales, mantas i dinero, concluye con una comilona. Dura hasta dos dias.

Como a la anterior, dan ahora grande importancia los mapuches a las carreras de caballos. Tienen algunos de mucha estima por salir su lijereza de lo comun, *lev cahuellu*, caball corredor.

Sus fiestas relijiosas permanecen intactas (1).

De sus fiestas sociales, tampoco ha perdido su solemnidad el acto de ponerle nombre a un niño (*lacutun*).

Un pariente o amigo de los padres le pide el niño para ponerle su nombre. Se fija un dia para la reunion, que se verifica en casa de los últimos.

Asiste a los deudos del que ha solicitado el *lacutun* la obligacion de contribuir con dinero i especies o animales para regalar al infante. Los de la casa del padre contribuyen con las provisiones, en particular con el licor.

Reunidas ámbas parentelas, el que se podria llamar padrino i alguna otra persona caracterizada de la concurrencia toman al niño en los brazos i hacen una especie de invocacion para augurarle un porvenir lisonjero.

Siguen las libaciones abundantes, segun el uso, para que el acto aparezca con toda la importancia que merece.

Al año el padre devuelve al *lacu* de su hijo la visita i los regalos, porque es de invariable costumbre entre los arau-

_____

(1) Se detallan en la segunda parte.

Fig. 9.—Cacique en traje antiguo.

canos devolver en cantidad igual o superior lo que se ha recibido como dádiva: entre ellos no hai en buenos términos
regalos sino préstamos a plazo fijo, i quien no cumple con el
compromiso de la devolucion, falta a una regla jeneral i se
hace acreedor al desprecio de todos i hasta queda espuesto a
la violencia.

Esta devolucion al año de un regalo, animal i licor por lo
comun, es de obligacion hasta en el acto llamado *conchotun*,
en el cual un individuo por simple agasajo i por el placer de
tener una borrachera, obsequia a un amigo, quien a su vez
queda obligado a la recíproca.

*Mavutun* es la obligacion que tienen los parientes de contribuir a los gastos de una fiesta, *cahuiñ*.

A diferencia de otros pueblos no civilizados, no han cele-
brado los araucanos fiestas i ceremonias al ingreso de los niños al periodo de la pubertad.

De las fiestas cooperativas del trabajo quedan dos, la construccion de casa i la trilla con los piés.

Un jóven mapuche ha escrito en araucano la descripcion
de esta fiesta, que se consigna traducida a continuacion.

«Un robusto compatriota se dirijió a mi padre i le dijo:
«Fuí a donde tus mocetones i le dije lo siguiente: Voi a tener
un *rucan*, ayúdenme, mocetones, ayúdenme, amigos, hágan-
me este servicio. Todos tenemos fiestas, todos nos ayudamos
mutuamente, por eso les pido este favor».

Ellos me dijeron: «Todos los amigos se ayudan habiendo
carne, *mudai* i vino. Mui pronto voi a arrancar ratonera, a
sacar *boqui* i a hacer lazo de *yeibun*. Todo eso llevaré a mi
viejo amigo Manquilef».

En vista de la favorable contestacion, mi padre fijó el dia
en que se podia, mas o ménos, armar la casa. Sólo entónces
supe que se trataba de un *rucan*.

Al dia siguiente, como a las 7 A. M., acompañado de mi
padre, fuí (en mi lindo alazan) a ver a los trabajadores.

Mui admirado quedé al ver a diez peones araucanos que,
con gran destreza i habilidad, propias del que habita las selvas, tiraban i enrollaban grandes manojos de *boqui*, «*foqui*».

Al sacar de las pitras ese largo *boqui* se producia ese ruido que tanto nos habia llamado la atencion.

Cerca de ahí había cinco robustos mapuches cortando largos pilos, guallis i radales, que labraban por dos lados.

Regresábamos al lugar de nuestras cabalgaduras, cuando mi padre me dijo: «Por este lado tengo otro grupito de mozos». Le rogué pasásemos a verlos, pues él no queria, alegando estar mui cansado. Accedió, i ví a ocho mocetones que cortaban derechos colihues; le sacaban las hojas i en seguida los agrupaban.

Nos fuimos del bosque i marchamos hácia una gran loma; en ésta la *«kona»*, ratonera, llegaba hasta los estribos. Varios araucanos competian en ser los primeros en formar caballos de ratonera o *«cahuell»*, como llaman los araucanos.

Los mencionados caballos están formados de la siguiente manera. Se amarra un manojo de ratonera del tamaño de una gavilla de trigo; tal manojo se denomina *«conkd k∂nd»*. Ahora, se toman cuatro *«conkd k∂nd»*, formándose un grupo llamado *«throquiñ»*, i diez de éstos forman el *«cahuell»*.

A las 12 M. en punto llegamos a nuestra casa.

Despues de almuerzo sali a dar un paseo a pié; me dirijí hácia un esterito en que abundaba mucho el *yeibun*.

Bajo un frondoso roble estaban cinco araucanos haciendo lazos. Les interrogué para qué hacian tantos, a lo que ellos contestaron: «Estos lazos se necesitan en el rucan». Los lazos los fabricaban de la siguiente manera: Toman el *yeibun*, lo parten, le sacan el corazon i la cáscara la tiran sobre el techo de las casas para que se seque. Una vez secado, se hace el lazo.

Para fabricarlo se humedece, se pone el material entre el dedo pulgar i el indice del pié (sea izquierdo o derecho) i con las palmas se dobla.

Este lazo de *yeibun* es llamado por los araucanos *«mau»*.

Los araucanos son mui diestros, pues en una hora se hacen como 20 metros de *«mau»*.

Dos dias seguidos trabajaron los sufridos mocetones; concluyendo así las dificiles tareas.

8

Al tercer dia varias yuntas de bueyes condujeron el ma
terial a un lugar preparado con mucha anticipacion.

Mui pronto varios mocetones principiaron a hacer hoyos
otros a poner en órden las vigas; otros a arreglar i repartir
el *foqui*; otros a repartir la *kənd*; otros a armar la casa i en
un corto tiempo apareció lo deseado; es decir, la casa armada; cada cosa en su lugar i listo para principiar la techadura
en cualquier momento.

Desde que se armó la casa noté en la mia gran movi
miento.

De la noche a la mañana, varias jóvenes araucanas tenian
frente a mi casa grandes fogatas. En cada una de éstas habia enormes ollas.

¿Qué tienes en esa olla? pregunté a una mapuchita. «Es
trigo para el *mudai* que se va a dar en el rucan», me con
testó.

Como a tres metros del fuego habia piedras de moler que
estaban, parece, con ansias de hacer sonar sus moléculas. Digo así, porque debajo tenian un limpio i nuevo *chucum*, como
llaman los araucanos a un pellejito que nuestros campesinos
denominan *chucon*.

Las robustas jóvenes casi a un tiempo, sacan las ollas, las
dan vuelta (cuidando de taparlas con una latita) para que
salga el agua i en seguida, las sacuden (levantando el trigo
hácia arriba) para que salga el vapor.

Llevan despues sus «challá», ollas, cerca de la piedra, se
hincan i principian a moler al compas de un cantito que podria traducirse por estos sonidos: *'pséi, pséi, fséi, fséi, pséi,*
etc. (La s tiene la misma pronunciacion de la s francesa en
tre vocales).

Al mismo tiempo que muelen van mascando sin tragar i
ese producto semi-liquido, lo depositan en su cantarito. Todo
lo que se guarda en éste sirve de fermento, pues a falta de
él, el *mudai* queda dulce i, por consiguiente, malo.

Una vez que se ha molido todo el trigo, se coloca nuevamente la olla al fuego, i cuando ha dado el primer hervor,
tanto lo molido como lo masticado se depositan en la *challa*.

Fig. 10.—1. Llepu.—2. Lazo de junco.—3. Pillhue o huilal (bolson).—
4. Vasijas antiguas.—5. Longo (canastas de junco)

Una vez que ha hervido un poco, se saca el agua, que con el trigo ha quedado blanca, en grandes cántaros i se llevan a unos tiestos llamados *meseñ* o «chuicos», como los denominan los campesinos.

En estos tiestos el licor tan apetecido por los araucanos queda preparado para su bebida ya desde el segundo dia.

Hoi, se echa a la olla solo lo molido i como fermento se pone *la can*, orejones de manzanas. Por ésto es mui conocido el *mudai* que ha sido preparado con el fermento bucal, pues cuando falta el orejon, quiere decir que hai masticacion.

Esta es la fabricacion del *mudai* o *muscá*, licor tan comun i tan apetecido en las fiestas araucanas.

Al lado de las fogatas mi padre hacia que carnearan dos vaquillonas gordas. Cerca de ahí dos mocetones botaban dos lindas potrancas. La muerte de éstas era mui rápida, pues se les daba un golpe en la frente con el ojo del hacha. Inmediatamente un gallardo indio les enterraba el puñal por el pecho i recibian la sangre en los *rali*, platos de madera.

Senti que el corral de ovejas estaba en revolucion; fuí a ver: cinco traian mi hermano Ignacio i un moceton. Pregunté por qué traian tantas, i él con mucha tranquilidad me contestó: «Estas ovejas son para el *rucan*, i esto solo comerá el *huinca*. Las vaquillas i las potrancas son para todos mis parientes, i las gallinas para los caballeros que nos visiten.»

Mui satisfecho de la respuesta de mi hermano fuí hácia donde estaba mi padre a escuchar lo que conversaba con unos forasteros.

Al mismo tiempo que me sentaba, mi padre dijo a uno de los mozos: «Toma, pasándole dinero i una carta, lleva esto al señor don... El te entregará una pipa de vino que le dejé comprada. Enyuga los mariposas, esos son buenos i no te dejarán en ninguna parte i mañana bien temprano debes estar aquí.»

Como se ve, todo estaba listo; pero faltaban los dirijentes de la casa.

La choza de un araucano no la dirije una sola persona, sino tres; dos capitanes i un teniente. Cada capitan tiene la

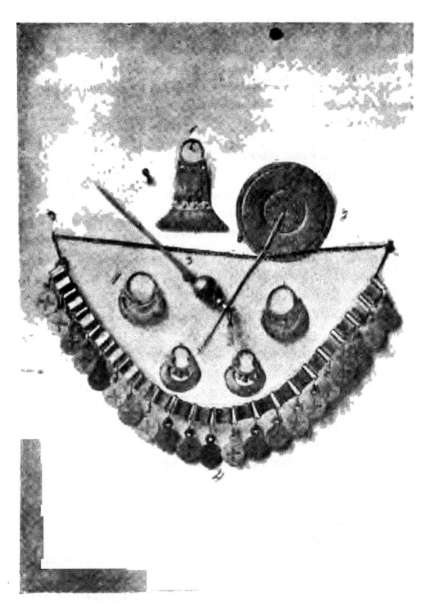

Fig. 11.—1. Aros.—2. Tupu (prendedor)—3. Ponson (prendedor.
4. Collar (queltantuve).

direccion de un costado i el teniente la parte posterior de la ruca.

Faltaba, pues, designar a estas personas.

Entónces el cacique mandó a su *huerquen* Ramon a casa del mui españolizado indíjena i sobrino suyo, José Maria, a decirle lo siguiente: «*Komelecan chi ñi ftá həme chokəm nienən duɣnir chiíiíí.*

*Kəmé chokəm, kəme güerrí:*

Como tú eres un buen trabajador, me he apresurado a nombrarte capitan. Ruégote que desde mañana mismo, si es posible, tomes todas las medidas del caso, i apresúrate a reunir jente, pues tengo bastante carne i *mudai.*»

El sobrino le contestó, con el mismo *huerquen*, lo siguiente:

«Buen tio, mañana mismo reuniré jente, con buena voluntad, pues entre todos nos ayudamos i nos hacemos favores. Le agradezco la eleccion que ha hecho en mí, i haré todo lo posible porque su casa salga lo mejor i lo mas pronto que se pueda. Aunque Ud., querido tio, no hubiese tenido carne i *mudai*, siempre le habria ayudado».

Despues el cacique mandó a su *huerquen* a casa de otros caciques amigos a decirles el siguiente recado: «Buen amigo: Te ruego te tomes el sacrificio de asistir a un gran *rucan* que haré dentro de dos dias. Espero, como amigo, que tú me has de honrar con tu presencia, pues no me ha de faltar como servirte. Al mismo tiempo te ruego que traigas a toda tu familia i a todos tus parientes i amigos. Espero, amigo, que no me has de despreciar.» Este recado lo dice el *huerquen* despues de las ceremonias del saludo i de haber dicho lo siguiente: «Me manda..., tu amigo, a comunicarte lo siguiente.»

El cacique invitado le contestó: «Amigo: todos tenemos *rucanes, ngillatunes*, i en fin, toda clase de fiestas que celebramos, i seria una deshonra mui grande no asistir a ellas. Ademas, amigo mio, para los amigos no se debe gastar muchas palabras i solo debe decírsele: «tal dia es mi fiesta.» Todos los demas cumplimientos deben dejarse para aquellos que se ven por primera vez, con el objeto de ganar amigos i aumentar nuestra parentela.»

Fig. 12.—1. Cintillo para las trenzas (nitrohue).
—2. Collar de suela con lámina de plata (trapapel).

Designados los capitanes i el teniente, mi padre fijó el dia del *rucan.*

La obra ya no era del cacique sino de los dirijentes. Los capitanes i el teniente tenian que buscar las personas para que les ayudaran a techar.

El dia de la fiesta se entregó a los capitanes i al teniente la mitad del *mudai,* del vino, de la carne; en una palabra la mitad de lo que se habia reunido para el *rucan.* La otra mitad se dejaba para los convidados i para todos aquellos que asisten aun sin invitacion.

Se principiaba a techar cuando se presentó un cacique rodeado de mocetones, i todos los dueños de casa, como me permito llamar a los constructores, principiaron a gritar: «*Güithran, güithran,*» equivalente a «Forastero, forastero,» i las mujeres decian: «*Ponthró, hué ponthró,*» lo que significa «Frazadas, frazadas nuevas.» Decian frazadas nuevas, por que los caciques o hijos de éstos deben sentarse siempre en frazadas nuevas o en lo mejor que tenga la humilde ruca del araucano.

Cada forastero era mui bien recibido por las jóvenes. Estas corrian de un estremo a otro en busca de pellejos, *lama* i *ponthros,* con el objeto de tenerlos listos i colocarlos en los asientos de los convidados,

Una cosa comun entre los araucanos es la de no dejar a nadie de pié, sea pobre o rico. Tanto éste como aquel infeliz no encontrarán jamas el banco pelado, es decir, el asiento sin *ponthros,* sin *lama,* sin una manta vieja o sin un humilde pellejo.

Así, pues, era recibido cada huésped que arribaba a la fiesta. Los mocetones del cacique visitante inmediatamente se pusieron a trabajar.

Los trabajadores estaban distribuidos de la siguiente manera: La mitad, mas o ménos, tiraba los *conkd kand;* un cuarto estaba sobre la casa i el resto bajo el techo; pero siempre arriba.

Ahora, los de abajo tiran la ratonera; los de arriba, que están en la parte superior del techo, estienden la *kand* i con

Fig. 13.—Taza de plata (lluhue) en que bebian los antiguos caciques.

largos lazos de *yeibun* enhebrados en una aguja de colihüe lo pasan para abajo, i los constructores de esta parte reciben la aguja i la devuelven clavándola en el techo, en donde recibe ésta un fuerte golpe con un mazo. De esta manera se va apretando la *kɔná*, ratonera.

Mui pronto, como en hora i media de trabajo, se concluye la casa. Por lo espuesto, la humilde ruca del araucano se hace en corto tiempo; pero, no obstante, su construccion es costosa, como ha podido verse.

Despues de concluida, tanto los constructores con sus mujeres, como los convidados, entran a la ruca a los gritos de »*Coniyiñ hué rucá meu,*» equivalente a «Entremos a la casa nueva.»

En el interior se hacen tres grandes fogatas, correspondiendo dos a los capitanes i la otra al teniente. Cada jefe se reune con sus mocetones i parte de los convidados alrededor de su fuego i se da con esto principio a la fiesta.

Las jóvenes mapuches estaban perfectamente adornadas. Muchas tenian los pómulos teñidos con *kelihue* (sustancia colorante), las trenzas envueltas en plata; la cabeza provista de un lindo collar de plata (*tharilonco*) i de un *tesd pañú* (pañuelo de seda); las orejas, de grandes aros que llegaban hasta los hombros; el cuello, de un *tharipol* (collar de plata); todo el pecho tapado de una ancha pieza de plata, denominada *llancatu*, que estaba fija con una aguja del mismo metal, i en las manos i en los piés llevaban grandes pulseras o *thrarí cu* i *thrarí namun*, respectivamente.

Muchas de estas jovencitas, que eran parientas del cacique, corrian de un estremo a otro con grandes platos llenos de carne, de caldo; con cántaros de vino, de *mudai*, con enormes asados todavia chirriando en el asador; etc., etc.

Era un placer para los que recibian algo de estas jóvenes. Todos contemplaban a aquellas hermosas i bien adornadas araucanas.

En las fiestas, tales como la que describo, las indias jóvenes ponen en juego todo su arte coqueton i femenil.

La fiesta dura a veces tres i hasta cuatro dias.

Fig. 14.—Espuela i estribera de plata (de antiguos caciques).

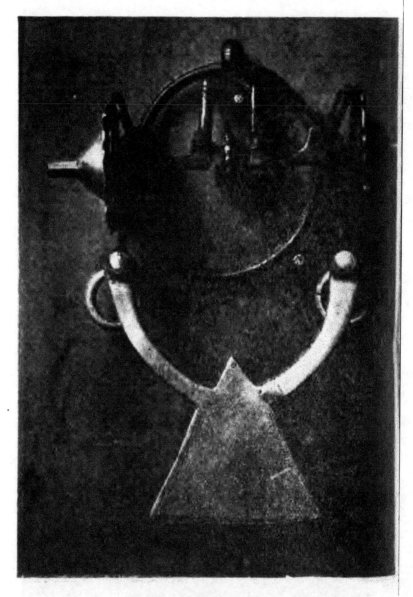

Fig. 1°. -Freno de plata.

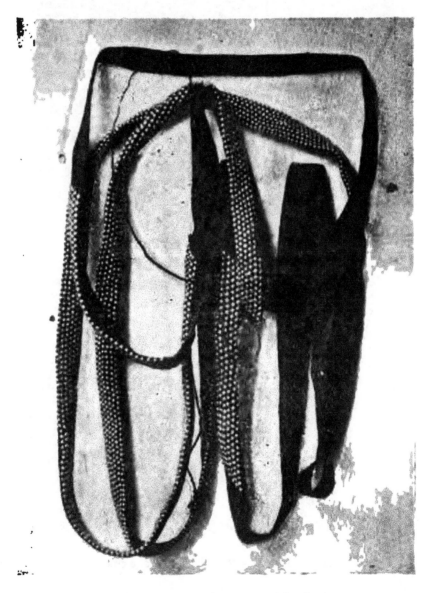

Fig. 16.—Cinta para las trenzas (nitrohue).

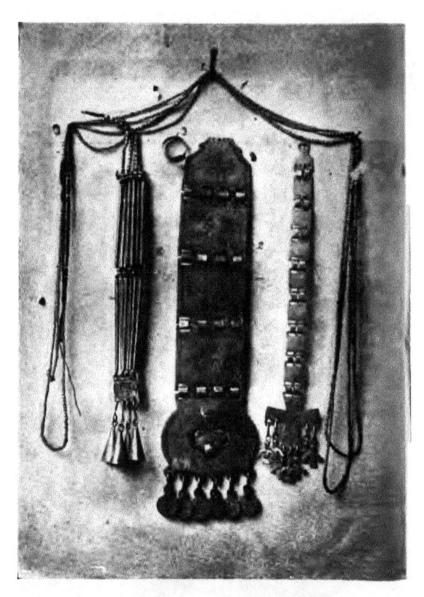

Fig. 17.—1. Pulsera.—2. Colgantes.—3. Anillo.

Fig. 18.—Manta de dibujos blancos.

En estas reuniones el jóven mapuche tiene facilidades de enamorar a la indiecita de sus afecciones, valiéndose de los medios acostumbrados entre los aboríjenes, a cuya ejecucion se presta el estrecho contacto i la gran confianza qué entre todos reina en ese dia festivo.»

Desde los grupos anteriores a la conquista, las habitaciones evolucionaron de la forma circular a la ovalada que es hoi la mas comun, i la cuadrada, tipo raro i de última construccion.

La ausencia de pormenores confortables que tenian entónces, se ha perpetuado hasta hoi. Bajas, sin aire, mui estrechas para una familia a menudo numerosa, descansan sobre un suelo descubierto i húmedo, fácil a veces de inundarse.

Están construidas de armadura de madera cubierta de carrizo, junquillo o cortadera (Carex chilensis), segun la localidad.

La puerta en direccion al este, nunca cierra bien. El techo tiene la forma de un casco de embarcacion, con aberturas en los lados para la salida del humo.

Su mayor o menor dilatacion depende de los recursos del dueño.

Otro de los trabajos cooperativos que aun subsisten en las agrupaciones apartadas, es la trilla a pié (ñihuiñ).

Se hacia un monton de las espigas del trigo, i alrededor dé él se estendia en el suelo una capa de cierto espesor para que fuese pisada. Arriba se colocaba un viejo con tambor. Comenzaban a jirar en torno de este haz parejas de cuatro o más hombres i mujeres, tomadas de las manos, con un paso arrastrado para separar el grano de la espiga. A veces precedia a los trilladores algun tocador de pito i cascabeles. Un enmascarado, *collon-collon*, se entretenia en hacer reir con sus bufonadas a los concurrentes. Duraba este trabajo dos o mas dias, i en ella el dueño de la trilla mostraba todo empeño en dejar contentos a sus cooperadores con toda la comida i el licor que podia suministrarles.

El número de personas que habitan en la casa, como se ha dicho, es variable. Cada una tiene su sitio determinado, o en el interior de la ruca o en los camarotes (*catrintuco*). En estos departamentos sirven para dormir los catres ma· puches (*cahuito*).

El individuo tiene los objetos que le pertenecen en el lu· gar que se le ha señalado.

La aglomeracion de personas, de arreos de montar, ins· trumentos de labranza, piedras de moler, utensilios domés· ticos, dan al interior de la casa araucana un aspecto de suma estrechez.

# CAPITULO V.

## Modalidad guerrera

Práctica de guerra de los araucanos.—Rasgos comunes a las razas inferiores.—Eleccion del jefe entre los araucanos.—El tabú sexual de los guerreros.—La estratejia.—Los planes.—Prácticas májicas aplicadas a la guerra.—Psicolojía del miedo a las armas de fuego.—El valor.—La crueldad.—Vestijios de antropofajía.—Causas que favorecian el espíritu de rebeldía.—El patriotismo embrionario del indíjena.—Desaparicion completa de tendencias guerreras

Lo que mas ha contribuido a perpetuar la fama del araucano ha sido su carácter estremadamente guerrero.

Para hacer un análisis psicolójico de su modalidad guerrera, conviene recordar primero, aunque en sintesis mui jeneral, sus costumbres bélicas (1).

Cuando uno de los caciques mas caracterizados deseaba romper las hostilidades, hacia circular en las diversas tribus una flecha ensangrentada i a veces el cráneo o un dedo de algun enemigo. Iban tambien los hilos rojos llamados *pron*, que indicaban el dia de la reunion. Guardábase el secreto de estos preliminares con admirable sijilo.

_____

(1) Pormenores mas ámplios sobre el particular se hallarán en los cronistas, sobre todo en el sagaz González de Nájera; volúmen I de la *Historia de Araucanía*, del autor, i el I de la *Historia Jeneral de Chile*, del señor Barros Arana.

La asamblea se verificaba en tierras del cacique o *gülmen* invitante, quien tenia la obligacion de costear los gastos del festejo, en estas ruidosas reuniones, que dejeneraban a veces en riñas i borracheras. Se trataba de los motivos que habia para declarar las hostilidades. Se elejia a uno de los *toquis* principales o a un guerrero de aptitudes relevantes para jefe de las operaciones i se acordaban los pormenores de la movilizacion. Estas juntas tenian lugar en la primavera, en sitios determinados para este objeto i con un ritual invariable en los discursos i amenazas al enemigo.

Cuando el enemigo invadia repentinamente sus posesiones, rápidos correos partian en todas direcciones, grandes humaredas anunciaban el peligro i el cuerno de guerra daba la voz de alerta de grupo en grupo.

Acordada la campaña, los guerreros se entregaban a ejercicios jimnásticos i a la abstinencia en la comida i en los placeres jenésicos. Preparaban asimismo sus caballos para el combate.

Sus planes ofensivos o defensivos eran mui simples, como correspondia a la guerra en pequeño que sabian hacer, e decir, de emboscada, sorpresas i captura de convoyes.

En sus escursiones, particularmente ántes de poseer el caballo, no se estendian a lugares demasiado distantes de sus residencias.

Hacian las marchas, al ménos en los primeros tiempos de sus campañas contra los españoles, agrupados i sin órden ni disciplina, aunque destacaban avanzadas que previnieran una sorpresa.

Un incidente cualquiera que despertase alguna de sus innumerables supersticiones, como el vuelo de un pájaro de mal agüero en tal o cual direccion o la pasada de algun animal en sentido mal interpretado, producian el desbande parcial o total.

La caracteristica de la táctica araucana consistia en la astucia para tender trampas al adversario. «Su principal cuidado es echar emboscadas i lograr algun descuido del enemigo. Rehusan cuanto pueden el dar batallas de poder a poder, i cuando las dan, es fácil vencerlos por no hacer cuerpo de exército» (1).

Adornábanse los guerreros con plumas de pájaros, cabezas i colas de animales, especialmente de zorros, para adquirir astucia i rapidez.

Se sangraban las piernas i las rodillas con lancetas de pedernal para alijerarse i estraerse la sal que les bajaba a esa parte del cuerpo, segun su creencia.

Cada uno se proveia de sus armas. A la llegada de los españoles usaban la flecha *(pulqui)*, la honda *(huitruve)*, la masa o macana *(lonco quilquil* o cabeza de chuncho), el hacha de piedra *(toqui)* i lazos de junco para cojer al enemigo i amarrar a los prisioneros.

Poco despues adoptaron la lanza *(huaiqui* primero i despues *rengi*, colihue), que prefirieron a todas las otras por la abundancia de madera para fabricarlas. Primeron quemaron las puntas para endurecerlas o les adaptaban pedazos de pedernal, i al fin aprendieron a colocarles astas de hierro

Tomaron el *lacai* o boleadoras (piedras amarradas) de las tribus cazadoras del este.

Nunca adoptaron de un modo sistemático las armas de fuego. Al contrario, temiéronlas siempre, no ménos por su estrépito que por sus efectos.

El mas iniciado de los cronistas en los pormenores guerreros de los araucanos, González de Nájera, dice de los indios de la conquista: «con todo esto no podian dejar de temer la manifiesta i clara ventaja que los nuestros les tenian en armas i caballos, bastante causa para reprimirles el intento de rebelarse, puesto que tenian los indios de aquel tiempo tan poco valor, que al estampido de un solo arcabuz se postraban sus escuadrones por el suelo» (2).

En la batalla de las Cangrejeras (1629), al estampido de los arcabuces, «unos se enterraban i otros saltaban al aire» (3). En el ataque al fuerte de las Cruces, en Valdivia, a me-

(1) Rosales, tomo I, páj. 119.

(2) *Desengaño i reparo de la guerra de Chile*, páj. 86.

(3) Córdoba i Figueroa, páj. 206.

diados del siglo XVII, «acometieron a la media noche con furia, pasaron el foso, cercaron el fuerte, huyendo el cuerpo a las piezas» (1).

Con frecuencia se encuentran pasajes en los cronistas en que se cuenta que los indios se echaban al suelo al estampido de los arcabuces o que se ponian en fuga con «algunas rociadas» de estas armas.

Hasta el último periodo de sus guerras conservaron tal temor. En el combate de «Monte Urra» acompañaba al jeneral José María Cruz, revolucion chilena de 1851, una partida de araucanos que obedecia al célebre caudillo Mangil. «Estos bárbaros se manifestaban aterrados con el estallido de las bombas, cuyo uso les era, al parecer desconocido, pues cuando algunos oficiales fueron a decirles que cargaran, señalaban con sus lanzas el espacio i tratando de remedar con el jesto el estallido de aquellos proyectiles, daban a entender que ellos tenian miedo de pelear con enemigos que hacian caer sus fuegos del cielo» (2).

En sus peleas con los soldados de la república, nunca o mui pocas veces atacaban ántes que la infanteria hubiera descargado sus fusiles. Al ruido de una descarga o de un simple disparo, se inclinaban a un lado del caballo para escudarse con el pescuezo i cuerpo de éste (3).

En el último encuentro que tuvieron con algunos vecinos i milicianos de Collipulli, en el lugar de Rengan, habrian vencido con toda facilidad si los asustados defensores de ese pueblo no hubieran comenzado a disparar sus fusiles, escopetas i revólvers sin órden ni fijeza. Los primeros pelotones retrocedieron, arrastraron a los otros i todos se lanzaron a un barranco del rio Malleco (4).

El dia fijado para abrir las operaciones se reunian los *gül-*

------

(1) Olivares, *Historia de Chile.*
(2) Vicuña Mackenna, *Diez años de la administracion Montt,* tomo IV, páj. 263.
(3) Archivo del autor.
(4) Archivo del autor.

*men* o sus capitanes con el continjente que les correspondia. Venia la jente provista de la comida necesaria i quedaba a las órdenes del jefe jeneral, aunque el particular no perdia por completo su independencia de mando.

En los primeros choques con los españoles, entraban al combate en pelotones compactos, mas o ménos alineados, que embestian sucesivamente.

Aleccionados por los mestizos i desertores e imitando a los españoles, progresaron en sus prácticas guerreras en los períodos sucesivos a la conquista: aprendieron a construir fuertes i defensas artificiales, que no persistieron en sus costumbres guerreras; a tender trampas de fosos a la caballeria, a formar mejor su linea de batalla i a ejecutar algunos movimientos elementales sobre el terreno; pero no a maniobrar conforme a las necesidades del combate.

La adopcion del caballo español aumentó sobre todo la potencia guerrera del araucano. Desde el primer tercio del siglo XVII, la caballeria española solia ser arrollada por la araucana, «la cual en estos tiempos se habia hecho bravísima en el manejo de los caballos» (1).

El cronista Rosales describe así la manera que tenian de iniciar la pelea: «Acometen haciendo mil monerias, dando saltos, tendiéndose en el suelo, levantándose con gran lijereza, quebrando el cuerpo i haciendo acometidas i retiradas».

Combatian desnudos desde la cintura para arriba i cargaban con un vocerio unánime i estruendoso, costumbres que se perpetuaron hasta las últimas campañas de la república. A veces avanzaban en cuatro pies hácia el enemigo para no ser vistos i cargar en seguida con toda rapidez. Este avance tenia el nombre de *huinolto*. Ganar en un asalto era *huehui malon*.

Eran mui dados a los combates singulares, en presencia de los ejércitos listos para acometerse; la historia rejistra numerosos casos de retos de caudillos araucanos a jefes españoles.

---

(1) Molina, *Compendio de la historia civil*, páj. 297.

Daban a sus actos de valor toda la publicidad i resonancia que establecian las costumbres: «I así, dice un cronista, en dando una buena lanzada a otro cuando pelean i en matando a otro en la guerra, da dos saltos el indio matador i publica en voz alta su hazaña para que todos sepan como es valiente, i dice *inché* (yo) nombrándose i dándose a conocer a todos, así amigos como enemigos».

El mismo agrega: «Son feroces i crueles notablemente en sus venganzas, despedazando inhumanamente al enemigo cuando le han a las manos, levantándole en las·picas, haciéndole pedazos, sacándole el corazon i relamiéndose en su sangre» (1). «Cuando en la guerra matan a algun jeneral o persona de importancia i le cortan la cabeza, le toca el guardarla al *toqui* jeneral, como presa de grande estima i que pasa de padres a hijos como vinculo de mayorazgo, i en las ocasiones de guerra o de alzamientos la saca como estandarte real que quitaron al enemigo.

Guardan el casco despues de haberlo pelado i descarnado en agua caliente, i en las borracheras de mucho concurso le sacan para beber en él por grandeza» (2).

Cesó la preparacion de cráneos cuando avanzó el perfeccionamiento de la familia patriarcal.

De ordinario hacian perecer a los prisioneros poniendo en ejecucion un ceremonial minucioso. Lo conducian amarrado i desnudo al pié de un árbol. Todos lo burlaban i pedian su muerte a gritos. Lo hacian arrodillarse i enterrar unos palitos, que representaban jefes españoles. De repente un cacique le daba un golpe de *toqui* (hacha, en la cabeza para ensartarla en una lanza. Le estraia el corazon para morderlo i untar en la sangre sus armas. De las tibias hacian pitos (*pirúlca*) i abandonaban el tronco a los perros.

Este sacrificio de prisioneros se hacia para solemnizar una borrachera (3).

_____

(1) Rosales, *Historia*, tomo 1, páj. 117.
(2) Rosales, *Historia*, tomo I, pág. 123.
(3) Cronistas.

Fig. 19.—Jugadores de chueca.

Por escepcion perdonaban el sacrificio á los prisioneros que sabian algun oficio. Incorporábanlos a la familia i aun los casaban, pero no les concedian los mismos derechos que a los aboríjenes. La fuga de estos prisioneros les causaba una furia sin límites.

Cesó tambien cuando se humanizaron las costumbres por un nuevo jénero de vida. En el siglo XVIII ya estaban en desuso.

Se arrojaba a la pelea ciego de furor en el primer momento, i si el éxito lo favorecia, desplegaba una ferocidad estremada con el vencido, al cual esterminaba por lo comun en el mismo campo de batalla. Si alguno lograba quedar vivo, se le arrastraba al interior de la tierra, desnudo, con un lazo al cuello i amarrado a la cola del caballo de su captor.

Preferian la estacion de las cosechas para efectuar sus ataques a las posesiones españolas o de los indios sometidos para «tomarles las comidas».

Causas de sus desbandes solia ser la muerte de alguno de sus caudillos principales.

Producida la derrota, las porciones de indios huian a sus tierras en todas direcciones, sin sujecion a mandato alguno i favorecidas por la topografía quebrada del terreno.

Cuando obtenian la victoria i recojian el botin, se diseminaban tambien en distintas partidas hácia sus posesiones.

El araucano, de índole tan ceremoniosa, daba a los tratados de paz una solemnidad inusitada, en que entraban la muerte de algunos animales, formaciones, juramentos, discursos, bailes i borracheras.

La vuelta de los guerreros al hogar, motivaba asimismo fiestas de familia para festejar al vencedor o vencido, que solia ser lo mismo. Cuando se recibia la noticia de la muerte de algunos, las mujeres prorrumpian en llanto i los hombres en imprecaciones i amenazas.

El botin entraba como objetivo principal de sus empresas bélicas, que ordinariamente no eran sino escursiones de rapiña.

Fig. 20.

Cegados por recojer los despojos del enemigo, olvidaban con frecuencia el peligro i sufrian derrotas irreparables.

Antes de embestirse tenia desafios caballerescos de hombre a hombre, en combates entre ellos.

Precedian al combate cantos de guerra con acompañamiento de jestos i contorsiones frenéticas.

No se presentan dificultades en la tarea de investigar los motivos sociales i psicolójicos que orijinaban los actos bélicos del araucano.

En las sociedades no civilizadas ha existido una actividad guerrera constante, a causa de la necesidad colectiva de agredirse i defenderse. Combatian por necesidades económicas, como defensa de los animales, de la zona de caza, pesca, recoleccion de frutos, etc.; por las jenésicas, como la proteccion de las mujeres; i por las juridicas, mas frecuentes que las anteriores, como obtener la reparacion o compensacion de agravios individuales.

En estas sociedades todos eran guerreros tan pronto como estaban en condiciones de manejar las armas.

Tal actividad existia tambien en la composicion social de los araucanos. Todos los varones aptos para las armas formaban un gremio de guerreros. Por eso tambien la única institucion de carácter público que tuvieron fué la asamblea militar, para elejir un jefe temporal entre los caciques aliados.

Como la guerra no estaba sometida al poder i la actividad política, esta designacion recaia a veces en algun individuo quo no investia dignidad alguna, en el valenton de alguna tribu, hábil en el manejo de las armas i del caballo. El respeto del hombre incivilizado a la fuerza corporal, lo colocaba en condiciones de imponer a la masa el prestijio de su intrepidez i de su vigor fisico.

Por esta misma separacion del órden politico i la estructura guerrera, asistia a las asambleas el que lo estimaba conveniente, si no pertenecia al grupo; mas, si estaba incluido en él, la fidelidad comunal lo obligaba a secundar con prontitud incondicional los propósitos del *gülmen* que proponia la guerra.

Fig. 21.

Las pruebas largas i rigurosas a que se sometian en c: anto a comida i funciones sexuales ántes de entrar a una campaña, no pueden considerarse como un privilejio de prevision de nuestros aborijenes; formaban parte del cuerpo de prohibiciones numerosas, conocidas con el nombre jenérico de tabú, que, como en todas las razas primitivas, pasaban a ser con el uso inmemorial prescripciones inviolables.

Pasando al criterio militar de los araucanos, ¿puede aceptarse la afirmacion de escritores antiguos i modernos acerca de que poseian el arte de la guerra en grado mas o ménos perfecto i completo?

Hai evidente exajeracion. La estratejia (conduccion de la guerra) i la táctica (conduccion del combate) en su desarrollo regular suponen un ejército de organizacion permanente i sistemada, de ninguna manera ocasional i caprichosa.

Tenian una táctica particular, pero rudimental aun. Poseian ciertas prácticas que podrian llamarse de seguridad i reconocimiento i algunas ventajas para la ofensiva, como la nocion exacta del terreno, iniciativa i facilidad para sacar del campo enemigo sus provisiones; pero los despliegues para el combate i los movimientos en el radio de accion no eran ordenados i eficaces. Ejecutaban el ataque como mejor podian en masa compacta o en bandas dispersas, siempre a la carrera i gritando. En suma, no tenian estratejia ni táctica; apénas estratajema o arte de engañar al enemigo.

Ademas, el ejército reflejaba la composicion social; cada tribu formaba una unidad independiente, con sus jefes i elementos propios.

La escasa cohesion de estas fracciones contribuia a que la accion no resultara siempre combinada: los grupos atacaban por lo comun sucesiva i separadamente sin prestarse mútuo apoyo.

Estos jefes secundarios se retiraban del campo de accion cuando lo creian necesario, como lo comprueba a cada paso la historia militar de la Araucania.

Esta falta de direccion uniforme fué una de las causas

Fig. 22.

que favorecieren el éxito de los españoles primero i en seguida de los chilenos.

Por esto mismo las contiendas se desidian comunmente en un solo encuentro, i la guerra de sorpresas i emboscadas se acomodaba mejor a la organizacion i tendencias heredadas de los indíjenas.

¿Por qué no ideaba planes complejos?

El exámen de la constitucion mental del araucano, da a conocer pronto la inferioridad de sus facultades lójicas. Cierto es que no carece del todo del sentido lojico, pero lo posee de un modo poco desarrollado, insuficiente para encadenar el raciocinio i ordenar las ideas. Tomando en cuenta semejante estado mental, se comprende que sus planes de guerra hayan sido simples, de ejecucion inmediata i no combinaciones de hechos complejos i abstractos, destinados a producir resultados ulteriores o lejanos.

Como todas las poblaciones primitivas, nuestros aboríjenes no llevaron mui léjos la guerra en los primeros tiempos de su vida histórica, porque no tenian motivos ni medios económicos abundantes, como animales, provisiones, trasportes, etc. La guerra en ese periodo fué principalmente jurídica, o una espedicion parcial hecha por una partida de guerreros para saquear i vengarse: de aqui proviene el *malon* araucano.

La jeneralizacion de las prácticas májicas entre los araucanos esplica la intervencion de los adivinos, que predecian el éxito o el fracaso de una espedicion, i la costumbre de vestirse con pieles o cabezas de animales o de tragarse pequeños pedazos del corazon del leon.

Atribuian a cada una de estas partes vida propia, con accion poderosa de ajilidad i fiereza, que se comunicaba al poseedor.

El temor del indio a las armas de fuego, comprobado por la historia, no es una injuria a su valor; proviene de un fenómeno psicolójico mui conocido. En relacion del desenvolvimiento cerebral, en las sociedades inferiores la accion refleja es excesiva: ésta es debida a las excitaciones de los nervios sensitivos periféricos, de los sentidos i de la sensibilidad jeneral, las que trasmitidas al cerebro, hasta las células que forman la corteza cerebral, se perciben como sensaciones que, una vez coordinadas ahí, se transforman en movimientos musculares glandulares o de otra especie. Estos fenómenos se llaman *reflejos* i cuando se verifican en la esfera del gran simpático, como manifestaciones de la vida vejetativa u orgánica, pueden presentarse sin que nos demos cuenta de ellos, de una manera involuntaria.

Así se verifican los movimientos involuntarios o la mimica refleja, que aumenta miéntras ménos civilizado es el ajente.

El antiguo araucano, de apariencia calmosa e indiferente, carecia, pues, de capacidad para dominar los reflejos, o lo que es igual, obraba a impulsos de las circunstancias esteriores.

Como sucede en casi todas las sociedades incivilizadas, su valor era simple efecto de la accion refleja i no el de elevado sacrificio por un interes superior. Su arrogancia, sus desafíos insultantes ántes de combatir, que han pasado como rasgos esclusivos de valor, no eran mas que las maldiciones al enemigo, práctica májica en uso en todas las sociedades incultas (1).

La crueldad excesiva pocas veces ha faltado como rasgo dominante en las costumbres guerreras de las colectividades incultas.

Esto se orijinaba de la influencia de las instituciones, del medio social, de los instintos heredados i de las represalias contra la crueldad a veces igual de los españoles.

Los sentimientos humanitarios no existian en esas colectividades, o bien se manifestaban débiles e intermitentes.

Todas esas circunstancias encuadraban en la mentalidad del araucano.

Por eso él, que se manifestaba endurecido al propio dolor físico, a los suplicios que se le imponian, impasible a los gol-

---

(1) Muvelin, *La notion de l'iniuria dans le tres ancien droit romain.*

10

pes de su accidentada vida, miraba con igual indiferencia la desgracia ajena, era inaccesible a la piedad.

Se hacia el egoismo ménos feroz en los pueblos no civilizados cuando aumentaban los medios de vivir; nacia entónces la hospitalidad.

Esta lei comun es la que esplica la ferocidad de nuestros aboríjenes con los vencidos i la muerte de los prisioneros, en medio de una coremonia que conservaba los restos del canibalismo, particularmente en el primer periodo histórico hasta el siglo XVII.

A medida que se humanizaba mas la guerra, el motivo económico del rescate i la esclavitud reemplazó al canibalismo.

La antropofajía habia existido en fases anteriores al patriarcado. Los progresos i el aumento de medios de vida que trajo la conquista peruana, la hicieron perder su carácter de práctica comun. Cuando llegaron los españoles al territorio, hallaron vestijios de ella en algunas agrupaciones aisladas, a causa de la lentitud con que en las sociedades embrionarias van desapareciendo las instituciones seculares. Se encontraba en forma de costumbre de guerra con los prisioneros.

La lengua conservaba una espresion que debia haber sido de uso corriente en la organizacion arcaica, *iloche*, come jente.

Los cronistas alcanzaron a consignar datos esplicitos sobre este particular. Para no acumular citas, bastará mencionar a dos, de los mejor informados.

González de Nájera al describir la muerte de los prisioneros asegura que les arrancaban algunos miembros i agrega: «Asan i comen lo que van cortando» (1). Completa en otras pájinas sus informes en estos términos: «son pocos los que destos bárbaros dejan de comer carne humana, de tal suerte que en años estériles el indio forastero que acierta por algun caso a pasar por ajena tierra, se puede contar por ven

_____

(1) *Desengaño i reparo de la guerra de Chile.*

turóso, si escapa de que encuentren con él indios della, porque luego lo matan i se lo comen».

El padre Rosales recojió noticias abundantes acerca de la
antigua antropofajía. En una de sus informaciones dice:
«quando ha de hazer una fiesta y borracheras, si no tienen
en su tierra algun captivo a quien quitar la vida para solemnizar la fiesta, van a la otra a comprarle, y las viejas y los
niños han de comer de sus carnes y labar las manos en su
sangre». (1)

Habla de unos indios serranos que vivian no mui distantes de Osorno: «comíanse en los banquetes los indios capti-
vos, aunque fuesen niños y mujeres: que es ferocidad estraña y poco usada en los chilenos, que lo mas que comen es el
corazon para hazer demostracion de su odio y enemistad,
pero estos todo el captivo entero, sin dexar cosa del, se le
comian».

Podrian multiplicarse las citas sobre este particular.

Las tendencias conjénitas del araucano por la guerra se
hallaban estimuladas por el éxito, en ocasiones admirable,
de sus empresas, el cual se debia a la impericia de las tro-
pas españolas i la deficiencia del servicio de esploracion de
esos tiempos; a la adopcion del caballo; al progreso, aunque
limitado, en el arte de pelear, i a la configuracion del terreno, que le proporcionaba en casos de retiradas o sorpresas,
refujios numerosos en los bosques, montañas. lagos i cordilleras.

. La misma organizacion interna favorecia sus hábitos de
guerra: las grandes familias patriarcales, ocupaban lugares
propios, numerosisimos en cada rejion. Separadamente o
federadas presentaban al invasor una resistencia que se sucedia a cada paso, preparaban mui bien las sorpresas, las
marchas en secreto, las comunicaciones i señales.

Esta actividad guerrera fué causa de que se desarrollara
en la mentalidad del araucano su caracteristica psiquica: el
espiritu de rebeldía, que se intensificaba con el odio al cap-

(1) *Historia*, páj. 191.

tor de sus mujeres i animales, al devastador de sus siembras i viviendas.

Lo animaba tambien cierto sentimiento de libertad: la
angustia del vencido, el amor a la tierra de sus antepados,
asocian a todos sus móviles guerreros la idea de independencia. Pero esta libertad es embrionaria, confusa en el espíritu de los individuos. Sobre ella prima el estimulo del botin, motivo mas concreto de agresion.

No debe tomarse tal estado por patriotismo. Propiamente
hablando, el araucano carece de la idea de patria. Su sentimiento de fraternidad, formado bajo la influencia del clan,
rara vez se sale del circulo de éste; no puede alcanzar la estension de la solidaridad nacional.

Las uniones realizadas con los otros grupos son momentáneas i los jefes disimulan el pensamiento de romperla en
cuanto saquen de ella alguna ventaja.

Por una seccion invadida no se levantaba el territorio
entero.

Las medidas vejatorias del odiado estranjero contra sus
creencias, sus costumbres e instituciones, despertaban un
sentimiento comun de cólera, pero cada grupo permanecia
indiferente a la accion hasta que no le afectaba directamente.

Sin embargo, crea una especie de epopeya indíjena, paté-
tica, baladrona, con héroes de distintas tribus i perpetuada
por los cantos i tradiciones de los narradores.

La mujer no asistia a las empresas guerreras del hombre,
ni aun para ayudar o alentar a los combatientes, como su
cedia en otros pueblos. Los casos aislados, como el de Jane
queo que mandó un ejército a fines del siglo XVI, se debieron
a causas accidentales, a deseos de venganza quizás.

Reminiscencias de su histórica aficion a la guerra fueron
las formaciones i simulacros que continuaron teniendo des
pues de la ocupacion definitiva; pero al presente esa aficion
guerrera ha desaparecido por completo. La enerjía militar
de la raza es hoi una tradicion i nada mas, pues les ma pu

ches no han dado el mejor continjente para guerra estranjera ni para el servicio de conscriptos. (1)

---

(1) Datos recojidos por el autor entre jefes de la guerra de Chile de 1879, la revolucion de 1891 i de cuerpos acantonados en el sur.

# CAPITULO VI.

## Rasgos étnicos.

Rasgos corporales antiguos.—Persistencia de estos rasgos raciales.—Cráneos.—La mezcla. — Escasos cruzamientos de chilenos i araucanos.—Ampliacion de datos.—Escasa natalidad.—Causas de esterilidad.—Vida patolójica.—La sensibilidad visual.—Fenómeno psicolójico.—Sensibilidad auditiva.—La música.—Sensibilidad tactil, odorífera, gustativa i térmica. — Estincion.

Fueron en lo antiguo los indios de Arauco «de estatura comun, aunque algunos son de estatura levantada» (1) «Los que habitan en las llanuras son de buena estatura, pero los que se crian en los valles de la cordillera sobrepasan a la mayor parte de estatura comun» (2).

Estaban contestes los cronistas en calificar de robusta la complexion del indio antiguo i en darle rasgos fisonómicos uniformes, a saber: cabeza i cara redondas, frente cerrada, los cabellos negros, lisos i largos, narices romas, barba corta por la costumbre de arrancársela, el pecho ancho, fuertes los brazos i las piernas, mano redonda, pié pequeño i fornido, color moreno que se inclina a rojo (3).

---

(1) Rosales, *Historia*, tomo I. páj. 108.
(2) Molina.
(3) Olivares.

Formaban, pues, una raza, si por tal se entiende «un grupo somático, caracterizado por cierto número de rasgos comunes a todos los individuos que lo componen» (1).

Diéronle sus ventajas corporales la prioridad entre todas las americanas.

Con pequeñas desviaciones locales o individuales, la grande uniformidad de los tipos araucanos se mantuvo al traves del tiempo hasta la Araucanía moderna.

Talvez por los mejores medios de existencia, su físico se vigorizó en el último periodo de su vida independiente.

La talla siguió siendo media en los dos declives de la sierra de Nahuelbuta i mas elevada en las tribus del este i del sur, por mezcla sin duda con los grupos de las pampas arjentinas (2).

Actualmente ha desaparecido en no escasa medida esta uniformidad rejional de estaturas. La comunicacion mas activa de ahora i los cambios frecuentes de residencia, han producido una alteracion tal, que no es raro encontrar en un mismo grupo los diversos órdenes de estaturas, desde las altas de 1.72 hasta las bajas de 1.50

Los rasgos raciales de las agrupaciones sobrevivientes persisten aun intactos, cuando no han esperimentado la influencia de la mezcla.

Numerosas comprobaciones de tipos jenuinos dan los siguientes pormenores del cuerpo araucano, que no se diferencian de los que fueron comunes a los ascendientes.

El conjunto corporal aparece grueso i fornido. El pecho es ancho; el cuello, corto i abultado, sostiene una cabeza redonda i grande. Los cabellos, que hoi se usan recortados en el hombre, son negros, derechos i fuertes. Barba ancha, baja i por lo comun sin pelo, pues los indios no han perdido del todo la costumbre de arrancárselos con el instrumento llamado *payuntuve*. La frente, poco alta, se ensancha hácia los lados. Las cejas se delinean rectas i poco pobladas, es-

---

(1) Lehmann-Nitsche, *Tipos de cráneos i cráneos de raza.*

(2) *Historia de la civilizacion de Araucanía*, por el autor.

Fig. 23.—De los grupos orientales de Nahuelbuta.

traidas en ocasiones con el instrumento mencionado. Boca dilatada i labios abultados; dientes blancos, fuertes i desarrollados, en particular los incisivos. Nariz baja i ancha. Ojos pequeños i de espresion disimulada algunas veces i desconfiada en otras. Pómulos salientes; propension al proñatismo en la rejion subnasal i en los dientes. Orejas de tamaño medio i con el lóbulo agujereado en las mujeres únicamente, porque ha desaparecido para los caciques el uso de los aros.

La prominencia del vientre, sobre todo en la mujer, resalta a primera vista. El posterior es redondeado. Los brazos i las piernas se distinguen tambien por su desarrollo voluminoso i su corta estension. Las manos i los pies son cortos, anchos i redondos, de manera que en los últimos no aparece mui visible el tobillo; talon corto i redondeado i planta del pié un poco arqueada.

En los hombros se nota una linea cóncava, no siempre bien pronunciada.

Los senos adquieren en la mujer un desarrollo estraordinario. Su cuerpo se halla desprovisto de vello, mas que en la mujer civilizada, aunque ya ha perdido la costumbre de arrancarse los pelos de las axilas i de la rejion púdica.

Hoi no es, por consiguiente, un insulto sangriento como ántes decirle, «india peluda»

El color recorre toda la gama del moreno rojizo al tinte mate i blanco bajo.

Hasta en los mapuches que han cambiado de hábitos i traje i que viven en pueblos, se conserva el olor desagradable i caracteristico de las razas inferiores.

El tipo de cráneo araucano corresponde a los signos esternos recien enumerados: redondo de ordinario en el valle central i en la costa i mas prolongado en el este; de cierta tosquedad por lo jeneral e inclinándose a pesado ántes que a liviano.

La movilidad que desde hace algunos años han impuesto al indio las nuevas condiciones de vida, aumentando los cruces de rejiones distantes, ha traido una variedad craneal

Fig. 24.

mui marcada, hasta el punto de perderse en una misma tribu toda forma caracteristica.

En los cráneos de mestizos, *champurrias* como se les llama en lenguaje indíjena, las formas' esteriores se modifican con frecuencia, sin que deje de persistir cierta manifestacion del tipo de la raza; toman un aspecto de mejor modelacion; el peso disminuye i el conjunto adquiere semejanza a los cráneos europeos intermedios.

Todo él organismo ancestral suele modificarse notablemente en estos *champurrias* o mestizos. En la mayoria de los cruzamientos se producen condiciones orgánicas de las dos razas, con predominio de una de ellas. Si la preponderancia es de la superior, que ha entrado en accion pura o ya mezclada, los rasgos fisonómicos se regularizan perdiendo sus liñeas araucanas. Pero, si predomina la inferior, se mantienen sus signos propios, en especial la nariz.

No son raros los casos de herencia regresiva o atavismo. Entónces la reaparicion de las facciones indíjenas se acentúa (1).

Se puede asegurar con entera certeza que las cruzas tienden a eliminar la constitucion física del araucano ántes que la mental, i que siendo anatómicamente buenas las dos razas, dan siempre un producto no inferior a ámbas.

Pero esta trasmision tiene que verificarse lentamente, ser la obra de varias jeneraciones. Sobre todo para que el cruzamiento entre como factor apreciable en la formacion mas ámplia de una nueva entidad étnica, habrá de manifestarse en mejores condiciones de efectividad.

La mezcla no ha sido mui activa hasta hoi.

El establecimiento de las poblaciones españolas en el territorio de Arauco no produjo una mezcla activa entre indios i peninsulares. En primer lugar, los sentimientos de rabia hereditaria de las dos poblaciones no debieron permitir una fusion completa. Por otra parte se oponia el sistema de vida

_____

(1) Numerosasa notaciones del oríjen de *Hhampurrias* hechas por el autor.

Fig. 25.

de los españoles. Los ocupantes del territorio se dividian en vecinos encomenderos, simples vecinos i soldados en servicio activo.

Las dos primeras clases vivian en hogares en que la mujer era española o criolla; entre los segundos, por la naturaleza de su oficio, las uniones clandestinas con indias se encontraron siempre en escaso número.

Pues bien, la destruccion de las ciudades españolas modificó el cruzamiento escaso que habia existido hasta entónces. El que se pudiera llamar esterno, que daba descendientes para fuera de Arauco, se restrinjió hasta minima escala, i el interno, que se produjo dentro de las tribus armadas, aumentó con los prisioneros de los dos sexos.

Pero este aumento quedó perdido como una incrustacion española en la raza araucana. Los prisioneros i los desertores mantuvieron hasta los últimos años de la Araucania esta mezcla interna, cuyas huellas es fácil descubrir todavía en muchas familias araucanas.

Algunas tribus costinas del norte de Arauco i otras de las cabeceras de Nahuelbuta i del valle central, se mezclaron mas francamente con los mestizos. Sin embargo, la supervivencia de costumbres que se notan entre los araucanos en cuanto a union sexual con la raza superior, permite deducir que esas tribus, mas que con mezclas, se raleaban por emigraciones parciales al interior, estincion natural o por el estrago de las epidemias.

Se ha podido comprobar perfectamente que, a medida que la conquista avanzaba para el sur, parte de las familias sometidas se corrian a los grupos rebeldes mas inmediatos.

Se comprueba esta afirmacion sobre todo en lo que hace a los últimos periodos de la Araucania.

Los indios que tomaban los españoles en sus correrias como esclavos, no eran tantos que pudieran constituir un elemento de cruza abundante, i los que se sacaban de la zona de Valdivia, abrumados por los trabajos escesivos, las enfermedades i la nostaljia, no se pueden tomar tampoco en calidad de jeneradores importantes.

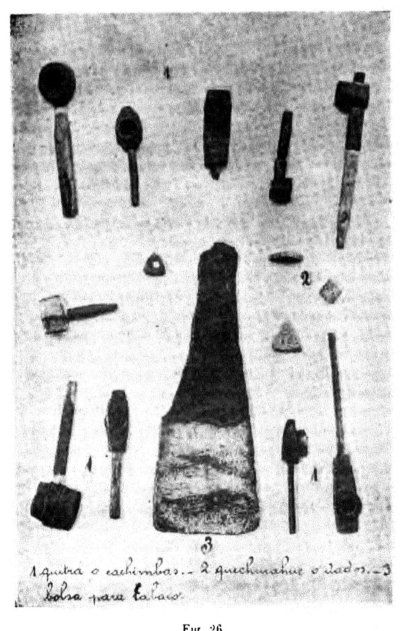

1 quitra o cachimbas.— 2 quechanahue o dados.— 3 bolsa para tabaco

Fig. 26.

El araucano ha mantenido, como es natural, la inclinacion sexual a su propia raza i la repulsion a otras castas, repulsion que es de costumbres, idioma i hasta de prácticas intimas.

En 1895 habia apénas en las provincias de Malleco cuatro por ciento de uniones de indíjenas con chilenos.

Diez años despues, cuando la Araucanía ha desaparecido como territorio indíjena, cuando se ha cruzado de caminos i ferrocarriles i la poblacion chilena aplasta a la de naturales, el araucano, aunque no tanto como ántes, sigue siendo refractario al matrimonio con individuos de otra projenie.

El oficial del rejistro civil de Tolten decia a este respecto en 1907:

«Número de casamientos de hombres mapuches con mujeres chilenas en 1905 i 1906, ninguno.

Número de casamientos de mujeres mapuches con hombres chilenos: Ninguno.

¿Si en la circunscripcion los indíjenas se han mezclado ya mucho con la poblacion chilena? En esta circunscripcion de Tolten los mapuches poco o ningun interes tienen por mezclarse con los chilenos; juzgo que por no perder sus costumbres i su idioma. Manifiestan cierta tirria hácia los mestizos que son pocos, i a quienes desprecian por su media sangre» (1).

En las reducciones inmediatas a los pueblos es donde se verifica el mayor número de matrimonios de indíjenas con chilenos. Como en estas uniones no es el amor el móvil, sino el interes del campesino a los terrenos i animales del indio, el acto se legaliza, por lo jeneral, ante el oficial del rejistro civil.

El de Temuco, don Ricardo Galindo, ha anotado estos datos:

| | |
|---|---|
| Matrimonios en 1904 de dos indíjenas... | 5 |
| Matrimonio de indio i chilena........ | 1 |
| Matrimonio de chileno e india......... | 3 |

(1) Datos al autor.

El oficial del rejistro civil de Imperial, don M. Navarrete, nos ha anotado estas cifras:

Matrimonios en 1904 de dos indíjenas... 14
Matrimonio de indio i chilena... ...... 1
Matrimonio de chileno e india........ 3

En las reducciones que rodean a la ciudad de Temuco, cada una con un número aproximado a 110 indíjenas, hemos contado los siguientes matrimonios mistos:

Truftruf...... ................. .. 5
Puente Chipa.. .... ............... 1
Tierra de Lienan................... ninguno.

El señor protector don Eulojio Robles, cree que alrededor de Temuco e Imperial es donde existe el mayor número de *champurrias* (araucanos con sangre española) i que en las tribus de las faldas de Nahuelbuta i otras reducciones aisladas la raza se conserva mas o ménos pura.

Los *champurrias* o araucanos españolizados son, pues, abundantes en los grupos indíjenas actuales; hasta caciques de fama llevan en su sangre mezcla de la casta que los ha suplantado. Pero es preciso observar que casi todos ellos quedan viviendo en las reducciones, se unen a fam·lias netamente araucanas i dan así a la cruza una direccion regresiva. La poblacion nacional, chilena, con esto nada ha ganado por el momento.

Alumnos del liceo de Temuco han sido los jóvenes mapuches Painemal, Collio, Melinao, Coñueman, Neculman, etc., descendientes de ricos i famosos caciques, i todos han ido a buscar esposa a las rucas de sus antepasados, aun cuando habian adquirido en las aulas de este colejio una instruccion que podia haberlos acercado a la familia chilena.

Otro tanto sucede con las mujeres que salen de los colejios de su sexo.

Tal es la repulsion jenésica que existe en el araucano, que ha habido casos de prostitucion en Imperial i otros lugares

no ejercida jamas con chilenos, sino cuando la mujer se hallaba en estado de ebriedad

Si esto pasa ahora, puede calcularse lo que sucederia ántes, cuando el odio de las dos razas era implacable i cuando
las agrupaciones indíjenas vivian aisladas i con las armas
en la mano.

Tales antecedentes permiten llegar a la conclusion de que
la raza española no ha prestado hasta aquí a la araucana
sus caracteres específicos.

En 1908 cuando una penetracion mútua ha podido efec-
tuarse, las cruzas se han hecho mas frecuentes en los grupos
inmediatos a los pueblos.

Con todo, hai algunos en que no se cuenta un solo matrimonio de indíjena con chileno. Alrededor de Quepe, aldea
de la provincia de Cautin, se estienden las reducciones de
estos caciques:

Marcelino Nahuelhual, con 46 familias i cerca de 150 personas; ningun matrimonio misto.

Juan Huenchual, con 102 familias i cerca de 300 personas;
un matrimonio misto.

Juan Añihual, su posesion está ocupada por el pueblo.
Diseminadas las familias parientes, sólo la suya quedó ocu-
pando un sitio de la poblacion, i entre sus miembros no hai
casados con chileno.

Fermin Manquilef, con un número de indíjenas que sobrepasa a las anteriores, tiene dos matrimonios mistos.

La comarca de Maquehua, un poco al sur de Temuco, de
vasta estension i no ménos de 3,000 mapuches, da el máxi-
mum de matrimonios mistos. La nómina que se anota a continuacion será un dato revelador acerca del particular e in-
dicará la prolificuidad de estas uniones.

Araucanas casadas con chilenos:

María Melivilu con José Liborio Muñoz, 2 hijos.
Rosa Marileo con José del C. Muñoz, 5 hijos.
María Melivilo con Fuljencio Gallardo, no tiene.
Pascuala Jaramillo con José Luis Yáñez, 6 hijas.

Maria Jaramillo con Julian Aguayo, 1 hijo.
Cármen Jaramillo con José E. Monsalve, 2 hijos.
Juana Marinao con Juan de la Cruz González, 3 hijos.
María Rapiman con Félix Lizama, 4 hijos.
Blanca R. Quechuvilu con Pedro Pablo Contreras, 4 hijos.
Rosa Marinao con Belisario Segura, 2 hijos.
Margarita Pencitui con Eliseo Aguayo.
Bartola Filumil con Ramon Isla, 4 hijos.
Juana Antivil con Manuel Gatica, no tiene.
Cusepilli Curilem con Juan Godoi, 2 hijos.
Rosa Curinao con Félix Aedo, 5 hijos.
Manuela Peneipan con Manuel Morales, no tiene.
Rosalia Búrgos con José Fuentes, 2 hijos.
Margarita Búrgos con Hipólito Klause, 6 hijos.
Manuela Huenuman con Juan Bautista Rodriguez.
Rosa Cereno Llancanao con Pedro Gajardo, 2 hijos.
Margarita Saavedra con José Ignacio Arias, 7 hijos.
Cármen Jaramillo con Juan Morales, no tiene.
Rosa Curilaf con Clemente Fernández, 6 hijos.
Maria Curiche con Avelino Sandoval, no tiene.
Rita Frecaman con Manuel 2.º Riquelme, 4 hijos.
Luisa Caniuqueo con Juan de Dios Luna, no tiene
Juana Manqueo con Abelardo Artiaga, no tiene.
Rosa Huaiquiñir con Santiago Guzman, 2 hijos.
Ursula Nahuelpan con José Paredes, no tiene.
Rosario Búrgos con José A. Búrgos, 4 hijos.
Cármen Pilquiman con Tránsito Coronao, 3 hijos.
Pascuala Catalan con Tomas Videla, no tiene.
Juana Morales con José Luis Zúñiga, no tiene.
Juana Hueche con José del C. Rifo, no tiene.
Rosa Curilem con Valentin Forti, italiano, 2 hijos.
Juana Catricheo con Rumualdo Velásquez, 2 hijos.
Catalina Millanao con Juan Barrera, no tiene.
Veva Catricheo con Santos Roite, aleman, no tiene.
Jacinta Romero con José Antonio Morales, 2 hijos.
Ignacia Milla con Pedro Topa, italiano, 6 hijos.
Margarita Milla con Antonio Ormeño, 4 hijos.

Margarita Soto con José Ignacio Carrera, 6 hijos.

María Calpual con Ambrosio Díaz, no tiene.

Maria Alca con Anselmo Mercado, no tiene.

Emilia Mariqueo con Primitivo Fuentes, no tiene.

Todos hablan mapuche i castellano.

Araucanos casados con chilenas:

Manuel Ant. Neculman con Carolina Altamirano, 6 hijos.

Fco. Zenon Melivilu con Maria Clarisa Henriquez, 6 hijos.

Juan Bautista Melivilu con Albina Muñoz, 5 hijos.

Juan Ant. Melivilu con Rosa Medina, no tiene.

Cárlos Manuel Cuyuqueo con Isolina Sandoval, no tiene.

Fermin Manquilef con Trinidad González, 5 hijos.

José Maria Manquilef con Margarita González, no tiene.

José Luis Paillalef con Juana                    , 2 hijos.

Juan Huaiquiñir con Clara Ferrer, 1 hijo.

Antonio Mariman con Maria Sandoval, 2 hijos.

Ramon Painemal con Carlota Muñoz, no tiene.

José Manuel Huento con Claudina Reyes, 2 hijos.

Total de matrimonios de araucana i chileno, 42.

Total de matrimonios de chilena i araucano, 12.

Total de todos, 58.

Número de hijos, 127.

Los apellidos castellanos de mujeres i hombres mapuches que hai en esta lista, corresponden a vástagos de soldados o desertores de nuestro ejército, que en el último tiempo de guerra quedaron residiendo en esta reduccion.

En todas las uniones de chileno i araucana, el primero ha llegado a cultivar la tierra como aparcero i ha concluido por unirse a la familia dueña de ella.

La radicacion individual, con las prohibiciones de enaje-nar vijentes en la actualidad, habria sido, pues, uno de los medios eficaces de asimilacion.

El cuadro trascrito determina el grado de fecundidad de estos matrimonios mistos.

Nunca la raza araucana ha sido de alta natalidad. Pudo haber en algunos periodos de su historia cierto paralelismo entre la mortalidad o la natalidad, pero en el último siglo de su existencia la primera ha superado con mucho a la segunda.

En 1888 la comarca de Cholchol sobresalia de muchas por la densidad de su poblacion. Habia en esa seccion 245 familias con el siguiente número de hijos:

| | | | | |
|---|---|---|---|---|
| 68 | con | 1 | 10 con | 6 |
| 55 | » | 3 | 3 » | 7 |
| 53 | » | 2 | 1 › | 8 |
| 33 | » | 4 | 1 | 9 |
| 20 | » | 5 | 1 | 10 |

En esta proporcion ha seguido desarrollándose hasta la fecha la fecundidad de las uniones mapuches.

Los matrimonios de chileno con indíjena, segun el cuadro de Maquehua, que da la norma para todos los lugares, son ménos prolíficos aun:

| | | | | |
|---|---|---|---|---|
| 13 | con | 2 | 2 con | 1 |
| 7 | » | 6 | 2 » | 3 |
| 6 | » | 4 | 1 » | 7 |
| 4 | » | 5 | 23 sin hijos. | |

Hai factores jenerales que obran en la esterilidad relativa de los araucanos. Uno de ellos es la duracion de los matrimonios, de los cuales, segun las prácticas de los araucanos, muchos se disolvian i se disuelven todavía ántes de los cinco años.

Otro era la edad de la mujer, avanzada mui a menudo por la predileccion del indio no jóven a la mujer viuda, dueña de tierras i bienes muebles.

Influia tambien la diferencia de edad entre los cónyujes.

Siendo la mujer objeto que se compraba, adquiríanla mui jóven los caciques i los viejos ricos. De aquí resultaba que los matrimonios estériles aumentaran tanto mas cuanto mayor era el marido.

En el escaso número de hijos de la familia araucana hai que tomar en cuenta, finalmente, la prolongada lactancia de los niños, pues las mujeres poligamas temen que el **embarazo** i el parto alejen de ellas al marido.

Otras causas secundarias obraban, ademas, en estas uniones sin hijos. La esterilidad aumentaba a medida que la **situacion** económica disminuia. Falto de prevision, el **indio** vende o consume los productos cosechados sin acordarse **de** lo futuro. Vende asimismo o reserva los animales a despech o del hambre desesperante a veces. El fondo de su alimentacion es vejetal i, en consecuencia, insuficiente.

Decrecia la fuerza procreadora de la mujer a consecuencia de los trabajos duros en que reemplazaba a los hombres, con perjuicio de la integridad de su organismo, i dificultaba los partos i, por consiguiente, la vida del recien nacido.

Tampoco favorecian su reproduccion fisiolójica las predisposiciones morbosas, mas abundantes en la sociedad araucana que en la civilizada.

Si se esplora la vida patolójica del mapuche, se hallan los signos de innumerables enfermedades constitucionales e infecciosas, que no solamente aminoran su aptitud reproductora, sino que aumentan el coeficiente de defunciones.

Las oftalmias, por el humo en el interior de las habitaciones; la sarna, las erupciones de la piel, como herpes, favo, querion, etc., es el lote comun del indijena

Son mas frecuentes de lo que se cree los trastornos nerviosos, las dejeneraciones mentales, latentes o atenuadas, de oríjen hereditario. En la mayoría de los individuos se encuentran infecciones graves o intoxicaciones profundas, resultado de la absorcion del alcohol propiamente dicho i del aguardiente.

La tuberculósis atenuada no escasea en las reducciones, aunque en menor proporcion que en la poblacion chilena. La escarlatina, el sarampion i la difteria en toda su variedad de formas, cuando toman carácter epidémico, fijan su foco de irradiacion en las familias indíjenas.

Las epidemias, como la viruela, la grippe i el tifus suelen hacer estragos incomparablemente superiores a los que producen en las aglomeraciones chilenas.

Particularmente la viruela ha causado desde la conquista hasta el presente bajas enormes, por ser los indios refractá- rios a la vacuna, que suponen causa inevitable del mal.

La epidemia colérica de 1889 esterminó familias enteras, raleó las tribus de todas las zonas i dejó en la memoria de los mapuches dolorosos recuerdos.

Desde los conquistadores hasta hoi mismo han creido que las epidemias son obras de maleficios de sus enemigos o de los brujos (*calcu*). La del cólera la llevaron a sus habitacio- nes los que pretendian robarles sus tierras. De aqui proviene tambien que no tomen a lo serio la indole infecciosa de al- gunas enfermedades.

Recrudecen las epidemias en las agrupaciones indíjenas por la supervivencia de sus prácticas curativas, por el des- conocimiento de las de profilaxia, el retroceso de antiguos hábitos de hijiene i por la frecuente inoculacion subcutánea o intra—venosa producida por la picadura o mordedura de los insectos, que en número considerable se crian en las rucas.

Hasta hace poco, los progresos de la terapia salvaban al indio de muchas alteraciones patolójicas: se bañaba invaria- blemente todas las mañanas i usaba el agua con mayor fre- cuencia para el aseo personal; hoi va perdiendo estas cos- tumbres reparadoras.

Ha olvidado igualmente los antiguos ejercicios jimnásti- cos del salto, carreras, luchas, etc., que ántes contribuian al prestijio individual e incrementaban la salud i la fuerza muscular.

Ahora como ántes su fuerza muscular i la de resistencia no son considerables: todavia se mantienen en grado inferior a la de sus dominadores.

Presenta, pues, la colectividad araucana una situacion sa- nitaria execrable, que eleva dia a dia el término medio de la mortalidad. Si no vienen nuevas circunstancias a modifi- car estas condiciones morbosas, la raza seguirá estinguién- dose de un modo seguro i rápido.

La mortalidad de niños toma en particular proporciones asombrosas.

Con todo, los individuos no inhabilitados por anomalías sérias, conservan intacta la agudeza de algunos sentidos, que viene siendo un privilejio racial.

Descuella la sensibilidad visual. La vista del mapuche es penetrante i poderosa; a una distancia inmensa percibe un animal o un pájaro; entre muchos bueyes, nota sin dilacion, por el color, el que le pertenece; sigue por el rastro con certeza estraordinaria un caballo perdido o al ladron que conduce al hombro un cordero, i hasta llega a suceder que una pisada indica de qué persona o animal es.

El jénero de vida del araucano, que atisba los objetos en un vasto horizonte o que concentra su atencion en seguir la pista de la res fugada, desenvuelve a traves de varias jeneraciones su sensibilidad visual: es la resultante de la esperiencia ancestral.

Pero este poder visual del indio se manifiesta incompleto, por cuanto no está en concordancia con su desenvolvimiento psiquico e intelectual, que desempeña un papel tan importante en la percepcion de las sensaciones.

La nocion de lo bello es rudimentaria, porque no se ha alcanzado a perfeccionar en virtud de la participacion intelectual, de la cultura de juicio i de la comparacion.

Por eso no está en aptitud de distinguir los mas finos detalles de los objetos visuales, como los de un paisaje, un cuadro o un dibujo: ni la serie de los colores espectrales. Tiene predileccion por lo brillante, en especial por el rojo, que ha sido el de preferencia en algunas prendas de su traje.

Por la misma causa no son siempre exactos sus juicios sobre la distancia, las dimensiones i formas de los objetos ambientes, ni conserva las impresiones antiguas para combinarlas con las recientes i obtener así nociones complejas.

Las impresiones ópticas tampoco ponen en accion su sensibilidad, como en el hombre de mejor cultura; un paisaje, un fenómeno natural admirable, la belleza física de una mujer, no despiertan sus sentimientos.

Fig. 27.—Familia de la costa.

En los jóvenes mapuches que se han educado en algun colejio del Estado, la vision de las formas se mejora i llegan a adquirir aptitudes gráficas normales.

No ménos bien dotados están nuestros aboríjenes en cuanto a sensibilidad auditiva: oyen un ruido levísimo a gran distancia, como la marcha de un caballo, un silbido, una conversacion, etc., pero estas impresicnes acústicas tampoco resultan completas, si se toma en cuenta la constitucion psiquica e intelectual del araucano.

Por eso su música vocal tambien carece de tonalidades variadas: es un recitado monótono, bajo i desenvuelto en una gama de pocas notas, especie de melopea que no puede espresar ni despertar impresiones sensitivas o afectivas.

Tampoco la música instrumental ha salido de los límites de lo primitivo: no tiene aires propios, nacionales, jeneralizados por los tocadores, cuyas ejecuciones no son ni siquiera melodias espresivas, sino sonidos variados a voluntad.

Los instrumentos no son complicados. El de percusion, llamado *cultrun*, tambor, es el favorito. Le siguen en importancia los de viento, que se denominan *pú rúlca* (u francesa), pifano de madera, i *trutruca*, trompeta de una caña o colihue perforado, de cuatro metros, forrado en cuero i con un cuerno en uno de sus estremos i una lengüetilla en el otro. Los dos primeros les han servido i les sirven todavia para marcar la cadencia en sus diversiones coreográficas.

Desconocen los instrumentos de cuerda. Se asemeja a tal uno de dos arcos de crin llamado *quinquecahue*.

De la misma simplicidad i ménos usados que los anteriores, son otros que se llaman *lolquin* o *trutruca* corta; *cullcull*, cuerno; *pincuihue*, especie de pito de caña con cinco agujeros.

A pesar de tal estado incipiente de la música indíjena, el araucano se apasiona estremadamente por ella; el canto i el tambor son elementos indispensables de sus reuniones, ya relijiosas o sociales.

La sensibilidad táctil del mapuche parece normal, no asi la olfativa, que es inferior en él hasta a la del hombre de

Fig. 28.—De las tribus andinas.

sociedades poco adelantadas. Sus sensaciones **odoríficas** no pueden crear en una mentalidad deficiente **asociaciones** que recuerden objetos de igual o semejante naturaleza.

La sensibilidad gustativa se manifiesta sobre **todo mui** dis minuida en el araucano. Parece no percibir los **cuatro** sabo res fundamentales, amargo, dulce, salado i ácido.

No es aficionado al azúcar. Sus bebidas, ácidas **hasta** ser eméticas, no le producen ninguna sensacion **desagradable.** Comia ántes, segun el testimonio de los cronistas, **insectos,** reptiles, animales muertos i carne cruda. No **ha** perdido hasta hoi el hábito, repulsivo para los de la raza **que** lo su planta, de comerse los insectos de la cabeza.

Las asociaciones gustativas no se verifican.

Por su deficiencia psicolójica no es apto para formarse una nocion precisa, como no se la forma de lo bello.

Su sensibilidad térmica se diferencia asimismo de la de civilizado; el indio es ménos sensible a las **intemperies** del clima i al dolor físico. Resiste sin esfuerzo alguno los frios las lluvias i calores excesivos.

Se le ve con frecuencia atravesar descalzo la cordillera e invierno o guardar la manta doblada bajo la montura e dias de temporal i quedar en camisa completamente mojado.

En resúmen, la raza indíjena ha llegado a un periodo en que la estincion es mas efectiva que la absorcion del ele mento étnico superior en contacto con ella. Han venido ori jinando esta disminucion los estragos de enfermedades epidé micas, el alcoholismo, el producto escaso de su trabajo i a veces de los terrenos a que se les ha confinado, las espolia ciones del colono nacional i estranjero i finalmente el tedio de la vida pobre, humillada i perseguida, que va acrecen tando su humor triste.

# CAPÍTULO VII.

## Réjimen de la propiedad.

La propiedad ántes de la conquista española.—La propiedad despues de la conquista.—En el apojeo del patriarcado con los nuevos animales.—Surjen las transacciones comerciales.—Evolucion del comercio indíjena.—Trabas que le ponen las autoridades españolas.—Desarrollo de las costumbres hospitalarias.—En los tiempos modernos supera la agricultura al pastoreo.—Estension de la agricultura actual.—La propiedad raiz i mobiliaria al presente.—Se diseña un tipo nuevo de familia.—Réjimen legal en vijencia de la propiedad indíjena.

Inducciones lójicas permiten creer que en los períodos del salvajismo araucano, desde la alimentacion maritima hasta el uso de la flecha i de la vajilla, el sentimiento de lo mio i de lo tuyo se manifestaba débil e indefinido. Los dilatados espacios sin ocuparse del territorio, permitian entón- ces la libre apropiacion de las tierras. Sólo la zona de caza o de pesca, ocupada transitoria o prolongadamente, se defen dió por la tribu de toda invasion, lo que indica el primer jérmen de propiedad.

El araucano de esta época primitiva producia i consumia en comun. Por lo tanto, pertenecian a la tribu los alimentos, útiles de caza i pesca, pieles i cortezas para el vestido, armas i material de las chozas movibles, de forma cónica i construccion sencilla.

Cuando las tribus del centro i de las dos faldas de Nahuelbuta fijaron mas su residencia en las comarcas feraces, por la jeneralizacion de los pequeños cultivos i la mayor actividad en la recoleccion de frutos naturales, la nocion de la propiedad continuó evolucionando.

En esta fase social del periodo medio del barbarismo, que se estiende desde el cultivo del maiz i otros cereales hasta la conquista española, no habia sino comunidades patriarcales.

Pertenecia entónces al grupo el dominio del campo, fuese cultivado en comun o por cada casa en pequeños trechos. La choza reconocia como esclusivo dueño al miembro de la gran parentela que la construia.

En las zonas cazadores del este, la propiedad mueble, como habitacion, utensilios, armas, pieles, etc., pertenecia al grupo i el territorio de caza, a la tribu.

Coexistia con la propiedad colectiva un comienzo de posesion individual, reducida a objetos personales de apropiacion o hechura directas, como adornos de conchas, huesos i piedras; armas, amuletos i prendas de vestir. Agregábanse tambien las mujeres i el *chilihueque* o carnero de la tierra. Pero el araucano sólo se apropiaba todavia de los objetos inmediatamente útiles a su persona i abandonaba lo superfluo a la familia, pues carecia de la nocion del ahorro i su mentalidad deficiente le impedia separar su individualidad del grupo en que vivia.

A la muerte del poseedor de tales objetos, se repartian éstos entre su sepultura i los miembros de la familia.

Los araucanos antiguos temian desprenderse de los objetos individuales fabricados por el que los usaba, como vestidos, armas, sortijas, aros, etc. Se identificaban éstos rigorosamente a su dueño, i dejarlos en manos de otro equivalia a entregarle un poder maléfico. Correspondia a esta práctica májica el lazo de union que existia entre una persona i su imájen. Se esplica así el temor de los indios a retratarse, que fué borrándose con el tiempo i la comunicacion frecuente con la raza superior.

Fig. 29.—Del centro.

Como la agricultura se reducia a cultivos diminutos en las comarcas fértiles, sin cosecha propiamente dicho, la propiedad sediente permanecia aun en estado embrionario. Asi la hallaron los conquistadores españoles.

En este periodo se dedicaban las mujeres a los cultivos i estraccion de frutos naturales i los hombres, a la guerra i a veces a la ocupacion accesoria de tender lazos a los pequeños roedores o de perseguir animales mayores.

Los limites vagos, innecesarios de la primera época, se precisan un tanto en esta segunda fase.

La conquista española modificó sustancialmente el réjimen de propiedad. Aumentaron las plantas de cultivo i particularmente los animales. El estado de guerra de los grupos no favorecia la agricultura naciente de los araucanos, pero en cambio no detenia la multiplicacion de los animales, que creó en los grupos el pastoreo no practicado ántes en proporciones iguales.

La preponderancia de la ganaderia sobre los sembrados se debió tambien a otra causa: el plan de ocupacion española tenia carácter militar i no de colonizacion agricola. Se encaminaba principalmente a formar vias para el tráfico de las fuerzas armadas i a fundar pueblos i reductos atrincherados, que sirvieran de amparo a los lavaderos de oro de los repartimientos; el punto de mira esencial era percibir impuestos para el rei i no la fusion de indijenas i conquistadores.

Se esplica de este modo que se estacionase entre los indios el uso de los útiles de labranza i la costumbre de sembrar trechos cortos, de una hectárea a lo sumo, que persistio hasta el fin de la Araucania (1).

La vejetacion albórea i herbácea sobradamente abundante del territorio, no daba lugar a la movilidad continua de las agrupaciones en que predominaba el pastoreo. Siguieron desarrollándose, por lo tanto, las instituciones domésticas i el concepto de propiedad. Por el amor al suelo i el interes a

---

(1) Informes del autor.

os rebaños i pequeñas cosechas, la posesion de la familia a los bienes inmuebles se ratifica i afirma. Se reconocian como del clan o del conjunto de grupos los terrenos vacantes en que se hallaban los bosques i pinales.

Se dilata el espacio aislado próximo a la casa i se fijan ciertos deslindes topográficos, determinados con relativa precision. La lengua tenia la palabra *cuchag* que designaba la linea divisoria de los grupos.

Los cronistas reconocieron en su mayoría esta propiedad familiar. «Cada familia, dice uno de ellos, tiene sus tierras donde habita, las cuales les han venido de sus antepasados» (1).

El padre figuraba como jenerador de la familia, pero no como el propietario de la tierra.

Es de advertir que la mayor parte de las tierras de la comunidad familiar no se aplicaban a la agricultura, ni siquiera al pastoreo, porque los araucanos tuvieron siempre idea de la posesion del suelo independientemente del trabajo que habia que darle.

Se dilató igualmente en proporciones enormes la propiedad mobiliaria de la familia, con los ganados i los productos que de él se derivan.

El trabajo individual fué tomando mayor estension que en las épocas anteriores. Los hombres se dedicaban a la fabricacion de armas, sillas de montar i adornos de plata, i las mujeres confeccionaban vasijas de arcilla, mantas i otros tejidos. De consiguiente, la propiedad individual adquirió un desarrollo paralelo al aumento de cosas muebles.

Agregáronse aun a la propiedad individual algunos animales, el botin de guerra i los prisioneros, que no podian ser de uso comun sino de quien los tomaba. El estado de lucha permanente del pueblo araucano, contribuyó a ensanchar la posesion personal sobre bienes que sólo podian servir al individuo.

Se despierta asimismo cierta resistencia del individuo

---

(1) Gómez de Vidaurre, *Historia*, tomo I, páj. 341.

para ceder lo que ha adquirido mediante un esfuerzo estraordinario o el capricho de la fortuna, como el botin de guerra o los hallazgos. Se orijinó de aquí el peculio de objetos muebles.

Gran parte de la bestias, de los instrumentos de labranza i muebles de familia, se consideraban enajenables.

El incremento de la ganaderia i el estado mejor que ántes de la la agricultura, favorecieron la trasmision a los hijos de las cosas muebles.

El eficaz concurso de los animales domésticos i la facilidad de satisfacer las necesidades fisicas, venian determinando un cambio social desde el siglo XVI. Desde mediados del siguiente se apresuró este desenvolvimiento, que impuso un nuevo jénero de vida i despertó otro órden de sentimientos.

El patriarcado llega a su apojeo, por cuanto en las colectividades en que supera el pastoreo a la agricultura, no tiende a relajarse el vínculo del parentesco: las familias se encuentran unidas por la coexistencia de un mismo lugar i por la comun descendencia. Las habitaciones se mejoran. En las primeras épocas las chozas habian sido «redondas, mayores o menores como es la familia» (1). Disminuyen, pues, las circulares i aumentan las ovaladas con algunas dependencias inmediatas, como patio i otra seccion inferior para el fuego o los forasteros.

El trabajo se divide i mejora.

El escaso grado de perfeccion alcanzado por la raza araucana, estimulaba su actividad e imponia nuevas ocupaciones manuales, que necesariamente tuvieron que distribuirse en un número mayor de individuos. La costumbre se consolida como lei i el principio de represalia se humaniza con el interes de la compensacion de animales i objetos, en particular de adorno.

_____

(1) *Descripcion histórica* del obispo Lizarraga de la Imperial, siglo XVII, citada por el señor Barros Arana en su *Historia*.

(2) *Historia de la civilizacion de Araucania* por el autor, tomo I, páj. 201.

Fig. 30.—Rucan (habitacion en construccion).

Este interes utilitario del indio i la estabilidad de los trá-ficos, disminuyeron la ferocidad de los ataques de tribu a tribu.

Se activan los cambios de especies con el esterior.

En las fases rudimentarias de la vida araucana existió la interdiccion comercial, puesto que el forastero no podia in-vocar proteccion para sí ni para los objetos de su propie-dad. Ademas, las comunidades aboríjenes de esas primeras épocas i las que habian alcanzado posteriormente una me-diana cultura, se bastaban a sí mismas, pues todas sus nece-sidades relativas a comidas, habitacion i mobiliario, se sub-sanaban sin salir de su radio jeográfico.

En tal estado, por último, la produccion, no superando a las necesidades, no dejaba un sobrante que enajenar.

Desde el último tercio del siglo XVI, cuando las relacio-nes económicas se estendieron por el aumento de actividad i consiguientemente de produccion, las transacciones co-menzaron a ser mas determinadas. Las tribus sometidas o las en tregua con los españoles, celebraban con éstos fre-cuentes permutas de objetos. Las primeras aportaban algu-nos animales, uno que otro producto natural i en ocasiones pequeñas porciones de oro en polvo, que habian aprendido a estraer, i los segundos, pedazos de hierro, artículos de ne-cesidad i mercancias de adorno. Otras veces el tráfico se operaba entre los araucanos i los indios *yanaconas* o de ser-vicio de los españoles (1).

Al comenzar el siglo XVIII el desenvolvimiento comercial se habia estendido un tanto mas. «Aun no se ha introducido el uso de la moneda, dice el historiador Molina refiriéndose al tráfico interior. Todo suele hacerse por la via del cam-bio; éste es reglado por una especie de tarifa convencional, segun la cual todas las cosas comerciables son apreciadas con el nombre de *cullin* o paga. Así un caballo o freno for-ma una paga; un buei, dos, etc. El comercio esterno se hace

_____

(1) González de Nájera, *Repaso de la guerra de Chile*, páj. 170.

Fig. 31.—Tejiendo fuera de la ruca.

con los españoles, a los cuales dan ponchos i animales en cambio de vino o mercaderías de Europa» (1).

Antes de promediar el siglo apuntado, los araucanos disponian de un sobrante mayor de animales, mantas i productos naturales, que cambiaban a los españoles por jéneros de importacion, herramientas, vino i aguardiente.

En estos cambios los indios solian obtener algunas monedas de plata, que estimaban no por su valor real, sino para fundirlas i trabajar adornos para las mujeres i piezas del arreo de montar. Fig. 25.

Para efectuar este cambio de especies los indios tenian acceso a los fuertes i los mercaderes españoles, que salian de las poblaciones del sur, obtenian permiso para internarse en el territorio. A medida que avanzaban en él, con la vénia de los caciques, a quienes regalaban algunos objetos, iban distribuyendo sus mercaderías por un número convenido de animales. El dia señalado para el regreso, los compradores concurrian puntualmente a cancelar los valores adeudados. Los caciques hacian acompañar al comerciante de algunos individuos hasta la linea de frontera.

En el siglo XIX, ántes i despues de la independencia, continuaba siendo el ganado el medio económico preponderante. Concurrian entónces los indios con una porcion de animales a los fuertes de las frontera, donde se establecia una especie de féria. En los últimos años de la ocupacion del ejército chileno, los indios vendian ya sus animales por dinero.

En esa misma época hasta la pacificacion definitiva de la Araucanía, los mercaderes entraban al interior con un salvo conducto de las autoridades militares. Se encaminaban a una reduccion determinada con carretas o recuas de mulas cargadas con los artículos del gusto del indio, como pañuelos, cintas, cuentas, peines, añil, agujas, cuchillos, hachas, vino i aguardiente.

En el tránsito de su viaje tenia que ir regalando algunos objetos a los caciques principales.

(1) *Compendio de la Historia civil*, páj. 184.

Tan pronto como llegaba al término de su itinerario, el jefe de la reduccion, previamente gratificado, hacia que se llamara la jente con el *cullcull*, cuerno. Cada comprador tomaba el objeto de su agrado i convenia en pagarlo con animales.

Un decálitro de aguardiente se cambiaba por un novillo.

Seguíase una reunion mui animada que dejeneraba en borrachera, prolongada tanto cuanto era la cantidad de licor que introducia el mercader.

Cuando el comerciante anunciaba su regreso, todos los deudores concurrian a pagar con admirable exactitud. El cacique hacia acompañar al comerciante de varios mocetones hasta alguna distancia: pero sucedia a menudo que estos u otros lo despojaban en el camino. En otras ocasiones este despojo se verificaba en la misma reduccion de la venta, o el mercader estafaba a los indios, de todo lo cual provenian choques de grupos en que tenia que intervenir la fuerza militar (1).

Aunque limitado, exitia, pues, un comercio efectivo desde el siglo XVIII. Creaba a las colectividades indijenas nuevas i mejores condiciones de existencia, establecia una comunicacion mas frecuente con la raza superior e impulsaba sus primeras tentativas artísticas e industriales. El comercio constituia de esta manera el medio mas eficaz de la civilizacion.

Sin embargo, las autoridades españolas i chilenas no siempre lo comprendieron así, i con frecuencia dificultaban este comercio. Una escepcion en la colonia fué el presidente don Ambrosio O'Higgins, quien espidió en 1796 un decreto, sancionado por el rei, en que declaraba una libertad de comer cio entre españoles e indíjinas desconocida hasta entón-

(1) Archivo del territorio de Angol i datos recojidos en 1895 por el autor, de algunos traficantes antiguos del territorio araucano i que en aquella fecha disfrutaban de posicion holgada.

(2) *Historia Jeneral* de Barros Arana; *Historia de la civilizacion de Araucania*, tomo II, páj. 635.

ces (1). El estadista chileno don Antonio Varas, con una prevision i una intelijencia no comunes en su tiempo, aconsejaba en 1849 el comercio como medio de civilizacion (2).

De manera que el comercio indíjena tuvo una fase primitiva en que se efectuaba el trueque, no entre vecinos, que tenian bastante conformidad de hábitos i necesidades i no establecida la division del trabajo, sino entre clanes distantes i de recursos distintos. Despues la de venta al contado, practicada por mercaderes ambulantes que entraban al territorio araucano en caravanas o por los indios que salian periódicamente a férias determinadas. No alcanzó a formalizarse el acto a crédito. Solamente en la actualidad, por el aumento de la produccion agricola i de las vias de comunicacion, las transacciones a término se han jeneralizado entre los mapuches.

Se desarrollan tambien las costumbres hospitalarias. El sentimiento de la hospitalidad, tan caracteristico en los pueblos bárbaros, habia existido en las fases precedentes; pero circunscrito a individuos de agrupaciones vecinas o parientes i limitado principalmente a la comida i al hospedaje, de ningun modo a la cesion de objetos ni de mujeres, como en otros pueblos incivilizados. No provenia de la benevolencia que dirije los actos de las sociedades cultas, sino de un uso inmemorial i con fines enteramente prácticos.

Cuando crecieron en las tribus los medios de subsistencia con la estension de la agricultura i de la ganaderia, se dilató a toda la raza i se estableció un formulario inviolable.

Cuando llegaba a una casa algun huésped de consideracion, se mataba alguna oveja de la tierra, «que es accion ostentosa i de grande honor entre ellos». Se le invitaba a entrar i se le servian vasijas de chicha», que repartia entre los presentes de mayor estimacion para que fuesen brindados a los circunstantes» i se reservaba una porcion para él (2).

(1) Informe pasado al gobierno, *Ocupacion de Arauco*, páj. 23.
(2) Bascuñan, *Cautiverio feliz*, páj. 85 i 126.

«Brinda con el primer jarro al señor de la casa, no sólo por cortesia, sino que le ha de beber por fuerza para que se vea como no le da veneno en aquella botija de chicha. I con eso bebe el huésped y pide licencia al dueño de casa para brindar a sus mujeres e hijas y él lo da con mucho gusto. El plato que se le pone al huésped, aunque esté con mucha hambre no le ha de tocar ni comer bocado hasta que el dueño de casa de alli a un rato le diga que coma» (1).

Semejantes formalidades existen hasta hoi. Cuando llega un huésped, espera que salga el dueño de casa, lo salude primero i en seguida lo invite a bajarse del caballo. Sin este requisito, a nadie se le permite penetrar a una ruca; seria una violacion de las prácticas antiguas.

Interroga al recien llegado el dueño de casa sobre su nombre, lugar de su residencia i parientes. Tan pronto como se sabe que es persona de consideracion, comienzan los preparativos para hacerle la comida, de ordinario una cazuela, que tiene que servirse en su totalidad. Si es cacique el huésped, se mata una oveja en su obsequio i se acompaña a la comida el licor que haya disponible. Del cántaro saca el dueño de casa un vaso i le dice al forastero: *llayu*, te brindo; despues repite éste el mismo acto.

Cuando es verano, el hospedado duerme afuera, i si es invierno, dentro de la ruca.

Si por una coincidencia llega otro huésped, habria que prepararle comida por separado i no de la dedicada ya al primero.

Miéntras el alojado permanece en la casa, se le festeja con igual atencion que el primer dia. Si su permanencia se prolonga, el jefe de la familia sale con él a practicar algunas visitas a donde sus parientes o amigos.

El festejado queda comprometido a la reciproca para ocasiones iguales.

Las mujeres no solicitan jamas este hospedaje a los estra-

(1) Rosales, *Historia* tomo I, páj. 152.

ños. A lo sumo suelen hacerlo con los parientes o acompañadas de algun hombre de la familia.

Todos los cronistas i los escritores modernos dan testimonio de los sentimientos fraternales de los araucanos. Uno de los últimos dice: «Por el cuidado que tienen de socorrerse mútuamente, no se ven mendigos entre ellos. Cuando un pobre tiene que hacer un viaje, sus amigos o parientes le facilitan caballo; i otro tanto hacen cuando le ven desnudo i sin alimentos» (1).

No se han estinguido aun las prácticas de la hospitalidad; pero este sentimiento pierde en viveza desde que sale del estrecho circulo de la raza, como que ha tenido su orijen en el parentesco.

El número de las cosas enajenables estuvo circunscrito hasta la independencia a los animales i algunos productos elaborados. Poco despues se estendió a la misma tierra, en los grupos limitrofes a la linea de frontera. Se debió sin duda esta enajenacion del suelo a la relajacion del vinculo de comunidad, que favorecia al tenedor de la tierra, al cacique.

Desde entónces hasta el año 1866, en que se constituyó la propiedad indíjena, las espoliaciones de que fueron victimas los araucanos sometidos tomaron la estension de que da cuenta la historia (1).

Esta preponderancia del pastoreo sobre la siembra de cereales, que se manifestaba desde el siglo XVI, cesó desde el sometimiento definitivo de los araucanos (1882). Ensancháronse los campos de la labranza con la fundacion de ciudades i la comunicacion mas frecuente con la poblacion chilena, circunstancias que crearon al indíjena otras necesidades i modos de existencia e incrementaron el comercio, reducido a sus antiguas proporciones.

(1) P. Ruiz de Aldea, *Los araucanos i sus costumbres*, páj. 15. Este autor conoció principalmente a los indios de Mulchen i del este de la actual provincia de Biobio.

(1) *Historia de la civilizacion de Araucania*, por el autor, volúmen III, capítulo VIII.

En esta evolucion hácia la agricultura, influyó igualmente la reduccion de los terrenos indíjenas, que fueron perdiendo poco a poco las campiñas necesarias para la cria de anima-les. Solo se mantuvo en sus proporciones antiguas la del ga-nado lanar.

Los instrumentos de labranza se mejoraron considerable-mente; pues los indios se decidieron al fin por los de la in-dustria agrícola chilena, entre los cuales se contaban las máquinas trilladoras usadas por algunos caciques o indije-nas ricos.

Dedicáronse en particular a la siembra de trigo, por la facilidad con que colocan este cereal en el mercado de las poblaciones vecinas, i en escala inferior, a la cebada comun, arvejas, habas, papas, maiz, porotos, quinoa, esta última en determinadas reducciones.

En la actualidad los indios de la provincia de Cautin pro-ducen una gran cantidad de trigo, que venden inmediata-mente despues de la cosecha o entregan a sus acreedores.

A pesar de ser el trigo la semilla típica de la produccion de los araucanos, la industria molinera ha continuado sien-do para ellos del todo desconocida. Siguen moliendo mui li-mitadas porciones de cereales en las piedras de uso tradi-cional.

La labor agrícola de la familia araucana de hoi puede juz-garse, como término medio, de los siguientes datos recojidos en Metrenco, al sur de Temuco, en una parcela con tres casas:

Papas, una hectárea de siembra.

Trigo sembrado, de 10 hasta 100 hectólitros.

Cebada, 2 hectólitros.

Vacas i terneros, 50.

Caballos de servicio, 4.

Bueyes de trabajo i engorda, 20.

Ovejas, de 150 a 500.

En las faenas agrícolas sigue tomando la mujer una parti-cipacion activa, aunque no tanto como en las épocas ante-riores: concurre a todos los detalles de los trabajos, desde la siembra hasta las cosechas; a la esquila i al trasporte de los cereales al pueblo. Hila, teje, muele, parte la leña, cocina i atiende a la crianza de las aves.

Las muchachas hilan i cuidan el ganado lanar.

Los hombres se han visto obligados a desplegar mayor suma de actividad que ántes, debido a la concurrencia de la raza dominadora i a la desaparicion de algunas prácticas antiguas, en especial de la cooperacion de los trabajos agrarios.

Una atencion esmerada presta el mapuche de hoi al cuidado del ganado. Su vijilancia no se interrumpe ni en la noche, pues siempre hai uno de guardia que atisba en la oscuridad la presencia de algun ladron o animal dañino.

Anualmente, por lo jeneral, se trasladan algunos miembros de la familia a los pinales i a la República Arjentina, con mantas, tejidos i objetos de plata, que cambian allá por animales. De esta manera se verifica entre las razas afines de uno i otro lado de los Andes un cuantioso cámbio.

En esta última trasformacion de las colectividades indije_nas, la propiedad raiz, en virtud de una lei vijente que pro_hibe enajenarla, no ha dejado de ser colectiva, puesto que pertenece a la familia como corporacion. En cambio la propiedad mobiliaria toma el carácter definitivo de un bien individual. A este ensanche de la posesion particular han contribuido la division del trabajo, el desarrollo económico i la costumbre jeneralizada ya de que los padres distribuyan al morir sus animales entre los hijos, o bien que señalen a éstos cuando nacen uno o varios, para su multiplicacion sucesiva.

Así, la condicion de enajenable pasó a estenderse a todo en absoluto, ménos al campo. Los deslindes se fijan tambien definitivamente.

Este mismo desenvolvimiento de la propiedad individual, donde supera la agricultura al pastoreo, tiende a disolver las comunidades troncales. La sociedad familiar, en efecto, se disuelve a la muerte del patriarca en tantas familias naturales cuantos son los hijos. Es usual i corriente ahora que todos éstos separen por igual pequeños lotes de tierras para sus labores agrícolas, con esclusion de otros miembros de la parentela. Los trabajos de la agricultura han perdido así su carácter comunal.

El sentimiento de la propiedad territorial se ha desenvuelto, pues, ámpliamente en el mapuche, desde que sus ocupaciones se han aplicado en este último periodo de su historia solo a la agricultura.

De este modo comienza a diseñarse un tipo nuevo de familia. Esta evolucion se encamina a formar del belicoso araucano de otros tiempos un simple campesino particularista. Tal transformacion se apresuraria si la obra de la asimilacion no se continuara realizando, como hasta hoi, a medias i erróneamente.

La decadencia del réjimen patriarcal, ha traido como consecuencia necesaria el cambio de algunas costumbres que se relacionan con la organizacion de la familia.

El matrimonio monógamo se jeneraliza i se quebranta el polígamo.

Disminuye el respeto que se profesaba a la edad. El daño causado a un individuo, no motiva ya la agresion de muchos, ni se resuelven por la lucha personal las cuestiones pasajeras de interes material.

Se aprecia el elemento de la individualidad que vive aislado e independiente, como el de la comunidad.

Han cesado por completo las emigraciones de familias. Habian sido frecuentes en la última mitad del siglo anterior los cambios de residencia de un lugar a otro por los desalojamientos de sus terrenos i las invasiones militares. Estas emigraciones de las familias solian pasar inadvertidas en un territorio tan vasto, o se verificaban con la tolerancia de algun cacique amigo.

Complemento de los datos anteriores será una lijera esposicion acerca de las disposiciones vijentes que se relacionan con la propiedad raiz de los araucanos (1).

_____

(1) Este resúmen sobre el réjimen legal de la propiedad indíjena

«El réjimen legal de la propiedad indíjena ha sido establecido en primer lugar por el Senado Consulto de 10 de junio de 1823 que dispuso que los terrenos poseidos por los
indios fueran medidos i el que resultase no ser poseido, se
sacase a remate. El Senado Consulto citado estableció que
bastaba la posesion del suelo por los indios para que se les
considerare dueños. Esta lei fué desarrollada por la de 4 de
diciembre de 1866, que estableció los procedimientos de detalle para medir la propiedad indíjena, reconociendo siempre
la posesion como único requisito para el dominio de los terrenos ocupados por indíjenas. Esta lei confió la delimita-
cion de dichos terrenos a una comision de tres injenieros
asesorada por el juez de letras mas cercano. Por lei de 20
de enero de 1833 se modificó esta comision, quedando compuesta de dos injenieros i de un abogado que la preside.

Se aplica la lei del modo siguiente: se toma matricula de
los indios de una rejion dada; en seguida se levanta un pla-
no del terreno; los indíjenas despues deben comparecer a la
Comision radicadora para probar por medio de una informacion que son tales i que han poseido el suelo de que se trata
por mas de un año continuado. Prévias estas formalidades,
se les estiende un titulo de propiedad que se llama «Título
de Merced», que es inscrito en un rejistro conservador especial que lleva el secretario de la Comision Radicadora i que
somete a la aprobacion del Supremo Gobierno.

Esta adjudicacion de terreno se hace casi siempre en comun a un conjunto de familias. Los indíjenas están ya preparados para la propiedad individual i el réjimen de comunidad en que se les deja da oríjen a dificultades; rencillas
entre los comuneros por la posesion de este o aquel pedazo
de terreno. Para obviar estas dificultades, el protector de in-

ha sido escrito para este trabajo por el ilustrado protector de indíjenas
de Temuco, don Eulojio Robles. En el tomo III de la *Historia de la
civilizacion de Araucanía* se dan noticias de la aplicacion i resultados de los diversos decretos i leyes sobre el particular.

dijenas solicitó i obtuvo del Gobierno se destinara un injeniero para la sub-division de esta propiedad.

Los indios no pueden disponer libremente de su propiedad raiz.

Comenzó a limitarse la facultad de disponer de ella, a causa de los abusos que se cometian en la compra de estos bienes, resultando perjudicados los indíjenas i el Fisco. Por decreto de 14 de marzo de 1853, considerándose que la venta de terrenos de indíjenas sin la intervencion de una autoridad superior que proteja a los vendedores contra los abusos que pudieran cometerse para adquirir sus terrenos i que diera garantías a los compradores contra las protestas u objeciones de falta de pago o de conocimiento, se dispuso que toda compra de terreno hecha a indíjenas o de terrenos situados en territorios de indíjenas, debia verificarse con intervencion del intendente de Arauco o del gobernador del territorio respectivo, designado por el intendente. Esta obligacion se impuso despues por lei de 4 de diciembre de 1866 al protector de indíjenas.

Por lei de 4 de agosto de 1874 se prohibió a particulares la adquisicion por cualquier medio, de terrenos de indíjenas dentro los limites siguientes: por el norte, el rio Malleco, desde su nacimiento en la cordillera de los Andes hasta su desembocadura en el Vergara, i de este punto siguiendo al sur el curso del rio Picoiquen, hasta su nacimiento en la cordillera de Nahuelvuta i desde alli una linea hasta la laguna de Lanalhue, situada en dicha cordillera i el curso del rio Paicavi hasta su desembocadura del Imperial, de la provincia de Valdivia; por el este, la cordillera, i por el oeste el mar.

La lei de 20 de enero de 1883 reagravó estas prohibiciones estendiéndolas a las hipotecas, anticresis, arrendamientos i, en jeneral, a todo contrato que pueda directa o indirectamente tener por consecuencia privar a los indíjenas de la propiedad, posesion i aun mera tenencia de sus terrenos. Esta lei fué dictada para durar diez años i posteriormente ha sido prorrogada por el mismo tiempo por la de 11 de enero de 1893 i 13 de enero de 1903.

Hasta 1893 no rijieron estas prohibiciones al sur del río Tolten i por esta causa la propiedad indíjena de las provincias de Valdivia i Llanquihue i aun la propiedad particular, no ha podido constituirse correctamente sino en pequeña parte, a causa de las ventas de terreno simuladas, muchas veces hechas por los indíjenas mismos o por personas que tomaban su nombre, comprendiendo en los respectivos contratos estensiones de terrenos de deslindes vagos, estensiones que eran vendidas por distintas personas, o a personas tambien distintas, formándose así dificultades i enredos judiciales casi imposibles de resolver.

Es de advertir que las reducciones de indíjenas que resultan segun los títulos de merced no corresponden a las agrupaciones naturales de éstos, que obedecen a un jefe comun, hoi de autoridad meramente platónica.

Es de notar, i acerca de esto hai graves conflictos por oposicion entre el derecho consuetudinario indíjena i la lejislacion patria, que cuando muere un indio se apoderan de su tierra, no sus hijos o sus nietos, sino sus hermanos o tios; pero ya se va abriendo paso entre ellos, penosamente es cierto, la idea de la lejislacion patria en el sentido de que los descendientes escluyen a todo otro heredero».

Hace, pues, muchos años que el araucano se halla en aptitud, por esta evolucion de su estado social, de manejarse solo, sin las trabas del réjimen comunal. Ahora tan sólo han podido penetrarse de esta verdad los poderes públicos i ajitan el proyecto de radicarlo en calidad de colono, con la única prohibicion de enajenar la tierra.

# CAPITULO VIII

## El derecho consuetudinario.

El derecho tradicional.--Su ambigüedad, segun el concepto moderno --Multiplicacion de los delitos en las primeras fases de la fami-lia patriarcal. --La venganza i el talion.--La sancion restitutiva en el período del ámplio desarrollo patriarcal.--El juez del gru-po paterno.--Su procedimiento de justiciero.--La intervencion májica.--El *malon* araucano como parte del procedimiento. --Sus detalles i la retaliacion.--Sus consecuencias en el órden so-cial.--Objetos con que se cubria el valor del daño.--Se afirma el sistema de indemnizaciones.--Las prácticas del último perío-do.--Los ajentes españoles con atribuciones judiciales.--Caci-ques que ejercieron facultades omnímodas de jueces.--Juicios de los mapuches actuales.

Es fácil reconocer en las costumbres de los araucanos una serie de reglas que se refieren a la seguridad comun, a la manera de vengar los hechos perjudiciales o de obtener por ellos una reparacion, a los pormenores de las uniones sexua-les, a la sucesion i distribucion de los bienes del jefe i, en suma, a numerosos actos privados del individuo.

Este conjunto de reglas constituia un derecho privado de las familias.

El derecho primitivo del clan totémico de los araucanos, tuvo ciertamente un orijen relijioso, puesto que los actos i

pensamientos de los individuos, en su mayor parte, se jene-
raban i reglaban por la creencia del totem. En las familias
de forma patriarcal, el derecho conservó todavia cierto carácter relijioso, porque era un conjunto de obligaciones po-
sitivas i tabús, legados por los antepasados i en relacion con
algunas prácticas májicas.

Con el prestijio que daba la tradicion a estas obligaciones
i tabús, adquirieron una continuidad nunca interrumpida.

Este derecho trasmitido se espresaba en la lengua con la
designacion juridica *admapu*. El abate Molina lo define de
este modo: «El cuerpo de sus leyes, que se conserva por tradicion, se denomina admapu, que quiere decir las costumbres
del pais. Efectivamente, éstas no son otras cosas que sus
primeros usos» (1).

Este derecho tradicional se manifestó ambiguo en todo
tiempo, a causa del escaso poder intelectual del araucano
para hacer distinciones que exijen mayor desenvolvimiento.
No establecia diferencia entre delito i perjuicio, entre responsabilidad civil i criminal. Aun dentro de la técnica criminal confundia al ladron con el deudor que no entregaba
un objeto prestado, ni distinguia entre homicidio voluntario
e involuntario. Por vivir el individuo confundido con el grupo, la imputabilidad i responsabilidad no aparecian bien definidas al criterio indíjena. No consideraba tampoco infamado al autor de ningun delito (*huerin*).

Lo único bien comprensible a la mentalidad deficiente del
indio era el hecho objetivo de un daño, que exijia una venganza imprescindible.

Existia en la colectividad araucana un estado permanente
de reaccion contra acciones perjudicial, es pues el crímen en
ella, como en todos los pueblos bárbaros, constituia la regla
jeneral i no la escepcion. Verificábanse, en efecto, con mas
frecuencia que en cualquiera sociedad evolucionada, los
asaltos colectivos, el robo los homicidios exijidos por la su
persticion, la muerte de mujeres inspirada por el celo, la de

___

(1) *Compendio de Historia de Chile.*

los prisioneros motivada por la crueldad propia de la barbarie, el aborto, el infanticidio i la violacion.

La frecuencia de estos hechos se debia a una mentalidad poco desarrollada i no debilitada, en la que habia profundizado sus raices la educacion ancestral.

El aumento del alcoholismo en los últimos años de la vida libre de este pueblo, determinó solamente algunas inclinaciones morbosas en los grupos cercanos a las ciudades. A sus efectos perturbadores i deprimentes, es a lo que se ha llamado vagamente en época contemporánea «el embrutecimiento de la raza».

En los periodos iniciales de la familia paterna, ligada por una estrecha solidaridad, la accion era colectiva cuando se trataba de protejer a uno de sus miembros o de obtener reparacion de alguna ofensa: el daño sufrido por una persona del grupo afectaba a todos los que lo componian. Esta solidaridad tan estrecha daba orijen al acto de la venganza, ejecutada con la aplicacion del talion. A fuerza de repetirse la venganza concluyó por hacerse un instinto reflejo o automático.

Como la venganza se aplicaba en la época de las luchas encarnizadas, tomó un carácter de crueldad implacable, sobre todo si el ofensor pertenecia a otro grupo. En consecuencia, la costumbre del talion exijia una completa uniformidad entre el daño recibido i la reaccion vindicativa, esto es, golpe por golpe, vida por vida.

La pena de muerte se aplicaba con demasiada frecuencia i de la manera cruel que sobrevivió hasta los cronistas. «La sentencia de muerte se ejecuta prontamente en el reo, o metiéndole un puñal en el pecho, o dándole un porrazo de sus mazas en la cabeza, o poniéndole un lazo al cuello i arrastrándolo a la cola de un caballo» (1).

Cuando el grupo patriarcal se desenvolvió ámpliamente, las reglas consuetudinarias siguieron en vijencia, pero se operó en ellas un adelanto notable.

---

(1) Gómez de Vidaurre, *Historia*, tomo I, páj. 325.

La venganza siguió siendo colectiva como ántes, pues se ejercitaba por los parientes mas próximos. «Las familias in juriadas, dice el abate Molina, se usurpan mui a menudo el derecho de perseguir a los agresores o a su parentela, i hacerlos sufrir la pena. De este abuso provienen las denominaciones i distinciones tan usadas en su jurisprndencia de *gen huerin, gengúman, genlá*, etc., las cuales denotan los principales parientes del ofensor, del ofendido o del muerto, los que se creen autorizados por la naturaleza para sostener con la fuerza las razones de sus deudos» (1).

*Gen (ngen) gúman* o *gen lladcúd* era el ofendido o su pariente mas inmediato; *gen huerin*, el pariente principal del ofensor; *gen la* (dueño del muerto), el deudo mas cercano del muerto o a quien le correspondia el beneficio del daño.

Como en las primeras etapas del patriarcado araucano, en su segundo ciclo evolutivo, la venganza se dirijía contra el ajente del daño, i no pudiendo ejecutarse en él, contra sus parientes próximos, es decir contra su familia.

La pena del talion continuó siendo todavia una manifestacion de la venganza, sobre todo para los delitos que no revestian estrema gravedad. «Los otros atentados menores se castigan con la pena del talion, la cual entre ellos está mui en uso, bajo el nombre de *travlonco*» (2). «Cabeza por cabeza o tanto por tanto» (3). Pero paulatinamente fué suavizándose la costumbre del talion i sustituyéndose por un contrato en que la parte perjudicada tenia derecho a una indemnizacion. Sucedia asi a la sancion meramente represiva, la restitutiva.

El aumento de la propiedad mobiliaria i semoviente, como útiles de montar, adornos, animales, etc., contribuyó a afirmar el sentimiento comercial de la justicia. Se arraigó tambien en los grupos la idea de que la composicion tenia la ventaja de aprovechar a todos.

---

(1) *Compendio de la historia civil*, pájina 154.

(2) Molina, *Compendio de la historia civil*, 154

(3) Febrés, *Calepino*, letra T. Rosales, *Historia*, tomo I, pájina 134.

Quedaron así combinadas en este criterio de la justicia araucana la venganza i la composicion; la familia optaba a su antojo por la primera o la segunda. De ordinario se inclinaba a preferir la indemnizacion, que le proporcionaba bienes de un valor pecuniario.

Por efecto de la misma organizacion del grupo familiar, se estableció una verdadera jurisdiccion interna, independiente de toda otra autoridad, ejercida por el jefe de la familia, supremo justiciero de la parentela i de los allegados. «Los *ulmenes* son los jueces lejítimos de sus vasallos.» El derecho de justicia del jefe era completo i sin apelacion.

Esta atribucion del padre debió pasar, seguramente, por una larga evolucion. En un principio su intervencion seria débil dentro del grupo local; no pasaria de los limites de la súplica en favor de individuos acusados de actos perjudiciales. A medida que se acentuaba la autoridad de patriarca, interponíase entre el grupo i el delincuente para atenuar el rigor de la venganza. Poco a poco la comunidad se acostumbró a no prescindir del jefe, i éste a tomar a lo serio su oficio de justiciero. Fué esta intervencion una de las causas que contribuyeron a que la pena del talion, deber imprescindible impuesto por la costumbre de los antepasados, se atenuara o diera lugar a la indemnizacion.

Se asociaba a veces de algunos consejeros o delegaba sus facultades en individuos conocedores de los usos tradicionales. En ocasiones se dedicaban al ejercicio de una justicia arbitral hasta las mujeres que se distinguian por su conocimiento de las reglas consuetudinarias, i eran aceptadas como árbitros hasta por los litigantes de grupos estraños al de su residencia (1).

Entre innumerables asesores de los caciques, la tradicion recuerda a Maripan Montero, hijo del capitan patriota Montero, célebre en las campañas contra Benavides. Sobrino de Domingo Painevilu de Maquehua, acompañaba a su tio como

---

(1) Ocupacion de Arauco. Una hermana de Lorenzo Colipí, de Puren, ejerció la justicia arbitral.

amigable componedor en las querellas. Cuando no se avenian las partes a su dictámen, les daba de golpes con su espada, pues tenia fama ademas de luchador valiente (1).

Cuando el miembro de un grupo recibia algun daño en sus intereses o en la persona de los suyos, concurria ante su cacique a solicitar su proteccion. «Padre, le decia, quieren mis animales; anoche vinieron ladrones; están en Tromen; ayúdame a quitarlos.» Esta peticion variaba segun el delito de que el querellante habia sido victima.

El cacique mandaba a donde el jefe del ofensor a uno o dos mensajeros, individuos especiales para la trasmision de un discurso o queja, los *huerquen*. Pedia el resarcimiento del daño, segun la tarifa que tradicionalmente estaba acordada. Si la familia del autor del delito no se avenia a pagar los daños, se llevaba a efecto la venganza.

Desplegaba el cacique toda su actividad en la ejecucion del ataque cuando el daño lo afectaba directamente a él o a los suyos, o cuando veia en la aventura la espectativa de algun beneficio. Fuera de estos casos, la familia perjudicada quedaba en condiciones de obrar por su propia cuenta, ya fuese ejecutando la venganza, ya aceptando un arreglo.

La intervencion májica, como medio de investigacion, desempeñaba un rol importante en el procedimiento. Un adivino precisaba el nombre del delincuente i el lugar en que se hallaban los objetos robados. Con su testimonio se exijia la restitucion o se recurria al *malon* (2).

La manifestacion más caracteristica de la venganza era el *malon* o *malocan*, saqueo a mano armada contra la familia a que pertenecia el autor del acto perjudicial. «Cuando las personas tienen un partido considerable, hacen reciprocamente correrias en sus respectivos terrenos, donde destruyen o queman todo aquello que no pueden transportar con-

_____

(1) Maripan Montero murió mui viejo en 1899 en Maquehua, i a sus funerales asistió el intendente de la provincia de Cautin.

(2) En el capítulo siguiente se dan pormenores de las prácticas májicas aplicadas al robo.

sigo. Estas hostilidades privadas se llaman *malocas*, i son mui temibles cuando se mezclan en ellas los *ulmenes*, porque entónces se vuelven guerras civiles. Pero es menester confesar que de ordinario se hacen sin efusion de sangre i se limitan a solos saqueos. El pueblo, a pesar de su innata fiereza, pocas veces permite el uso de las armas en las riñas particulares, las cuales se deciden a puñadas i a palos» (1).

Los parientes de la parte agraviada tomaban las armas, o un palo, dirijidos a veces por el cacique principal, i se encaminaban al grupo del delincuente. Caian de sorpresa sobre el grupo del ofensor, comunmente al venir el dia, mataban en ocasiones al culpable i se apoderaban de los animales i otros objetos a titulo de composicion, lo que en la lengua se espresaba con la palabra *huichatun*.

Cuando los asaltados estaban prevenidos, resistian con valor. El resultado del encuentro decidia el litijio pendiente; era la razon suprema del mas fuerte.

En estos asaltos quedaban exentos de toda agresion material los niños i las mujeres, a quienes no se heria por considerarse tal accion indigna de hombres valientes.

Sucedia mui a menudo que ántes de emprender la marcha de regreso, los atacantes mataban una o varias reses en el mismo sitio de esta tumultuosa escena i se comian la carne, de ordinario con todo el licor que habia en la vivienda saqueada.

El grupo saqueado se preparaba pacientemente para la retaliacion i en la oportunidad mas propicia, atacaba a su vez a sus adversarios o acompañaba a otros que los agredian.

Con frecuencia el jefe de un grupo solicitaba ausilio de un cacique pariente que residia a cierta distancia de sus dominios: con tal concurso, el golpe tenia éxito seguro, i cuando los agredidos sabian con oportunidad esta union, preferian huir i dejar en las casas a los niños i las mujeres.

Así, el cacique Ramon Lienan, de Temuco, para llevar un

---

(1) Molina, *Compendio*, pájina 155.

*malon* a Coñoepan, de Cholchol, pidió una vez su ayuda a Quilapan, de Collico (1).

Hé aqui como un hijo del primero de estos caciques ha escrito en mapuche la relacion de este encuentro, que dá a conocer en sus detalles este procedimiento tipico de la justicia araucana.

«Un mozo de Ramon Lienan, Teuque, tenia una hija; ésta se casó con un mozo de Domingo Coñoepan, de Cholchol.

Murieron una hija i un mozo de Coñoepan. La *machi* culpó a la hija de Teuque. Huyó ésta a Temuco. El viejo Coñoepan mandó un mensajero *(huerquen)* para pedir camino, entrar i matar a la bruja. Teuque dijo: «Mi hija no es bruja» *(calcu)*. Entónces Lienan no quiso.

Coñoepan se unió con Antonio Painemal, su vecino; éste era cuñado de Lienan. Juntaron de Cholchol, Tromen, Reñaco, Trapico, Malalche i Curriñe mas de 1,500 hombres.

Mandaron dos jóvenes esploradores a tierras de Lienan en caballos incansables *(huini cahuellu)*. Quisieron tomarlos. Ellos huyeron.

Viene el *malon* (*quípai malon*). Se armaron como 300 i salieron al cerrito Cuel. Se pusieron en fila. Lienan anima su jente. Su cuñado Painemal no pelea; dice: «Entrega animales». Lienan contesta: «No llevan ninguno; mejor morir peleando».

De repente cargaron sobre sus mocetones. Los acorralaron. Mataron a Teuque; quedaron muchos muertos i heridos. Llevaron plata (adornos) i como 200 animales, sobre todo los de Huetecura, capitan de Lienan.

Lienan mandó mensajeros a Quilapan, de Collico: «Que me dé mozos para darle vuelta a Coñoepan» *(huiñol malon)*. Quilapan mui contento dice: «Yo quisiera mucho matar a Coñoepan; lo agradeceria a mi primo».

---

(1) Estos tres caciques fueron famosos en el último tiempo de la Araucanía. Lienan era jefe de vastos dominios en la zona en que hoi está situada la ciudad de Temuco. Véase tomo III de la *Historia de la civilizacion de Araucanía*.

Se prepararon los capitanes de Quilapan. Se unieron los caciques Estéban Romero, de Truftruf, i Curamil, de Collahue. Se juntaron todos en Temuco.

Fueron en la noche; al amanecer llegaron. Coñoepan huyó para Repocura; todos huyeron tambien. Los de Temuco ganaron *malon (huehuí malon)* i llevaron plata (adornos) i animales.

Al otro dia vienen las mujeres llorando a pedir animales: no les entregaron ninguno. Muchos llevaron los de Collico. Estos arribanos eran buenos para *malones;* no sembraban» (1).

Estos ataques sangrientos despertaban odios profundos entre los grupos, excitaban sin cesar entre ellos la pasion de la venganza, que se hacia de este modo hereditaria. No habia casi un grupo fuerte i numeroso que no tuviese un antagonismo irreconciliable con otro cercano o distante.

En cambio, el temor de las represalias solia contener la impulsion refleja del indio a devolver golpe por golpe.

Como se ha podido ver en la esposicion de este réjimen jurídico, pocas veces se ejecutaba el derecho de venganza sin un requerimiento a la familia del ofensor o al cacique de un grupo. Mediaban quejas i atenuaciones i el negocio concluia por una transaccion ajustada a la tarifa penal.

Antes que los araucanos poseyeran bienes muebles i animales en número suficiente, pagaban los daños inferidos con adornos, particularmente con ciertos collares de *llancas,* «que son las piedras verdes y negras, variadas con vetas de uno y otro color, que estiman mas que los diamantes y esmeraldas, de que no hacen caso. I cada sarta de estas piedras es una paga y cada muerte se compone de diez pagas. I si el matador no las tiene, se las han de dar forzosamente los parientes para salir de aquel empeño, por ser causa de toda la parentela y uso entre ellos que lo que no puede uno pagar, se lo ayuden a pagar los parientes, hoi por mí mañana por tí» (2).

---

(1) Traducido por el autor con el jóven Lienan.
(2) Rosales: *Historia,* tomo I páj. 132.

A falta de moneda acuñada, mas tarde adquirieron valor de dinero efectivo los arreos de montar, los adornos de pla- ta i los animales, particularmente las vacas, los caballos.

Como la nocion de la propiedad se desenvolvió considera- blemente i el comercio creó el cálculo de equivalencia, en el réjimen juridico de la sociedad patriarcal se afirmó todavia mas en los siglos XVIII i XIX la costumbre de transijir por una provechosa composicion muchas de las querellas que ántes se resolvian por el *malon*. Sin embargo, aunque se me- joraron con el tiempo las relaciones juridicas de los diversos grupos i era mas practicado el sistema de composiciones, el procedimiento de resolver por el asalto armado las ofensas o perjuicios subsistió hasta el fin de la Araucania indepen diente para los casos graves, en especial para las muertes por hechiceria.

En los agravios que se inferian los miembros de la fami- lia, el cacique oia a las partes, al ofendido i al ofensor. So- lian éstos encomendar su defensa a viejos peritos en los usos judiciales.

Para estos litijios entre los miembros de un mismo grupo existia un simulacro de prueba, al ménos en los últimos tiem- pos de la Araucania libre. El testigo informaba en secreto al perjudicado i éste a su vez trasmitia al cacique esta in- formacion. Cuando un testigo pertenecia a otra reduccion o clan, el cacique en cuya jurisdiccion se ventilaba la deman- da, inquiria la verdad del hecho enviando al jefe de ese lu- gar una especie de exhorto.

El testigo recibia de ordinario una remuneracion, que se avaluaba en frenos de plata, espuelas, adornos de mujeres o animales (1).

De cuenta del culpable recibian los individuos que servian de mensajeros o practicaban alguna dilijencia indagatoria, provisiones o animales, que se denominaban *sobao*. El que recibia un *malon* quedaba obligado tambien al pago del

---

(1) Datos dados en distintas reducciones al autor por indios asis- tentes a *malones*.

consumo de los asaltantes, consistente en los animales muertos en el mismo sitio del ataque.

El cacique desempeñaba su tarea de justiciero en su propio domicilio, comunmente fuera de la casa i en presencia de todos.

Por su actuacion en un litijio entre partes del mismo grupo o por su ayuda en un malon, el cacique recibia asimismo una gratificacion de dinero o animales i especies. Sus decisiones dictadas a menudo por el interes, tenian que carecer de una reparadora equidad. «Segun sus costumbres, el fallo de sus caciques está sujeto a la mayor paga de animales o prendas de plata que les obsequian los contendientes, i se refiere que un pleito fallado ya, tuvo un resultado contrario en la tarde del mismo dia de la sentencia por la doble de dos animales que el condenado dió al cacique, juez en aquel asunto» (1).

El juramento de los araucanos, que solian proferir ante la coaccion del cacique o en sus disputas i juegos de azar, era simplemente afirmatorio, sin carácter relijioso, que se limitaba sólo a asegurar la verdad de un hecho pasado con las fórmulas «por mi padre» (*chao ñi vla*), «por mi corazon» (*puique ñi vla*), «por mi mujer» (*cure ñi vla*) i otras personas de la familia.

Fuera de los crimenes de hechiceria, nunca se sometia a juicio a las mujeres, ni era usual que figurasen en calidad de litigantes en las escasas controversias que tuvieron el carácter de civiles, en el último periodo de la Araucania, como en las distribuciones de los bienes dejados por el padre.

En el siglo XVIII las prácticas judiciales de los araucanos esperimentaron un progreso mui marcado al contacto de los ajentes españoles que residian entre ellos i desempeñaban funciones de asesores o de jueces. Tales fueron los capitanejos de reduccion, que servian de consejeros a los caciques

(1) Ocupacion de Arauco. Informe del sarjento mayor Orozimbo Barbosa.

en los juicios que dirimian; los comandantes de plazas, jueces de apelacion de las resoluciones de aquéllos i de primera instancia en los pleitos de indios de reducciones distintas. Ademas, sus facultades se ensancharon hasta llegar a ser jueces mediadores de las contiendas entre caciques o agrupaciones. El intendente de Concepcion conocia en todas las causas como juez superior de apelacion.

La guerra de la independencia concluyó con este réjimen, que se restableció en parte durante la república.

En la ocupacion paulatina del ejército chileno del territorio indíjena, los comandantes de plaza solian entender en las demandas de los mapuches.

Desde el siglo XIX algunos jefes infatuados de su popularidad, potentados indíjenas con jurisdiccion en una zona entera o tribu, exajeraron su poder judicial, suplantando el capricho a los usos de los antepasados i prodigando la pena capital. Casi todos vivian independientes de la fuerza militar chilena; unos cuantos, como Colipí de Puren, Coñoepan de Cholchol i Painevilu de Maquehua, recibian del gobierno el apoyo que les daba predominio entre varios grupos.

Quedan todavia vijentes algunas costumbres judiciales en las reducciones apartadas de los pueblos, ménos los *malones* i la pena de muerte. Los otros grupos recurren al protector de indíjena o a la justicia ordinaria cuando no llegan a un arreglo en sus litijios.

Obligados a concurrir a los juzgados en solicitud de amparo contra las diarias espropiaciones i atropellos de que son victimas, los indios se han hecho en la actualidad litigantes asiduos i reconcentran en el tinterillo o ajente de juicios la repulsion hereditaria al español, hoi chileno.

# CAPITULO IX.

## Hechos criminosos i penas.

Criterio jeneral del araucano sobre el derecho penal.—El robo.—El
adulterio. —El homicidio. — Lesiones.—Hechicería.—Aborto e
infanticidio. —Estupro i violacion.—Bestialidad, pederastia e incesto.—Deslealtad al jefe.—Actos leves; abuso de confianza, deudas, injurias.

En el rol de la criminalidad araucana figuraban en primer
lugar, el robo i el adulterio, atentados odiosos a la propiedad.
En seguida se clasificaban la muerte por hechiceria i el homicidio, el cual, debido a la indiferencia por el débil i la vida en los pueblos inferiores, no tuvo en la justicia primitiva
la gravedad que adquirió cuando las colectividades indíjenas
alcanzaron un estado mejor de desenvolvimiento.

Por último, se consideraban como simples perjuicios materiales las heridas, los atentados a las costumbres i las
deudas.

Los ultrajes, las injurias o difamaciones graves no tenian
sancion penal de ninguna clase; cuando mas solian orijinar
luchas individuales sin consecuencia para los parientes.

La penalidad araucana se caracterizó siempre por dos aspectos salientes, su crueldad i su sencillez. El talion se aplicaba estrictamente para la muerte i las heridas en la fase

primera del réjimen jurídico. Así la pena capital, ejecutada a lanza, cuchillo o fuego, era la mas usada.

No se conocian las penas correccionales, i si bien es cierto que se solia apalear a los ladrones sorprendidos en flagrante delito, tal castigo no se aplicaba de un modo sistemático sino ocasionalmente.

Cuando el réjimen patriarcal entró a su mayor desenvolvimiento, disminuyó la aplicacion de la pena de muerte, sin abolirse del todo.

Hé aqui las penas que se imponian para cada crímen i delito en particular.

*Robo.*—Como sucede en todas las sociedades ménos elevadas en cultura, el robo entre los araucanos era reputado un crímen capital, que se castigaba con furor en los primeros tiempos de la familia patriarcal, con la muerte.

Para la aplicacion del procedimiento, los indios distinguian el robo flagrante i el de autor no conocido.

Para el primero el ladron sufria el castigo inmediato, sin vacilacion alguna, i para el segundo se recurria a las prácticas májicas que servian de medios de investigacion i preparaban la venganza o la restitucion.

Desde que la comunidad patriarcal tomó su mayor amplitud hasta época mui reciente, sucedió al castigo violento del ladron, *hueñeve o hueñefe*, un sistema de resarcimiento. Aun cuando el ladron era sorprendido en flagrante delito, no caia sobre él la pena de estilo si tentaba a sus adversarios con un rescate subido, pagado en un plazo que se fijaba (1).

Se esceptuaba de esta regla el crimen de robar niños, que cometian los indios amigos de los españoles o a su servicio para venderlos como esclavos. El ladron que merecia ser capturado, sufria el último suplicio.

El monto de lo robado, cuando el ladron pertenecia a otro grupo, se avaluaba en caballos, vacas i objetos de adorno. Habia una tarifa detallada para los casos que no se resolvian a mano armada. Un animal robado se restituia, si no ha-

_____

(1) Tradiciones recojidas por el autor entre indios viejos.

bia desaparecido, con tres o cuatro mas, segun la fortuna del ladron o sus parientes. Agregábase el *sobao*, otro animal que se mataba i consumia por los ejecutores de la restitucion violenta,

Si el ladron carecia de bienes o deudos que respondieran por él, insolvencia i aislamiento mui raros, quedaba a dispo sicion del robado o se hacia responsable a la familia que lo hospedaba. Esta responsabilidad de parientes, aun de estra ños, se esplica: el que ejecutaba un robo no procedia de ordinario por su propia voluntad i conveniencia, sino de acuerdo con ellos i en su beneficio. La imputabilidad aparecia así indeterminada.

Cuando el culpable o sus parientes se negaban al pago de lo que establecia la costumbre, sobrevenia el *malon*, que no quedaba sujeto a reglas determinadas de arancel sino al capricho o a la conveniencia de sus ejecutores.

Siempre el cacique del grupo robado requeria de pago al del ladron; este último jefe investigaba el hecho i se decidia por el pago o la negativa.

Siendo el ladron del mismo grupo, el trámite se simplicaba mucho; pues intervenia el cacique principal i, mediante el procedimiento usual, se obligaba al autor del hurto de un animal, por ejemplo, a pagar el doble. A lo mas, solia verificarse una ejecutoria por la fuerza, quitándosele con violencia lo que se resistia a devolver buenamente. El idioma antiguo tenia la espresion *ngúchan* para indicar que se arrebataba una cosa como pago de un perjuicio.

Hé aqui la descripcion de una demanda por robo entre partes de un mismo grupo, tomada en mapuche por un jóven indíjena de un viejo litigante de Pillanlelun.

«El demandante iba a poner la demanda ante el cacique i hacerle un pago para que lo atendiese. Despues iba el demandado i tambien le pagaba un animal al cacique para que hiciera arreglar el asunto.

El demandante espone: «El amigo me ha robado un caballo i debe pagarme sus animales. El demandado responde: «que se disminuya algo porque es mucho lo que me cobra el amigo.

El cacique dice: «es verdad que es mucho; conviene reba jarle algo.» Cuando acepta el demandante, se arreglan.

Muchas veces el demandante se opone; exije que se le pa guen seis animales por lo ménos; no hai arreglo. «El cacique no tiene por qué obligarme», dice: Cuando no le obedecen al cacique, dice: «Ya que este no me obedece; opónganse i ar mense con palos como puedan i reúnanse.»

Se convierte en un *malon*. Fig. 26.

El demandante reune toda su familia i se prepara el *malon*. Esto sucede cuando tiene jente suficiente para hacerle el combate al contrario.

Se corren palo i lanza unos i otros. Cuando queda lasti mado alguno i muere, se le examina i se le abre el vientre. Encuentran el higado todo hecho pedazos.

Lo sacan i se lo llevan al que lo hirió.

Otro *malon*, cuando no hai arreglo. Jeneralmente se pagan por una muerte doce animales, diez en pago i dos para comer.

El pago por un robo es de tres animales, con *sobao*.

Cuando un mapuche sale o pasa por otra reduccion, luego le preguntan de dónde viene, a qué vá; luego éste dice de dónde viene.

Entónces los otros dicen: «¡Oh! de allá, eres; bueno, a ha cerle un malon a éste i quitarle todo lo que lleva.»

Esto sucede cuando las reducciones han tenido los *malones*.

Estas eran las costumbres que tenian ántes; hoi dia ya no hai esta lei.

Hoi dia hai arreglo ante el cacique, cuando se convienen ámbas partes, ya sea por hurto o por crímen. Cuando se en caprichan, pasan ante los jueces que puedan hacer este arre glo.»

El robo doméstico era mui raro, casi imposible en el medio araucano, donde el derecho individual de propiedad apare cia nulo ante el de la comunidad. Cuando se verificaba, caia bajo la represion familiar, como un atentado a los intereses comunes.

En cambio, reputábase lejítima la rapiña verificada en otro grupo i sobre todo en otra tribu.

Fig. 32.—Indics en el cepo. Antiguos jendarmes.

El robo practicado a espensas del estranjero adquiria el prestijio de la popularidad como acto de valor, de conveniencia para todos i de justa represalia contra los enemigos i espoliadores de la raza.

Cuando el ladron no tenia éxito o cuando se le aprehendia, sentíase humillado, no porque se le sorprendiese en una accion vergonzosa sino por haber sido tan torpe en su empresa.

Los araucanos miraban con desprecio, como circunstancia agravante, el verdadero hurto o la apropiacion clandestina de sus animales. Pero les producia miedo i hasta admiracion el robo violento, ya fuese cometido por uno o pocos individuos, ya por muchos en forma de *malon*.

Hasta aquí se ha tratado del robo flagrante i del efectuado por ladron conocido. Cuando se ignoraba quién era el autor, se recurria a la intervencion májica.

La práctica májica constituía un procedimiento privado con un ritual observado por tradicion.

Los cronistas comprueban la antigüedad del arte de adivinacion entre los araucanos. Cuando el patriarcado se hallaba en su mayor desenvolvimiento, el ritual funcionaba de esta manera. El robado se dirijia a donde el adivino, *dunguve* o *llihua,* quien averiguaba minuciosamente los pormenores del hecho (1).

Recibido previamente el valor de la adivinacion, el operador salia de su habitacion, que despejaba de sus moradores i obscurecia al intento, i a poca distancia formulaba algunas preguntas referentes al robo, «i desde dentro de ella, con voz alta, aunque meliflua, responden diciendo fijamente donde está lo que le preguntan» (2).

Otras veces el conjuro se verificaba dentro de la vivienda i en presencia de un fetiche, que era alguna piedra, cántaro u otro objeto.

---

(1) Febrés dice en su diccionario al esplicar esta palabra: «porque hace hablar al diablo, aunque las mas veces todo es ficcion.»

(2) Jerónimo Pietas, *Noticias sobre las costumbres de los araucanos*, 1729, Gay tomo I de documentos, páj. 487.

Tan pronto como se conocia por este medio al autor de un robo, se le requeria de pago; en caso de negativa, se verificaba el *malon*; pero por error en las indicaciones del adivinador, se ejercitaba la accion agresiva sobre otra persona que el verdadero ajente.

Descubierto al fin éste, se verificaba contra él un segundo *malon*.

En la actualidad existe en todo su antiguo vigor este medio de informacion. Sólo han variado los pormenores del procedimiento. De los adivinos de ahora, llamados *pelon, peun*, el que ejerce con mas amplitud su oficio es uno conocido con el nombre de *huitan* (tener latidos), que informa acerca del lugar en que se encuentran los animales u objetos robados o perdidos. Puede ser hombre (*huitan huentru*), o mujer (*huitan domuche*). Todavía se conserva en los restos sobrevivientes de los grupos de Pillanlevun el recuerdo de una celebrada adivina de nombre Juana Huenupan.

Procede sentado haciendo señas afirmativas con el brazo trémulo i levantado o señalando hácia algun punto.

Siempre lo interroga otro o el mismo formula preguntas en voz alta. La negativa se espresa bajando la mano hasta hacer chocar los dedos con violencia en el suelo.

Cuando es mujer, hai un hombre que la interroga i dirije, especie de hipnotizador (*dunguve*, el que hace hablar). Al llegar el robado a la casa, éste lo recibe i lo presenta a la adivina en estos términos: «Este es un hombre bueno; ha perdido sus animales; quiere saber dónde están.» Sigue una conversacion acerca de los pormenores del robo.

Salen todos afuera. El hipnotizador pone en estado de furor a la adivina por medio de pases con un cuchillo. En seguida le ordena caminar, buscar la huella, i cuando se detiene, le reitera imperiosamente la órden, i hasta la amenaza con el cuchillo. Llegan a un sitio en que la mujer se detiene definitivamente; ahí o en los alrededores deben estar los animales.

La adivinacion se paga con un animal (1).

(1) Datos recojidos por el autor.

Entre los mapuches de la actualidad se mantienen atávicamente las costumbres del hurto. Por lo jeneral, se dedican a la apropiacion clandestina de animales.

Los de una reduccion roban a los de otra, principalmente a las que se hallan separadas por alguna distancia. Por cierto que en toda ocasion propicia, prefieren los animales del aborrecido español (chileno).

De 38 delitos pesquisados por una de las comisarías del cuerpo de Jendarmes en las provincias de Arauco, Malleco i Cautin, en el mes de junio de 1906, aparecen en el parte siguiente 15 robos i un homicidio perpetrados por mapuches.

«Por robo de 5 sacos trigo a la Estacion de los Ferrocarriles, fueron aprehendidos Santos Pérez Pérez, Luis A. Genmal i José Tapia en Púa.

Por hurto de un caballo ensillado a Lorenzo Levipan fué aprehendido Juan Cayupan en Cholchol.

Por hurto de una yunta de bueyes a Antonio Pinilla fué aprehendido Pancho Llancamir en Galvarino.

Por hurto de dos caballos al Huinca López fueron aprehendidos en Perquenco Francisco, Antonio, José Huenchao e Isidro López.

Por hurto de tres ovejas a Pedro Lepiqueo, fueron aprehendidos en Lautaro Manuel Jesus Catrileo i Pedro Gúnche.

Por hurto de nueve yeguas a los indíjenas Callupan, Llanquinao, Juan Nahuelcheo i Nahuelpan, fueron aprehendidos Ignacio Canio, Juan Coli i Coliqueo Pana en Temuco.

Por hurto de una yunta de bueyes a don Pedro Herrera, fué aprehendido Miguel Caniupan en Los Alamos.

Por hurto de una montura a Juan Meliñan, fueron aprehendidos Juan Ancola i Manuel Espina en Temuco.

Por hurto de un buei a Guillermo Catalan, fué aprehendido Juan Levio en Mininco.

Por hurto de una yegua i un potrillo a Juan Llieco, fueron aprehendidos José Cayul i Antonio Nancia en Lautaro.

Por hurto de un novillo a Francisco Sepúlveda, fueron aprehendidos Antonio Huenchecan e Inocencio Morales en Galvarino.

Por hurto de una yegua a Juan Ancamilla, fueron aprehendidos Segundo Carinqueo, Ignacio Huenchulef, Antonio Leriqueo i Francisco Colipí en Los Sauces.

Por hurto de cinco ovejas a Felino Huenten, fué aprehendido Naguin Huincaleo en Puerto Dominguez.

Por robo de un chancho a Pascual Catrililbin, fué aprehendido Antonio Agnir en Los Alamos.

Por homicidio en la persona de José Meliqueo, fué aprehendido José Luis Huenchuman en Quino.

Por hurto de seis ovejas a José Lemunao, fué aprehendido Juan Levio en Cholchol».

La propension del indio al robo de animales de otra reduccion i la guerra encarnizada de malhechores i campesinos chilenos a la propiedad indíjena, han despertado en aquél un espiritu de infatigable vijilancia. En la noche siempre hai uno que vela el ganado. *Pelolen* en la lengua es estar despierto i *quintunien* custodiar (1).

Hasta en los mapuches de condicion mas acomodada se halla latente la inclinacion atávica. En algunos conventos donde se les dá alojamiento, suelen sustraerse las frazadas de las camas en que han dormido (2).

Los crímenes cometidos por indios solos o acompañados de forajidos chilenos, tienen siempre como punto de mira el robo de animales.

Una relacion de un periódico de Temuco (1907) suministra un hecho típico al respecto:

«Encontrábanse en su casa, situada en el lugar de Llollinco a tres leguas de Lautaro, los indíjenas Pascual Chiguai i su mujer Juanita Añiñir, sin mas compañia que la de un in-

(1) Investigaciones del autor.
(2) Dato suministrado al autor por el padre prefecto de las misiones de Angol, frai Felipe S. Bórquez, franciscano i araucanista mui observador. El autor tiene un amigo mapuche, su profesor en la lengua i su cooperador en las investigaciones. Un dia le hizo servir té a la pieza de estudio i se retiró un rato. A su vuelta, la tetera habia desaparecido debajo de la manta del profesor. Por cierto que el alumno tuvo buen cuidado de disimular esta sustraccion.

diecito de corta edad. Serian las ocho de la noche, mas o ménos, cuando se presentó a casa de los nombrados una partida de forajidos, los cuales algunos se dirijieron a un corral, en donde alojaban unas 35 cabezas de ganado i los otros se apoderaron de la Añiñir i Chiguai; a la primera le dieron una enorme puñalada en el cuello, degollándola completamente. Chiguai no fué mas afortunado que su esposa, pues recibió varias i graves lesiones, de cuyas resultas dejó de existir al dia siguiente.

Consumado así el crimen, los facinerosos se apoderaron del ganado i de las siguientes especies, de propiedad de las victimas: un par aros de plata, una cantidad de ovillos hilo para mantas, dos lamas, un paletó i una manta.

Los autores de este horroroso crimen son Rosamel Molina, Camilao i Cayueque Cheuquel, Ramon Segura i Juan Almarza, quienes fueron aprehendidos por el piquete de los Jendarmes destacados en Lautaro i conducidos hoi a disposicion del señor Juez del Crimen de esta ciudad.»

Las extorsiones repetidas, los robos, asaltos, flajelaciones i homicidios de que han sido victima los indios constantemente de parte de los rematantes de tierras, colonos nacionales i estranjeros, son otros tantos motivos, sin contar con su atavismo sobre el hurto, que los obligan a obrar por necesaria reciprocidad.

Seria interminable trazar la historia de las violencias i matanzas.

Sirva un solo hecho para caracterizar la condicion de los indíjenas en sus relaciones con la comunidad civilizada.

Marinao, indio de Cuyinhue, de la jurisdiccion de Lautaro, poseia algunos animales.

Robáronse en 1907 un buei en una hacienda vecina a sus tierras. El administrador sale a perseguir el robo i halla en la ruca de Marinao carne fresca. Era ésta de una vaquilla que la familia del indíjena habia muerto para su consumo i quizás para alguna fiesta.

Los jendarmes conducen amarrado a Marinao a las casas de la hacienda. Se le cuelga i azota primero, i en seguida atado de un lazo, se le sumerje en una laguna i se le suspende alternativamente.

Se le vuelve a su habitacion i se le quitan, por último, algunos de sus bueyes i ovejas.

Aconsejado por un jóven mapuche medio civilizado, que sabe leer i escribir, Marinao se presenta al juzgado de Temuco, el cual instruye el sumario correspondiente (1).

Al presente se encuentran en estado de supervivencias muchas costumbres araucanas acerca del robo, en grupos distantes de aglomeraciones urbanas. En las demas se exije la equivalencia al delincuente o a sus deudos. Si no se llega a un arreglo, los perjudicados recurren a la justicia ordinaria.

Cuando el ladron es pobre, del todo insolvente, *cuñival*, se le presenta a la autoridad. No es raro ver en los pueblos del sur a un grupo de indios que conduce amarrado a un mapuche sorprendido en flagrante rapiña.

· *Adulterio.*—Se consideraba el adulterio (*ñuai*) como un acto de robo i no como una ofensa al honor conyugal, puesto que la mujer se compraba por una cantidad variable de objetos i animales. Afectaba, en consecuencia, únicamente al marido perjudicado.

Hubo un tiempo en que el propietario de la mujer la castigaba con la muerte i tambien al amante, si lograba sorprenderlo o alcanzarlo en la fuga.

Durante la justicia patriarcal se fueron sobreponiendo las conveniencias económicas a la pena capital. El marido bur· l ido repudiaba a la mujer i exijia al padre el valor dado por ella (*mavún*), o entraba en una transaccion con el seductor· El acto de entregar la hija al padre se espresaba con el término *eluñetui*. «Y en materia de adulterio, aunque se pican los celosos, les pica mas el interes, y no matan a la mujer ni al adúltero por no perder la hacienda, sino que le obligan a

---

(1) Datos suministrados al autor por el jóven indíjena que patrocinó a Marinao.

que pague el adulterio, y habiéndole satisfecho, quedan amigos y comen y beben juntos» (1).

Con todo, la pena de muerte no quedaba suprimida. El
dueño de la mujer podia imponerla a los dos amantes o a
alguno de ellos, cuando no veia la posibilidad de resarcirse
del perjuicio por insolvencia absoluta o cuando el ofensor era
su allegado, moceton o deudo inmediato (2).

En mui contadas ocasiones el marido perdonaba a la mujer culpable despues de una dura correccion.

La rara infidelidad de la mujer principal por su antigüedad, de la jefe, *onen domuche* en el norte de Araucania, i
*unen cure* en el sur, revestia mayor gravedad.

Hoi el adulterio entre los *mapuches* no se pena con la muerte en ningun caso ni lugar, por temor a la justicia ordinaria.
No tiene otra reparacion que el castigo de la mujer impuesto
a voluntad del marido engañado i la devolucion por el padre
de lo recibido como precio de la hija, *huiñol cullin* (devolver
la paga).

El protector de indíjenas suele intervenir en estos negocios de repudiacion.

*Homicidio.*—En el estado primitivo e informe de la justicia
araucana, la concepcion del homicidio diferia notablemente
de la moderna.

No se notaba diferencia entre homicidio voluntario e
involuntario, i se prescindia por completo de las circunstancias i de los móviles que habian acompañado la ejecucion
del crimen.

Para los efectos de la reaccion, todo se amalgamaba en
un solo hecho perjudicial, que superaba a los demas en gravedad.

Como en el robo, solamente los homicidios perpetrados en
miembros del grupo caian bajo la sancion del estricto talion.
El que mataba a un estraño no cometia una accion punible;

---

(1) Rosales, *Historia*, tomo I, páj. 134.
(2) Informes dados al autor en toda la Araucanía. Rosales, *Historia*, tomo I, pájina 134.

solamente se esponia a la venganza de los parientes del occi-
so. Matar españoles para robarlos era un hecho mui lícito,
cuando no habia peligros que lo impidieran.

En ninguno de los dos casos quedaba infamado el matador.

Mediante un proceso evolutivo se llegó a distinguir la diferencia entre muerte intencional i casual. La muerte con
cuchillo se designaba *lai cuchillu meu*; con lanza *lai renyi
meu*, con garrote *lai mamúll meu.*

A la venganza tradicional sucedió tambien de un modo
lento la composicion. El daño se avaluaba en animales, objetos mobiliarios i adornos. Entre éstos figuraban las *llancas*,
«que son las piedras verdes i negras, variadas con vetas de
uno i otro color» (1).

La tarifa del homicidio variaba en conformidad a la categoría del muerto. De ordinario comprendia una porcion de
los bienes del que mataba, i a veces solian englobarse todos.

La negativa para resarcir el daño a los dueños del muerto, traia como consecuencia ineludible el *malon.*

Tanto la agresion de los ofendidos como la represalía de
los ofensores, hacian interminables los choques de grupos.

Cuando el homicida no pagaba i caia en poder de sus per-
seguidores, sufria la pena de muerte.

Al presente los homicidios se transijen entre los mapuches
por el resarcimiento tradicional, en los lugares apartados del
asiento de autoridad judicial (2).

Cuando hai negativa o fuga, se recurre a la denuncia.

*Lesiones.*—Las heridas se juzgaban con igual criterio que
el homicidio. Cuando se heria (*allvún*) a un miembro de la
familia, la reaccion vindicativa se manifestaba en la forma
del talion fisico. En época de un estado inferior de desenvolvimiento, se aplicó igualmente para las lesiones de estraños
el talion, que se conmutó despues por una provechosa indemnizacion.

---

(1) Rosales.

(2) Datos recojidos de todas las reducciones de la provincia de
Cautin.

Una o varias puñaladas recibidas por un indio en una riña, equivalian a otras tantas que daba a su agresor (1). Un chuecazo se devuelve con otro igual; si no se puede tomar el desquite al momento, se hace en la primera oportunidad.

Cuando la lesion es grave, tiene lugar la indemnizacion, que exijen los parientes.

La negativa de cancelarla daba motivo para verificar el *malon.*

Basta con un incidente para conocer el procedimiento en los asaltos por heridas. En 1868 se reunieron en Remehueico, cerca de Puren, varios indios a beber el licor introducido por un comerciante.

El cacique Coliman recibió repentina i alevosamente una puñalada en la cara, que le dió el indio Dumulef, de Ipinco. Coliman quedó imposibilitado.

Su pariente Marileo Colipí, jefe poderoso de Puren, supo lo sucedido, i al dia siguiente cayó con sus mocetones sobre las tierras de Dumulef i arreó varios animales, de los que fué participe el herido.

Las reuniones de los araucanos, que se acompañaban siem pre de borracheras, daban oríjen invariablemente a heridas i muertes, por las recriminaciones, palabras hirientes i burlas que los precipitaban a las vias de hecho (2).

En estas reuniones es cuando se puede observar la impresionabilidad rápida del araucano, que lo imposibilita para ejercer algun control sobre sus acciones i lo arrastra a menudo al crimen automático, inconscientemente cometido. Esta impresionabilidad instantánea es la espresion de la estructura mental del hombre inferior.

(1) Rosales, *Historia*, tomo I, páj. 134.

(2) Cronistas. Escenas presenciadas por el autor. Hasta el presente los mapuches se hallan bajo la presion de estos actos instintivos. En 1907 se reunió en las inmediaciones de la aldea de Quepe una numerosa indiada a celebrar un *ngillatun.* Despues de la ceremonia, se fueron a las manos de repente con un furor incomprensible. Con no poco esfuerzo consiguió separarlos, dándole de sablazos, un piquete de jendarmes.

Como la familia era solidaria de los delitos i crímenes de sus miembros, solia proscribirse por peligroso e indigno a los que habian menoscabado con sus estravios los intereses de la comunidad. Otros huian voluntariamente, i a todos se les perdonaba pasado algun tiempo.

Los parientes que habian pagado por el que no tenia bienes, se resarcian quitándole sus hijos menores para servirse de ellos.

Estaba exenta de toda responsabilidad i persecucion por heridas, una clase de individuos mui respetados por los araucanos, que designan con el nombre *langemcheve* i traducen por cuchillero, matador.

Son matones que el temor popular ha revestido de cualidades sobrenaturales. Permanecen invulnerables a los golpes de sus adversarios, i esta inmunidad les dura un número determinado de años. Para renovarla tienen que ofrecer a algun mito un sér querido, como una hermana, madre, etc., que muere bien pronto.

En el intervalo de la conclusion de su virtud invulnerable i la muerte del deudo querido, queda como un mortal cualquiera i puede ser vencido con facilidad (1).

Un padre que heria o mataba a sus hijos o un marido a su mujer, no caian tampoco bajo las penas que establecia el derecho consuetudinario para el comun de los culpables, porque derramaban su propia sangre (2).

Se consideraba ademas como acto de justicia intima. En cambio, el parricidio tuvo una sancion en el interior del grupo; los parientes mataban al parricida.

La jeneralidad de estos crímenes se orijina de luchas entre el padre i el hijo por alguna mujer.

---

(1) En las averiguaciones de distinto órden que el autor ha hecho entre los mapuches, dió con este tipo orijinal de que no hablan los cronistas. Es de suponer, por esto mismo, que sea de creacion moderna. El jóven Lonquitúe, educado en el Liceo de Temuco, recojió el cuento que va en otro capítulo, i en varias reducciones de la provincia de Cautin corren muchas leyendas sobre los matadores.

(2) Olivares, *Historia de Chile*, páj. 45.

El procedimiento sobre perjuicio por heridas que existe ahora en las agrupaciones mapuches, se reduce a pedir la paga al hechor o a sus parientes, si tienen bienes. Dado que carezcan de ellos o se nieguen a satisfacer el agravio, se recurre a la justicia ordinaria.

*Hechicería.*—Crimen enorme, capital, que merecia la muerte inmediata. Ninguno tan estendido en la comunidad araucana, puesto que las muertes no provenian de un accidente fisico sino de maleficios de seres invisibles i de los vivos.

En épocas de epidemias recrudecian los juicios i las matanzas por hechiceria.

Morian los hombres por *huecufutun*, accion invisible de un *huecufu* (1), ser o fuerza maléfica; por *calcutun* o daño de un *calcu* o brujo i por *vuñapuetun* o envenenamiento que ejecuta un mal intencionado en la comida o en los liquidos.

Nace de aqui el ceremonial cauteloso del indio para comer i beber lo que se le ofrece fuera de su hogar.

Producida la enfermedad o el fallecimiento, se consultaba al *machi* o médico májico, al adivino, o bien al *cúpolave*, operador que estraia el veneno de la vejiga de la hiel. Designaban éstos al autor del envenenamiento, quien desde ese mismo instante quedaba condenado a muerte.

Se pedia la entrega del delincuente, i si no se conseguia, se daba un *malon*. Solia pertenecer al mismo grupo del muerto i entónces la justicia era mas rápida.

Una vez habido, se condenaba a la pena del fuego, ejecutada con estos pormenores: «Se le amarra entre tres leños clavados triangularmente en tierra. A uno es atado por la espalda i a los dos por las piernas, una en cada una. Se le pone fuego bajo los muslos, con que le queman lentamente hasta que confiese el hecho i los cómplices. El infeliz, por abreviar el tormento se confiesa autor de él, i declara por compañeros los primeros que le vienen a la mente, tan inocentes como él. Hecha esta falsa declaracion, los presentes le traspasan el pecho con un puñal i salen en seguimiento del

---

(1) *Huecuvu*, en los grupos del norte de Araucanía.

denunciádo o denunciados, a los cuales dan el mismo suplicio, si no lo previenen con la huida i se ponen bajo la proteccion de algun poderoso ulmen que los quiera defender (1).

En los últimos tiempos de la Araucanía sacaban al acusa-
do de hechiceria al campo i lo lanceaban.

Allá por el año 1870 se suicidó un hijo del cacique Cayu
pan de Huitranlevo, de la jurisdiccion de Puren. Habia esta
do el mozo el dia ántes en una borrachera de chicha de manzanas en un lugar vecino, en casa de otro cacique llamado
Paillalef.

Llegó el jóven indio agriado a su domicilio por el exceso
de la bebida i por una riña en que salió vencido.

Entró al corral i se ahorcó con su propio cinturon.

Cayupan acusó de maleficio a Paillalef, juntó su jente i al
venir el dia siguiente cayó sobre aquél, que no sospechaba
el peligro que lo amenazaba.

Rodearon su ruca, lo sacaron al campo i lo lancearon. Sus
animales pasaron a poder de los asaltantes.

La dilijencia de los bárbaros para castigar los actos de
brujería o de daño por veneno, obedecia al miedo que infun-
dia a la colectividad el peligro que a todos amenazaba.

Persisten hasta hoi las prácticas sobre averiguaciones de
maleficios por intermedio de los adivinadores i *machis*; pero
ha desaparecido la penalidad que se aplicaba por estos crímenes quiméricos. El mapuche comprende que esto lo arras-
traria ante los jueces i lo espondria al peligro de una prision
i se conforma con la impunidad del dañador, en espera de
i engarse alguna vez.

*Aborto e infanticidio.*—Como se ha manifestado en un capítulo anterior, entre los araucanos el sentimiento del pudor
no existe sino en estado rudimentario.

Esta deficiencia moral i psiquica en la vida de este pueblo,
esplica la condicion de actos insignificantes que se asignaba
a los atentados contra las costumbres.

---

(1) Gómez de Vidaurre, *Historia*, tomo I, pájina 325.

Así, el aborto provocado (*langen coñive*) i el infanticidio carecian de sancion moral i juridica.

El primero existia como hecho frecuente i siempre fuera
del matrimonio. Las mujeres lo provocaban con yerbas abor-
tivas (*olcúlahuenún*), o cargándose la barriga con el peso del
cuerpo en una vara horizontal.

El cronista Olivares cuenta que para ocultar el embarazo,
las mujeres solteras se apretaban el vientre con fajas i en el
momento del parto se ocultaban en un bosque i «mataban
inhumanamente al hijo de sus entrañas.» Otras veces abandonaban al recien nacido donde álguien lo recojiese.

El hijo ilejítimo tenia el nombre de *vocheñ*.

Ejecutaban el infanticidio arrojando el recien nacido al
agua o ahogándolo con barro (1).

En tiempos pasados tuvo mayor estension este delito que
en la época actual, porque entraba en las prácticas supersticiosas matar al recien nacido que fuese deforme o a uno de
los jemelos (*eputun*), concebidos bajo la influencia de un
*huaillepeñ*, que era una clase de *mito*.

Ejecutaban principalmente el infanticidio las solteras para
vengarse del amante que las abandonaba. A la perpetracion
del acto de matar al niño se agregaba una práctica májica
estravagante, designada en el idioma con la palabra *trope-
men* (hacer estallido como el del maiz cuando se tuesta).
Consistia en castrar al niño despues de muerto i tostar los
órganos jenitales en una olla sin uso. Tiene esta operacion,
ejecutada por mujeres, la particularidad de reducir a la impotencia al seductor, sobre todo cuando produce un chasqui-
do dentro de la vasija el residuo calcinado.

Era una creencia jeneralmente aceptada entre los araucanos, i hasta hace poco habia individuos afectados de atonía
jenital o de necesidades amorosas mui lánguidas que se creian
víctimas de este maleficio. Antonio Ñancu de Quenque, cer-

(1) Informes dados al autor por indios que presenciaron este incidente.

(2) Informes recojidos por el autor.

ca de Los Sauces, era reconocido entre los indios como
tal (1).

*Estupro i violacion.*—Toda cópula violenta (*nüntun,*forzar)
se consideraba como un perjuicio i no como un atentado al
pudor. Por lo tanto, se abonaba un pago convencional.

El violador, aumentando el monto de lo pagado, podia
quedarse definitivamente con la mujer.

Reputábase al que perpetraba un estupro como individuo
que no gozaba de la integridad de sus facultades mentales.

Cuando los parientes no se resarcian del perjuicio, se ven-
gaban en la primera oportunidad que se les presentaba, en
alguna borrachera de ordinario.

*Bestialidad, sodomía, incesto.*—La conciencia araucana es
ménos susceptible aun para los actos inmundos. Sus autores
se esponian al desprecio público, a las burlas i murmuracio-
nes de hombres i mujeres, pero estaban exentos de toda represion. Tal sucedia a los ajentes de áctos bestiales.

Sin reconocerse como institucion pública, la pederastia se
practicaba libremente por los *machis*, que vestian como mu
jer i manejaban a su lado un mancebo.

Ademas de los *machis* habia algunos sujetos pasivos cono.
cidos en los grupos con la espresion *hueye.*

El incesto caia tambien bajo el peso del ridículo. Al caci.
que Huenchecal de Huadava, muerto en 1892, le imputaba la
critica de su grupo relaciones con una hija, por lo cual se
burlaba su jente de él i su autoridad no estaba revestida de
todo el prestijio que le correspondia.

Cuando la union incestuosa era entre dos hermanos, el
jefe de la familia podia azotarlos i espulsar al hombre. Si se
efectuaba entre hijo i madre sin marido, no habia para ellos
sino el desprecio; mas, si ésta se hallaba casada, el padre i
esposo quedaba en libertad de castigar i aun matar a los in-
cestuosos (2).

*Deslealtad al jefe.*—El poder ilimitado de algunos caciques

(1) Costumbre descubierta en sus investigaciones por el autor.
(2) Datos recojidos por el autor.

habia creado una categoria de crimen especial, la traicion al jefe.

En todas las épocas de la Araucanía libre hubo algunos caciques cuyo poderío sobrepasaba al comun de los otros jefes, bien fuese por su mayor fortuna, que les proporciona- ba superiores elementos de defensa, o bien por la proteccion que les dispensaron, en cambio de su adhesion, las autori- dades españolas primero i las chilenas despues. Revestidos de potestad estraordinaria, exajeraban la aplicacion de la pena capital, sobre todo para las defecciones que debilitaban su fuerza armada (1).

Esta facultad del *gúlmen* poderoso tuvo, por cierto, vigor mas acentuado en los tiempos de guerra.

En los dominios del comun de los caciques no existia el delito de traicion.

Era esta deslealtad a un jefe de rol preponderante lo que llamaban los cronistas el delito de traicion a la patria, abs- traccion no comprendida por los pueblos bárbaros (2).

En la escala de los delitos contra la propiedad ocupaban el último lugar el abuso de confianza i las deudas. Como se equiparaban al robo, solian cancelarse con el *malon* cuando el monto de lo adeudado merecia tomarse en cuenta. De otra manera venia el aplazamiento hasta que el acreedor encontrara medio de hacerse pagar.

Las injurias i agravios de hecho que no causaban lesion, carecian de gravedad: «ni entre ellos es afrenta bofetadas, ni palo, ni sombrerazo, ni mentis» (3). Otro tanto sucedia con la difamacion i la calumnia.

---

(1) Investigaciones del autor.
(2) Véase el capítulo sobre la guerra.
(3) Rosales, *Historia*, tomo I, páj. 134.

# CAPÍTULO XI.

## El tabú o la moral negativa

Rasgos jenerales.---Tabú de la mujer.—Tabú alimenticio.—De la propiedad.—Tabú relijioso.—Estension de las prohibiciones.

La moral araucana difiere sustancialmente de la que practican los pueblos adelantados.

Actos que se reputan criminales para el criterio civilizado, para la sociedad indíjena son lejítimos o por lo ménos tolerados.

Nuestros aboríjenes no poseen, pues, una nocion clara de las ideas del bien, de la justicia i la verdad, principios fundamentales que rijen la conciencia culta. Su moral se deriva, como el derecho, de las costumbres, del hábito, que trazan la direccion de todos los actos de la vida colectiva.

Este conjunto de reglas de tradicion, consideran como los principales deberes el respeto al padre, a los antepasados i al rito. Se refieren a la forma i no al fondo de las acciones, al temor al castigo i al respeto interesado de la regla esterior.

La entidad moral reside, en consecuencia, en la familia, porque tiene por fin asegurar el interes jeneral, sin tomar en cuenta el particular: moralmente el individuo no existe, sobre todo en la organizacion antigua de la sociedad.

Una gran parte de los usos i costumbres de los antepasa-

15

dos prescriben lo que no debe hacerse. Este conjunto de prohibiciones constituye la moral negativa de los pueblos no
civilizados, que la etnografía designa con el término jenérico
*tabú* (tomado de la Polinesia).

Los preceptos de esta moral de abstenciones debieron ser
numerosos en la antigüedad, si se juzga por los infinitos residuos de ellos que pasaron a épocas posteriores i aun a la
contemporánea.

La lengua tiene ahora una espresion para indicar el tabú
araucano (*huedá ngei*, ser malo, vedado).

Se aplica a cosas mui varias, como actos, lugares, objetos,
personas i nombres, i siempre significa la prohibicion de hacer algo con carácter supersticioso.

La infraccion de las interdicciones traia la muerte de alguna persona, enfermedades, peste en los sembrados i otras
calamidades.

Sobre los infractores recaian, por lo tanto, severas repre-
siones cuando las consecuencias afectaban a la comunidad.

Es fácil comprobar al presente la existencia de pasados i
vijentes tabús en la familia indíjena.

*Tabú de la mujer.*—Sobre la mujer casada, cuya castidad
se consideraba como derecho de propiedad de su dueño, han
recaido numerosos tabús en las poblaciones de cultura inferior.

La mujer araucana casada, como cosa tabuada, no podia
recibir abrazos ni toques de otro hombre que no fuese su
marido. No podia tampoco recibir a un estraño a solas en la
casa, ni bailar con hombres que no fueran parientes.

Para las solteras i casadas era tabú viajar solas por los caminos.

Reputábase tabú entre los araucanos antiguos pronunciar
el nombre de una niña, porque corria el peligro de morir.
En el tabuaje de las palabras entraba tambien el nombre del
yerno para la suegra, quien se esponia a perder las muelas
al pronunciarlo (1). Se reemplazaban estos nombres por otras
designaciones.

_____

(1) Cronistas.

La mujer que sentia dolores de parto quedaba tabuada inmediatamente Se le arrojaba fuera de la casa durante ocho dias. Alumbraba a la orilla del rio, asistida por otra india i despues de bañada, regresaba al hogar. Todos temian contajiarse con la enfermedad del parto (1). La parturienta hacia tabú los objetos que tocaba, por lo que se escluian tambien de la casa.

Supervivencia de este tabuaje ha sido la práctica de hacer bañarse a la mujer inmediatamente despues del alumbramiento i ántes de que se incorpore de nuevo al seno de la familia.

El lavado tenia la propiedad de suspender el tabuaje de la mujer.

En las lineas de parentesco inmediato la mujer era tabú. Habia interdiccion matrimonial entre tio i sobrina i viceversa, entre primos hijos de tios varones o hijos de varon i mujer.

Para el guerrero que se preparaba a entrar en campaña, se consideraba temporalmente tabuada su mujer o todas si tenia varias.

*Tabú alimenticio.*—En el siglo XVII existia el tabú temporal de la sal para los niños en los alimentos; el de la carne i del pescado, que los ponia perezosos e inútiles. Para los guerreros se vedaba asimismo el consumo de la sal ántes de entrar en campaña. La sangría en las piernas neutralizaba los efectos de la sal (2).

Era tabú para los hombres chuparse los dedos con que se tomaban los alimentos, porque se estraia la médula de los huesos de la mano i sobrevenian la vejez i la debilidad. En esta prohibicion no estaban incluidas las mujeres, las cuales no perjudicaban a la comunidad con su debilitamiento.

Los vestijios de este tabú no se han borrado del todo en las agrupaciones sobrevivientes.

Tabús alimenticios son hasta el presente para las mujeres

---

(1) Rosales, *Historia*, t. I, pájina 165.
(2) Rosales, *Historia*, tomo I, páj. 118.

embarazadas los órganos jenitales de toros i corderos, que pueden deformar los de sus hijos; la carne de animal contrahecho (*huaillepeñ*), que comunica la anormalidad al feto, i los huevos de dos yemas jeneradores de jemelos.

Las frutas i comestibles abandonados en algun camino u otro lugar, se consideraban vedadas, por la probabilidad de que contuviesen algun maleficio.

Parte tabuada del animal se ha considerado por los indios hasta estos últimos años el cuello, que, por quebrarse para la muerte de la res, puede producir la dislocacion de las vértebras cervicales del hombre, en una caida o cualquier otro accidente. Se reputaban igualmente prohibidos los sesos, que traen el emblanquecimiento del cabello i por lo tanto la vejez prematura.

*Tabú de la propiedad.*—Para los estraños la casa se reputaba vedada. Nadie podia entrar a ella sin permiso del jefe de la familia, aunque estuviese sola.

Un campo de siembra era estricto tabú para los que no pertenecian a la familia. Entrar furtivamente a él con cualquier pretesto, equivalia a violar una prohibicion tradicional. En la misma condicion se hallaba el corral de los animales.

*Tabú relijioso.*—En este órden de prohibiciones entraban la interrupcion de un acto relijioso i jugar a la chueca en el sitio en que de ordinario se celebran los *ngillatum* (rogativa), i donde está plantado el fetiche de madera (*alentu mamúll*).

El mito *pihuicheñ* (culebra alada) se consideraba tabú; nadie intentaba mirarlo cuando se sospechaba que estuviera en algun paraje.

El juego de chueca en la noche estaba tabuado, porque a esa hora solamente lo practicaban los brujos (*calcu*).

Tabú perpétuo, jamas violado por motivo alguno, se reputaban las sepulturas i los objetos colocados en ellas. No hai recuerdo de que un indio se haya atrevido a tomar los adornos de plata que se entierran con el cadáver.

Todo tesoro enterrado, como minas, plata sellada o elaborada en adornos i arreos de montar, constituia un tabú que nadie podia violar. La estraccion de estos tesoros o la simple revelacion de su existencia, causaba inevitablemente la muerte.

Corren innumerables tradiciones en todos los ramales de la raza acerca de la muerte que ha sobrevenido a los violadores de una prohibicion tan severa i tan unánimemente respetada. Bastará apuntar una.

Tromo fué un cacique de gran reputacion, que residia en Vutaco, reduccion situada al norte de Angol. Su suegro, To-mai Colipi, vivia en Dahuelhue, cerca de Sauces.

Colipi habia recojido de sus antepados la tradicion de que en las tierras de su residencia i en un paraje determinado, existia un entierro de objetos de plata. Invitó a su yerno a estraerlo.

Encamináronse al sitio consabido, provistos de sangre i carne de cordero, vino i aguardiente para el mito que siempre cuida estos tesoros ocultos, aqui un culebron segun el decir del viejo Colipi.

Dejaron las provisiones a un lado i cavaron un hoyo hasta que dieron con los objetos, que llevaron a la ruca.

Al poco tiempo murió Colipi, de enfermedad que lo fué secando en vida (inanicion probablemente). Tromo corrió la misma suerte poco despues; dejó de existir con el abdómen enormente dilatado (hidropesía).

Pertenecian a las cosas tabuadas los alimentos, dinero i otros objetos que se depositaban como ofrenda en las piedras que representaban un mito.

*Tabú agrícola.*—El indio observaba que la carne en descomposicion se agusanaba. Esta observacion lo inducia a declararla tabuada para los sembradores, en el momento que precedia a la accion de esparcir los granos en el surco. Un residuo de carne o de grasa adherido a la mano podia llevar el jérmen de una peste ruinosa.

Tampoco se permitia arrojar a un sembrado los despojos fetales de una enferma de parto, porque, como procedentes de una persona tabuada, traian la peste de las plantas.

Si se rastrearan pacientemente en la vida reservada del indíjena todas las prohibiciones, su enumeracion seria prolija. Aqui se han apuntado sólo las que se notan sin profundizar demasiado sus hábitos.

# PARTE SEGUNDA·

## EL ALMA ARAUCANA.

---

## CAPÍTULO XI.

### La majia.

Idea jeneral de la majia araucana.—El concepto del alma entre los araucanos.—Los *huecuvuye* o antiguos májicos.—El *machi* antiguo.—El curandero primitivo.—Persecucion de los españoles contra los hechiceros.—Los adivinos de los siglos XVII i XVIII.—Los *machi* de este tiempo.—La inversion sexual de los *machi*.—Iniciacion de los *machi*.—El *machitun*.—El arte adivinatorio del siglo XIX i de la actualidad.—La *machi* contemporánea.—La curacion o el *machitun*.—Medios empíricos.—La fiesta de iniciacion de la *machi*.—La concepcion araucana acerca de los brujos.—Operaciones de majia simpática.—Persistencia de la majia al presente.

La idea madre en el conjunto de nociones supersticiosas del araucano se halla en la majia.

Para ponerse en comunicacion con los espíritus benefactores i neutralizar la accion de los malos, para estraer del cuerpo humano los hechizos i pronosticar el porvenir, ha necesitado pormenores litúrjicos, manipulaciones determinadas, cantos evocadores i danzas sagradas. Ha necesitado, ademas, ajentes iniciados que pongan en práctica los ritos clasificados segun el objeto. Tales operaciones i operadores forman los elementos de la majia araucana.

Sus rasgos son los que caracterizan a la institucion en otros pueblos (1). En efecto, se manifiesta en sus funciones reservada i misteriosa. Su carácter es social: los hechos májicos son el resultado, como los sociales i relijiosos, de la actividad colectiva i no de la voluntad del mago. En agrupaciones no bien desarrolladas como la araucana, toda manifestacion de individualismo queda aislada, sin sancion. De modo que las alucinaciones i sentimientos del májico reflejan con fidelidad la conciencia colectiva.

En sus informaciones intervienen por revelacion los espiritus. Estos ajentes le suministran toda su eficacia.

Aparece provista en sus aplicaciones prácticas de la majia simpática, que nace de la contigüidad de los objetos a la persona que los ha llevado. La accion ejercida en los primeros obra sobre la segunda.

La majia araucana ha estado orijinariamente asociada a las representaciones relijiosas, a la medicina, la justicia, a muchos actos sociales, como el juego, la lucha, i a las artes embrionarias, como el canto, la danza i la música.

El poder májico se obtiene por la iniciacion larga i metódica del mago, ajente visible, que vivia ántes aislado del grupo social i que siempre ha sido el mas directamente beneficiado con el ejercicio de sus funciones.

Para estudiar con exactitud las concepciones de la raza sobre la majia, la relijion, mitos, muerte i vida futura, se requiere conocer previamente el concepto araucano acerca del alma.

Profundizando el conjunto de sus concepciones miticas, de sus leyendas, ceremonias que han sobrevivido aisladas, sin combinacion con las ideas del catolicismo, se llega a la per-

---

(1) Hubert et Mauss, *Esquisse d' une théorie générale de la magie.*

suasion de que el araucano considera que hai en el hombre
una vida que se estiende por el cuerpo i una alma que reside
en el mismo. Estas dos partes independientes forman una
entidad doble.

Pero no concibe la parte espiritual de un modo abstracto
como el civilizado, sino materializada, especie de sombra de
naturaleza etérea, imájen del individuo, pues tiene su color,
sus rasgos i su forma. Este espíritu personal necesita, por
consiguiente, comida, licor, vestidos i armas.

Durante el sueño i en los casos de sincope, apoplejia, cata
lepsia i en todas las formas pasajeras de insensibilidad, el
cuerpo queda inanimado; deduce por esto el indio que el es
piritu lo ha abandonado para salir a otros lugares i presen
tarse a los hombres como fantasma.

Despues de la muerte sigue existiendo por algun tiempo
cerca del cuerpo primero i en seguida en la mansion de los
espiritus. Desde estas dos residencias puede viajar siempre
i aun penetrar en los cuerpos humanos, en los de animales i
en los objetos inanimados, a los que comunica su voluntad i
sus sentimientos. A esta frecuente movilidad del alma es a
lo que se debe el infinito número de espíritus que puebla el
espacio.

No se limita el araucano a dotar al hombre de este espiri
tu tan movible. Los animales, los utensilios i objetos inani
mados, lo tienen igualmente. Este ajente sutil, esta imájen
de las cosas, las mueve, las gobierna, en una palabra. El alma
de los animales (*am culliñ*) emigra a la mansion futura del
hombre; ahí los encuentra éste cuando muere. *Am cahuito* es
alma del catre; *am cultrun*, alma del tambor, etc. (1).

El indio no ha tenido ni tiene ahora mismo ideas definidas
sobre el alma, sino vagas i confusas. Aun los que en sus sen
timientos relijiosos no han recibido elementos estranjeros, se
muestran vacilantes, por la dificultad de esplicarse algunas
abstracciones. Los mas intelijentes sólo distinguen que el al
ma, *pü'lli*, cuando llega a ser visible en la mente de otro o

_____

(1) Investigaciones del autor.

cuando se aparece, es un fantasma o *am*. Hai necesidad, pues, de recurrir a las fuentes mencionadas i penetrar a veces a la psicolojía relijiosa del mapuche por medio de la investigacion personal, pero siempre por método indirecto.

Desde la raiz de los tiempos históricos se puede confrontar la existencia entre los aboríjenes de un verdadero sistema de majia.

Cuando los conquistadores penetraron al territorio araucano, ejercia las funciones de adivinos una casta de májicos que las primeras crónicas mencionan con el nombre de *huecubuyes*. El término es *huecuvuye* i significa «que puede hacer como *huecuve*» (espiritu maligno). Esplica este significado el carácter májico de tales individuos.

A propósito de ellos, se lee en la crónica de Núñez de Pineda i Bascuñan esta referencia: «en los tiempos pasados se usaban en todas las parcialidades unos *huecubuyes*, que llamaban *renis*, como entre los cristianos los sacerdotes. Estos andaban vestidos de unas mantas largas, con los cabellos largos, i los que no los tenian los traian postizos de cochayuyo o de otros jéneros para diferenciarse de los demas indios naturales: estos acostumbraban a estar separados del concurso de las jentes i por tiempo no ser comunicados, i en diversas montañas divididos, a donde tenian unas cuevas lóbregas en que consultaban al Pillan (que es el demonio) a quien conocen por Dios los hechiceros i endemoniados machis, que son médicos. Estos por tiempos señalados estaban sin comunicar mujeres ni cohabitar con ellas, sacaron de esta costumbre i alcanzaron con la esperiencia que se hallaba con mas vigor i fuerza el que se abstenia de llegar ni tratar con ellas, i de aqui se orijinó, habiendo de salir a la guerra, el que es soldado, esta costumbre i lei por consejo i parecer de los sacerdotes (1)».

El padre Rosales, que los llama boquibuyes, amplia la noticia en estos pasajes: «Tenian los de Puren una ceremonia antigua, en que se visten los boquibuyes, (que son sus sa-

---

(1) *Cautiverio feliz*, páj. 361.

cerdotes) i están recojidos en una montaña separada, haciéndose hermitaños i hablando con el demonio», «i miéntras están en su encerramiento no puede ninguno mover guerra, i de su consejo i determinacion pende el conservar la paz i el abrir la guerra» (1).

Recluianse en cavernas sostenidas con troncos de árboles, acaso para evitar su hundimiento, i adornadas con cabezas de animales.

Miéntras que la jente de guerra espedicionaba contra el enemigo, ellos sabian, por medios májicos, el jiro de las operaciones.

No solamente se aplicaban a la guerra sus procedimientos adivinatorios, sino que se estendian a todos los actos de la vida privada.

Ejercia sus funciones este mago en medio de un circulo de espectadores: soplaba el suelo, metia en ese punto una rama pequeña deshojada i colgaba en su parte superior una diminuta porcion de lana de *hueque* (2). Debia seguir a estos detalles la parte principal del conjuro, las palabras bajas i misteriosas del adivino i la respuesta consiguiente de los residuos del paciente encerrados en la madeja de lana.

El mago, residente en cada agrupacion, desempeñaba sus funciones en presencia de muchos individuos; lo que prueba que la majia a la llegada de los españoles existia como institucion pública.

No cabe duda de que fueron contemporáneos de estos adivinos los curanderos o *machi*, clase especial que, en conjunto con la otra, forma el personal de la majia primitiva.

El poeta Oña los llama «herbolarios» e informa que preparaban venenos de efectos desastrosos i mortales. Es admisible la hipótesis de que a esta fecha hubiera penetrado al territorio araucano el procedimiento de curar con yerbas, cuyos secretos medicinales conocieron perfectamente los invasores peruanos i propagaron en la seccion del norte del

(1) *Conquista espiritual e Historia.*
(2) Oña, *Arauco domado.*

pais. Pero el hecho indiscutible es que las funciones del májico se realizaban primordialmente por medio de procedimientos extra-racionales, por las suertes supersticiosas.

A estos májicos, personajes estraños en sus maneras de
vivir i vestir, eran a los que se referian en sus cantos los
épicos castellanos (1).

Desde su arribo al territorio hasta el fin de su dominacion,
los españoles persiguieron sin cuartel a toda esta casta de
hechiceros. Los tormentos i las prisiones reservados para
los indios, recaian en particular sobre ellos.

Las muertes que provenian de sus indicaciones i mas, si
se quiere, el estado mental relijioso del español, contribuian
a esta obra de persecucion (2).

Los funcionarios encargados de estirpar la hechiceria, desempeñaban su cometido con mistico celo. Aceptaban como
veridicas todas las alucinaciones, citas de brujos i apariciones de espectros miticos, de que están llenas las leyendas
araucanas.

Noticias mas detalladas de la majia en los siglos XVII i
XVIII, permiten apreciar mejor su organizacion.

Desaparecen los nombres de *huecuvuye*, i talvez algunos
pormenores de su existencia recluida en cavernas. Los adivinos se denominan *llihua* i *dungul* o *dungulve* (que habla,
hablador).

Ejercian las funciones de tal, hombres i mujeres.

Pronosticaban todos el porvenir, hacian aparecer los animales perdidos, indicaban la causa de las enfermedades i a

---

(1) Principiando por Ercilla, hai que aceptar con reservas las noticias de los poetas castellanos sobre costumbres. Hechos incidentales o
fantásticos que consignan en sus poemas, se toman de ordinario por
ciertos. Han tenido existencia real los que persistieron en lo futuro,
aunque modificados, i son conforme a la índole del indíjena.

(2) El concepto español sobre la hechicería releva de entrar en una
larga disertacion sobre el espíritu supersticioso que dirijia sus actos:
«Entendemos por hechiceros folos aquellos que por arte del diablo
hacen mal i grave daño a otro en la salud, en la vida, etc.» (Primera
edicion del *Diccionario de la lengua*, 1734).

los autores de las muertes; pero habia unos de aptitudes especiales en las fórmulas májicas destinadas a producir la lluvia i conjurar las epidemias de los hombres i las pestes de
los sembrados.

El abate Molina consigna a este propósito la siguiente informacion: «Consultan en todos sus negocios de consecuencia a los adivinos o sean los charlatanes de lo porvenir, que
llaman ya *llihua*, ya *dugol* (los hablantes), entre los cuales
algunos se venden por *genguenu*, *genpuñu*, *genpiru*, etc. Es
decir, por los dueños del cielo, de las epidemias i de los gusanos, porque se jactan de poder hacer llover e impedir los
tristes efectos de las enfermedades i de los gusanoj destrui-
dores de los granos» (1).

*Apenpiru* (acabar los gusanos) se llamó una operacion de
carácter májico para estirpar la plaga de gusanos en las
siembras. El operador se llamaba *ngenpiru* (dueño o doma-
dor del gusano). El ritual de esta ceremonia concluia con
algunas bocanadas de humo de tabaco sobre unos pocos gusanos, a los cuales, colocados en hojas de canelo, se cremaba
en seguida.

Uno de los cronistas consignó un caso mui singular de
combate ceremonial para estirpar la plaga de ratones, práctica que, por no haber sobrevivido, debió ser entónces supervivencia de una antigua costumbre. «Cuando sus campos
están infestados de dichos animales, se convocan todos los
comarcanos para el sacrificio, a que no se niegan. Procura
cada uno cojer los mas que puede de dichos animales, i
puestos en un saco los llevan a un cierto prado, lugar determinado para este sacrificio, donde todos se ponen en dos filas
diversamente vestidos de lo que acostumbran ordinariamente, porque se cubren la cara con unas máscaras de leño, i la
espalda con un cuero de vaca seco, del cual penden muchos
pedacitos de aquellas cañas llamadas coliu, dispuestas de
manera que se tocan unas con las otras i hacen un grandísi-
mo ruido. Todo el restante del vestido es mui ridiculo. En el

(1) *Compendio de historia de Chile*, páj. 171.

medio de las dos filas se colocan los úlmenes. Estando todo preparado, una de las filas camina hácia el oriente i la otra hácia el occidente, pero no tanto que se separen totalmente la una de la otra, porque cuando el último de aquella que va al oriente empareja el último de la otra que va a occidente, ésta vuelve al poniente i la otra al oriente. Durante este sucesivo movimiento las dos filas se dicen mútuamente todas aquellas injurias i oprobios que les vienen a la boca. Las mujeres, que entre ellos siempre tienen nombres de cosas despreciables, son el objeto como de atribucion i contra quienes se desbocan mas. Cuando así se han bien encolerizado, los úlmenes se salen fuera i se separan de ellos i los que componian las filas comienzan a sacudirse con los puños i los bastones que llevan consigo, de modo que muchos de este sacrificio salen con las cabezas i brazos rotos i con heridas considerables i talvez queda alguno muerto en el campo. Cuando se han bárbaramente apaleado, los úlmenes interponiéndose en el medio i con la voz imperante hacen la paz, i entónces dejando salir de los sacos los ratones, corren detras de ellos i los matan con sus mismos bastones» (1).

¿Seria simbolo de lejanos choques de tribus vecinas por causas de majia maleficiaria mutuamente atribuida? Lo que bien claro se ve en esta ceremonia es un simulacro de combate antiguo, desde los movimientos i retos injuriosos, tejidos de maldiciones con alcance májico, hasta la agresion misma.

Como medio de informacion, el adivino ponia en práctica la májica simpática. Los interesados le llevaban, en una pequeña porcion de lana, algunos residuos del enfermo, como uñas, esputos, etc. Colocábalos en un tiesto de greda i desde el esterior de la casa, los interrogaba para inquirir la causa de la enfermedad, su próximo resultado i algunas circunstancias referentes al envenenador (2).

Un autor del siglo XVIII noticia que en las indagaciones

---

(1) Gómez de Vidaurre, *Historia*, páj. 319, tomo I.
(2) Tradiciones recojidas por el autor.

de robos, pérdidas o fuga de la mujer, se presentaba al *dunguve* el interesado i, pagándole anticipadamente, lo imponía de las circunstancias del hecho. Abandonaba despues aquél la *ruca* i desde fuera, «con varios conjuros», dirijia preguntas sobre lo que se deseaba saber, a presencia de todos. Contestábale del interior una voz débil, que suministraba los datos que se le pedian (1).

Sobre la majia médica aparecen en esta época datos mas precisos. Se hallaba completamente establecida con operaciones determinadas, operadores e iniciacion.

El arte de curar se ejercia por medios racionales i májicos. Aplicaban los primeros dos clases de empiricos que se conocian con los nombres de *ampives*, «buenos herbolarios i tienen buenas nociones del pulso i de las demas señales diagnósticas», i los *vileus*, cuyo «principal sistema consiste en asegurar que todos los males contajiosos provienen de los insectos» (2).

Practicaban la majia médica ciertos iniciados que desde tiempo atras se conocian con el nombre de *machi*. Aunque predominaban los hombres, habia tambien mujeres.

Comunmente un mismo individuo poseia a la vez el arte de curar por conjuros i por el uso de plantas medicinales.

Pertenecian estos curanderos a la casta de hombres vestidos de mujeres, tan comun en todas las secciones aboríjenes de América.

Tanto por su estraña i aislada manera de vivir, cuanto por las funciones mismas que desempeñaban, ordinariamente adivinos i curanderos a la vez, gozaban de marcadas consideraciones entre los araucanos.

Núñez de Pineda i Bascuñan traza un retrato mui exacto de estos hombres afeminados. No vestian traje de varon sino otro mui semejante al de la mujer; «usan el cabello largo, siendo que todos los demas andan trenzados; se ponen tam-

(2) Pietas, *Costumbres de los araucanos*, Gay, tomo I de documentos, páj. 486.
(3) Molina, *Compendio*, páj. 181.

bien sus gargantillas, anillos i otras alhajas mujeriles, siendo mui estimados i respetados de hombres i mujeres, porque
hacen con éstas oficio de hombres, i con aquellos de mujeres» (1).

La lengua indificaba con la palabra *hueye* a los que practicaban la pederastia.

La inversion sexual ha existido siempre entre los araucanos. Ha sido un vicio constituido en costumbre i no clasificado entre los hechos perjudiciales que atentan a los intereses de la comunidad. Pero en ocasiones mui limitadas se ha
presentado fuera del gremio de los *machis*.

Aunque en el número de hechos escepcionales, no faltan
en las costumbres contemporáneas las inversiones femeni-
nas. Profundizando las indagaciones sobre desvios sexuales,
el investigador se sorprende con noticias de mujeres solteras dominadas por la obsesion amorosa a otras personas de
su mismo sexo (2).

La majia requeria una minuciosa iniciacion. Los aprendices practicaban al lado de los *machis* una larga temporada.
«I para esto tienen sus maestros y su modo de colejios, donde los hechiceros los tienen recojidos y sin ver el sol en sus
cuevas y lugares ocultos, donde hablan con el diablo y les enseñan a hacer cosas aparentes que admiran a los que las
ven» (3).

Cuando terminaba el periodo de iniciacion, celebrábase
una ceremonia pública. El neófito bebia en presencia de los
circunstantes los brevajes que le presentaba su iniciador,
«con que entra el demonio en ellos», dice el padre Rosales.

_____

(1) *Cautiverio feliz.*

(2) Se ha informado al autor del caso mui conocido de una mujer
afectada de esta perversion amorosa, hija del mapuche Martin Auca-
milla, residente en Huequen, Angol. Une des coutumes modernes
d'anomalie sexuelle que l'auteur a pu recueillir, est l'onanisme de la
femme. Des morceaux de boyaux de mouton secs et soufflés sont in-
troduits dans l'organe feminin, pour provoquer le plaisir génital.

(3) Rosales, *Historia*, tomo I, páj. 168.

Simulábase en seguida un cambio de ojos i lenguas entre iniciado e iniciador, i terminaba el ritual con la introduccion «de una estaca aguda por el vientre», que salia por el espinazo sin dolor i sin dejar huellas de herida (1).

Desde este dia quedaba habilitado el nuevo *machi* para ejercer el arte de curar.

La funcion mas séria de la majia médica era el *machitun*, acto de estraer el veneno de un enfermo i de indicar al envenenador.

Con la modificacion de algunos detalles, el ritual de los siglos XVII i XVIII no difiere en las circunstancias caracteristicas del que han practicado despues los indios: se sucedian entónces como ahora el canto evocador, el sacrificio de un cordero, sahumerio de tabaco, estraccion con la boca del cuerpo nocivo, estado de éxtasis del májico, presencia de los espiritus en el recinto, preguntas de un intermediario al *machi* i respuestas de éste acerca de los antecedentes de la enfermedad (2).

Los vacios que dejan los escritores españoles en sus esplicaciones referentes a la majia araucana o a la hechiceria, como la llamaron, pueden llenarse con el exámen de la actual, mejor comprobada con la observacion directa i con la adopcion de métodos mas exactos.

En la primera mitad del siglo XIX el arte adivinatorio tenia los mismos ajentes de los anteriores. Como la Araucanía iba dejando de ser un territorio cerrado, por la inclinacion del indio al comercio, fueron conociéndose mejor las funciones del májico.

Habia tomado entónces mucho desarrollo la majia como medio de informacion en los robos i en las enfermedades.

Practicábanla en esta rama hombres i mujeres, a quienes se denominaba *inaimahue* (ir a seguir). No en todas las agrupaciones habia adivinos, particularmente de fama, sino en algunas.

---

(1) Rosales, *Historia*, tomo I, páj. 169.
(2) Núñez de Pineda i Bascuñan, *Cautiverio feliz.*

Cuando habia en una casa un enfermo grave, con recursos suficientes para pagar una consulta, algunos deudos se trasladaban a donde el adivino. Envueltos en un poco de lana, llevaban algunos residuos del cuerpo del enfermo, como las estremidades de las uñas, esputos, cabellos o el humor saburroso de la lengua, que estraian con un cuchillo.

El adivino se informaba de los pormenores de la enfermedad i ponia en seguida esos despojos dentro de un cántaro pequeño, que colocaba en un rincon oscuro de la casa.

Esperaba que oscureciera para entablar una conversacion con las particulas del enfermo que se le habian llevado, porque en todos los casos de informacion se ponia en ejercicio el rito simpático, por medio de un objeto que hubiese estado en contacto con el enfermo.

A la hora oportuna, el adivino, los interesados i algunos espectadores que habian permanecido afuera, entraban al interior de la habitacion. El primero principiaba la operacion dirijiendo la palabra a los despojos encerrados en la vasija para saludarlos, preguntarles por su nombre, circunstancias de su enfermedad i persona que le habia hecho daño. Del rincon respondia una voz aflautada a cada pregunta, lloraba i por fin nombraba al causante de su mal.

Los espectadores oian el diálogo i quedaban convencidos de la veracidad de los incidentes revelados.

Los misioneros creian todavía que en estas fórmulas de adivinacion intervenia el demonio. Los viajeros atribuian la voz del cantarillo a ventriloquia. Entre tanto, lo cierto era que el mismo májico simulaba las respuestas cambiando la modulacion de la voz, o bien otro de los iniciados se situaba en un lugar oculto de la ruca i respondia.

Un mapuche que sabe escribir ha anotado en su lengua los detalles del ceremonial, que se trascriben en castellano a continuacion.

Se trata de saber quién ha muerto a un cacique. La familia acuerda recurrir al adivino, para lo cual se toman las medidas usuales.

«Uno se ocupa en sacarle un poco de raspadura de la lengua en la parte superior i un poco de pelo en los lados de las sienes i en la corona. De los dos piés se saca un poco de raspadura de los talones.

Todo esto se envuelve en un trapo mui limpio i en seguida se coloca en un cantarito.

En la noche se saca a colocarlo en el hueco de un palo, léjos de la casa. Despues de varios dias empieza a hablar por medio de silbidos mui lastimosos. Despues mucho mas, al tiempo de ponerse el sol.

Cuando ya es tiempo de hacerle las preguntas, se lleva a donde el adivino. Hai que pagarle bien.

Coloca el cantarito encima de un cultrun u otra cosa. Hace las preguntas.

Todos los dolientes alrededor. Las preguntas son: ¿por qué lo han muerto? ¿ha sido por hacerle mal a su familia? ¿son de la casa o de afuera? Por último, le pregunta por su nombre. Los que están acompañando necesitan tener valor para oir la respuesta que dá el cantarito. El espíritu habla mui lastimoso; hace sufrir. Siente mucho haber dejado a toda su familia.

Una vez conocida la persona culpable, hai que matarla o quemarla viva si es de la casa.

Cuando es de otra familia o si no tiene como pagar, se ejecuta el *malon*.

El doliente dice: «Si no me quieren pagar, yo mismo me iré a pagar; tengo bastante jente.»

. Cuando se aviene al pago, no se le hace nada» (1).

Con el tiempo fué desapareciendo este procedimiento para dar lugar a otros mas sencillos.

La accion de adivinar se espresa hoi con el término jenérico *peun* i en algunas reducciones con la palabra *Kimen*. *Pelon* (veo) es el nombre que se da a los adivinos en jeneral.

Las funciones májicas se han especializado en la actualidad. Existen unos adivinos, hombres i mujeres, que inter-

_____

(1) De Manuel Lonquitúe, jóven indíjena, que ha secundado al autor en sus investigaciones.

pretan el porvenir por medio del sueño e informan sobre objetos o animales perdidos. Llámanse *peunmantufe*.

Cuando el robado no halla lo que se le ha perdido o le han hurtado, recurre a los medios estraordinarios de la ma jia simpática. Va a donde el adivino, lo impone de los por menores del robo i le entrega algun objeto que ha estado en contacto con el animal perdido o con el ladron. El adivino ejerce sus maleficios sobre la cosa entregada, que le permite obrar sobre su dueño.

Un jóven mapuche de Cholchol apuntó para estas pájinas este incidente personal: «Se le perdió a mi padre un caba llo. Cerca de la reduccion vivia la adivina Remoltrai. Fui a consultarla por órden de mi padre. Llevé una *lama* (teji do de lana para la silla de montar). Esta *lama* era de la silla de mi padre, que usaba para montar el caballo perdido. Esa adivina la puso en la cabecera de su cama para soñar en la noche. Al dia siguiente fuí a saber la noticia. Me indi có los lugares por donde podia seguírsele. Cobró cinco pe sos. El caballo pareció mui léjos de la casa» (1).

Mas consultado que el anterior, es el adivino por señas (*huitan* o *huitantufe*, de *huitan*, latir i tener presentimiento). Puede ser hombre (*huitan huentru*) o mujer (*huitan domuche*).

El ajente funciona sentado sobre un objeto que ha sufrido la accion simpática o teniéndolo a la vista.

Contesta afirmativa o negativamente con pequeñas osci laciones de la mano, estremecimientos involuntarios. A ve ces tales movimientos se ejecutaban tambien con el pié. Para los indios la mano del adivino está guiada por un es piritu.

Dejando a un lado los hechos de simulacion, que no falta rán probablemente, conviene advertir que el carácter prin cipal de estos movimientos consiste en ser involuntarios e inconscientes, en direccion a un objeto que el ajente mira o en el que piensa.

Pertenecen a la clase de fenómenos llamados de automa-

___

(1) De Ramon Manquian, orijinario de Cholchol.

tismo parcial, que pueden observarse en personas que gozan
del ejercicio completo de sus facultades mentales (1).

Sea hombre o mujer el adivino, sirve de intermidiario un
individuo que vive en la misma casa. Cuando es mujer, suele sacarla al campo a buscar las huellas, en un estado de
aparente hipnotismo.

Los pronósticos del *huitantufe* se estienden a robos i pérdidas de animales, hallazgos de tesoros i desenlace de enfermedades graves.

Quedaban hasta hace pocos años, quizás como vestijio del
totemismo, los adivinos por las aves (*pelon huelque quei úñen*,
adivino que manda pájaro). De la direccion que tomaban
las aves, de alguno de sus actos, convencionalmente inter-
pretados, deducian lo que iba a suceder. A veces algunas
aves, como la cuca, el treguil i el ñanco llegaban hasta cerca de la casa i comunicaban a los adivinos lo que deseaban
saber.

El májico anatómico (*cúpolave*), ha seguido ejerciendo,
como en épocas anteriores, su arte de adivinar las causas de
la muerte por la estraccion de la hiel del hígado.

La majia médica no ha decaido en el curso de cuatro centurias. Siguen pacticádola los *machi*, hombres i mujeres,
bien que, al contrario de otras épocas, predomina en absoluto el sexo femenino en el ejercicio del machismo.

El *machi*, en visible decadencia, mantiene viva la acos-
tumbrada inversion del sentido jenital. Le agrada el adorno femenino i prefiere vestirse de mujer. Vive con algun
jóven mapuche, a quien sostiene i vijila con afan.

La *machi* es la persona que en el dia figura en primer término en el personal de operadores májicos. Revestida de la
dignidad de curandera i encantadora, goza entre los de su
raza de una consideracion cercana al temor supersticioso.

Es un miembro del grupo que posee el privilejio de co-
municarse con los espiritus, curar las enfermedades por sortilejios i prevenir los desastres de la comunidad.

(1) Woodworth, *El Movimiento*.

Tiene todos los caractéres del mago, i para su iniciacion requiere un aprendizaje largo, de tres años por lo ménos, en las fórmulas del ritual, en las manipulaciones diversas, lenguaje cabalistico, danza i música sagradas i arte de insinuarse a los espíritus para alcanzar su benevolencia.

Aunque de ordinario casada, su existencia parece envuelta en cierto misterio, vive mas retraida que el comun de la jente, frente a su habitacion se halla plantada la tosca figura de madera que suele usarse en algunas ceremonias i que simboliza sus ocupaciones májicas; una bandera blanca en la puerta de su hogar indica al viajero que alli reside quien tiene en su poder la salud de los hombres i el secreto de los jenios irresistibles.

La posesion de amuletos i talismanes que preservan de influencias maleficiarias i cambian la naturaleza de las cosas, le da mayor ascendiente entre los que benefician sus conocimientos.

Cuida en el bosque un canelo predilecto, cuyas ramas i hojas emplea en la curacion de los enfermos i a veces en las ceremonias a que concurre. Si álguien descubre i corta esta planta, la *machi* languidece i seguramente muere.

Se cuenta de algunas que tienen un carnero i un caballo, a los que besan i respiran el aliento; de otras que han visto hechos sobrenaturales (*perimontu*), como piedras que saltan, animales miticos que cruzan el espacio.

Como en muchos pueblos inferiores, estrae por absorcion el cuerpo venenoso o el animal que corroe las entrañas de la victima.

En las fiestas relijiosas i en las operaciones curativas, sirve de intermediaria entre los hombres i los espiritus bienhechores. Cae en estos actos en un éxtasis espontáneo, durante el cual los espiritus toman posesion de su cuerpo i le revelan los pormenores de la enfermedad o le anuncian la próxima lluvia.

Obra de buena fé, por autosujestion e imitando lo que se ha hecho tantas centurias ántes de ella: sus alucinaciones son las mismas de la sociedad beneficiada con su majia.

Sus manipulaciones ejercen en el público una acción considerable: muchos de los que han estado bajo la influencia de sus encantos, créense sanos i libres de hechizos mortales.

El alma individual de la *machi* trasparenta el alma colectiva de la raza.

Acto primordial de la majia médica de los araucanos ha sido desde lejanos tiempos hasta los actuales, el *machitun* o la estraccion del cuerpo humano de los organismos vivos introducidos en él.

Los indios de ahora, como sus antepasados, ignoran los fenómenos de la vida en el estado normal i en el patolójico. No conciben, por lo tanto, la muerte natural. Reconocen dos causas que destruyen la vida, las heridas i los maleficios.

Atribuyen la última, a la maldad de los hombres i de los espíritus nocivos, que introducen májicamente en el cuerpo humano animales que roen las entrañas i venenos que, de las visceras abdominales pasan a la sangre i llegan al corazon.

Los enemigos del mapuche, por venganza, por simple perversidad o por algun móvil de interes, le dan veneno (*vuñapue*) en los alimentos i en las bebidas. Los brujos proporcionan estas ponzoñas i mas a menudo ellos mismos las suministran. Los *huecuvu*, espíritus del mal, que en tan crecido número atisban al indio, son los que causan el daño lanzando flechas invisibles o trasformándose en sutiles animales.

La enfermedad producida por la accion de un *huecuve* se llama *hecufetun* o *huecuvetun*.

Sin la intervencion de la *machi*, lo mas seguro es que el maleficio traiga la muerte.

De manera que tan pronto como se agrava un enfermo, se recurre sin dilacion a la *machi*. «Cuando llega a la casa, se invita a todos los vecinos i tambien, si se puede, a todos los amigos i parientes. Una vez reunidos, la *machi* principia a tocar su tambor (*cultrun*), dando a conocer con su toque que la ceremonia va a principiar. Despues de tocar la introduccion, puede decirse, canta para que el enfermo conozca la voz i no se asuste cuando le vaya a sacar el mal.

Todo lo hasta aquí descrito lo hace el *machi* o la *machi* en el patio, en medio de todos los espectadores, los que parecen que ya se tragan al médico, tratando de no perderle una sola palabra para tener que contar (1).

Unas dos horas ántes de concluir la tarde, entra al interior de la ruca con un acompañamiento numeroso.

Sobre el suelo i en el centro de la habitacion, se halla tendido el enfermo (*cutran*) en unos cueros. Ramas gruesas de canelo, la planta sagrada de los araucanos, se han plantado a la cabecera i a los piés de la cama. En la primera de ellas se ve estendido un pañuelo de seda i colgada alguna joya de plata de las que usan las mujeres. Son como decoraciones del árbol de las ceremonias.

A la derecha e izquierda del enfermo se estienden dos filas de mapuches, como de diez individuos cada una, sentados con chuecas i pequeñas ramas de canelo en las manos. Otros asistentes, algunas mujeres i niños, ocupan indistintamente los demas sitios de la habitacion.

A un lado arde el fuego, en torno del cual están sentadas algunas mujeres. Ruidosamente se espantan los perros hácia afuera.

La *machi* vijila los preparativos. Anda con sus mejores trajes i adornos; lleva sobre la cabeza un penacho de plumas coloradas i atados en la muñeca de la mano derecha unos cascabeles.

Cubre de hojas de canelo el *pontro* (frazada) con que se tapa el enfermo, i a la altura del vientre de éste coloca el tambor.

En todas las fisonomías de parientes i amigos no se nota la menor señal de dolor; todos parecen cumplir mecánicamente un formulario i nada mas.

Al ocultarse el sol tras las montañas del occidente, principia la ceremonia.

La *machi* toma el tambor i preludia su canto, a la cabecera del enfermo i al lado derecho. Al propio tiempo dos jóve-

_____

(1) Apuntes del jóven Manuel Manquilef.

nes acólitos o acompañantes (*llancañ*), tocan sus pitos (*pú-vúlca*).

Un mapuche, de ordinario viejo i deudo de la *machi*, se levanta al frente de una fila de los concurrentes. Es el maestro de ceremonia e intermediario entre los espíritus i la familia del enfermo. Dásele el nombre de *dungu machive* o *ngechal-machive* (el que habla o anima a la *machi*).

Sigue un segundo canto de modulacion distinta del anterior. Todos los de la curacion tienen variantes que suelen escapar al oido de los profanos. La *machi* se arrodilla vuelta hácia el enfermo, sentada sobre los talones. «Vivirá, dice, con un buen remedio. Si soi buena *machi*, sanará. Buscaré en el cerro el remedio *mellico*; solo *paupahuen* buscaré; mucho remedio *llanca*, mui fuerte remedio. Venceré, dice el gobernador de los hombres. Con este tambor levantaré a mi enfermo» (1).

Los términos de este canto i de los otros suelen variar segun el capricho de las médicas.

Gradualmente la maga levanta la voz, mueve el tambor por encima del enfermo i se ajita como en un estado de frenesi. El animador de la *machi* da voces de órden: los mapuches, que han permanecido sentados, se levantan i siguen el compas de los instrumentos, alzando i bajando alternativamente las ramas de canelo; cruzan i chocan en seguida las chuecas sobre el enfermo, i todos gritan: ¡ya, ya, yaaa! Es el grito caracteristico de los araucanos que llaman *avavan*, i se produce repitiendo varias veces un golpe con la mano abierta en la boca.

El estrépito, que debe aturdir al enfermo, es una demostracion de júbilo con que se prepara la llegada del espíritu protector.

Sucede un momento de calma. Ha terminado la primera parte de la operacion. Los hombres beben, la *machi* descansa i una mujer seca al fuego el parche del tambor.

---

(1) La música de este canto, que el autor anotó en Angol, se halla impresa en el tomo I de su *Historia de la Civilizacion de Araucanía*.

Despues de este corto intervalo la ceremonia se reanuda.

La hechicera entona otro canto monótono i acompasado. En el curso de éste, un hombre trae un cordero maniatado i le hace una leve incision en la garganta; con la sangre tiñen los *llancañ* la frente del enfermo.

A falta de este animal, se utiliza con el mismo objeto un gallo.

Cumplida esta fórmula, otro breve intervalo.

La operacion entra a su escena culminante. La operadora principia un canto evocador, esta vez acompañado de la danza relijiosa, que ejecuta con los *llancañ* vueltos hácia ella, a pasos cortos, avanzando i retrocediendo alternativamente, i con movimientos laterales de cabeza.

El estrépito de las chuecas i de los gritos sube poco a poco; el animador de la médica levanta asimismo la voz. En este momento la *machi* suelta el tambor i se desvanece. Dos hombres la sujetan de los brazos por la espalda, pues sin esta precaucion creen que se fugaria desatentada, enloquecida. En tales circunstancias llega el espíritu superior de los araucanos, llamado hoi *Ngünechen*, i toma posesion del cuerpo de la *machi.*

Estas manifestaciones estraordinarias no se deben, por cierto, a una simulacion de los actores del ceremonial. Es un caso verdadero de hipnósis espontánea. El ruido enervante de los instrumentos, el baile jiratorio i desesperado, los movimientos laterales de la cabeza i la influencia de imájenes análogas repetidas con anterioridad, contribuyen a poner a la *machi* en éxtasis, sin la intervencion de un hipnotizador; se sujestiona i encarna un espíritu que momentáneamente obra por ella.

El animador de la *machi* le pregunta quién ha llegado. Responde la *medium* i nombra algunos cerros conocidos. El mismo director de la ceremonia entabla una conversacion con el espíritu que ha tomado posesion de la *machi*. Lo saluda i le ruega que haga el favor de ver al enfermo, de intervenir en su curacion, sacar el daño que ha recibido i decir si sanará o morirá. Da su respuesta el espíritu por intermedio de la poseida i predice su mejoria o su muerte, por haberse practicado tarde la curacion i estar ya el veneno próximo al corazon.

A continuacion de este diálogo la *machi* se endereza i entra nuevamente en accion, siempre en estado de poseida. Anda alrededor del enfermo, rocia la cama con una agua medicinal que se le pasa, hace sonar febrilmente los cascabeles i por último va a colocarse de rodillas al lado del paciente.

Una de las mujeres que le sirve de practicante, futura maestra en el oficio, le pasa una fuente con yerbas remojadas. La *machi* descubre la parte dolorida, la frota con una porcion de esas yerbas, le echa humo de tabaco que saca de una cachimba (*quitra*), i, por último, aplica ahí la boca. Chupa a continuacion en el punto fumigado i simula vómitos en un plato; se lleva la mano a la boca i muestra a los espectadores un gusano u otro cuerpo animal. Repite la estraccion varias veces i efectúa una especie de masticacion. En ocasiones arroja el cuerpo estraido al fuego o uno de los *llancañ* va corriendo a botarlo al rio inmediato sin mirar para atras.

La accion esencial de sacar el maleficio con la boca se llama en la lengua *úlun*.

Durante esta escena el grito araucano (*aravan*) se ha repetido con frecuencia, i el animador de la *machi* la ha estimulado al éxito de la curacion.

Finalmente, la *machi* lava la supuesta herida por donde ha estraido el daño. Se saca el enfermo a un lecho i continúan el canto i el baile alrededor del canelo. Se ejecutan en honor del espiritu presente.

De pronto la *machi* abandona el tambor i cae por segunda vez en éxtasis. Un hombre la sujeta. El *dungun machife* i *Ngúnechen* o el espiritu que lo representa, se despiden. La *medium* recobra sus facultades i se da por terminada la operacion.

En algunos lugares baila alguno de los jóvenes ayudantes (*llancañ*), miéntras dura la crisis nerviosa de la *machi*. Significa esta danza agradar al espiritu que la ha penetrado.

Ha entrado la noche. La jente de la vecindad se retira para continuar al dia siguiente la ceremonia.

En efecto, desde mui de mañana se renueva en todos los pormenores descritos. Sólo varia la respuesta de *Ngúnechen*, mas categórica en revelar las causas de la enfermedad i su desenlace favorable o fatal (1).

Como se ve, la operacion se ha desarrollado en cuatro partes.

El precio que se paga por un *machitun* depende en primer lugar de la fortuna del enfermo i despues de la fama que abona a la curandera. Fluctúa entre diez pesos i un animal, vaca o buei.

Los efectos de la curacion májica suelen ser positivos. La consideracion pública de que goza el májico, la idea de que el maleficio persiste o se destruye con su intervencion, causan en el encantado excitaciones intensas que llegan a ser verdaderas sujestiones de efectos fisiolójicos. Asi, el enfermo que el encantador declara libre de hechizo, se siente aliviado de su mal, si no es en realidad grave; el que recibe la noticia de que el veneno injerido en su organismo hace su marcha incontenible hácia el corazon, se desanima, se agrava i desfallece.

La médica a su vez ha creido en la eficacia de su intervencion. Sin atribuir importancia a la parte de impostura de sus funciones, está convencida del poder sobrenatural que la asiste para curar.

A las curaciones májicas pertenece igualmente una en que funciona la lei de la simpatía o del contacto. Un enfermo toma en los brazos un animal pequeño, como un corderillo, un perro o una gallina, i lo mantiene adherido a su cuerpo una o dos horas. Se mata en seguida al animal, que por contajio ha recibido la enfermedad. Con su muerte, muere tambien el mal que ha contraido el paciente. Llaman los indios *peutun* este procedimiento.

_____

(1) Ceremonial presenciado por el autor i sus colaboradores indíjenas.

En este órden de hechos preternaturales puede colocarse la singular costumbre araucana del baño májico, antiguamente mui en uso i todavia no olvidado. Un indio se baña a intervalos durante toda una noche i en la mañana que sigue hasta la salida del sol. Por este medio se destruye cualquier principio nocivo, fisico o moral, que amenace al individuo (*hueda neutun dungun*, sacar mala cosa). Con esta práctica se evitan, pues, las desgracias en la casa i se vive tranquilamente (1).

Fuera de las curaciones por encanto, el machismo cuenta con recursos empiricos mui variados. Practica una verdadera cirujia primitiva. Con toscos instrumentos de pedernal o hierro cura heridas, sangra, estirpa tumores, suelda las fracturas de huesos i reduce las luxaciones.

Sobre todo conoce las propiedades terapéuticas de toda la flora indíjena. Para cada enfermedad que está al alcance de su observacion insuficiente i rudimentaria, dispone de una planta medicinal con que combatirla.

La medicina indíjena cuenta, por último, con plantas i objetos que ejercen accion majica sobre el enfermo.

Algunas se emplean en asuntos de amor. Así, una infusion del césped que entre los indíjenas se conoce con el nombre de *pailahue* i un liquen llamado *oñoquintue*, despiertan la simpatía amorosa en favor de una persona. Como éstas, hai muchas otras yerbas eróticas.

La coccion de la planta *mellicolahuen* posee la doble virtud de ser afrodisíaca i predisponer a la pederastia.

No escasean las prolificas para las mujeres i las ovejas, ni tampoco las que orijinan la impotencia en el hombre.

Una yerba que denominan *pillunchuca* tiene la rara propiedad de estimular la intelijencia i los sentidos para robar con éxito i prevenir accidentes fatales (2).

Todos estos conocimientos entran en el programa de las *machis* aprendices. En una larga práctica de dos i hasta de

(1) Majia comprobada por el autor como jeneral.
(2) Informes del autor.

tres años, la médica maestra las enseña a conocer en el campo las yerbas medicinales, las fórmulas rituales, los cantos i la danza en círculo.

Cuando nada ignoran, se verifica la ceremonia de iniciacion que se llama *ngeicurrehuen*. Celebróse desde la antigüedad de este pueblo.

El jefe de la familia a que pertenece la iniciada ordena los preparativos de licores i provisiones de consumo. Parientes i amigos que no residen en el lugar, reciben aviso oportuno de invitacion.

Desde la vispera del dia fijado comienza a llegar la jente al lugar de la cita.

La *machi* mayor, la que ha sujerido a la iniciada todos sus conocimientos de hechicera, se presenta con varias aprendices. A los acompañantes de su reduccion, agrega las *machis* jóvenes a quienes ha enseñado el arte de los sortilejios.

El concurso se hace así numeroso.

En un sitio despejado se planta un conelo para el baile circular. Como a las cinco de la tarde del dia convenido principia la ceremonia de iniciacion. La *machi* i otra que la acompaña, llevan en el medio a la iniciada (*huemachi* o *machi laquel*). Dan una serie de vueltas danzando al son de los tambores. Acompáñanlas algunos tocadores de pitos (*púlvúlca*) i a veces de *trutruca* (instrumento indíjena) i cuernos (*cullcull*).

Despues de un intervalo en que se descansa, se come i bebe, las vueltas se repiten. Concluye con ellas el ritual del primer dia.

En el mismo sitio alojan casi todos los concurrentes; las *machis* i otros invitados de consideracion, en la *ruca* de la familia.

En la mañana siguiente se continúa el ceremonial del *ngeicurrehuen*.

Se repiten el baile i el canto del dia anterior. Al concluir una serie de cuatro vueltas, reposan las *machis* i dan lugar a los asistentes para que hagan el consumo de la comida i los licores preparados para este objeto.

Al medio dia la ceremonia se prosigue. La danza jiratoria

provoca al fin el estado de éxtasis de la iniciada. Las *ma-chis* ie forman circulo, una le toma la cabeza i la que preside la ceremonia le tira la lengua con un trapo colorado i la traspasa con el alfiler del *tupo* (prendedor) o con un cuchillo pequeño (*catahue*, agujereador). Introdúcele acto continuo en la perforacion una dósis diminuta de una pasta de yerba. En seguida la introducen las ~~machis a la ruca~~, donde queda postrada.

En algunas **reducciones** se arregla una especie de toldo de canelo cerca del lugar de la ceremonia i ahí se mete a la iniciada despues de esta prueba hasta el dia siguiente. Las *machis* suelen tambien morder el corazon de un cordero, ántes de la escena final.

Antes de comenzar a ejercer el oficio la *machi* nueva se traslada por algunos meses al domicilio de su maestra.

Suele celebrarse tambien con una fiesta el aniversario de la iniciacion.

Los espiritus perniciosos que combate el *machismo*, están con mucha frecuencia sometidos a la esclusiva voluntad de un poseedor, que los utiliza para dañar a quien quiere o para vengarse de sus enemigos. Esos dueños de espiritus malos son los brujos (*calcu*). Otros hai que poseen la propiedad de transformacion personal en seres zoomórficos.

Desde que el araucano aparece en la historia, la existencia de los brujos se mueve paralelamente a la suya.

Las leyendas que corrian en todas las agrupaciones, los documentos de los funcionarios que pesquisaban la hechiceria i el testimonio de autores españoles, informan que los brujos se reunian en cuevas vijiladas por monstruos i tenian en uso un ceremonial determinado. «No ménos temen a los *calcus*, escribe uno de los últimos, esto es, las brujas, las cuales por lo que ellos dicen, bailan de dia en las cavernas con sus discipulos, llamados por ellos imbunche, que es decir, hombres animales, i de noche se transforman en pájaros nocturnos, vuelan por el aire, i despiden sus flechas invisibles contra sus enemigos» (1).

---

(1) Gómez de Vidaurre, *Historia*, tomo I, pájina 320.

Durante la noche, reúnense en espiritu muchos hombres i mujeres, por lo comun en cuevas estendidas en el interior de los cerros i llamadas *reni*. Proviene este nombre del que tuvieron los primeros magos, *huecuvuye* o *reni*, que vivian en cavernas abiertas en los cerros.

Transformado en algun animal mitico o en pájaro, el espíritu del brujo atraviesa el espacio i llega a esos subterráneos cuya entrada defiende un monstruo, que es muchas veces una serpiente mitica *(ihuaivilu)*. Forman esas cavernas un mundo intra-terrenal, donde el espiritu recobra su forma física i se entrega así a todos los pasatiempos de la vida real, como juegos de chueca, de habas i *quechucahue* (dado), carreras de caballos i consumo de licor, que dejenera en orjias.

Cada brujo tiene un compromiso de sangre con el espiritu maligno que se ha puesto a su servicio: está obligado a entregarle periódicamente a una persona de su familia. Para exonerarse de esa terrible obligacion, juegan en los *reni* la vida de los parientes. Los ganadores adquieren fama de brujos eximios.

Acuérdanse ahí tambien las venganzas que habrán de tomarse entre los enemigos de las reducciones, i se practican manipulaciones estrañas para aprender a brujo *(calcu)*. Las victimas preferidas son los ricos *(gülmen)* i los caciques, porque su muerte viene acompañada de fiestas funerarias; los pobres ordinariamente están exentos de persecuciones.

Los brujos suministran directamente el maleficio o lo dan a otro para que lo use. Se valen del espiritu maligno a su servicio para dañar a las personas *(huecufutun)*. Otras veces poseen el secreto de fabricar venenos activísimos de partes de algunos animales, de plantas i polvos de cementerio o de piedras especiales *(cura vuñapue)*, que incorporan a las bebidas i alimentos *(calcutun)*.

*Machis* hábiles hai que saben administrar contra-venenos eficaces para neutralizar los efectos de un hechizo, cuando no se recurre a la curacion por majia *(machitun)*.

Un mapuche de cierta instruccion, jóven que habia estudiado en la tercera preparatoria del liceo de Temuco, encar-

gaba por carta uno de estos contra-venenos en el siguiente
párrafo: «Hágame el favor de encargarme el remedio que se
llama *huecufutun lahuen*. Es para hacer desaparecer el espíritu malo invisible, hecho por algunos mapuches *calcu*, que
se introduce i reparte en nuestro cuerpo i lo hace esperimentar un dolor mui grande. Tambien necesito *fucuñ lahuen*, pa
ra la pana (hígado), que se hincha i causa la muerte, *cura-
luan*, piedrecita que se saca del huanaco (cálculos) i hiel de
tigre, que es bastante amarga i se encarga a la Arjentina.
Aqui son mui escasas las *machis* buenas (1)».

Por estos peligros que amenazan constantemente al araucano, toma en sus actos diarios minuciosas precauciones para
precaverse de asechanzas de enemigos, desconocidos i hasta
de parientes. Existen individuos reconocidos como brujos
(*calcu*). Su presencia causa al mapuche un supersticioso pavor: no les recibe jamas nada de comer, i al darles la mano,
cuida que ninguna partícula de su ropa o de su cuerpo que-
de en su poder. Nunca pasa sólo por el frente de su casa.

El número de brujos que ha existido i existe en la Araucanía, es asombroso: los hai en todas partes, de todas edades i
de los dos sexos.

Hasta el total sometimiento del territorio, los delincuentes
confesos de brujos o señalados como tales por las *ma.his* o
adivinas, sufrian el suplicio del fuego.

Desde la remota organizacion social hasta los últimos dias
de la independencia araucana, fué la hechicería la causa principal de las muertes individuales, choques de grupos i confla-
graciones de zonas.

La estension de la creencia de los brujos trae evidentemente su orijen de los sueños. Las imájenes del sueño presentan
cierto grado de intelijencia i de juicio que los indios toman
como acto real en que interviene su espiritu. No alcanzan a
comprender absolutamente que estos actos psiquicos carecen
de intelijencia superior i de voluntad libre. Cuéntanse, pues,
lo que cada uno ha presenciado i nombran las personas con

---

(1) Carta al autor.

17

quienes se han visto en los subterráneos (*reni*). La credulidad popular concluye por dar a todos esos individuos la representacion de brujos sobre todo si alguna circunstancia insólita los hace sospechosos, como vivir aislados, habérseles muerto sus deudos, etc (1).

Un jóven indíjena, intelijente normalista, que no ha podido desprenderse de la influencia atávica, soñó que habia concurrido a una reunion de brujos en un *reni* de Quepe, residencia de su padre. Entre los asistentes vió a un viejo que en el lugar pasaba por brujo. Al dia siguiente se encontró con él i le comunicó que sabia su asistencia de la noche anterior a la reunion clandestina. El viejo le toma la mano, la besa i le contesta. «¿Cómo supiste?» (2). Hai aquí un caso de recíproca sujestion.

En el curso de esta esposicion habrá podido notarse las ventajas que obtienen adivinadores i *machis* de la majia simpática, la cual se realiza por la lei del contacto o del contajio, que identifica a la persona i los objetos que han estado juntos a ella.

Los adivinos exijen, para la eficacia del procedimiento, objetos que hayan estado en contacto con la persona enferma o el animal perdido.

Un jugador de chueca que desea saber el resultado de la partida, entrega el instrumento con que va a jugar (*huiño*) al adivino, quien lo coloca debajo de su cama. Si a éste se le consulta sobre el caballo que saldrá vencedor en una carrera, habrá que llevarle pelos del animal i a veces de los dos.

Entre los adivinadores hai unos, hombres i mujeres, que se ocupan esclusivamente en asuntos de amor (*dagun*, hacer el remedio para el amor). Ejercen su majia con mucho siji-

(1) Datos recojidos por el autor sobre las relaciones de los mapuches i los brujos.

(2) Narrado por el jóven mapuche al autor para manifestarle sus dudas sobre la no existencia de los brujos.

lo, porque no gozan de popularidad entre los mapuches; se les mira con recelo.

Una mujer que no cuenta con la fidelidad de su marido, se traslada a donde la adivina i le lleva algunas prendas del traje del infiel. Póneselas aquélla i hace una larga disertacion acerca de los defectos i maldades de la concubina, parangonádolos con las virtudes i cualidades recomendables de la mujer lejítima, que presencia la escena. Usa la ropa en seguida el hombre, se penetra de las ideas espresadas por la adivina, vuelve a sus deberes conyugales.

Esta majia tiene vasta aplicacion en los enamorados. Suplen a los objetos que les pertenecen, los pelos del animal que mae aprecian (1).

Se deriva de la majia simpática la costumbre, tan jeneralizada hasta los últimos tiempos entre los araucanos, de comer ciertos miembros de los animales o particulas de ellos para asimilarse sus cualidalides.

La raededura de hueso de leon metido debajo de la piel, en el cuello, los hombros o los brazos, les comunicaba los hábitos, la fuerza i astucia del temible carnicero. Los que llevaban este encanto (*catantecun*) multiplicaban su valor. Eran guerreros audaces que se metian en las filas enemigas i causaban destrozos en ellas. Se hacian igualmente buenos ladrones, porque adquirian la cautelosa atencion del leon para acercarse a la presa i evitar los peligros.

Los jugadores de chueca raian uñas de aves de rapiña i se metian un poco de ese polvo en la piel de un brazo *(catan lipan)*. Así como esas aves raptoras tomaban al vuelo a los pajarillos, ellos quedaban aptos para hacer lo mismo con la bola del juego de chueca.

Tanto como a éstos, temian los indios a una clase de aventureros i valentones invencibles e invulvenerables *(langemchive)*, que recibian de un espiritu maligno su poder de resistencia sobrenatural (2).

---

(1) Majia hallada por el autor en sus investigaciones; mui jeneralizada.

(2) Véase el capítulo *Hechos criminosos i penas.*

El contacto con residuos de ciertos animales comunica tambien al mapuche algunas propiedades fisiolójicas de que está privado. Tal sucede con la frotacion en varias partes del cuerpo de los órganos jenitales calcinados del *huillin* (Lutra Huidobra), que tienen la virtud de renovar en los ancianos las fuerzas jenerativas.

Neutralizaban los efectos de la mordedura del latrodectus formidabilis (araña de rabo colorado), comiendo una parte del mismo.

En la majia simpática habria que buscar la esplicación de numerosas supersticiones que tuvieron los indios i tienen todavia.

Así, se negaban a retratarse para no dejar en poder de otro su figura, por medio de la cual se podia obrar contra el orijinal. La inscripcion de un nombre suministraba asimismo un medio de sujetar májicamente al titular a la voluntad de una persona.

Para no esponerse a maleficios peligrosos, que solian traer la muerte, hasta hace mui poco tiempo los araucanos se negaban a bautizarse, negativa que los misioneros atribuian a la tenacidad del indio para permanecer infiel como sus mayores.

Dejando en poder de enemigos o estraños prendas de vestir o particulas del cuerpo, se corre el peligro de esponerse a los peores maleficios. Varias hebras de cabello, por ejemplo, colocados entre dos palos que el viento hace restregarse (*ataimamúll*), producen al dueño dolores de cabeza, ruidos i a veces enajenacion mental.

Si un picaflor (*pingú la*) lleva los cabellos a su nido, la persona a quien pertenecen queda espuesta a morir ahorcada. El proceso mental es mui simple: el mapuche ha solido encontrar muertas estas avecillas (Eustephanus galeritus), colgadas de una pequeña rama. Por contacto con el cabello, comunican a la persona este modo de morir, semejante al suicidio del indio, particularmente de la mujer, que se ahorca en los árboles.

Los araucanos disponen de abundantes amuletos u objetos

que preservan de las influencias maleficiarias. Piedras de forma i color especiales componen el mayor número. Unas se colocan en los tambores de las *machis* i otras llevan consigo los indios para viajar.

No escasean tampoco los talismanes u objetos májicos que comunican el bien. De ordinario son piedras negras o de pedernal trasparente. Los indios las entierran en el corral para conseguir la reproduccion de los animales i evitar su pérdida, o bien las guardan en el granero para prolongar la duracion de los cereales. Amuletos i talismanes no contienen espiritus sino virtudes májicas.

La majia primitiva, que se mantuvo en la Araucanía por tradicion, no ha muerto, pues, al presente bajo el influjo de la cultura que la raza superior ha comunicado a la inferior; sigue aplicándose a muchos actos privados i públicos; solo van cambiando los detalles del procedimiento.

Al contrario, algunos mitos araucanos, creencias de brujos i de sueños, en su forma indíjena, i prácticas de la majia simpática, han arraigado en la poblacion nacional particularmente en la de los campos.

# CAPITULO XII.

## Representacion colectiva de la muerte.

Entierro provisorio en los siglos XVII i XVIII.—El primer entierro en la actualidad.—La autopsia del cadáver. -Atenciones con el muerto en el período de espera de las segundas exequias.—Las materias pútridas.—Duracion del período de espera. -Invitaciones para el entierro final.—El ataud.—Llegada de los invitados. —La ceremonia final de la actualidad.—El ritual antiguo.—Lugares de sepultacion en la antigüedad.—Modos de sepultacion. -Los enterratorios modernos.—Viaje del alma a la mansion de los muertos.—Ubicacion de la tierra de los muertos en las agrupaciones modernas i en las antiguas.—Residencia de las almas de los brujos.- La vida de ultra tumba.—Metamorfósis definitiva de las almas, concebidas por los mapuches de hoi.

Costumbre inmemorial ha sido entre los araucanos, conservada hasta hoi mismo, no transportar inmediatamente el cadáver a su sepultura definitiva. Esta traslacion se efectuaba despues de haber permanecido algun tiempo en la casa.

La influencia de la civilizacion i las prohibiciones dictadas por razon de hijiene por las autoridades en estos últimos años, han puesto atajo a esta práctica del ritual funerario indijena; pero nó en las agrupaciones aisladas o distantes de centros poblados.

Indicios irrefutables de esta práctica se hallan en algunas eferencias de los cronistas, las que prueban que estaba en uso en el siglo XVII. Uno de ellos dice, hablando de un entierro que presenció, que despues de vestir al muerto se le colocó sobre unas andas, enramadas con hojas de laurel i de canelo (1). Segun el gramático Febrés, se llamaba este aparato *pilluay*.

En el siglo XVIII aparece perfectamente definido el primer entierro. El jesuita Gómez de Vidaurre consigna este pasaje: «Las mujeres lo visten despues con sus mejores vestidos i joyas i lo colocan sobre un túmulo alto que llaman *pillay* i segun el sexo le ponen sus armas o instrumentos femeniles con alguna cosa de comer: en este estado queda ocho o talvez veinte dias hasta que se juntan todos los parientes» (2).

Otro escritor dió la noticia de que el cadáver se encerraba entre dos maderos i se colgaba en la casa frente al fuego (3).

El ritual funerario de la actualidad, mas que los datos vagos o demasiado concisos de los cronistas, dará a conocer mejor el doble entierro araucano, provisorio i final.

Tan pronto como fallece algun individuo, rodean el cadáver los deudos i prorrumpen en llanto i lamentaciones. En seguida lo visten con su mejor ropa i vuelven a dejarlo sobre su cama. En algunos lugares bañaban el cuerpo antiguamente, derramándole cántaros de agua ántes de vestirlo.

Colgados del techo de la habitacion hai constantemente unas zarandas de colihues (Chusquea quila) que denominan *llangi*. Se baja una, se tiende en ella al difunto envuelto en pieles o en un colchon; se rodea de provisiones, como carne, harina, manzanas i *mudai* (licor); se le echa encima sus piezas de vestir. Por último se suspende i se amarra a las vigas, mas o ménos cerca del fuego. Algunas familias colocan el muerto fuera de la casa, en una enramada especial.

Este aparato fúnebre se llama en las reducciones del norte *pillhuai* i en las del sur *pillai*.

(1) Núñez de Pineda i Bascuñan, *Cautiverio feliz.*
(2) *Historia*, tomo I, páj. 321.
(3) Usauro Martínez, *La verdad en campaña,*

Todos estos pormenores constituyen, pues, una primera inhumacion, fija i completamente precisa.

En la última época de la Araucania independiente se daba aun mas solemnidad a este primer entierro. Un escritor de ese tiempo suministra las siguientes noticias: «En el patio de la casa ponen dos o cuatro caballos ensillados con las mejores monturas, adornadas con cascabeles i campanillas que penden de los mandiles i collares. Estos caballos *saltacanes*, que llaman los indios, o bailarines, que dicen en la frontera, están a disposicion de otros tantos jinetes, vestidos de gala, que los montan cada media hora para hacerle los honores al muerto. En frente de la casa, a distancia de un cuarto de cuadra, están dieciseis jinetes armados para el mismo fin. Cada media hora montan sus respectivos caballos i se dividen en cuatro partidas: la primera de vanguardia emprende su marcha a gran galope, i abriéndose en sus filas lo suficiente para blandir sus armas, tira cortes i estocadas en todas direcciones, dando vuelta de esta manera alrededor de la casa. Esta misma operacion ejecutan las de retaguardia hasta que vuelven a ocupar su primera posicion.

Estas evoluciones tienen por objeto alejar el espiritu maligno, i por eso es que, para ahuyentarlo. van gritando durante la carrera: *¡amuge huecuvu!*, —¡fuera diablo!

Fig. 33.— Representacion de cacique muerto.

Entran en seguida los jinetes de los caballos bailarines; les cantan i los caballos empiezan a levantar i dejar caer las manos al compas de la entonacion: así van retrocediendo hasta unas doce o mas varas, desde cuya distancia los hacen avanzar de nuevo para repetir la misma operacion por espacio de cuatro veces. Esta ceremonia tiene por objeto recordarle al muerto los buenos ratos que pasó en esos caballos» (1).

A los tres dias de la defuncion, por lo comun, se practica en el cadáver una manipulacion que podria llamarse autopsia, en particular con los caciques i personas de consideracion.

Ha sido una práctica nunca abandonada por los araucanos.

Habia individuos diestros en abrir el abdómen a cuchillo para estraer la vejiga de la hiel, calcinar algunos residuos en un plato de greda i determinar la clase de veneno que habia causado la muerte.

Llamáronse estos operadores en la lengua antigua *cúpove* i la operacion *cúpon*.

Durante el siglo XIX se operaba de esta manera. Bajábase al suelo al *pillhuai*. El operador hacia dos tajos en cruz en la parte superior del abdómen, hacia el lado derecho; algunos ayudantes, cuatro de ordinario, levantaban la piel i el diafragma con unos garfios de madera llamados *quil paihue*. El manipulador principal rompia con el mismo cuchillo la vejiga de la hiel i con una cuchara de madera estraia una porcion de la bilis i la vaciabá en el plato que se tenia de antemano al fuego.

Al poco rato alzaba el plato, rejistraba cuidadosamente su contenido i, por fin, decia la clase de veneno que se presentaba a su vista.

Los miembros de la familia se hallaban presentes i despues de esta declaracion hacian las conjeturas consiguientes.

Hai seis clases de venenos (*vuñapue*): blanco (*ligvuñapue*), azul (*calvuvuñapue*), negro (*curevuñapue*), amarillo (*chodvu-*

(1) Ruiz de Aldea, *Los araucanos i sus costumbres*.

*ñapue*), colorado (*quelivuñapue*), sólido o espeso (*curavuñapue*).

El operador se llama hoi *cúpolave* o *malelchere* i la operacion, *malúon*.

En las reducciones del sur no se calcina las bilis. El manipulador estrae la vejiga, la exhibe a los espectadores i dice: «¡Mírenla! le dieron veneno en la carne» (o en otra comida).

Cuando llega a la casa este personaje i va a principiar su tarea, el jefe de la familia hace esta prevencion: «Cuiden que los niñ>s no entren, porque es malo cuando miran» (1).

Se encuentra hasta el presente completamente jeneralizada en todas las secciones de la raza, la opinion de que el alma queda inmediata al cadáver desde la muerte hasta la ceremonia final. Sólo despues de las segundas exequias podia penetrar al pais de los muertos.

Por lo tanto, se considera el difunto como si estuviese aun vivo. i se le rodea de las atenciones posibles: se le renueva la comida i se le habla. Cuando los hombres beben licor, derraman un poco frente de él i le dicen: «Come con nosotros». Se ensilla su caballo todos los dias i se deja cerca de la casa por si el espiritu desea salir (2).

Se evita asimismo la intervencion de los malos espiritus, a cuyos ataques está particularmente espuesto el cadáver.

Esta solicitud no escluye un sentimiento de temor por el muerto, que aparece revestido de cierto poder májico. Nadie se atreve a manosearlo irrespetuosamente, porque corre el peligro de ser victima de alguna desgracia. No solamente el cuerpo es objeto tabuado, sino tambien los muebles i la ropa que han recibido su contacto material; participan de su virtud nociva. Ningun mapuche se atreve a usar las prendas sobrantes de un muerto. Suele venderlas en otras reducciones apartadas de la suya.

No se hallan rastros por ahora entre los araucanos de que entrase para la realizacion del rito final la obligacion de es-

---

(1) Apuntes hechos con indios de Cholchol i otras reducciones.
(2) Apuntes hechos con indios de Cholchol.

perar que la descomposicion cadavérica se verificara, como ha sucedido en otros pueblos no civilizados.

Las materias pútridas no producian a los moradores de la casa ninguna sensacion desagradable, a causa quizás de la costumbre o de la deficiencia olfativa de la raza.

Con todo, ha debido ser la necesidad de disminuir la intensidad de la putrefaccion o de neutralizar sus efectos siniestros, el oríjen de la costumbre de colocar el muerto, en las secciones del norte i de la costa, afuera de la vivienda o en el interior; pero en el *huampu*, bien embreado en sus intersticios.

El periodo de espera que media entre el primer entierro i la ceremonia final. tiene una duracion variable, que fluctúa entre uno i tres meses. Sobre todo se prolonga en las agrupaciones aisladas; pues en las cercanas a centros poblados, las autoridades han limitado el plazo a ocho dias (1).

Depende del tiempo que la familia necesita para la preparacion de la fiesta terminal. Han dado siempre los araucanos a esta reunion, particularmente cuando se trata de un cacique o de alguno de sus deudos inmediatos o ricos, una importancia estrema. Se requieren, por consiguiente, preparativos laboriosos: juntar provisiones, matar animales, fabricar licores.

No se practicaba la doble ceremonia con los cadáveres de los párvulos i niños de poca edad: la muerte de éstos era un fenómeno infra-social, que dejaba indiferente a la comunidad.

Especialmente cuando la muerte ocurre en invierno o primavera, se aplaza la ceremonia para la estacion de las cosechas, a fin de poder reunir dinero para la compra de vino i las especies de consumo indispensables.

Como esta ceremonia tenia el carácter de colectiva, los parientes contribuian a darle solemnidad ayudando con algunas provisiones a los dueños del duelo.

Se dirijen, por último, citaciones a los parientes que resi-

(1) Por circular del Ministerio de Colonizacion, 1905.

Fig. 4. — Preparativos de entierro.

den léjos del grupo, a los amigos i vecinos. El miembro mas caracterizado de la familia que preside el duelo, habla en estos términos a sus subordinados acerca del particular. «Tienen que ir a dar a conocer los deseos del dueño del muerto, de toda la familia. Todos deben saberlo. Si no saben pueden enojarse, pueden decir: «¿Por qué será que no nos vienen a dar a conocer?» (el duelo). Un mensajero (*huerquen*) tiene que ir mañana» (1).

Cuando las condiciones de la segunda ceremonia se han cumplido, se procede al arreglo del ataud. Se ahueca un tronco de árbol para colocar dentro el cadáver. Otro madero, tambien ahuecado, sirve de cubierta. Todo el ataud se llama *huampu* (canoa); el trozo destinado a recibir el cuerpo tiene el nombre de *huampu la* (canoa para muerto), i la tapa, *tacú huampu* (canoa para cubierta).

Este requisito se cumplia sobre todo en las agrupaciones del sur, donde se acostumbraba dejar por mas tiempo el cadáver dentro de la casa; pero en las del norte, el *huampu* se preparaba luego despues de la muerte, porque a los diez o veinte dias el cuerpo se guardaba en él i se dejaba, herméticamente cerrado, o en el suelo o suspendido de las vigas frente al fuego.

Desde el dia anterior al de la ceremonia final, comienzan a llegar los invitados a la casa. El que preside el duelo habla así a los suyos: «Hoi va a ser la vispera de la fiesta del muerto. Esta noche van a tomar los forasteros, hombres i mujeres. No lloren las mujeres. Ya tiene que irse a la tierra de los muertos. Tienen que ensillarle el caballo toda la noche; tenemos que matar ese caballo. Hai que llevarle comida al muerto i todas sus prendas» (2).

El dia de las exequias finales, por la mañana, se desata el *pillai* o *llangi* i cuatro hombres lo conducen a un campo

____

(1) De una relacion en mapuche sobre el entierro escrita para el autor por el jóven indíjena Ramon Manquian.
(2) Relacion de Manquian.

abierto próximo a la casa i no distante del enterratorio. El ataud se traslada en carreta al mismo sitio.

Los conductores del cadáver plantan cuatro varas i de ellas suspenden el *pillai*. A la cabecera se planta una cruz o la figura indíjena (*adentu mamúl*). Afirmada sobre ésta se coloca una larga quila (Chusquea quila) con una pequeña bandera blanca.

Hombres i mujeres de la familia trasladan todas las viandas. Las últimas encienden variás fogatas i dan principio a la confeccion de la comida, de diversas clases i principalmente de carne asada.

Los convidados van llegando. Las mujeres se sientan cerca del *pillai* formando circulo. Mas atras, con un claro como de doce metros, se sitúan los hombres, montados i en grupos que indican que pertenecen a las familias distintas. En cada uno se destaca la figura de un indíjena, que es el jefe.

Estos grupos se colocan por lo jeneral en la misma orientacion del lugar de que proceden. Por eso se conoce al llegar a un entierro la direccion de las casas de los caciques invitados.

Cuando se calcula que no llega mas jente, el miembro mas importante de la familia sube a su caballo, toma la bandera i, acompañado de los parientes varones, da algunas vueltas por el espacio en claro entre las mujeres i los invitados. Este movimiento jiratorio, bastante rápido, se llama *avuin*. Todos gritan: «Ya, ya, yaaaa! Este acto tiene por objeto ahuyentar los espiritus nocivos que se encuentren cerca del difunto.

Una vez que se concluye, el circulo de jinetes indíjenas se desmonta i se sienta en el suelo. La familia que dirije el duelo principia a repartir carne, fuentes de comida, pan i cántaros de licor.

Todos los miembros de la familia del duelo tienen la obligacion de dar de comer a los invitados; éstos por su parte deben tener mui presente la clase de carne que se les da, pues al recibirla contraen el compromiso de devolverla en la primera fiesta que haya en su tierra.

Despues de esta comida, todos suben otra vez a sus caballos. El que preside la ceremonia, toma de nuevo la bandera, se la pasa a un cacique i le ruega repetir el acto de la vuelta con su jente. Sucesivamente van haciendo lo mismo los demas caciques.

Suelen acompañarse estas vueltas con el ruido de las *trutrucas* (instrumento musical), tambores i pitos.

Concluido este detalle del ceremonial, la familia del duelo pasa a saludar a todos los invitados, uno por uno i en prolongado coloquio de agradecimiento.

Queda el acto esencial de estas segundas exequias: la traslacion del muerto al enterratorio (*eltun*).

Toda la ceremonia del entierro se llama *eluun* i la última parte, *rengal luun* (*rengal*, enterrado).

Efectúase la traslacion al declinar la tarde de este mismo dia i en ocasiones al siguiente.

Antes de partir, algunos oradores (*hueupive*), se colocan a la cabecera i a los piés del difunto i hablan de las virtudes i antepasados del estinto. Han de ser hombres de edad i en posesion de los antecedentes jencalójicos de la familia.

Una parte de la concurrencia se dirije procesionalmente al cementerio.

Cuatro indíjenas conducen en hombros el féretro (*pillai*). En una carreta se trasporta el ataud (*huampu*).

Las mujeres de la familia lloran desde este momento hasta que el cadáver desciende a la fosa. Lo hacen todavia de la manera de que dan cuenta los cronistas (1). Es un llanto cantado en una escala que se desarrolla de las notas altas a las bajas i vice versa. No se conoce entre las indias el llanto de sollozos, propio de los pueblos civilizados.

El concierto de lamentaciones (2) de las mujeres alrededor del muerto no es únicamente una práctica fúnebre, sino una serie de maldiciones contra el matador, májicamente efica-

---

(1) Ovalle, *Histórica relacion*, páj. 70.

(2) Se ha informado al autor que entre el llanto de las indias se intercalan frases imprecativas contra el autor de la muerte, del envenenador.

ces en algunas ocasiones; la venganza toma esta forma a falta de otra mas positiva.

Abre la marcha el jefe del duelo, a caballo i bandera en mano. Síguenlo las mujeres a pié i grupos revueltos de los dos sexos en seguida.

Hasta hace pocos años, en esta parte del ceremonial i en las anteriores, desempeñaban papel importante indios montados en caballos con cascabeles i abigarradamente enjaezados (*amelcahuellu*).

El acompañamiento llega a un hoyo que de antemano se tiene cavado. Un mapuche desciende al fondo. Otros amarran la mitad inferior del ataud i lo bajan. Luego despues se ata con un lazo el cadáver i desde arriba se le deja caer suavemente sobre el ataud. El mapuche cubre el cuerpo con mantas i *lamas*; a los lados, dentro i fuera de la canoa, coloca algunos comestibles, cántaros con licor, frenos, espuelas, etc. Son los vestidos, las provisiones i útiles para el largo viaje que el alma debe emprender.

Por último, se hace bajar la tapa del ataud de manera que cubra el cadáver. Se derrama un poco de vino sobre este sarcófago. Sale el mapuche i varios hombres llenan el hoyo con tierra. Inmediatamente o despues se planta una cruz o alguno de los símbolos indíjenas i suele cubrirse la fosa con otra canoa invertida, especie de túmulo que tiene el nombre de *lifco*.

Práctica recien abandonada ha sido enterrar un caballo muerto en la sepultura o colgarlo ya entero, ya en partes, como la cabeza o la piel, en un palo horizontal sostenido en otros dos verticales. Tambien se le dejaban en otros tiempos sus armas, especialmente la lanza.

La concurrencia va a incorporarse al concurso de invitados al duelo cuando se da por terminado el último detalle del ceremonial.

La fiesta continúa hasta que se consumen las provisiones i el licor, a veces hasta tres dias despues del entierro.

Los miembros de la familia abandonan el aspecto triste que habian tomado i participan de la alegría i libaciones jenerales. Al fin i al cabo, tienen la conviccion de que, con las últimas exequias, el alma ha salido del aislamiento que sigue a la muerte i va en viaje a reunirse a sus antepasados. Asi, bien examinado el ritual, el segundo duelo no es un simple cambio de lugar, sino una transformacion benéfica en la condicion del difunto.

Segun la version de los cronistas, el ritual del entierro definitivo ha ido variando en algunos detalles en las distintas épocas, aunque no en el fondo. En los siglos XVI i XVII se mataba una «oveja de la tierra» (*hueque*) en la misma sepultura i en sus alrededores, estando sentados los caciques, se efectuaba el consumo del licor i las provisiones. El llanto no estaba circunscrito a las mujeres i parientes, sino a todos o a la mayoria de los acompañantes.

En el ceremonial no intervenian jinetes; todos asistian a pié. Los caballos figuraban únicamente como bestias de carga.

En la sepultura se dejaba un fuego encendido, que se mantenia hasta por un año, uso que no se perpetuó.

Tampoco se trasmitieron a las jeneraciones posteriores unas exequias conmemorativas que se realizaban al año de la inhumacion. Juntábase los parientes en la sepultura, sobre la cual mataban animales i derramaban la sangre para que tuviese el enterrado que comer. Jiraban alrededor de la tumba derramando cántaros de chicha sobre ella i contándole al muerto las novedades de la tierra, desde su partida. Renovaban las provisiones i el licor i lo abandonaban para siempre (1).

En el trayecto de la casa al cementerio una mujer iba arrojando rescoldo por el camino que seguia el muerto, para que el alma no se volviera a la casa. Indica tal uso una prueba evidente de que la presencia del espiritu imponia a los vivos la carga onerosa de proveer a sus necesidades.

En la segunda mitad del siglo XVIII se mezclaban al concurso fúnebre algunos jinetes. «Dos jóvenes a caballo,

(1) Rosales, *Historia*, tomo I, páj. 164.

18

corriendo a rienda suelta, preceden el acompañamiento».
(1) En el siglo siguiente concurren al duelo principalmente
individuos montados. Para hacer mas suntuosa la fiesta, se
engalanan algunas cabalgaduras i se les cuelgan cascabeles,
detalle que va cayendo en olvido al presente.

Lo que no se ha abandonado hasta el dia, desde épocas in-
memoriales, ha sido la relacion de méritos i la jenealojía
del muerto, hecha en el momento de la sepultacion. Los cronistas llamaron esta relacion «romances particulares» (2).
Despues se denominó *coyagtun* (hablar enfáticamente en
una reunion) i por último *hueupin* (discurso, relacion).

Cuando llegaron los españoles i aun despues de la conquista, las tumbas de los caciques se colocaban en los cerros o en lugares destinados a las reuniones, donde se hallaba plantado el *rehue*, para que recibieran la chicha i los
comestibles que les ofrendaban sus descendientes.

El resto de los individuos que no investian autoridad debieron ser depositados en las alturas o faldas vecinas, en sitios mas o ménos separados, a juzgar por los restos de pedernal, de alfareria i huesos que se han encontrado en
algunos parajes. Se llamaban estos enterratorios *puúllil* (de
puúlli, loma, palabra anticuada).

Con anterioridad a la conquista española, los cadáveres
no recibian propiamente sepultura sino que eran colocados
sobre el suelo i cubiertos de tierra i piedras hasta formar
una especie de túmulo. Envolvíanlos en cueros o cortezas de
árboles i los ponian en cuclillas en el sitio donde quedaban
definitivamente cubiertos por las piedras.

A esta costumbre sucedió la de sepultar los muertos en
hoyos mui superficiales, sobre los cuales se arreglaba el
monticulo. El cadáver iba colocado dentro de dos troncos es-
cavados, que se atravesaban tambien «entre dos árboles
juntos o fuertes horcones» (3).

(1) Molina, *Compendio*, páj. 172.
(2) Rosales, *Historia*, tomo I, páj. 164.
(3) González de Nájera, *Reparo de la guerra de Chile*, páj. 50.

Antes de la ocupacion definitiva de la Araucania por el
ejército chileno, se veian aun estas sepulturas en muchos lugares del centro i del este. «Los panteones araucanos se distinguen por unos pequeños promontorios de piedras, ramas
i troncos de árboles, puestos en forma de cruces, para evitar que los animales estraigan los cadáveres» (1).

Despues de la ocupacion quedaban todavia numerosos
túmulos de piedra en las reducciones de las dos faldas de
Nahuelbuta, particularmente en las hoyas de los rios Puren
i Lumaco.

Los pasajes de los cronistas sobre ritos funerarios i los
restos humanos, pertenecientes a las sepulturas mas antiguas que se han encontrado en el territorio araucano, de-
muestran que el ataud de troncos de roble no se usó ántes
de la conquista española.

En cambio, los trabajos agricolas practicados en faldas i
alturas, han sacado a la superficie del suelo grandes ollas
de arcilla o tinajas anchas en su base i progresivamente an-
gostas hácia arriba, con una tapa sobrepuesta. Contienen
estas vasijas algunos restos del cuerpo, que indican sin lugar a duda que el cadáver entero o destrozado, o bien los
huesos han sido colocados ántes de la coccion dentro de esta
urna primitiva (2).

No puede dudarse tampoco que los araucanos tomaron tal
práctica, que recuerdan por tradiccion algunos indios, de las
a grupaciones del norte, sometidos directamente a la influencia peruana.

Los indios aprendieron de los españoles la sepultacion a
la usanza europea, esto es, del cadáver estirado i puesto en
ataud, a estrechar mas sus enterratorios i a poner en ellos
cruces católicas, figuras de hombre o mujer (chemamúll),
toscamente labradas en madera, i simbolos diversos, cuya
significacion no comprenden los mapuches actuales.

---

(1) Ruiz Aldea, Los araucanos i sus Costumbres.
(2) Ejemplares examinados por el autor en las provincias de Malleco i Cautin.

Estos cementerios tienen el nombre de *eltun.*

En cada reduccion existe uno. Los de la misma sangre deben enterrarse en él.

Los enterratorios son lugares que inspiran un relijioso respeto a los araucanos, porque ahí reposan en comun varias jeneraciones de antepasados i porque entre los vivos i los muertos no se rompen los lazos de union; unos i otros tienen que vivir cerca para que se efectúe un cambio constante de buenos oficios.

Por eso una familia creeria faltar a un deber primordial sepultar el cadáver de un deudo en otro recinto que no fuese el enterratorio del grupo. Cuando ocurre una defuncion, el araucano va hoi comunmente a la oficina del rejistro civil a practicar la inscripcion, pero nunca al cementerio de la comuna.

Los cementerios indíjenas se inauguran con una fiesta (*hue eltun*, cementerio nuevo), mui raras por cuanto sólo se efectuaban por la instalacion de una familia en un nuevo lugar.

Por ningun motivo las tumbas pueden jamas ser destruidas ni cambiadas.

El indio se muestra mui solícito en el cuidado de las tumbas de sus mayores, profanadas desde la dominacion española hasta la república por los buscadores de entierros. Estas profanaciones exasperaban al araucano i ahondaban su rencor profundo a la raza antagónica.

El acceso del alma a la mansion de los muertos no ocurria a continuacion del entierro final. Tenia que emprender un largo viaje al traves del mar, por una via sembrada de todo jénero de peligros.

Los datos de los cronistas acerca de la idea que los indios tenian de la ubicacion del mundo de los muertos, no son uniformes ni bastante claros.

Una observacion persistente sobre esta materia en todos los ramales de la raza, conduce a la conclusion de que las agrupaciones de la costa i del centro sitúan actualmente la mansion comun de las almas (*amuchimaihue*, tierra de la despedida) al otro lado del mar, en una isla.

Fig. 38.—Entierro. Antes de marchar al cementerio.

En las tribus del este creen situada la tierra de los muertos tras la cordillera de los Andes. Aun suponen los indios andinos, seguramente los que residen mui al oriente, que las almas penetran al interior de los volcanes. Hai numerosas tradiciones que comprueban esta situacion de la morada futura.

La comunicacion de los indios de distintas rejiones i el cambio de residencia de muchos, que no se preocupan de modificar el concepto heredado de la otra vida cuando llegan al último lugar, han contribuido a producir la confusion acerca de este particular.

El hecho fijo, universalmente aceptado en la raza, es que hai otra tierra mapuche.

En muchas agrupaciones del poniente i del centro corre la siguiente leyenda: las almas llegan a la orilla del mar, a un paraje donde hai una barranca mui alta i cortada a pique; abajo bulle el mar en una hondura profunda. Llaman a gritos al *trempilcahue* (especie de lanchero) con estas palabras: «*Nontupaguen, trempilcahue yem!*» (venga a pasarme). Llega i se emprende el viaje, espuestos a riesgos inminentes. Las almas de los muertos del levante realizan el paso de la cordillera a caballo i a pié la ascension de los volcanes.

Talvez entre los araucanos que conocieron los cronistas, las ideas sobre la mansion ultraterrenal eran tan confusas como hoi.

Lo que consignan determinadamente estos escritores e que unos indios situaban el lugar de la vida futura al lado opuesto del océano i otros hácia el este de la cordillera de los Andes. Hai, pues, una perfecta conformidad entre lo que creyeron las antiguas agrupaciones i lo que han creido las modernas.

Uno de los cronistas recojió probablemente de alguna de las tribus de la costa una de las muchas tradiciones que, como ahora, corren entre los indios acerca de la otra vida. Los demas escritores fueron repitiéndola. Tal fué la tradicion de que inmediatamente de sepultado el cadáver llegaba el alma a la orilla del mar i una vieja transformada en ballena llamada *trempilcahue*, la conducia a la otra banda. Antes de llegar al término del viaje, habia un paso estrecho que vijilaba otra vieja, a la cual se pagaba una contribucion de pasaje, i en su defecto ella le arrancaba un ojo al viajero.

El indio, cuya tendencia a concretar sus ideas es tan propia de su mentalidad, radicó la mansion de ultratumba en la isla Mocha. Los isleños, por embuste o quizás por utilitarismo, fomentaban entre los indios de tierra firme esta persuasion, pues les aseguraban que por alli traficaban las almas para la otra ribera marítima, que se despedian de ellos i presenciaban al comenzar la noche «horribles visiones i formidables apariencias» (1).

Con la ocupacion definitiva de la isla por los españoles i chilenos, sucesivamente, desapareció en los mapuches de la costa i del centro la creencia de que alli está la morada comun de las almas i persistió tan sólo la de que se halla ubicada en una tierra de occidente, en la otra ribera del ocáano, acaso por analojía con la puesta del sol.

En el conjunto de las manifestaciones supersticiosas de los araucanos se descubre otra residencia para las almas de los brujos: éstos no emigran al otro lado del mar, sino que se quedan en las tierras de los mapuches, en cuevas de enorme estension, situadas en el interior de cerros i cordilleras. Es un verdadero mundo subterráneo *(reni)* que cuidan culebrones *(ihuai)* i otros monstruos antropófagos.

Con la influencia del cristianismo, las ideas de ultratumba han avanzado en una parte de la poblacion araucana hácia una concepcion incoherente del cielo i del interior de la tierra, o sea de otro mundo dividido en supraterrenal para los buenos i subterráneo para los malos (2).

Cuando las almas llegan al otro mundo, conservan las ocupaciones i los caractéres que los individuos tenian en éste. El indio concibe la supervivencia del alma como simple continuacion de la vida terrestre.

---

(1) Rosales, *Conquista espiritual de Chile.*
(2) Investigaciones del autor.

En consecuencia, no se rompia allá la jerarquía social: el cacique i el hombre rico gozaban de las preeminencias i ven- tajas materiales de la existencia terrenal; el pobre conti- nuaba en su misma condicion. Habia, pues, almas superiores e inferiores.

Recíbenlas, en primer lugar sus parientes, con el mismo ceremonial de la tierra i celebran en su honor una fiesta sun- tuosa, en la que el licor se bebe en abundancia.

Sigue a continuacion una vida holgada para las personas revestidas de alguna importancia o mérito, porque los me- dios de existencia son fáciles i abundantes en esa mansion privilejiada: comestibles, licores, lugares adecuados para fiestas, todo se halla a su disposicion. Los juegos de chueca, *ngillatun* (rogativas), *cahuiñ* (reuniones para beber u otro objeto), se suceden de un modo interminable.

Es un sistema de felicidad material. Las ideas de espiacion i recompensa no se asocian al concepto de la existencia futura.

Los hombres se juntan con sus mujeres, muertas ya o que mueren despues de él; los dos sexos carecen de propieda- des prolíficas, por cuanto son espíritus i no seres materiales.

Mui estendida se halla entre las diversas secciones indíje- nas la creencia de que las almas entran en accion en el otro mundo únicamente en la noche. En el dia se opera en ellas una metamorfósis: las de los pobres se transforman en ani- males, principalmente en sapos, i las de los caciques i ricos en carbones. En la noche domina la actividad i en el dia el silencio.

Como las almas supervivientes no reciben sancion alguna de recompensa o castigo en lugar especial, no afecta al araucano durante su vida la sancion psicolójica o el remor- dimiento (1).

_____

(1) Estudios minuciosos hechos por el autor en distintos lugares de Araucanía, ya por anotacion de tradiciones, ya por la informacion ver- bal directa, practicada con las precauciones del caso para evitar nega- tivas i vacilaciones, que a una persona no esperimentada en esta clase de trabajos, pueden inducir a error.

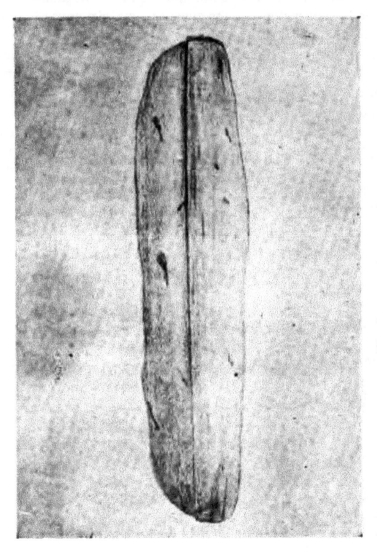

Fig. 39.—Ataud (huampu).

El abate don Juan Ignacio Molina, aunque no mui noticio-
so, el mas concienzudo de los investigadores antiguos, consigna este informe acerca de la dedicacion de las almas en la
vida futura.

«En cuanto, pues, al destino que tendrán las almas despues de la separacion de los cuerpos, sus sistemas no son
uniformes. Todos convienen en decir, con los demas americanos, que despues de muertos van a la otra parte del mar,
hácia el occidente, a un cierto lugar llamado Gulcheman.
esto es, la morada de los hombres tramontanos. Pero algunos
creen que aquella estancia sea dividida en dos rejiones; una
llena de delicias para los buenos, i la otra, falta de todas
cosas, para los malos. Otros, por lo contrario, son de opinion
que todos los muertos gozarán alli indistintamente placeres
eternos, pretendiendo que las acciones mundanas no tengan
ningun influjo sobre el estado futuro (1).

El padre Rosales, que anotó con bastantes detalles las costumbres del siglo XVII, dividió en tres órdenes el destino de
los muertos: los caciques i ricos se quedaban en las sepulturas convertidos en moscardones, i de alli salian a ver a sus
parientes i a tomar parte en sus reuniones, o bien habitaban
los volcanes; los guerreros, que subian a las nubes i se trans-
formaban en truenos i relámpagos: los hombres i mujeres
comunes que iban a una tierra estéril, donde habia que sembrar, hacer fuego con leña mojada i afrontar una vida llena
de trabajos. Para proporcionarse fuego en aquella mansion
triste, aunque no exenta de diversiones, los hombres se cau-
terizaban un brazo, operacion que se denominaba *copen.*

Un tanto especiosa es la clasificacion del cronista, o por lo
ménos circunscrita a una época determinada. La verdad es
que en todo tiempo los indios han creido que la otra existencia es el reflejo de ésta i que, por lo tanto, el pobre ha de
conservar alli una condicion mas trabajada que la del hombre investido de alta dignidad. Por este motivo todos precu-
raban llevar fuego para la coccion de sus alimentos i se cau-

_____

(1) *Compendio,* páj. 172.

Fig. 40.—Dos cementerios indíjenas (eltun).

teri zabán los brazos con puntas de cañas encendidas, práctica que se llamaba *copen* i que sólo se ha estinguido de pocos años acá. Soplando en la otra vida la cauterizacion, salia fuego.

Las almas podian volver al mundo de los vivos i librar con sus enemigos en el espacio combates encarnizados; tal era la interpretacion que daban a las tempestades (1). En algunas ocasiones vienen en busca de sus parientes, segun los mapuches de hoi.

Esta vuelta de los espiritus al lado de los suyos para visitarlos i prestarles proteccion guarda perfecta conformidad con el estado mental de la sociedad araucana. La conciencia colectiva no se avenia a considerar desde luego como hecho irrevocable la muerte; sentíase por algun tiempo ligada a un miembro que habia sido parte de la vida comun.

En el mundo de los espiritus las almas mueren a su vez, sin que este aniquilamiento importe un castigo. La vida futura tiene la misma duracion que la terrestre. Despues los individuos se convierten en carbones; sobrevenia la nada. La concepcion araucana se apoya en la simple supervivencia sin reencarnacion.

No es unánime esta creencia: en algunas zonas están persuadidos los indios de que las almas se transforman en aves dotadas de voluntad i sentimientos humanos, en espiritus nocivos.

------

(1) Cronistas.

# CAPITULO XIII.

## El culto de los espíritus.

Representaciones relijiosas del clan totémico.—Progreso del concepto del alma en la familia patriarcal. —Veneracion a los espíritus de los antepasados.—Espíritus poderosos. —*Pillan.*—Espíritus malignos.—Los *huecuve.*—La Anchimalguen.—El *Meulen.*—Alhue.—Representaciones relijiosas contemporáneas.—El respeto a los antepasados.—Espíritu superior derivado de la representacion de Pillan.—El *Anchimallen* actual.—Espíritus antiguos que persisten.—Las piedras sagradas.—La fiesta relijiosa el *ngillatun.*—Los bailes profanos i sagrados.—Influencia del sueño en las ideas relijiosas.—Augurios de hechos ordinarios.—Formalismo araucano.—Esterilidad de la asimilacion por la relijion.

En la organizacion del clan totémico, que precedió varias centurias al patriarcado, imperó el sistema de representaciones relijiosas que se ha denominado *animismo.*

Es lójico deducir que en tal estado de desenvolvimiento, nuestros aboríjenes, como todos los pueblos que han pasado por la misma etapa de cultura, hubiesen concebido, aunque vagamente, la nocion del espíritu, adherido al cuerpo i propulsor de todos sus actos i movimientos.

Como se comprueba hasta hoi, el araucano primitivo estendió al universo entero la multiplicidad de espíritus semejantes al que residia en él. Unos tenian su morada en los animales, en las plantas i objetos inanimados, o bien representaban los fenómenos de la naturaleza.

Estas representaciones materiales dotadas de espíritu, eran los fetiches. Cada localidad tenia uno, como la espresion de poder e influencias sobrenaturales, determinado por alguna particularidad de la comarca, de la fauna o flora. Jeneralmente era un animal. La veneracion de este fetiche constituia el culto del totem, que daba nombre a las comarcas i a los individuos.

Provenia de este culto la adoracion al sol i la luna, a que hacen referencia algunos escritores españoles antiguos, sin acertar con los motivos de esta veneracion en colectividades indíjenas que no descendian de las ramas peruanas.

Del mismo culto se derivan tambien algunos mitos meteóricos, como el *meulen* (torbellino) i otros que se perpetuaron hasta los tiempos contemporáneos.

El mismo oríjen hai que buscar al respeto o temor atávicos a ciertos animales que, traspasando tantas centurias, se encuentran hoi en el conjunto de manifestaciones relijiosas del araucano.

La tendencia del hombre inferior a animar todos los objetos que lo rodean, obedece al mismo estado psicolójico del niño para humanizar las cosas.

En el trascurso de los siglos, la evolucion relijiosa continúa operándose. La creencia en el alma superviviente, borrosa, indefinida en el clan totémico, adquiere en la familia patriarcal contornos mas precisos. El instinto del hombre de conservar su existencia todo lo posible, da oríjen a la idea de la continuacion en otro mundo de la imájen del «yo» i, por consiguiente, a su facultad de moverse voluntariamente.

Los espiritus podian asi ejercer una influencia evidente en los actos humanos. Se imponia, por lo tanto, la necesidad de tributarles homenaje, prodigarles atenciones materiales, para hacer sensible i provechosa su intervencion en favor de los vivos.

Pero esta veneracion a los espiritus no se refiria a los es-

Fig. 41.—Arbol de fiestas relijiosas (nhillatun).

estraños, de quienes no era lójico esperar proteccion. Se limitaba a las almas de los ascendientes.

Nació de esta manera la devocion a los espíritus de antepasados, forma superior de concepcion relijiosa que marca la fijacion de la familia patriarcal.

Este culto de los espíritus, que comprendia el de los mayores i el de otros jenios independientes, buenos o malos, constituia el sistema relijioso de los araucanos cuando los conquistadores españoles invadieron el territorio, a mediados del siglo XVI.

A fin de tener siempre gratos a los espíritus de los antepasados i de alcanzar sus favores, asistia a los vivos el deber de adoptar sus prácticas, sentir i pensar como ellos; proveer a sus necesidades, proporcionándoles comestibles, licores i vestidos, cuidar las tumbas que se levantaban cerca de las viviendas para mantener el perpetuo enlace entre la parte viviente i la muerta de la familia.

Entre los espíritus protectores de los ascendientes descollaba el del padre. Al desaparecer la personalidad de éste, dejaba huellas profundas en la familia. El que habia sido su jenerador i su columna principal cuando vivo, continuaba siendo de muerto un guardian celoso de la felicidad de los suyos; por algun tiempo residia entre ellos i desde la morada de la segunda existencia volvia a visitarlos i a prestarles su auxilio en cuanto lo exijian. Revestia, pues, un poder titular.

Pero, como en la vida social, el sentimiento de veneracion por el padre va asociado al del temor. Si vivo prodigaba con igual frecuencia las atenciones i los golpes, muerto tambien podia irritase. No se estinguia, pues, el réjimen de sumision i miedo al jefe de la familia; en consecuencia, era necesario apaciguar su cólera cuando se habia provocado.

En conformidad a la constitucion de la famila agnática o de parentesco por la linea masculina, la veneracion ancestral sólo se practicaba en favor de los espíritus de los mayores varones. Tras de la muerte, no tenia el de la mujer participacion en las ofrendas periódicas de alimentos i sacrificios de animales; no se le consideraba en el número de los benefactores de ultratumba.

Como en un estado inferior de cultura no se conocen mas que dos jeneraciones ascendentes i otras tantas descendentes, los deberes con los muertos alcanzaban para nuestros aboríjenes hasta el padre i el abuelo. El bisabuelo, grado que no distinguian con precision, i los que llegaban mas allá, se incluian en el homenaje que en globo se rendia a los antepasados (*putren, pulaen*).

Esta limitacion concordaba, ademas, con la idea de que la supervivencia del espíritu no implicaba su inmortalidad. Por este doble motivo el indio creia que el alma de su bisabuelo i en ocasiones la del abuelo, se habian estinguido. La del padre seguia inspirándole únicamente un relijioso respeto.

El estado relijioso de los araucanos se reducia a simples creencias en los espíritus, i algunos actos para espulsar a los que representaban un poder maléfico i tener gratos a los que reconocian como jenios tutelares de la familia.

Las tumbas servian de lugares sagrados para el ejercicio del ritual destinado a honrar a los antecesores.

Mediaba entre los espíritus i los hombres una casta de adivinadores o májicos, hombres i mujeres, que tenian el don de conocer las intenciones de los espíritus i aun de influenciarlos para que produjeran la lluvia o la hicieran cesar, para que estinguiesen las epidemias o indicaran el culpable de algun daño.

Este culto de los espíritus se mantuvo inalterable durante el apojeo del patriarcado, en los siglos XVII i XVIII i ha persistido hasta el presente.

Esta fijeza se debe a que la herencia psicolójica tiene en el araucano una persistencia estraordinaria en todo lo que se relaciona con sus sentimientos relijiosos.

A pesar de esto, el cuadro de noticias relijiosas de los cronistas da luz acerca de hechos que requieren un análisis nuevo.

En varios pasajes dejan constancia del respeto sin limites

con que los indios de su tiempo observaban por los usos i creencias de sus mayores. El padre Ovalle dice sobre este particular: «no han podido acabar de echar de sí las costumbres de sus antepasados» (1). Implícitamente Rosales afirma que los araucanos evocaban, por intermedio de sus májicos o hechiceros, a los espiritus de sus parientes o caciques difuntos (2).

El mismo informa que en las fiestas i borracheras derramaban los caciques el primer jarro de chicha como ofrenda a sus parientes difuntos. Ademas, agrega a continuacion: «I en sus casas, quando almuerzan y beben el primer jarro de chicha, meten primero el dedo y asperjan (como cuando echamos agua bendita) a sus difuntos, diziendo: *Pu am*», que es como brindando a las almas, que con esta palabra *am* significan las almas de los difuntos. I los hechizeros, en todas las invocaciones que hazen, llaman a las almas de los difuntos diziendo: *Pu am*» (3).

Para tener propicios a los muertos, celebraban los araucanos antiguos el aniversario anual sobre las tumbas de sus deudos con sacrificios de animales, ofrendas i otras demostraciones de respeto i recuerdo. Tal solemnidad constituia, por cierto, un caso verdadero de veneracion a los ascendientes.

Entre las manifestaciones de veneracion que el araucano tributaba a los antepasados, se contaban los sacrificios de animales sobre las tumbas; pero no tenian el alcance de acto de culto sino de simple propiciacion.

A la par de este respeto, abrigaba un gran temor de que los espiritus benéficos se convirtieran en implacables castigadores de los que trasgredian las prácticas tradicionales.

Al lado de las almas protectoras de los antepasados, la teogonía indíjena colocaba en el espacio otros espiritus o jenios potentes, con voluntad propia, que obraban tambien directamente en los destinos humanos.

---

(1) *Histórica relacion*, tomo II, páj. 195.
(2) *Historia*, tomo I, páj. 163.
(3) Rosales, *Historia*, tomo I, páj. 162.

Aunque de naturaleza espiritual, se les suponia sexo, i en consecuencia se les clasificaba en varones i mujeres.

Figuraba como el primero en categoria i poder el que los araucanos han llamado *Pillan.*

Dificil es comprobar si la creacion de este espiritu se remonta a la mitolojía totémica o si surjió en un periodo mítico posterior, cuando la idea de la supervivencia del alma salió de un estado nebuloso para pasar a otro en que el culto de los espiritus adquirió forma fija i durable.

Las noticias de los escritores españoles acerca de este espíritu de primer órden, son incoherentes i llevan el sello de dogmatismo que caracterizaba a las informaciones de ese tiempo, segun se deja ver en las trascripciones siguientes: «Sólo invocan al *Pillan,* i ni saben si es el demonio, ni quien es» (1). «Todos están en estos errores, creen en su *Guenupillan,* que es su dios, i que éste tiene muchos *guecubus,* que son sus *ulmenes,* sus grandes i caciques, a quien manda, i tambien a los volcanes» (2). «El sistema de relijion de los araucanos es simple i acomodado a su manera libre de pensar i de vivir. Ellos reconocen un Ente supremo, autor de todas las cosas al cual dan el nombre de *Pillan:* esta voz deriva de púlli o pilli (la alma) i denota el espiritu por excelencia. Lo llaman tambien *Guenu-pillan,* el espiritu del cielo; *Buta-gen,* el gran Ser, *Tralcave,* el Tonante; *Vilvemvoe,* el Creador de todo; etc.» (3). «El númen a quien su barbaridad rendia su lijero culto, porque no habia ningun exceso en su relijiosidad, llamaban *Pillan* i decian que habitaba en la cordillera o volcanes, haciendo el trono de su deidad, los horrores del fuego i humo, i decian que los truenos, rayos i relámpagos eran efecto de su poder, o indicios de su indignacion, i cuando esto sucede, le invocan a voces, mas con placer que con temor» (4).

---

(1) Rosales, *Historia,* tomo I, páj. 162.
(2) Ovalle, *Histórica relacion,* tomo II, páj. 197.
(3) Molina, *Compendio,* páj. 168.
(4) Córdoba i Figueroa, *Historia de Chile,* páj. 26.

El padre Benito Delgado, en su relacion sobre la espedicion para el descubrimiento de los Césares (ciudad fabulosa), en 1778, dice en un acápite: «i pasar adelante de los cerros nevados que allí ofrecen a la vista, i jeneralmente los indios llaman *Pillan* o volcan, aunque no arden, por semejantes en la configuracion a los volcanes verdaderos» (1).

El gramático Febrés define de este modo al poderoso espíritu: «*Pillan* llaman al diablo, o a una causa superior, que dicen hace los truenos, rayos, relámpagos i reventazones de volcanes, i a estos mismos efectos tambien llaman *Pillan*» (2).

Las múltiples manifestaciones de esta fuerza desmesurada, contribuian a que los araucanos sintiesen por ella mayor veneracion, la temiesen i mencionaran en sus evocaciones.

Estas circunstancias i las metáforas que entraban en las invocaciones a *Pillan*, indujeron a los cronistas a suponer que los indios reconocian en él un sér supremo, creador de todas las cosas.

Quien existia en realidad para aquellos escritores en lugar del *Pillan* era el demonio, que se habia apoderado de las almas de los infieles. Este prejuicio de los cronistas i misioneros del siglo XVII i XVIII, se jeneralizó entre los encargados de cristianizar a los indios hasta fecha no mui distante de la actual.

Por una jeneralizacion mui lójica de ideas, el indio estendió a la guerra los atributos de *Pillan*, por la semejanza del trueno *tralca* i del relámpago (*llefke llefke*) al estrépito i luces de una batalla.

Se esplica por esto la proteccion que le pedian ántes de entrar en pelea. «Solicitaban tenerlo propicio en los casos arduos, principalmente en la guerra al tiempo de acometer a los enemigos. Vibrando la lanza le llaman a voces, ceremonia que acostumbran no sólo para implorar favor, si tambien para espulsar el pavor, i que les dé espiritu de audacia i vigor, lo que no omiten aun en sus juegos de chueca» (3).

(1) Gay, *Documentos,* tomo I, páj. 480.
(2) *Calepino chileno-hispano*, letra P.
(3) Córdoba i Figueroa *Historia de Chile*, páj. 26.

Coexistia con la idea de que los fenómenos ígneos eran manifestaciones de *Pillan*, la de que las tempestades provenian de choques entre espíritus de araucanos i españoles. «No sucede algun temporal sobre los Andes o en el mar, que no se imajinen ver en la tormenta una formal batalla entre las almas de sus compatriotas i las de los españoles» (1). «El rumor de las nubes es el patear de los caballos; el frecuente rumor del aire, el sonido de los tambores; el ruido de los rayos es el de los cañones de la artillería, i su resplandor, el fuego de la pólvora; el granizo son las piedras que tiran sus espiritus contra los espiritus españoles. Si la tormenta la lleva el viento hácia la parte de los españoles, se alegran grandemente, diciendo que sus espíritus vencen a los espiritus españoles; pero si la tormenta va del septentrion al medio dia, esto es hácia sus tierras, se entristecen» (2).

Bien se comprende, por las precedentes trascripciones, que *Pillan* era el espiritu del trueno, dueño de las nubes, de la lluvia, el viento, los relámpagos, el rayo i las erupciones volcánicas. Por temor a tantas manifestaciones poderosas, el indio lo reverenciaba de un modo que sobrepasaba en mucho a la veneracion que discernia a los otros espiritus.

En el araucano de siglos anteriores «tronar» se espresaba con la palabra *pillañen* i en el contemporáneo *pillani* significa lo mismo.

La individualizacion de estos fenómenos concuerda con la residencia que los indios le fijaban en las nubes, en las altas montañas, en las cumbres de los Andes, es decir, donde se producen meteoros i esplosiones luminosas.

En la toponimia indíjena se han perpetuado numerosas designaciones de alturas en que entra el nombre de *Pillan*, como *Rucapillan, Quetropillan, Pillanmahuida*, etc.

El capitan Mariño de Lobera noticia que los araucanos antiguos «no tenian adoratorios hechizos sino al primer cerro que topaban». Esa veneracion se dirijia ciertamente al

---

(1) Molina, *Compendio*, páj. 173.
(2) Gómez de Vidaurre, *Historia de Chile*, tomo I, páj. 321.

dueño de los fenómenos apuntados, que habitaba las montañas elevadas, i a los espíritus de los mayores, enterrados en
los cerros bajos.

Lo cierto es asimismo que la mentalidad relijiosa del indio
no alcanzó a idear un sér supremo, creador de las cosas,
abstraccion que exije un poder intelectual mas desarrollado
que el suyo.

El pueblo araucano, como tantos otros de desenvolvimiento incompleto, no ha sido tampoco demoníaco en el sentido
cristiano, o lo que da lo mismo, no ha poseido la idea de un
sér espiritual con los caractéres del demonio.

Lo que se presenta como base fundamental de las antiguas
i modernas representaciones relijiosas de los araucanos, es
un dualismo de espiritus buenos i malos. Figuraban en el
primer grupo los de sus antecesores i los que concedian beneficios. Se reputaban maléficos los que conspiraban constantemente contra la felicidad i la vida de los hombres.

A estos últimos pertenecian los *huecuve*, espíritus malignos innumerables, fuerza misteriosa que representaba la destruccion i la muerte.

Los *huecuve* vivian en constante lucha con los espiritus
protectores i haciendo todo jénero de males en la tierra araucana: ellos causaban las enfermedades i las muertes, las epidemias de los animales, la peste de los sembrados i todos los
contratiempos que de un modo imprevisto sobrevenian al individuo, como el cansancio de la cabalgadura, las caidas, los
incendios, etc. (1).

Uno de sus procedimientos mas usuales para dañar a los
hombres era dispararles una flecha tan pequeña, que no se
sentia penetrar en el cuerpo. Los *machis* poseian el secreto
de poder estraerlas.

Por estension daban los indios el mismo nombre a la causa
material que producia algun daño, como los líquidos, cuerpos
vejetales i animales nocivos, porque a ellos se habia incorporado el espiritu de maldicion.

_____

(1) Cronistas.

*Anchimalguen* llamaron a unos espiritus benefactores que tenian caractéres femeninos: «hacen acerca de los hombres el oficio de *lari* o espiritus familiares» (1), que «les noticiaban de lo adverso para precaverlo i de lo próspero para celebrarlo» (2). «No hai indio que no se jacte de tener una a su servicio» (3). «La *anchimallhuen*, que es decir mujer del sol i dicen es una señora jóven tan bella i ataviada como benigna. Estrañamos que sin tener respeto al sol, se le tenga tanto a su mujer» (4).

No cabe duda que esta representacion protectora traia su oríjen de la mitolojía totémica, pues fuera de la bondad que se le atribuia, propio del totem, su etimolojía (*anchú*, sol, i *malguen*, mujer), demuestra que fué personificacion de la luna, llamada en el lenguaje figurado del hombre inferior «mujer del sol.»

Espiritus de inferior categoria que los enumerados se contaban los siguientes:

*Meulen*, conducido en torbellinos de encontrados e impetuosos vientos. «En el tiempo tambien de sus enfermedades graves no dejan de recurrir al dios *Meulen*, presentándole algunos pequeños donecillos, como cuando van a sus baños de *Pismanto*, a los que dicen él preside i asiste particularmente» (5). Arrojaban al agua estos dones: si se iban al fondo, los aceptaba el espiritu, que devolvia la salud al ofrecedor; si flotaban, habia una negativa. Si se atiende a su naturaleza de meteoro i a la circunstancia de existir lugares con su nombre, lójicamente se deduce que su oríjen se remonta al totemismo.

*Epunamun* (dos pies). Dice un cronista: «Dos piernas, porque quizás se les aparece con alguna deformidad; es un ente de que tienen el mismo concepto que nosotros de los duen-

(1) Molina, *Compendio*, páj. 170.

(2) Córdoba i Figueroa, *Historia de Chile*, páj. 26.

(3) Gómez de Vidaurre, *Historia*, tomo I, páj. 318.

(4) Pérez García, *Historia*, tomo I, páj. 44.

(5) Gómez de Vidaurre, *Historia*, tomo I, páj. 318.

des; él les habla, i aunque no tienen confianza en sus consejos, muchas veces los siguen porque temen ofenderlo con la
desobediencia» (1). Consultábanlo en sus juntas de guerra
acerca del éxito de sus empresas, lo que motivó el nombre de
Marte o dios de la guerra que le dieron los cronistas.

*Alhué* (aparecido), espiritu malo, del periodo de las representaciones relijiosas o de la supervivencia del alma, que se
aparecia a los vivos para inferirles algun mal.

*Alhuen* se denominaba al individuo poseido o asustado por
un *alhué*. Esplicaba el indio asi el estado de demencia.

Una casta de májicos, mencionada en un capitulo precedente, ponia en relacion directa a los hombres con los espiritus.

Daban lugar las consultas a ceremonias de ritual determinado.

Como el estado mental relijioso de un pueblo no civilizado
se mantiene con mas o ménos pureza de jeneracion en jeneracion, el exámen de creencias i prácticas contemporáneas,
a la vez de contribuir al conocimiento del alma del indíjena,
dará mucha luz sobre puntos que los cronistas silenciaron
por escrúpulo mistico o que no profundizaron lo suficiente por
la escasez de material científico de la época.

Entre los araucanos de hoi persiste en todo su vigor la
creencia de que durante el sueño se opera en el hombre un
desdoblamiento: el alma deja el cuerpo i sale a viajar. Otro
tanto sucede en los casos de algunas neurósis.

No se ha modificado tampoco la concepcion de la supervivencia del alma, con todas sus particularidades consiguientes, entre las cuales entra la de poder bajar de la mansion de
los espiritus para mezclarse con los vivos.

Pueblan aun el medio cósmico en que el indio vive numerosos seres de naturaleza espiritual, que existen por sí mismos, buenos unos, malévolos otros, i todos con poder suficiente para despertar un hondo sentimiento de sumision i de
temor.

_____

(1) Olivares, páj. 51.

De modo que, haciendo abstraccion de las ideas importadas, no ha salido el araucano de un animismo perfeccionado o de la creencia de los espiritus, que constituye la esencia de su psicolojía relijiosa.

Incluida en este espiritualismo tan vasto se halla la veneracion a los antepasados.

El araucano ha continuado honrando la memoria de sus mayores. En el doble entierro es en lo que se esterioriza particularmente su respeto.

Ya en las reuniones de carácter relijioso, ya en las fiestas sociales se recuerdan sus nombres con verdadera reverencia. Se les ofrenda en el hogar i en público, a manera de acto prévio, parte diminuta de los alimentos i bebidas, con la frase «para el alma» *(tañi púlli ñealu).*

Los usos de sus mayores han seguido siendo la regla invariable de su conducta. Modificarlos, desviarse de su fiel observancia, es faltar a la primera de sus obligaciones, es despertar el enojo de los espiritus familiares.

Como en épocas precedentes, la veneracion a los mayores alcanza únicamente hasta los grados ascendentes mas inmediatos, en particular al padre. Los espiritus parientes que se remontan mas allá de estas lineas, se designan de un modo jeneral con las palabras *putrem,* mayores; *pulacu,* abuelos.

Sin embargo, se nota ya que la devocion a las almas de los antepasados va perdiendo su antigua estension. Aparece olvidada en algunos detalles por una existencia activa i de lucha con la raza dominadora. Sobre todo se atenúa por la preponderancia de otros espiritus influyentes.

Así, no se les invoca como ántes en las grandes tribulaciones i en las enfermedades graves; han desaparecido igualmente de las costumbres funerarias la fiesta periódica que se hacia alrededor de las sepulturas, el sacrificio de animales i la perpetuacion del fuego. Pocos años ántes que la Araucania se sometiese del todo a las armas chilenas, se mantenia aun la práctica de encender en las tardes el fuego en las tumbas de jefes o personas meritorias, en el lado de la cabecera.

La teogonía indíjena del periodo anterior se ha modificado en parte.

*Pillan* se ha ido borrando de la memoria del indio como individualizacion de fenómenos múltiples i poderosos. Esta concepcion antigua ha sido reemplazada por la del demonio del catolicismo, estendida por los misioneros. Con escepcion de los mui entendidos en tradiciones teogónicas o de los que no han esperimentado la influencia de otra relijion, todos contestan, cuando se les pregunta sobre este particular, que el espiritu tan reverenciado de sus antecesores es ahora el diablo.

Hai que notar que en el estado relijioso contemporáneo del mapuche figura una potestad superior, de naturaleza una i múltiple, que denominan indistintamente *Ngúnemapun* (gobernador de la tierra) i *Hgúnechen* (gobernador de los hombres). Prefieren el primer nombre las agrupaciones del norte i el segundo las del sur.

Reside en los picos nevados i volcánicos de los Andes i en las altas cumbres del centro i de la costa. Por eso las *machi* en sus invocaciones mencionan los cerros elevados, que conocen como nombres especiales con que lo distinguen. Para ellas *Ngúnechen* ha pasado a ser como un dios de la montaña.

La circunstancia de fijarse su mansion donde mismo habitaba *Pillan*, induce a creer que la nueva creacion ha surjido de epitetos dados a la antigua, con atributos mas ámplios que le ha impuesto una mentalidad superior.

Interrogados algunos indios de notoria autoridad en el conocimiento de sus tradiciones relijiosas sobre la diferencia entre *Pillan* i *Ngúnechen*, han contestado sin vacilar. «Es el mismo». Esta asercion atestigua que se trata de un espíritu idéntico, que ha cambiado de nombre en épocas diversas (1).

En las relijiones primitivas las divinidades se fragmentan o bien se transforman con otros nombres i propiedades.

Para los mapuches que han modificado sus ideas relijiosas con la asimilacion de algunas del cristianismo, por la propa-

_____

(1) Conferencias celebradas con el autor.

ganda católica o protestante, *Ngúnechen* o *Hyúnemapun* es Dios que gobierna el universo desde el cielo.

De manera que este nuevo nombre incorporado al cuadro de las concepciones relijiosas del indijena, representa para unos a Dios del cristianismo, aunque ménos abstracto, i para otros, un espiritu de gran poder, esencialmente mapuche.

No ha alcanzado a formarse, por lo tanto, la creencia de varios espiritus subordinados a un espiritu supremo.

*Epunamun*, aquel jenio antropomórfico, de piernas largas, que consultaban los araucanos en sus juntas de guerra, ha desaparecido completamente en el recuerdo de los contemporáneos, talvez con la estuicion de las cualidades guerreras.

La *Auchimalguen*, mujer del sol en la mitolojía pretérita, ha cambiado en su etimolojía i en su significado. Hoi es *Anchimallen* i representa un jenio enano que no sobrepasa de la altura i grosor de un niño de pocos meses. Posee la propiedad de transformarse ya en fuego ténue i fugaz, ya en pequeños reptiles.

El *Anchimallen* cuida los animales del que se pone bajo su proteccion, lo secunda en sus venganzas, le da riquezas i salud i lo preserva de maleficios. Pero dispensa todos estos favores a un precio mui exhorbitante: se alimenta de sangre humana i el beneficiado debe entregarle periódicamente un miembro de su familia para que apague su terrible sed.

Corren entre los indios mil cuentos de individuos que han ido perdiendo a sus parientes unos en pos de otros, sacrificados sin compasion por el *Anchimallen.*

El *Meulen*, espiritu que reside en el torbellino, persiste todavía como jenio perjudicial, pues cuando pasa por algun paraje i alcanza a envolver a un mapuche, le causa alguna enfermedad grave; puede conjurarse por medios májicos.

Consideran los mapuches que algunos epilépticos i locos han sido envueltos por el *Meulen* i que, en jeneral, los que padecen de enfermedades delirantes i convulsivas están poseidos de un espíritu malo.

En cambio de la desaparicion de *Pillan* i del poder disminuido i contrarrestable del *Meulen*, se mantiene integra esa multitud de espiritus inferiores, intensamente maléficos, que se llaman *huecuve* en el norte i *huecufe* en el sur.

Sigue siendo la causa inmediata de cuanto incidente desgraciado le sucede al indio. Orijinan las enfermedades en la jente i hacen estallar las epidemias en el ganado i la peste en las siembras, calamidades, estas últimas, que traen la pobreza de las familias.

Los brujos (*calcu*) poseen la facultad de someterlos a su dominacion i de utilizarlos en sus empresas de esterminio.

Si no fuera por la proteccion de los espiritus accesibles que los ayudan con tanta solicitud; si no hubiera májicos mediadores que poseen el privilejio de prevenir sus estragos, la tierra araucana presentaria el aspecto de un campo despoblado, de muerte i desolacion.

Quedan aun vestijios de los espiritus que residen en las piedras elevadas, por lo comun en las faldas de los cerros.

Corresponden a no dudarlo a una época ya lejana de la actual. Cuando los muertos eran sepultados en las alturas, las tumbas de algunos jefes se arreglaban al pié de esas piedras, que servian de túmulo, o bien éstas se hallaban penetradas por espiritus que frecuentaban sus inmediaciones. Esta opinion se presenta como mas verosimil.

Esta creencia procede, por cierto, del animismo, sobre el cual se basa el sistema moderno relijioso de los mapuches.

A estos espiritus han dirijido los indios, de un modo material i desde tiempos antiguos hasta hoi, las ofrendas i, probablemente, ántes los sacrificios.

Así como la venganza apaga la rabia de los hombres i los dones i las adulaciones engañosas los desarman, de igual manera el araucano quiere halagar los instintos i las pasiones de los seres fantásticos que se veneran en esas piedras.

Estas piedras se presentan de ordinario en posicion vertical o inclinada i dejan ver en la superficie escavaciones tubulares o en forma de platillo, de honduras variables i a veces comunicadas entre sí por pequeñas estrias.

Han sido numerosas en la Araucania, mas hoi se hallan

olvidadas i cubiertas de vejetacion. Quedan algunas, sin embargo, que hasta el presente, son acatadas o hasta pocos años a esta fecha lo han sido por indíjenas i campesinos nacionales. Están situadas en las vias largas i son los caminantes los que de ordinario les colocan en las concavidades ofrendas de comestibles, monedas, flores i ramas verdes, para no tener contratiempos en el viaje.

Unos tres kilómetros al Poniente de Angol existía una hace pocos años, próxima al riachuelo Picoiquen (1).

Entre los indios de los alrededores se conserva la tradicion de que sus mayores mojaban en la sangre de las concavidades las puntas de las flechas i lanzas ántes de emprender una empresa guerrera. Claramente indica esta informacion que entre las ofrendas que se tributaban al espíritu incorporado en la piedra se contaba el sacrificio de animales (2).

En un paraje cercano a la caleta Yanes, en el departamento de Arauco, se tributaba en los últimos años veneracion a la piedra de *Gúpalcura* (piedra encantada) (3).

En el lugar de Puquilon, de Tolten bajo, en un sitio que los indios llaman Erquitue (donde se descansa), se levanta una de estas piedras sagradas, en un cerrillo que bordea el camino público. Ahí se detienen los viajeros indíjenas a dejar ofrendas i hacer invocaciones.

Cerca de este paraje hai una laguna, donde se cree que habita un *caicai* (animal mitolójico) (4).

En el camino del paso de Pucon a la República Arjentina se conocen otras de estas piedras, que ofrendan invariablemente los mapuches que trasmontan la cordillera de este o de aquel lado.

En el paso de Callaqui, del departamento de Mulchen, se

(1) Fundo «El Retiro».
(2) Tradicion recojida por el autor en 1897.
(3) Alejandro Cañas Pinochet, *El culto de la piedra en Chile.*
(4) Informes recojidos por el autor.

encuentra a orillas de la laguna Agria la piedra *Curalhue* (piedra del ánima) (1).

Se sabe por tradiciones que en las cercanias de las lagunas andinas existieron en otras épocas, en número no escaso, estas piedras reverenciadas por los indios. Se esplica este hecho recordando que los indios de los Andes se recojian en el invierno a las orillas de los lagos, donde el agua no alcanzaba a conjelarse. Dejaron ahí restos de objetos domésticos, de armas i otros, que han sido tomados erróneamente por algunos viajeros como demostraciones de una remota i adelantada poblacion que habitó en los valles andinos (2).

La mas conocida i acaso la mas reverenciada de estas piedras, es la de *Retricura*, en el camino de Curacautin i entre Malalcahuello i Lonquimai.

Proviene su nombre del espiritu que se aloja dentro de ella. Su colocacion es vertical i presenta muchas escavaciones laterales.

Ningun indio o campesino que trafica para el otro lado de la cordillera, se escusa de colocar alguna ofrenda sobre esta piedra, porque, al no hacerlo, corre el peligro de sufrir contratiempos graves (3).

Aun mas: quedan vestijios todavia de la veneracion que en tiempos mui distantes de los actuales se tributaba a los árboles que reunian algunas particularidades. En el camino que conduce de Llaima al boquete del Arco, hai un pino (*pehuen* o Araucaria) cuyas ramas no se elevan a mucha altura. Es de forma escepcional. En él depositan los caminantes indíjenas i chilenos, los presentes al espíritu que suponen reside en él.

---

(1) Cañas Pinochet, *El Culto de la piedra en Chile·*

(2) Informes anotados por el autor acerca de este particular.

(3) Equivocadamente se han tomado como rocas horadadas por el hombre algunas de las orillas de los rios. Son escavaciones naturales, que se han formado por el desgaste de piedras pequeñas que jiran en un hueco por la fuerza del agua. Es la misma causa que ha formado escavaciones en algunas rocas de los paises de Europa, llamadas en Suiza Gletscher-Mühle, ventisquero molino.

Los habitantes de ese camino de la cordillera le han puesto el nombre de «Pino hilachento», por los jirones de pañuelos que se ven en sus ramas, restos de ofrendas de los viajeros.

Es sobrevivencia de un árbol fetiche.

De los espiritus inferiores, de naturaleza poco diferente del
alma del mapuche, aunque mas poderosos, quedan los *Alhue*,
aparecidos.

Los májicos que sirven de intermediarios hasta ahora entre los espiritus i los hombres siguen siendo los *machis* i los
adivinos.

De las fiestas de índole relijiosa ha sobrevivido el *ngillatun*, invocacion o rogativa a los espiritus superiores, que ha
crecido enormemente en importancia por la frecuencia con
que se verifica i por ir seguida siempre de festejos populares.
Es una ceremonia de grande espectáculo para los mapuches.

Se realiza por acuerdo de un grupo i a veces de varios.

El jefe de la familia habla a los suyos mas o ménos en
estos términos cuando cree oportuno celebrar esta reunion:
«Vamos a tener una cosa entre todos nosotros; tendremos
una fiesta o *ngillatun*. Hace tiempo que no hemos tenido
ninguno; por eso, quien sabe, no hemos tenido abundancia
de trigo i han muerto animales, nuestros hijos e hijas. Nos,
juntaremos todos; que se junten tambien nuestros amigos;
saquemos una fiesta grande.

El *ngillatun* será en cinco dias mas. Vamos a preparar-
nos bien, con carne, vino i *mudai*» (1).

Solia tener el cacique un juego de chueca para imponer a
sus amigos de su propósito, o bien lo hacia por medio del
*huerquen* o correo.

Desde que se acuerda en la familia el ngillatun, comienzan los preparativos. Se hace acopio abundante de provisiones i licores. La regla prescribe que los parientes han de
contribuir con cuanto les sea posible. Es una fiesta, como

(1) Descripcion de esta ceremonia escrita en mapuche por el jóven
Ramon Manquian, de Cholchol, i estudiante del Liceo de Temuco.

las otras, de preparacion colectiva. Desde la mañana del dia convenido principian a llegar los invitados. Se van reuniendo en el sitio en que se encuentra plantado el *rehue* o en la casa del cacique invitante. Los de léjos vienen a caballo i los de cerca, a pié.

Pronto se encienden las fogatas i sobre las brasas se cruzan los asados.

En esta reunion i en los entierros, los grupos se sitúan separados.

El lugar elejido para la ceremonia es un paraje despejado que en cada reduccion se reserva para este objeto. En el medio de él suele estar permanentemente la tosca figura indíjena que representa un hombre ( *adentu mamüll* ).

Al promediar la tarde del dia fijado para el *ngillatun*, el cacique i su familia se trasladan al sitio en que se han reunido los asistentes; los saludan uno a uno e inmediatamente el jefe da la órden para que se comience la ceremonia.

La concurrencia se estrecha alrededor del *rehue*, que es un tronco de madera con tramos de escala i gruesas ramas de canelo a los lados i al respaldo.

Una o varias *machis*, al son de sus tambores i acompañadas de algunos individuos que tocan la *púvúlca* (silbato araucano) llamado *púvúlcatuve*, dan unas cuantas vueltas.

Luego de terminar este acto preliminar o de introduccion, la familia dueña del *ngillatun* sirve a los huéspedes comida i licor. Todos se preparan a pernoctar en el mismo sitio de la reunion i en sus inmediaciones. Los caciques alojan en la casa, donde se les prodiga todo jénero de atenciones.

El cacique hace llevar esta misma tarde al *rehue* dos o mas corderos que se atan en el árbol sagrado. Si el *ngillatun* es de lluvia, estos animales deben ser negros, si es para pedir bonanza, se elijen blancos; este color simboliza el buen tiempo.

Al amanecer del dia siguiente, la concurrencia se pone en movimiento. Rodea el *rehue* i cada familia invitada toma de ordinario su colocacion respectiva.

Algunos hombres cortan las orejas a los corderos i los de-

Fig. 35.—La machi en el canelo.

guellan acto continuo; todo cae en varios platos que se han preparado de antemano. En algunos lugares se prepara al lado del *rehue* para este objeto una artesilla sostenida por cuatro palos.

Con anterioridad han sido designados para ofrecer el sacrificio propiciatorio de los corderos, algunos hombres esperimentados, caciques por lo comun, que en el ritual del *ngillatun* se conocen con el nombre de *ngillatuve*. En la antigüedad era de regla que solamente sirviesen de actores los miembros del grupo; los demas asumian el papel de espectadores.

Se arrodillan dando frente al oriente. Mojan las orejas en la sangre i practican una especie de aspersion con ellas i un movimiento como de pasarlas a otro. En efecto, ofrécenlas como un presente i a grandes voces a *Ngdnechen*.

Cumplido este detalle, pronuncian la siguiente invocacion que suele variar en los términos pero no en la esencia: «Estamos arrodillados, padre; hoi dia te rogamos que nuestros hijos no mueran, que produzcan las siembras i tengamos animales. Te rogamos que llueva, hombre venerable (*fúcha huentru*) para que crezcan el trigo i el pasto.»

Vuélvense en seguida hácia el poniente i repiten la misma invocacion.

Los asistentes arrodilladas unos, en pié o sentados otros, han seguido tambien a los invocadores en sus vueltas al este i al occidente. Las *machis* arrojan bocanadas de humo de sus *kitra* (cachimbas) en ámbas direcciones.

Cuando estos hombres terminan su peticion, se levantan, dan vuelta al canelo rociándolo de sangre con las orejas, despues de lo cual vacian al pié del *rehue* el contenido de los platos, en un hoyo pequeño que se ha cavado.

La sangre en el rito májico es el simbolo de la vida.

Entra entónces en accion la *machi*, si es una, i todas si son varias, número que se regula por la solemnidad de la ceremonia. En el último caso la mas antigua preside. Tambor en mano, danza al rededor del canelo. Dos individuos jóvenes llamados *llancañ*, van adelante mirándola de frente i re•

trocediendo; tocan el pito araucano. Los tres danzan al son de los instrumentos, moviendo la cabeza hácia los lados i con saltos breves i cadenciosos.

Varios tocadores de *púvúlca* (*púvúlcatuve*) escoltan a los danzantes i van repitiendo el baile. Cerca del canelo otro indio toca la *trutruca* (instrumento araucano de larga caña con un cuerno en el estremo.)

La *machi* vieja canta una imploracion a los espiritus protectores, semejante a la que acaban de formular los hombres del sacrificio. Las otras *machis* siguen a la primera i bailan como ella al compás de sus tambores (*cultrun*): La accion de tocar los instrumentos en las invocaciones se designa con el nombre de *pillantun.* Una o dos filas de concurrentes, hombres i mujeres, danzan tambien de lado, dando frente al canelo. Tras de éstos se agrupan los espectadores.

Las vueltas provocan el vértigo de la *machi.* A la cuarta, se detiene, abandona el tambor i sube rápidamente los tramos de la escala (*prahue*); apoya la espalda en las ramas atadas al palo i queda en actitud de éxtasis. Es el momento en que Ngúnechen ha penetrado al cuerpo de la *machi.*

Un individuo que ha permanecido en el centro de este escenario, marido o pariente de la *medium,* desempeña el papel de intermediario entre ésta i el cacique, dueño del *ngillatun,* que se halla alli a su lado. Llámase *ngechalmachive* (animador de la *machi)* o *dungu machive* (el que habla a la *machi).* Pregúntale a la mujer si ha llegado *Ngúnechen* i de dónde es.

Responde afirmativamente i enumera algunas alturas conocidas del valle central, de los Andes o cordillera de la costa, como personificaciones de *Ngúnechen.* Es el momento en que la *machi* encarna al espiritu bienhechor o en que se verifica en ella una sujestion espontánea de personalidad.

Cada *machi* manifiesta cierta predileccion por el nombre de algun cerro o volcan determinado, cuya bondad pondera a sus clientes.

El intermediario formula los deseos de la familia. Se dirije al espiritu incorporado en la *machi*; ésta hace sonar unos

......... Habla, es el espíritu que accede i reprocha su de-
...... a los mapuches para cumplir con su obligacion de ce-
...... a menudo agillatun.

...... a continuacion la machi del árbol con aparien-
...... de acatamiento.

... quinientune (tocadores de pito) la reciben en los bra-
... para que no se golpee. Repónese un momento, bebe un
... de agua i da otra vuelta al toque de su tambor.

... machis repiten sucesivamente en todos sus de-
... acto de la subida al rehue. Proviene de este detalle
... que la prolongacion de la fiesta ...

... la vuelta final de la machi mas jóven, a media tarde
... comun, concluye la ceremonia en su aspecto relijioso,
... Ngnechen se ha retirado.

... el agillatun asume grandes proporciones, por-
... i llevan a cabo tres o cuatro grupos, es de-
... entera. Etónces toma el nombre de trahuen.

... variar, por capricho de la machi o costumbres re-
... los detalles del ceremonial, pero no los hechos de
...

... en el sur figuran indios desnudos i pintados, con unas
... de animal o de trapo.

... la fiesta profana, es decir, el consumo del licor i
... que aun quedan disponibles.

... anochecer, los concurrentes se han retirado casi en su
... Los caciques i las machis se quedan en la ruca
... dueño de la fiesta celebrada. Las últimas, que no co-
... por su presencia en el agillatun, beben
... cantidad que los hombres, pues por lo comun, se
... por su intemperancia. Agasájaselas siempre en pri-
... entre los huéspedes de una casa.

... esta ceremonia de peticion de lluvia en cual-
... estacion del año, ménos en el verano, dedicado de pre-
... a las faenas de la agricultura.

... época mui reciente celebraron los araucanos una
... de rogativa, a la orilla de los rios, incluida en el tér-
... genérico de agillatun.

Fig. 36.—Hgillatun en Metrenco.

cascabeles. Habla, es el espiritu que accede i reprocha su de-
sidia a los mapuches para cumplir con su obligacion de celebrar a menudo *ngillatun*.

Desciende a continuacion la *machi* del árbol con apariencias de agotamiento.

Dos *púvúlcatuve* (tocadores de pito) la reciben en los brazos para que no se golpee. Repónese un momento, bebe un
poco de agua i da otra vuelta al toque de su tambor.

Las otras *machis* repiten sucesivamente en todos sus detalles el acto de la subida al *rehue*. Proviene de este detalle
del rito la prolongacion de la fiesta.

Con la vuelta final de la *machi* mas jóven, a media tarde
por lo comun, concluye la ceremonia en su aspecto relijioso,
porque *Ngúnechen* se ha retirado.

A veces el *nguillatun* asume grandes proporciones, porque lo acuerdan i llevan a cabo tres o cuatro grupos, es decir, una zona entera. Etónces toma el nombre de *trahuen*.

Suelen variar, por capricho de la *machi* o costumbres rejionales, los detalles del ceremonial, pero no los hechos de
fondo.

Así, en el sur figuran indios desnudos i pintados, con unas
colas de animal o de trapo.

Continúa la fiesta profana, es decir, el consumo del licor i
de la comida que aun quedan disponibles.

Al anochecer, los concurrentes se han retirado casi en su
totalidad. Los caciques i las *machis* se quedan en la ruca
del jefe dueño de la fiesta celebrada. Las últimas, que no co-
bran remuneracion por su presencia en el *ngillatun*, beben
en mayor cantidad que los hombres, pues por lo comun, se
distinguen por su intemperancia. Agasájaselas siempre en primer lugar entre los huéspedes de una casa.

Celébrase esta ceremonia de peticion de lluvia en cualquiera estacion del año, ménos en el verano, dedicado de preferencia a las faenas de la agricultura.

Hasta época mui reciente celebraron los araucanos una
especie de rogativa, a la orilla de los rios, incluida en el término jenérico de *ngillatun*.

Fig. 36.—Hgillatun en Metrenco.

En ciertos parajes en que las aguas caian desde algu na altura o se deslizaban por sus cauces con mucha rapidez, el ruido de la caida o de la corriente se trasmitia con mas intensidad en dias de especial estado atmosférico. Espresaban este sonido, augurio de lluvia, con la palabra *llau-llahuen*, i el sitio en que lo oian les inspiraba un supersticioso temor.

Ahí se reunian, pues, para celebrar sus *ngillatun* de lluvia.

En esta reunion, como en las otras destinadas a implorar el socorro de los espiritus superiores, el baile entra como parte indispensable del ritual.

Es una danza relijiosa que se ejecuta para agradar a los espiritus con la música i con movimientos simbólicos. En el *ngillatun* tiene por objeto, ademas, despedirlos de un modo que manifieste gratitud i complacencia de los que han reci-bido su visita.

La ejecucion circular (*trincaiprun*) de estos bailes sagrados, es seguramente un procedimiento para provocar el éxtasis de la *machi.*

Las danzas profanas o ejercicios jimnásticos sólo tienen el sentido de manifestar la alegria i el entusiasmo.

En algunos bailes araucanos se permite al hombre una mimica amorosa i lasciva, en la que a la vez danza, canta, ajita la cabeza i el cuerpo en actitudes febriles. Las mujeres no toman parte en estos bailes.

Son escepcionales las danzas en linea recta *(levtun)* que practican los mapuches en sus reuniones ordinarias para be-ber. Lo comun es que se baile en circulo, con pasos cortos i saltados, movimiento lateral de la cabeza i contorsiones del cuerpo, en grupos de jóvenes, viejos i a veces mujeres, unos a continuacion de otros i en filas de tres i cuatro individuos.

Los que se fatigan del ejercicio, en especial los viejos, se retiran sin que se altere el órden del baile i se sientan a be-ber alrededor de los danzantes.

A los bailes profanos pertenecia el de la trilla a pié (*ñi-huin*), reunion de trabajo cooperativo que estuvo en uso has-

Fig. 37.—Buca ovalada. Departamento de Temuco.

ta hace pocos años. Asemejábase a una polka arrastrada, en que se iban desgranando las gavillas.

Algunas danzas de las jimnásticas, son representaciones pantomimicas de los movimientos i carreras de animales. Los cronistas no mencionan esta clase de bailes, pero no queda fuera de razon la hipótesis de que han de ser vestijios del clan totémico, época en que los individuos danzaban para identificarse i agradar al animal reverenciado.

Ha contribuido tambien a mantener estas danzas en las costumbres araucanas, la imitacion a las tribus cazadoras de los Andes. Hasta hoi simulan éstas la captura de animales i el vuelo i grito de las aves, como un pronóstico de lo que va a suceder en la caza.

En esta clase de danzas está incluida una que se denomina *puelprun* (baile del este) o *choiqueprun* (baile del avestruz). Practícanla especialmente las agrupaciones del este.

Varios hombres desnudos de la cintura arriba, con el rostro pintado de blanco i rojo i envueltos en mantas, vienen desde algunos metros de distancia a un punto en que están los tocadores de tambor. Llegan corriendo a pasos cortos, a semejanza del avestruz, i abren los brazos como alas estendidas. Dejan en seguida las mantas i ejecutan en un gran circulo un ejercicio a modo de carrera de ave. De repente algunos de los danzantes salen del concurso hácia los lados, con las mantas abiertas i vuelven despues a incorporarse a él.

Los tocadores cantan: «¡Que venga el avestruz, que venga el avestruz! ¡Sobre mi cabeza el avestruz, sobre mi cabeza el avestruz! (1).

*Treguilprun*, baile del tréguil (Vanellus chilensis) es otra danza de esta especie. La flexibilidad del cuello de esta ave i su perspicacia para descubrir los peligros que lo amenazan, han hecho de él un símbolo de la habilidad de la *machi*.

Los araucanos antiguos tuvieron los bailes que se denomi-

---

(1) Esta, como todas las reuniones de los araucanos, ha sido presenciada por el autor.

naron *guicha boqui*, alrededor de un árbol i asidos los danzantes de unos cordeles; el *ñuin*, tambien en contorno de un
canelo; el *cunquen*, aprendido a los españoles, de pequeños
saltos ejecutados en círculo; el *hueyelpurun*, pasos jiratorios
cerca de un canelo, del cual pendian sogas de lana; los bailarines, desnudos i con el rostro teñido i colas, se subian al
árbol i se ataban a los órganos jenitales hilos que tiraban los
muchachos i las mujeres (1).

Danzaban separadas de los hombres las mujeres; únicamente cuando el licor hacia olvidar las reglas inviolables, se
mezclaban con ellos (2).

Estas danzas antiguas i sus nombres han desaparecido de
las actuales diversiones indíjenas. Sólo se han perpetuado
su ejecucion de saltos pequeños, de contorsiones i mímicas
lascivas, en jiros que se estrechan o dilatan alrededor de un
árbol plantado o de un grupo de tocadores.

Como las danzas en el ritual, el sueño ha desempeñado un
gran rol en la formacion de las concepciones relijiosas del
araucano.

Desde la antigüedad hasta el presente, los sueños han dirijido sus actos domésticos, sociales i relijiosos; ha vivido
siempre en la alternativa de sueños alegres i tristes. «Creen
fácilmente en sus sueños y los cuentan como cosa verdadera,
y así se guardan si han tenido alguna pesadilla, y si algun
sueño alegre lo creen y esperan que les ha do suceder porque lo soñaron» (3).

Como los fenómenos del sueño aparecen en la conciencia
del araucano estrechamente relacionados con su nocion del
alma, cree que los hechos que ha visto dormido son tan reales como los de la vida ordinaria. Si sueña con amigos i parientes muertos, está convencido de que sus espíritus han

---

(1) Danzas descritas en los cronistas. Por la brevedad del espacio
no se trascriben aquí en sus detalles, semejantes casi todos.

(2) Molina, *Compendio*, páj. 195,— Gómez de Vidaurre, *Historia*,
tomo I, páj. 352.

(3) Rosales, *Historia*, tomo I, páj. 164.

venido a verlo. En otras ocasiones es el suyo el que sale a visitarlos o a tomar parte en escenas lejanas.

De la importancia especial que atribuye a las imájenes que lo impresionan sobre dormido, ha formado un verdadero sistema de sueños, como todos los pueblos de tipo ménos avanzado.

Soñar es *peuman* en la lengua. Hai sueños buenos *(cúme peuman)* i malos *(huedd peuman)*. Espresa el mapuche el hecho de ser hablado miéntras duerme por alguna persona, animal u objeto, con la palabra *perimontun* (cosa sobrenatural).

A la clase de sueños buenos pertenecen las apariciones de espíritus de parientes, que visitan a menudo para regalar dinero; la vista de una cosecha abundante, la ganancia de un juego de chueca, augurio de un éxito real, i muchas otras imájenes que seria prolijo enumerar.

A este órden de sueños pertenece el mandato que se recibe de *Ngünechen* o del espiritu de un mayor para practicar una accion benéfica. En 1906 Melillan, *gúlmen* (rico) de Tromen, recibió en sueño una órden terminante de celebrar un *ngillatun*. Inmediatamente comenzó los preparativos, i a los pocos dias se vericó la fiesta con una solemnidad que se recuerda todavia.

En 1907 soñó una *machi* que el 24 de junio reventarian los cerros inmediatos a Temuco i sepultarian la ciudad, como castigo a los chilenos por sus persecuciones contra los indijenas. Revelado el sueño, los mapuches de los alrededores huyeron al sur en la vispera del dia fatal (1).

Entre los sueños de mal augurio se cuentan los anuncios de próximas desgracias ó pérdidas, como muerte de un pariente, robo de animales, viaje desgraciado, juego de chueca perdido, etc. En posesion de los hechos futuros, adquiridos de este modo, el mapuche se guarda de emprender el viaje o de aceptar la apuesta; nada lo disuade de lo contrario.

Estos son sueños normales. Los patolójicos aparecen en mayor número.

---

(1) Hecho presenciado por el autor.

Las pesadillas (*nekeñen*) abundan en el durmien te araucano. Provócanlos particularmente las intoxicacion es, entre
las cuales hai que poner en primer lugar la alcohó lica.

El indio bebe de preferencia el aguardiente. Ha sido el licor de los mas acomodados; el vino, de los pobres. Un cuero
de aguardiente valia hace poco un caballo o una estribera
de plata.

Por esta propension al consumo del alcohol, se calculará
la frecuencia en sus sueños de las representaciones angus-
tiosas i terrorificas.

De ordinario lo atormentaba el sueño clásico del alcoholismo, el de los animales (*culliñ peuman*). Se ve persegu ido
por perros, gatos, leones, toros, moscardones i los seres zo o-
mórficos de su mitol ojía.

Otra causa frecuente de sus pesadillas es la presencia d e
gases deletéreos, algunos de oríjen palúdico, dentro de la
*ruca* o en sus proximidades esteriores.

Las imájenes del ensueño o de los instantes que siguen al
despertar, dan oríjen a muchas alucinaciones auditivas i visuales del mapuche. Sueña con un animal feroz o con un es -
pectro mitico. La imájen confusa, inestable miéntras dormia,
se presenta a sus ojos cuando despierta clara como el objeto
mismo. En ocasiones oye despierto las palabras del sueño .

A veces suelen formarse estas alucinaciones despues de
una embriaguez, por lo comun al amanecer. En un estado
como de *subdelirium tremens*, el objeto se presenta al mapuche en movimiento. En ocasiones él mismo, victima de fug as
o automatismo ambulatorio, se pone a andar; vuelve si ordinariamente sin conciencia de lo que ha hecho.

Son para él todas estas representaciones de lo mas real
que puede haber, i como su mentalidad está dirijida a una
idea jeneral, la intervencion de los espiritus en sus acciones,
toma proporcion enorme su creencia en seres míticos i en
brujos (*caicu*).

Por esta razon todo el que comunica un cuento mitico dice:
«Esto es cierto, esto lo ví yo, le sucedió a tal persona (1)».

_____

(1) Anotaciones hechas por el autor.

Del valor estraordinario que los araucanos dan a los sueños como guia de sus acciones, proviene la popularidad que rodea a los májicos encargados de interpretarlos i de pronosticar el porvenir por medio de ellos.

A consecuencia de ser tan susceptible de emociones supersticiosas, ha mantenido hasta ahora la propension de relacionar algunos pormenores de la vida diaria con su suerte futura.

Es un conjunto de supersticiones prohibitivas, individuales, que no participan del carácter sagrado del tabú, pues la infraccion de éste envuelve la idea de un desagrado a los espíritus i del consiguiente castigo colectivo.

Desde la antigüedad hasta hoi el sonido de la lumbre indica la llegada de un huésped; si a alguien se le cae un objeto, es señal de que otro lo recuerda; el vuelo de algunas aves o el grito de ciertos animales, en tal o cual direccion, indican lo que ha de hacerse; la contraccion nerviosa de los músculos, a la derecha o a la izquierda, pronostica fin favorable o adverso de las resoluciones por tomarse i a veces enfermedades; la caida de la cabalgadura, cuando se viaja, es anuncio de mala noticia; si se duerme una pierna sobrevendrá una enfermedad, etc.

El culto del totem dejó huellas inborrables, de la creencia en la accion májica de los animales por sus gritos, cantos i costumbres. En el paso de la sociedad totérmica a la patriarcal, se perdió la forma de culto, pero sobrevivió el animal como símbolo de una idea de fuerza, rapidez o perspicacia. En este sentido se cristalizó hasta el presente el temor i respeto que en lejanos tiempos obraban en su alma.

El culto de los espíritus, consiste casi enteramente en ceremonias, segun se deduce de la esposicion precedente: los araucanos son mas formalistas que los pueblos de relijion organizada.

Las ceremonias no se realizan como actos de culto o muestras de diferencia a los espiritus, sino para pedirles salud i lluvias que incrementen su bienestar material.

Tampoco tenian el alcance de espiacion, porque el araucano en sus relaciones con los espiritus se preocupa de su felicidad i de su desgracia i no de reaccionar de acciones pretéritas: no se preocupa de saber si el mismo ha sido bueno o malo.

Su moral consiste en hacer lo que hicieron sus mayores i en no perjudicar a los de su grupo. Ha considerado lejítimo matar i sobre todo robar al enemigo. Hoi lo contiene el temor legal, pero no el relijioso.

Por otra parte, las prescripciones de los espiritus, dictadas por los májicos, se encaminan a pedir el ejercicio de las ceremonias i no a dictar reglas morales de conducta. Los espiritus piensan a este respecto como los hombres.

Fuertemente encerrado en estas ideas, poco le importa lo que piensan los demas; pero, si nunca combate las creencias ajenas, en cambio sostiene de hecho los usos tradicionales referentes al matrimonio, al entierro i las invocaciones.

«De esta irrelijiosidad, dice el jesuita Molina, proviene la indiferencia con que miran la introduccion del cristianismo, el cual es tolerado en todas las provincias que dominan. Los misioneros eran respetados, bien acojidos i tenian plena libertad de ejercitar públicamente su ministerio, pero eran pocos los que se convertian».

La constitucion mental del indijena no se encuentra en condiciones adecuadas, segun la historia i la observacion moderna, para asimilarse principios abstractos de otras relijiones. Un cambio relijioso requiere previamente una evolucion psicolójica en el sujeto. Si no adquiere nuevos caractéres mentales, las consecuencias i la duracion de esa mudanza de sentimientos será pasajera.

Las conversiones relijiosas pueden operarse de un modo mas o ménos repentino en un pueblo ya evolucionado, pero no en el que apénas ha recorrido las primeras etapas del progreso; en éste la mutacion será lenta, con avances i retrocesos hasta la realizacion final de la obra.

Si se examinan con tino los sentimientos relijiosos de un mapuche cristianizado, particularmente si reside en su medio social, pronto se verá que la transformacion es aparente i queda como resultado una mezcla confusa de representaciones i prácticas, estremadamente diversas como son las del cristianismo i las del culto araucano.

———————

# CAPITULO XIV.

## Concepciones míticas

Idea jeneral de la formacion del mito araucano.—El mitismo en el patriarcado.—La leyenda del diluvio.—La mitolojía contemporánea.—Mitos de oríjen totémico.—Mitos antropomórficos.—Ideas de cosmogonía de los mapuches.—Rasgos concordantes a los mitos araucanos.

Se puede notar desde el principio de la vida histórica de los araucanos que en el conjunto de sus especulaciones relijiosas, se hallan incluidos relatos maravillosos de seres zoomórficos. Trasmitiéronse estas historias primitivas por la tradicion oral.

Nació así en el periodo del totemismo, el mito naturalista, en el que la naturaleza se hace personal i humana.

Pasaron los mitos del estado salvaje de la colectividad al de la barbarie, para continuar en el de pleno desarrollo del patriarcado.

Se advierte, sin embargo, que los de uno i otro ciclo han variado un tanto en su condicion primitiva: los del totemismo son pasivos i los del patriarcado obran mas, aparecen como actores en aventuras i van penetrando al antropomorfismo o a la forma i acciones del hombre.

A pesar de ser tan abundantes en las especulaciones del espíritu del indio el cuento, la narracion fabulosa, los autores españoles dejaron escasas noticias de los mitos. El gramático Febrés menciona el *Pimuychen*, culebra alada, que causaba la muerte al que la veia volar; el *Arúnco*, «un sapo grande, que dicen les conserva las aguas, i lo llaman tambien *genco*» (*ngenco*). Debieron atribuir a este mito la facultad de anunciar la lluvia, que le proporciona el elemento de su existencia.

Menciona asimismo los *ivumche*, hombres animales, «que consultan los brujos en sus cuevas i los crian desde chiquitos para sus hechicerias o encantos».

El *Guirivilu* (*ngúrúvilu*, zorro, culebra), a juzgar por los vestijios que han quedado de él en la toponimia indíjena antigua, perteneció igualmente al mitismo patriarcal.

Sobre la cosmogonía indíjena tambien dejaron los cronistas noticias mui escasas. Sólo anotaron la leyenda del diluvio.

«Las teorías de ellos sobre el oríjen de las cosas creadas son tan necias i ridiculas que de referirlas no se podria sacar otro fruto que el de manifestar mucho mas la insuficiencia de la mente humana cuando está abandonada así misma. Se conserva entre ellos la memoria de un gran diluvio, en el cual dicen que no se salvaron sino pocas personas, sobre un alto monte dividido en tres puntas, llamado *Thegtheg*, esto es, el tonante o el centellante, que tenia la virtud de fluctuar sobre las aguas.

De aqui se infiere que este diluvio no vino sino despues de alguna erupcion volcánica, acompañada de grandes terremotos, i verosimilmente es mui diverso del noético. Efectivamente, siempre que la tierra se sacude con vigor, aquellos habitantes procuran refujiarse a los montes que tienen cuasi la misma figura, i por consecuencia, la misma propiedad de nadar; diciendo ser de temerse que despues de un fuerte temblor salga el mar otra vez fuera e inunde toda la tierra. En estas ocasiones llevan consigo muchos víveres i platos de madera, para preservarse la cabeza del calor, en el caso que el *Thegtheg*, elevado por las aguas, subiese hasta el sol. Pero cuando se les opone que para este objeto serian mas acertados los platos de tierra, que son ménos sujetos a quemarse, dan una respuesta que es tambien entre ellos mui comun, esto es, que sus antecesores lo hacian siempre así (1)».

La mitolojía actual es mas numerosa i se presta, por consiguiente, para acopiar noticias interesantes, que vendrán a suplir la escasez de datos que a este respecto dejaron los cronistas.

En las representaciones miticas del mapuche no se han borrado todavía los seres zoomórficos de tiempos remotos; pero hoi van tomando los mitos un aspecto antropomórfico mas pronunciado: tienen sexo i hasta se presentan vestidos; sus aventuras se repiten con demasiada frecuencia.

Los primeros elijen sus domicilios en un árbol, en la profundidad de los rios i lagunas o en cuevas invisibles. Los segundos establecen su residencia cerca del hombre, cuando están a su servicio, para proporcionarle lo que se le ofrezca o para vengarse de sus enemigos. Sin este compromiso, viven como nómadas, en el dia encerrados en las cavernas de los brujos i en la noche vagando por las soledades i caminos para asaltar a los viajeros.

Unos i otros manifiestan una marcada propension al canibalismo: sólo se sacian con sangre humana i excepcionalmente beben la de animal.

Hai que dejar constancia de que en el ciclo mitolójico medio figuraban algunas creaciones que los araucanos clasificaban entre los espiritus, porque reunian las condiciones caracteristicas de éstos. En el ciclo contemporáneo han pasado a ser mitos antropomórficos, con multitud de historias i acciones nuevas, variables i accidentales i sin la propiedad de incorporarse en los objetos.

De los mitos de oríjen totemista, que tienen su morada en la selva se cuenta en primer lugar el *Pihuicheñ* (*Pimuychen* de Febrés). Es una serpiente alada que silba i vuela en la noche i en los dias de grandes calores se adhiere a la corteza de los árboles i deja en ella un rastro de sangre. La

---

(1) Molina, *Compendio*, pájina 174.

21

persona que por desgracia llega a verlo, casualmente, se aniquila i muere. Se alimenta de sangre que bebe a los hombres i a los animales cuando duermen, a los que enflaquece i destruye. Cuando llega a la edad de la vejez, se trasforma en un pájaro del tamaño de un gallo, que causa los mismos estragos que en su forma primera. Multitud de historias circulan en los grupos indíjenas acerca de las apariciones i da-ños de este mito.

*Trelquehuecufe* (cuero *huecuve*) llaman los indios a un pulpo de las dimensiones de una piel de ternero, armado de garras en todo su alrededor. Habita en las honduras de los rios i lagunas, donde toma a los hombres i animales que atraviesan o se bañan en esos parajes i los mata por medio de una contraccion irresistible. Mapuche que al caer a una profundidad se hunde i no aparece a la superficie, por quedar enredado en árboles sumerjidos o en lechos fangosos, ha sido tomado por el *trelquehuecufe* (1).

*Ngürüvilu* (zorro culebra), mito acuático de sorprendente fuerza. Ahora la imajinacion mapuche lo representa como de cuerpo delgado i pequeño, cabeza de gato i cola de zorro estremadamente larga. Frecuenta los pasos i remansos de los rios, i con la cola enreda a los hombres i los animales, los arrastra al fondo i les bebe la sangre. Por lo abundante es quizás el huésped mas peligroso de las aguas (2).

En las agrupaciones de las orillas del mar i de los lagos los mitos acuáticos han sido, sin duda, mas numerosos. Un jóven mapuche ha escrito estas líneas sobre dos creaciones míticas no bien conocidas actualmente en el centro. «*Llul llul* es un animalito con cabeza de gato i mui coludo. Su habitacion es el agua, siempre dentro del mar; es un animal dueño del agua. Cuando quiere hacer llover, se va mar aden-

---

(1) Las reducciones del sur pronuncian como f la v de los indios del norte.

(2) El sabio investigador Lehmann-Nitsche, del museo de la Plata, cree que el *Ngürüvilu* es la *Lutra felina* Mol, de la que se ha formado el mito araucano, existente tambien en la Arjentina.

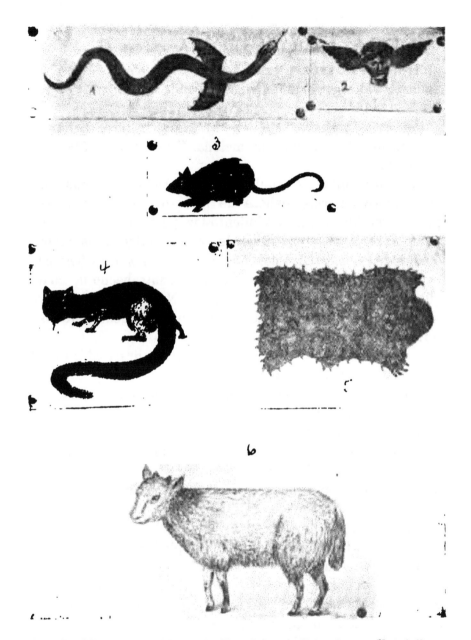

Fig. 42.—Mitos. 1. Pihuicheñ.—2. Chonchoñ.—3. Colocolo.—4. Ngúrúvilu.
5 Trelquebuecufe.—6. Huailiepeñ.

tro; muchas avecitas van siguiéndolo. Trae la bonanza mar afuera. Es un animal que gobierna el tiempo. Atrae las aguas; si saliera del mar, las aguas saldrian tambien con él. Es reconocido de todos los mapuches antiguos.

*Caicai* es un animal que tiene la forma de un caballo re cien nacido. Le arrastra la melena. Vive como el *Llul-llul* en el agua (1).

El *Huaillepeñ* tiene igualmente su morada en el agua. Mito de figura deforme, cabeza de ternero, cuerpo de oveja, piernas torcidas i sin movimiento las posteriores; causa es panto a la jente i graves males a las mujeres, las cuales quedan predispuestas a concebir o a dar a luz hijos fenomenales. A veces aparecen con el cuerpo contrahecho de cualquier animal, caballo, asno, vaca, etc. No hai madre que no tenga algun hijo fisicamente anormal que no cuente una historia del *Huaillepeñ*.

Como mito del agua tambien desempeña un papel mitolójico un sapo grande que llaman ahora los indios *pacarhua*. Cuando se retira de las vertientes o depósitos de agua, sobreviene su agotamiento inmediato.

*Ngaquiñ* llamaron los indios del norte hasta hace pocos años i *Ponono* los del sur a un animal mitico subterráneo, que ladra o gruñe. Esta audicion no trae perjuicios al mapuche, pero la evita como un caso de *perimontun*. Desig nase con esta voz todo hecho contrario a las leyes natu rales, como el movimiento de un cuerpo enreposo sin una fuerza que lo impulse, el humo de una piedra que no está en contacto con el fuego.

El *Colocolo* figura tambien como animal sanguinario en el mitismo araucano. Nace del huevo dejenerado o mui pequeño de la gallina, que la creencia popular atribuye al gallo. Por incubacion del calor del sol, se forma una culebra o lagarto, que despues de algun tiempo se metarmorfosea en un animal semejante a una rata con plumas. Fija su morada en cuevas no distantes de las casas, de donde sale a lamer los

---

(1) De Manuel Lonquitúe, jóven mapuche cooperador del autor.

esputos i los utensilios que han servido a la familia para comer. De este modo indirecto, basado en el principio de la majia simpática, produce en las personas la consuncion i la muerte. De aqui proviene la precaucion que se toma de quemar el pretendido huevo del gallo.

El *Cherruve*, mito astral, existente a no dudarlo desde el totemismo, es el aerolito. Segun la direccion que toma, causa en los grupos epidemias o la defuncion de algun cacique. A causa de la tendencia de los mitos antiguos a convertirse en antropomórficos, ahora aparece personificado el *Cherruve* en un ser híbrido, con cabeza de hombre i cuerpo de serpiente. Esta forma, entre varias que le dan las secciones de la costa i del centro, es la mas comun. Las de los dos lados de los Andes, lo representan como un monstruo de siete cabezas, dragon que vomita fuego, se transforma en otros animales i habita cerca de los volcanes (1).

Cuéntanse relatos curiosos de caciques poseedores de algun *Cherruve* en forma de piedra mineral encontrada en el campo. Creen los mapuches que los dueños del mito lo lanzan en la noche en direccion de un cacique enemigo: inflámase, recorre su trayecto, se apaga i vuelve a su domicilio.

Mito de este órden pero secundario, es el bólido pequeño. Represéntalo la fantasia mapuche como hombre encendido i le da el nombre de *Huiyuche*. Se asemeja a la representacion del diablo i carece de historia popularizada.

El mito antropomórfico actual llamado *Anchimallen*, enano maléfico, se ha construido sobre el mito espiritu *Anchimalguen* (2). Ahora obra activa i personalmente, pero no tiene la propiedad de incorporarse a los objetos, que el mapuche atribuye a los espiritus.

En iguales condiciones se encuentra el *Huitranalhue* (de *alhue*, alma aparecida, i *huitran*, forastero): se ha construido con el mito espiritu *alhue* de los ciclos anteriores al contemporáneo.

---

(1) Rodolfo Lenz, *Estudios Araucanos.*
(2) Véase el capítulo anterior sobre los espíritus.

El *Huitranalhue* cuenta ya con una historia en estremo abundante de actos i sucesos que se repiten a diario. Se personifica en un hombre grande, tipo mapuche, vestido con elegancia de la tierra. Cómprase a los brujos para el resguardo de los animales i la persona del poseedor, quien está obligado a alimentarlo con la sangre de sus parientes. Asalta con frecuencia a los hombres, que a su vista huyen despavoridos. Viaja i se deja ver tanto a pié como a caballo.

En mayor número que el anterior, existe el *Chonchoñ*. Una persona, comunmente mujer, entra en tratos con los brujos para adquirir el secreto de volar. En posesion de él, la cabeza se desprende en la cama del cuerpo, durante la noche, le salen inmediatamente alas i se lanza al espacio. Los graznidos de algunas aves nocturnas, son la voz de los *Chonchoñ* que viajan a los subterráneos de los brujos (*reni*) a entregarse a las prácticas del oficio i las fiestas de esos lugares. Las relaciones dramáticas de maridos que han encontrado a su mujer sin cabeza i el regreso de ésta al hogar, llenan las crónicas de los grupos indíjenas.

Las leyendas del mapuche acerca la cosmogonía parecen inventadas para distraer a los niños. Conservan la relativa al diluvio, i hasta no hace muchos años huian en los temblores a guarecerse a la cumbre de los cerros altos, *trentren*. Sobre la creacion del hombre no conservan leyenda alguna; sólo daban ántes el nombre de *peñe epatun* a los primeros habitantes de la tierra araucana, sin saber quiénes eran ni de dónde vinieron.

Los arimales salieron del interior de los cerros del este, los Andes.

El temblor era un toro colosal que sacudia las espaldas debajo de la tierra.

Todas las antiguas ideas cosmogónicas han sido reemplazadas hoi por la accion de *Ngúnechen*, espiritu director del mundo araucano: las múltiples manifestaciones de la naturaleza, vientos, conmociones terrestres, lluvias, tempestades, se deben a su voluntad.

Suele haber diferencias locales en algunas cualidades de

los mitos araucanos, pero siempre aparecen concordantes en su finalidad.

Los factores psiquicos que funcionan en la fantasia mítica del araucano, habrán podido distinguirse bien en la esposicion precedente. Uno es el carácter perceptivo, la objetivacion de las imájenes miticas, que pasan a ser realidades perfectas. Aparece tambien la asociacion de las imájenes miticas: de una nocion, como la del alma del hombre, surjen otras, como la de los animales.

# CAPITULO XV.

## Cuentos miticos

Abundante material de cuentos miticos se puede recojer en las agrupaciones araucanas sobrevivientes (1). Sobre cada mito circulan multitud de relatos fabulosos i sorprenden· tes, en que aparecen objetivados los fenómenos naturales i obrando con intencion humana los animales i los objetos ina· nimados.

Todas estas relaciones fantásticas son, pues, el reflejo de la mentalidad relijiosa del araucano, de sus terrores i de su antipatía inconsciente por la raza española. Forman la documentacion del estado actual de su conciencia.

El indio manifiesta interes estraordinario por las narraciones. A la luz de la lumbre, por una asociacion de ideas cualquiera, da libre curso a sus fantasias infantiles, que los oyentes recojen con ciega credulidad. Así se van trasmitiendo sus creaciones miticas, que por lo copiosas i repetidas en cada mito, hai que tomar en sus hechos tipicos.

_____

(1) El método seguido por el autor para coleccionar estos cuentos ha consistido en hacerlos narrar primero al mapuche, escribirlos con él en araucano en seguida i verterlos por último al castellano. En la version se evitan las repeticiones del araucano i se da a la frase una forma libre en lo posible. Por falta de espacio no se anota el orijinal en araucano.

## CUENTO DE ANCHIMALLEN

### De Traman, del lugar Chanquin

Una noche un hombre llamado Juan Lollimil quiso pasar un rato de alegria i resolvió ir a casa de su novia llamada Niacita.

Grande fué su sorpresa al aproximarse al cuarto de su novia; un *anchimallen* se encontraba en el interior conversando con la madre de Niacita.

Lollimil con gran sijilo i como pudo entró a dicho cuarto i se ocultó debajo de la cama para oir la conversacion.

Fué grande su terror al oir al brujo que le pedia con insistencia su hija para comérsela, para satisfacer su apetito.

La pobre vieja pedia suplicante al brujo que le dejara su hija mayor i si queria, ahí tenia la menor.

Lollimil, no pudiendo aguantar por mas tiempo la respiracion, decidió retirarse i arrastrándose como pudo, se retiró.

Al dia siguiente contó a sus amigos lo que le habia pasado con un *anchimallen*.

A las pocas horas despues, con gran pesar de su corazon, supo la muerte de Niacita, la cual habia sido víctima del *anchimallen*.

Fué un golpe grande para el pobre Lollimil matarle a su novia, a la que profesaba un amor ardiente.

## UN HUAILLEPEÑ

### De Manqueo, Metrenco

Un dia sali de la casa. Fuí a un estero que pasa cerca. Vi un *huaillepeñ*. Era una oveja con cabeza como de ternero, con las patas delanteras torcidas i las posteriores a la rastra.

Me asusté i fuí corriendo a la casa a llamar a mi padre. Volvi con él. Ya el animal se habia ido.

A los pocos dias parieron unas ovejas. Las crias salieron con las piernas torcidas. No sirvieron. Dicen que es bueno amarrarles un hilo colorado de lana en las piernas torcidas; a veces se les enderezan.

En Metrenco hai mujeres que han tenido hijos ciegos o tullidos: es que han visto *huaillepeñ*. Este animal contrahecho es mui comun en todas las reducciones.

Las mujeres, vacas i ovejas que lo ven, tienen hijos defectuosos o mellizos; casi siempre uno defectuoso.

Hai que matar uno, el malo. Por eso ántes se mataba uno de los mellizos de la mujer; éstas no querian tener hijos *huaillepeñ*, ni parecerse a los animales en tener tantos.

### ENTIERRO DE PLATA

*De Julian Aguaya, guaraní que se vino de la Arjentina. Vive en Imperial. Casado con María Jaramillo (mapuche).*

En un lugar salia un perro negro cuando iban dos o una persona. Cuando iban hartos, no salia. Todos decian que habia entierro. Un mapuche con otro amigo se convidaron a ir a sacar el entierro. Fueron i al llegar, el otro compañero tuvo miedo i se volvió. Entónces él fué solo; se apretó bien el cinturon i con el cuchillo en la mano siguió andando. De repente le salió el perro: él comenzó a pegarle; el cuchillo no se atajaba; pasaba no mas. El perro arrancó; él iba detras hachándolo. De repente se formó un pequeño remolino i desapareció el perro. Entónces él se puso a escarbar con el cuchillo ahi mismo. Luego halló un cuero con ceniza. Lo sacó para afuera; le botó la ceniza i encontró estribos, espuelas de plata i arciones. No le contó a nadie hasta despues del año, porque se mueren cuando cuentan.

*Ihuaivilu* (especie de dragon) i *anchimallen* (mito) cuidan los entierros.

## UN MAPUCHE QUE SE BAÑA DE NOCHE

*De José M. Lonquitue*

Un mapuche se bañaba todas las noches i en la mañana antes que saliera el sol.

Esta costumbre antigua i todavía existe entre los mapuches viejos; se llama *hueda nentun dungun* i tambien la tienen las mujeres, aunque no sean *calcu*. Este mapuche, decia, que no tuvo ninguna desgracia en su casa, vivió mucho i mui tranquilo.

## PERIMONTU (zorro que habló)

*De Zenon Melivilu, de Maquehua*

Una vez gritó una zorra; varios la oyeron. Dijo: «va a haber guerra». Uno le dijo: ¿«por qué dices que va a haber guerra, zorra *huedd?*» (mala). Entónces la zorra gritó otra vez: ñe yai mai, ñe yai mai (veremos).

Al año siguiente hubo *malon* de los chilenos i les cautivaron los hijos, les tomaron los animales i les quemaron las casas.

## CUENTO DE HUITRANALHUE

*Del mismo*

Una noche salió un *huitranalhue* en caballo blanco. Iba como jente, con muchas prendas de plata. Ahí estaba esperando un hombre en el camino. Cuando pasó el *huitranalhue*, le dió un garrotazo ese hombre i lo hizo pedazos; eran puros huesos.

Despues el hombre se quedó admirado, pensando en eso. Le contó a otras personas.

## PERIMONTU

### De Melivilu, de Maquehua

Una vez salió un toro de una laguna. Dos mapuches lo enlazaron con lazos de junquillo, porque de cuero se corta. Lo llevaron para la casa; lo mataron. Echaron a cocer harta carne. Al rato fueron a verla i estaba colorada todavia; ellos le hicieron mas fuego. Un mapuche fué a revolverla i dijo: «¿estará cocida?» Entónces le contestó: «todavía no estoi cocida».

A ellos le dió miedo i fueron a botar la carne a la misma laguna.

Otra vez se encontraron un toro i lo enlazaron con lazo de junquillo. Lo llevaron. Lo mataron i apilaron la carne en un cuero. Cuando la vinieron a ver era pura agua.

Los animales del agua no se pueden pillar, i cuando se pillan, no se puede comer la carne.

## CUENTO DE UN MAPUCHE LLAMADO VICHA CAUCHU QUE SIEMPRE CONVERSABA DE LOS RENI

### De Manuel Lonquitúe, de Pillanlevun

Este aprendió cuando estaba mui jóven. Como para robar éste no se perdia nunca en la noche mas oscura, decia que tenia un *huiyuche* o centella.

Le servia como indicador donde se podian encontrar animales; a donde veia caer su centella, se iba directamente i con seguridad de encontrar.

Decia que los *reni* se encontraban en todas partes, siempre léjos; *reni* hai en todas las reducciones.

Para ver los *reni* se necesita tener la vista curada; conocer los *calcu* i saber lo que tiene cada uno; si es *anchimallen* o *huitranalhue* i hacerse amigo desde luego, aunque nunca se hayan visto.

Cuando va uno a una fiesta, lo conocen lo que es i uno tambien conoce cuál es el *calcu*; luego se hacen amigos; i los *huitranalhues* tambien se hacen amigos; así como conversa uno, ellos tambien conversan.

Este decia que en Rehue Coyan habia un *reni* grande cerca de Perquenco.

*Reni* chicos hai en todas partes.

Esta curacion de la vista se hace en el *reni*; hai un gato verde que le sacan los ojos i los echan a hervir i con eso le curan la vista a los *calcu*, que sirve hasta para seguir rastro por cuestion de robo.

Vicha Cauchu decia que era mui buscado para seguir rastro i decia era mui fácil; esto lo hace el *huitranalhue*, sigue los rastros i uno va detras.

El *huitranalhue* va diciendo por aqui van los rastros. Los *huitranalhue* cuando mueren los amos i quedan solos, no hallan dónde agregarse; luego salen a buscan dónde poder agregarse.

Cauchu siempre decia que los *huitranalhue* venian a agregarse a su lado i a rogarle.

El decia que no convenia tener *huitranalhue* viejos, porque son mui desobedientes i son matadores de jente; despues que ellos matan a su amo, salen a andar, porque su amo ya no tiene qué darles.

Para tenerlos buenos hai que ir a buscar o mandar hacer uno nuevo, bueno para cuidador de animales; para crianza de animales, hai que *mollvintucarlo* con sangre de animales, es decir, hacer una comilona, cada un año.

Vicha Cauchu decia que los chilenos dicen que se van al cielo cuando muere alguna persona; este decia que no es verdad, porque todos los que mueren están en los *reni* aun cuando no sean *calcu* i hasta los que están vivos se encuentran allá.

## CUENTO DEL NGIRIFILU

### De Melivilu, Maquehua

En un raudal siempre se daban vuelta las canoas cuando pasaban. Moria alguno de los que iban. Habia un hombre que era mui bueno para nadar. Una vez iba con otros en una canoa. Cuando llegaron al raudal, se les dió vuelta la canoa. Al hombre que sabia nadar, lo tomó un animal con la cola, lo apretó i lo clavó. El hombre andaba siempre con cuchillo. Sacó el cuchillo i le cortó la cola al animal. La cola tenia como dos varas; él la llevó: era como serrucho, tenia como clavos, donde tomaba, no largaba; tenia los ganchos para adelante. Por eso ninguno escapaba. Desde entónces no se dió vuelta ninguna canoa.

El animal tiene color de zorro; es chico i la cola, bien larga. Con la cola se lleva a los animales i a la jente.

## CUENTO DE UN TERREMOTO

### De Nahuel Huinca; Maquehua

Nahuel Huinca era jóven todavía en el tiempo del terremoto.

Cuatro adivinos llamados Maripil, Puran, Ruquil i Paillal, anunciaron un temblor a los caciques. Iba a durar seis dias. Dijeron que de una laguna iba a salir un *caicai* (mito) que se iba a juntar con el *llulllul* (animal forma de gato). Si se juntaban, se acabaria el mundo.

Entónces los caciques hicieron un *ngillatun* en Puancho a la orilla de la laguna, de donde saldria el *caicai*. Mataron muchas borregas negras i a un mapuche llamado Antio lo mataron con lanza i le dijeron que no dejara pasar al *caicai*. Su cuerpo lo echaron al mar los adivinos.

Al cuarto dia del temblor sintieron como un remolino de viento afuera de la laguna, de donde habia salido; era el *caicai.* Le tiraron el lazo i lo atajaron entre todos con lanza i lo hicieron volver a la laguna. No tembló mas.

## CHERRUVE EN PANQUECO (Entre Quillen i Colpi)

### De Quan Pichun, de Galvarino

Entónces lo vieron en la noche que iba bajando a pararse a la piedra grande que habia cerca del cerro. Paró el *cherruve* ahí; dejó rastro de dos patas de un macho. Llevaron la piedra los chilenos al pueblo de Traiguen.

## CHERRUVE

### Del mismo

Andaba en el campo cuando era jóven. Entónces vi el *cherruve* en una vega. Estaba parado. Tenia harta plata en el cuerpo i oro *(milla)*. Entónces pensé en lo que me iba a suceder. No me sucedió nada; era *cherrure* bueno. Por eso no quedamos tan pobres (375 hect.)

## CHERRUVE

### De Ramon Lienan

Namuncura, arjentino, hijo de Calfucura, tenia un *cherruve;* era una piedra. La mandaba a donde queria; a donde los caciques contrarios; los mataba. A los pobres nada les hacia. Vuela como fuego. Sale el *cherruve* de las piezas cerradas, por cualquiera parte.

## EL HOMBRE I LA MUJER CHONCHOŇ

### De José María Lonquitue, de Pillanlelvun

Un mapuche jóven tenia una mujer. Iba todas las noches a donde ella. Un dia él andaba en una fiesta i en la noche fué a donde ella. La encontró sin cabeza. Trató de salir i quedó cerca de la casa recostado para saber como llegaba la cabeza. Como al venir el dia sucedió que llegó un *huerrafe*, guairavo (Ardetta exilis) revoloteando encima de la casa, i al poco rato desapareció el pájaro; él entró al rato i la encontró con cabeza. Habló con ella solamente i en el dia se retiró. No fué mas; le tuvo miedo.

CUENTO DE CALOU

*De un mapuche de Maquehua*

Una vez fué un mapuche llamado Juan Venancio, a una hechura de una casa o *rucan* con un cuñado. Luego que llegaron, su cuñado se puso a beber. En la tarde Juan Venancio convidó a su cuñado para irse para la casa. Se vinieron, i el cuñado traia una botella de aguardiente. Por el camino le dijo: «Sentémolos a descansar.» Le sirvió un poco de aguardiente; al momento se sintió casi sin sentidos, i su cuñado le dijo: «Espéreme aquí, cuñado, que luego voi a volver; Juan estaba perdido; no sabia dónde estaba. Al poco rato volvió su cuñado i le dijo: «Vamos por alli cerca i luego volveremos.» Juan Venancio no vió casi donde pisaba, porque habia una neblina mui tupida.

Al poco rato que anduvieron, se hallaron en unas carreras, en las que se apostaba mucha plata. El cuñado le dijo que se pusiera en el lazo, porque en una de las carreras él habia apostado mucho. Corrieron los caballos i perdió el caballo a que habia apostado su cuñado.

Luego se fueron para la casa. Por el camino el cuñado le dijo que se iba a morir ántes de un año su mujer, i le nombró varias personas; Juan Venancio le preguntó por qué se iban a morir. Le dijo: «Porque en las carreras, aposté a mi mujer, a mi hermano i a unos cuantos parientes mas, i no me los aceptaron, i me dijeron que me apostara yo. Aposté al caballo que perdió en la carrera i por eso voi a morir ántes de un año». Le nombró varias personas mas que tambien se iban a morir ántes del año. «Esto, lo dijo, no le vaya a contar a nadie ántes que $_{yo}$ me muera, que si cuentas, tambien mueres».

El cuña/lo de Juan Venancio murió ántes del año, i todas las personas que le habia dicho su cuñado que se iban a mo-rir. Juan Venancio no contó hasta los doce años despues de muerto su cuñado.

## UN MAPUCHE MATADOR O HUAPO

*De José M. Lonquitue*

Llanquitur era *langemtuve* (matador, valiente). Vivia don-de el cacique Calvucura, en la República Arjentina, lugárci-to llamado Huilliche.

Fué a hacer su primer combate en el pueblo Azul. Antes habian arreado muchos mapuches. Llega este cuchillero con mucha jente.

Deja su jente retirada i él entra a combatir solo. Cuando lo vieron i le dijeron los españoles: «Nó, señor Llanquitur, con Ud. no queremos pelear». Lo conocieron que era cuchi-llero, despues que le habian disparado cientos de tiros; lo mismo que tirarle a un tronco cualquiera, i con ninguna herida.

Unos cuantos que se habian opuesto murieron. En segui-da dijo a los dueños de almacenes que le dieran entrada pa-ra sacar lo que necesitaba. Dijeron los dueños de almace-nes: «Con este cuchillero. es inútil oponerse; hai que darle su camino libre». Sacó cuanto necesitaba, i acompañado con su jente hizo las cargas.

En seguida su jente se ocupó en arrear cuantos animales encontró.

Despues, cuando iba de regreso dijo a su jente, a todos los caciques i capitanes: «Señores (*pu lonco*) hemos salido victoriosos en este malon, todo ha sido por mí; a todos Uds. les ha ido mui bien; han traido muchos animales; $_{yo}$ no he querido traer nada. Si ahora Uds. quisieran hacerme un fa-vor: darme cada un un tanto, segun los animales que trai-

gan». Todo fué aceptado con el mayor gusto. Desde entónces cuando este valiente iba a malocar, se le juntaban
muchos caciques, mucha jente.

Era como cacique, i fué mas nombrado que todos los caciques que habia en ese tiempo.

Su muerte fué muchos años despues; murió de repente,
por *huecufutun*, que ya habria cumplido su plazo. Todo cuchillero tiene su tiempo limitado.

Este entró en Cura Malal a hacerse *langemtuve* (matador,
valiente).

### LA MUJER CHONCHOÑ I SU MARIDO

#### De Lonquitue

' Un mapuche tenia dos mujeres. Una noche las mujeres
estaban solas. Las dos tenian familia. El niño de una empe-
zó a llorar mucho; la otra la despertaba hablándole fuerte.
No le oia; se levantó i fué a verla. La encontró sin cabeza.
En el momento sacó el niño i lo llevó a su cama. Al rato
llega el marido. Ella le refirió todo lo que habia visto; llegó
ébrio. Entónces le dió rabia hizo fuego i no se acostó,
esperando ver de que forma llegaba la cabeza. Como al
amanecer, llega un pájaro a aletazos a la puerta; no le abrió.
El pájaro no se atrevió a entrar porque habia mucho fuego.
Se sentian aletazos en la puerta. El hombre apagó el fuego,
con algun temor. Se retiró. Al amanecer ella dió un quejido
lastimero, como despertando. Tenia la cara con rasguños i
moretones. El hombre no le dijo nada, siempre pensando en
su corazon i cuidando su familia. No le hizo nada. Siguieron
viviendo a fin de que no le hiciera daño en su familia. No
le contó a nadie, resignado, hasta que ella murió primero.

### UNA NIÑA QUE VE ANCHIMALLEN

#### De Lonquitue

Dice una niña llamada Hueilcao que su madre era Maria
i su padre Queupil.

Hueilcao, que estaba uña noche despierta sin hablar una palabra, vió levantarse a su padre mui tarde de la noche a ver los animales en el corral. Su madre le dice al marido: «Lleva tu compañero».

El hombre no habló una palabra del compañero; no habia nadie mas. Hueilcao temia que le ordenasen salir a ella por que estaba la noche mui oscura.

Ella se hizo mui dormida. El compañero que salió fué una lucesita que alumbró todo adentro i salió tras de su padre.

Este era un *anchimallen*.

### CUENTO DE UN AI.HUE (aparecido)

#### De Zenon Melivilu

Un jóven mapuche i una niña se querian casar. Se dieron una cita. El jóven quedó de venir dentro de quince dias a un lugar solo. Los padres de ella no querian que se casara con ese jóven. La insultaron. La niña murió porque le dió mucha pena. El jóven vino; no sabia que habia muerto. La encontró ahí en el lugar. Estaba callada; la saludó i no le contestó; él le dijo: «Vengo a buscarte». Arregló su montura. Le dijo que subiera en ancas; subieron. Se fué para su casa. Le iba preguntando varias cosas i ella no contestaba. Entónces él no hallaba como hacerla hablar. Le dijo: «Mira las estrellas como corren». Entónces ella le dijo con voz rara: «¿Cuál estrella? Entónces a él le dió susto i la miró para atras i estaba con los ojos mui adentro; él arrancó; la queria botar, pero no podia. Llegó gritando a la casa. Salió la jente: entónces gritó que traia en ancas a la mujer, que lo habia asustado. Se rieron i le dijeron: «Hace seis dias que murió». Entónces él dijo que habria sido alhue. Así creyeron todos.

### UNA MUJER BRUJA (incidente de la vida araucana)

#### De Ramon Lienan, de Temuco

Lienan padre tenia muchos mozos. Uno llamado Filumil, se casó con Huallo. El marido fué a la Arjentina i ella se quedó en Chile. Huallo era bruja; mató al cuñado. Lo mandó buscar caballo; él no queria ir. Entónces ella se enojó i le dió *vuña pue* (veneno). A los tres meses murió. El jóven decia: «Yo voi a morir por causa de mi cuñada; una tarde me dió harina con todo cariño i comi».

A los pocos dias le dió veneno a una hermana de su marido, en el *miltrin*, (comida de trigo). La familia entró en sospecha. Vino uno para sacar el veneno. Se comprobó con el *vuña pue* que se sacó.

Se reunió la jente. La colgaron i la azotaron; no dijo nada. Despues la pusieron al fuego; no decia la verdad. Despues dijo que la sacaran, que diria. Entónces dijo: «Mi cuñada no quiso ayudar a hilar una manta para mi marido». Entónces Lienan dijo: «Perdonémosla» i la echó para donde su familia en Mañio (Boroa). Despues llegó Filumil; le contaron, i dijo: «Está bien» i sintió mucho a sus hermanos. La bruja tenia un hijo, Pichichao. Ese quedó ahí. Cuando fué hombre, a los muchos años, fué a buscarla. Vive con ella. Tambien mató a la mujer de su hijo; decia que era mala. Ahora vive en Collico (cerca de Temuco).

### UNA MUJER CALCU (bruja)

#### De Pichun, Galvarino

En un matrimonio indíjena que habia en Galvarino, la mujer sabia el arte de la brujería.

Un dia fué convidado el marido a una fiesta, quedando la mujer sola en su casa. En la fiesta le convidaron de beber a todos los concurrentes i el mapuche bebió hasta embriagarse; de suerte que al volver a su casa llegó i se acostó en una cama.

A la llegada de la mañana recordó con mucha sed i él pidió un poco de agua a su esposa. Ya habian trascurrido algunos momentos i su esposa no le hablaba, i ni siquiera se movia en su cama.

Entónces el hombre se levantó de su cama i fué a ver a

su esposa. Atentándola conoció que estaba sin cabeza. Acor-
dándose que, segun virtud indíjena, poniendo el cuerpo boca
abajo no podria unirse la cabeza al tronco, lo hizo él asi; se
puso a. orillas del fuego para ver lo que sucedia; pudo oir
gritar a poca distancia a un *chonchoñ*.

Momentos despues gritaron encima de la casa i sintió un
golpe que a él le pareció haber caido algo sobre la casa. Pocos momentos despues vió entrar por la puerta un pájaro
que parecia estar ciego porque andaba de un lado a otro i
dirijiéndose al lugar donde estaba el cuerpo i revoleteando
a su alrededor; tomó la forma de un perro; se dirijió al fuego donde estaba el indíjena; le lloraba i parecia hacerle señas para que le diera vuelta el cuerpo.

El indíjena, despues de haber observado por algunos momentos, fué i dió vuelta el cuerpo i éste al momento se en
contró unido con su cabeza.

Entónces él le preguntó: «¿Qué le habia pasado?» Ella le
contestó: «Yo todas las noches salgo sin que tú sepas a hacer una visita a tierras lejanas».

Le rogó a su marido que no le dijera a nadie i que nada
le haria.

El hombre no le habia contado a nadie, pero en pocos años
les contó a otros indíjenas, cuando la mujer habia muerto.
Asi se supo.

## UN HUITRANALHUE

### De Pichun, Galvarino

Mi tio iba una noche a ver los animales a la vega. A la
llegada el caballo se asustó por un bulto que venia detras.
Miró él i vió que se acercaba el bulto. Entónces tuvo susto i
le tiró un caballazo para meterle miedo; él creia que era un
hombre ladron que venia a quitarle los animales Pero no
era hombre; era *huitranalhue*, en caballo blanco, sombrero
aludo, con mucha plata; le sonaban. Entónces desapareció el
*huitranalhue;* él se puso *huedhuedche*, (demente) i no sabia
por dónde andaba. Vió el rio; no sabia para dónde corrian

las aguas. Se orientó; se allegó a un foso cerca de la casa.
De aqui volvió otra vez. Le salió por segunda vez el *huitranalhue*. Anduvo así toda la noche. Amaneció andando; habia
niebla. Fué a dar a una casa indíjena; se bajó i lo llevaron
a la casa. Estuvo mucho tiempo *huedhuedche*.

## UNA MUJER CHONCHOÑ

### De Quilaqueo, del otro lado del Cautin

Un hombre tenia una amiga. Era bruja. Fué una noche a
su casa. Encontró sin cabeza a la mujer. La dió vuelta para
abajo. Entónces sintió un *chonchoñ* en la puerta. Era la
cabeza de la mujer. Arrancó asustado a una casa vecina. La
jente dijo: «Es bruja.» Hicieron fuego i sintieron revolotear
al *chonchoñ*. Despues se fueron. En la misma noche, cuando
se apartó la jente, entró la cabeza i se unió al cuerpo. Al dia
siguiente murió el hombre por haber contado.

## CUENTO DE UN MAPUCHE QUE TENIA UN CHERRUVE

### De José M. Lonquitue

Un mapuche tenia cuatro mujeres, i tenian la costumbre
de irse a bañar diariamente a las doce del dia, en el tiempo
de verano en una laguna cerca de su casa.

Fué el mapuche a bañarse, i estaba sentado debajo de su
ramada cuando llegó una de sus mujeres a bañarse. Al poco
rato vuelve mui ajitada a decirle a su marido una cosa rara
que vió en la laguna; le decia. «¡Vamos a verla!»

Lo que vió era una oveja que estaba dentro de la laguna.
El mapuche salió en el momento acompañado de sus cuatro
mujeres.

Cuando llegaron a la laguna ahí estaba todavia la oveja;
era de color pardo. En el acto se puso a tomar la oveja el
mapuche, sacándose el chamal. A tiempo de tomarla en la
mano se volvió una piedra en forma de un hombre. El mapuche guardó esta piedra para siempre.

Encontrar una vision se llama *perimontun.* Le dió el nombre de *cherruve cura.* .

Se mantenia con plata de chafalonía. El mapuche despedazaba estribos, espuelas i frenos de plata i los colocaba debajo; esta plata se iba mermando poco a poco. Esta piedra anunciaba cuando habia alguna guerra. Salia a volar de noche en forma de un cometa; éstos se llaman *cherruve* en mapuche.

Cuando llegaba a alguna parte, metia un ruido estruendoso i cuando llegaba a la casa la misma cosa.

Cuando su amo iba a la guerra, anunciaba bueno o mal viaje. Amanecia en la mañana con la boca teñida con sangre.

Este mapuche fué un hombre mui rico por su piedra.

### CUENTO DE UN HUITRANALHUE

#### De Juan F. Melivilu, Maquehua

A una fiesta fué toda la jente de una casa. En la tarde se vinieron. Pasaron a la casa vecina a beber porque tenian vino; luego se vinieron, i uno de los compañeros se quedó en esa casa.

Cuando llegaron a la casa luego se acostaron, ménos la esposa del hombre que se habia quedado en la casa vecina. De repente sintió que venia un hombre a caballo i se desmontó. Un jóven de la misma casa que todavia no se habia quedado dormido, vió que era el marido de la mujer. El jóven se admiró de ver que andaba tan elegante, con pañuelo de seda blanco en el cuello i con espuelas, talero de plata. Se sentó en un banco; se hizo como que estaba dormido; su esposa lo fué a invitar a que se acostara. Dice el jóven que lo estaba mirando que el hombre tenia los ojos colorados. Al acercarse a su marido la mapuche dió un grito i dijo: «¡Ai, el *huecufe!*» i cayó de espaldas. El hombre que ella creia su esposo era *huitranalhue.* Dicen que cuando una persona mira a un *huitranalhue* muere al momento. Lo mismo le sucedió a la india; murió al instante. El jóven que estaba mirando se levantó i todos, porque habian despertado al grito que la mujer había dado. El *huitranalhue* huyó, i todos los de la casa oyeron que cantaba asi:

«Harta sangre he comido hoi,
casi voi empachado con sangre.»

## UN HUITRANALHUE

### De Huilinao

Habia un mapuche rico. Le robaban mucho los animales. Un dia dijo: «Estos no me tienen miedo; voi a comprar un *huitranalhue.*» Lo compró. Como a la semana que lo compró le dijo el *huitranalhue*: «Padre, dame una oveja.» El dijo. «Toma cualquiera.» Creia que era una oveja. Un chiquillo se le murió en la misma noche. Pensaba mucho porque se le habia muerto el chiquillo; pensó si seria el *huitranalhue* el que habia muerto al chiquillo.

Despues le pidió otra oveja; él le dijo: «Toma cualquiera,» i se le murió otro chiquillo. Entonces comprendió que no eran ovejas las que le pedia el *huitranalhue.* Quiso matarlo. Tomó el huesito que era el *huitranalhue* i lo puso en la cartera del cinturon. Subió a caballo i se fué para el otro lado del rio. Cuando iba en la mitad del rio, se sacó el cinturon i lo botó al agua. Despues en el otro lado se puso a tomar licor. Cuando estaba ébrio i se habia hecho de noche, llegó el *huitranalhue* diciéndole: «*Chao, chao* (padre, padre) ¿por qué me echaste al agua? yo no muero nunca aunque me echen al rio o al fuego». Despues se fueron los dos para la casa i siguió pidiéndole ovejas, i las ovejas eran chiquillos. El preguntaba a los demas cómo se podria matar al *huitranalhue*, i nadie sabia. Al poco tiempo cuando se le acabaron los chiquillos, le pidió una vaca; él le dijo que bueno i se le murió una de las mujeres. Despues le pidió la otra; él no se la queria dar. El *huitranalhue* le dijo que si no se la daba, se lo comia a él. Se la dió de miedo. A los pocos dias le pidió un ternero; era un sobrino. En esos mismos dias encontró a uno que le dijo como se mataba a los *huitranalhue*. «Si haces lo que yo te voi a decir, entónces lo puedes matar». Le dijo que partiera harta leña e hiciera harto fuego; despues que pusiera una olla grande al fuego, i que la tapara con una piedra de moler, i cuando estuviera bien caliente la olla, echara el hueso i la tapara otra vez. Debia tener un caballo ensillado i en el mismo momento corriera a toda rienda como una legua, porque si se quedaba cerca, moria. Lo hizo: montó a caballo, corrió como una legua, se paró i sintió un estruendo. El otro le habia dicho que cuando sintiese ese estruendo no habia cuidado. Despues vino a su casa, rodeó todos sus animales i se fué para la cordillera (1).

### CHERRUVE

#### *De Pichun, de Galvarino*

El padre mandó a su hijo a buscar un caballo que estaba amarrado en un junquillar. Fué allá. Entónces vió mucho fuego que relumbraba. Miró para arriba. Era un hombre de a caballo en un macho mui largo. El caballo se asustó. El jóven tambien, porque se dice que beben sangre del hombre. Botaba fuego por la boca; galopaba a saltos mui largos, iba para el sur por el aire. El jóven se escondió. Despues lo miró; iba bien léjos.

Cuando pára en un lugar, se siente como trueno un momento.

Para donde iba, murió un cacique.

### UN CALCU (brujo)

#### *De Pichun, de Galvarino*

Eran dos hombres, uno mi tio i otro un desconocido.

Fueron al pueblo de Galvarino. Cuando volvieron, era mui tarde.

(1) Los mapuches suponen que de un hueso de difunto puede hacerse un *huinatranalhue*.

Entónces el compañero le dijo a mi tio que él no sabia lo que poseia. Le dijo que en el cerro tenia una casa, i el cerro está todavia. Vuchahuincal (cerro grande). Ellos venian un poco ébrios, por eso decia todo. Le dijo que si se ponia a bailar como los mapuches levantaria harto fuego en la tierra. Entónces mi tio no quiso: pensó que le sucederia algo malo. El otro se puso a bailar i salió fuego, muchas chispas. Otra vez le dijo que bailara; no quiso mi tio. Despues pensó i dijo: «Bueno». Bailó, pero no salió fuego.

Siguieron andando i tenian que pasar un chorrillo (*huichileo*). Pasaron. Despues le comenzó a decir que subieran al cerro. «Yo tengo una casa, le dijo, llegando allá voi a abrir la puerta». Mi tio le contestó que nó. El otro se apartó i dijo: «Me voi para mi casa i Ud. a la suya.» Cuando lo estaba mirando mi tio, desapareció. Fué a dar a la casa del *calcu* (no en el cerro, cerca de su casa). Mi tio se fué mui lijero. El otro cortó para el cerro, en sentido contrario. Para llegar a su casa mi tio tenia que pasar por la de este hombre. Luego pasó i vió que el hombre estaba ahí; habia llegado primero que él. Mi tio le preguntó cómo habia sido eso. Le dijo que habia andado así no mas; quien sabe por qué habia llegado primero. Mi tio conoció que era *calcu* i le tuvo siempre miedo. Al dia siguiente contó lo que le habia pasado. Todos le tomaron miedo a este *calcu*.

### VIAJE A LA TIERRA DE LOS MUERTOS

#### De Juan F. Melivilu, Maquehua

Habia una jóven indijena que se casó con un jóven tambien indíjena. Una noche soñó la jóven que se clavaba con espinas. Cuando despertó, conoció que las espinas eran una fuerte fiebre que le devoraba la vida a su marido. La fiebre fué tan fuerte que al cabo de unos dias murió. La infeliz se vió sin ningun apoyo en este mundo i sólo pensaba morir para irse a unir con su marido allá en el otro lado del mar. Para conseguir su proyecto, la viuda no comia ni dormia i todas las noches salia a un sitio mas apartado de su casa, para llorar i llamar a su marido. Una noche casi desmayada de tanto llamarlo, se quedó dormida; cuando despertó, se encontró en brazos de su marido: él le preguntó por qué lo llamaba tanto; ella le dijo que no podia vivir sin él i que se la llevara. Le prometió que a la noche siguiente la vendria a buscar, porque no tenia los útiles necesarios para el viaje, que era mui léjos donde estaba. Le encargó se fuera para la casa i a la noche siguiente trajera ropa para que se abrigara.

A la noche siguiente vino i como no llegara tan luego su marido, se quedó dormida. Cuando despertó ya habia llegado su marido. Le pasó seis panes i la hizo comer uno ántes de subir a caballo. La tomó en ancas i le dijo que la marcha debia ser en silencio. A poco andar, se quedó dormida; cuando despertó, estaban a las orillas de un mar; amarraron el caballo. Habia una canoa; él le dijo que ántes de embarcarse tenia que comerse otro pan. Como por la mitad le dijo que debia comerse otro pan; se quedó dormida. Cuando despertó, estaban a la otra orilla del mar. Veian fuegos i a mucha jente calentándose i bebiendo. Se desembarcaron i ella reconoció a los parientes que habian muerto muchos años atras. La vinieron a saludar; ella se sentó. Todos bebian, cantaban i lloraban. Ella se quedó dormida i cuando despertó, era ya de dia claro i no vió a nadie, solo unos carbones que humeaban i casi la dejaban ciega. Se puso a llorar al verse desamparada; se volvió a quedar dormida. Cuando despertó, era de noche i todos estaban bebiendo como en la anterior. Luego vino su marido i llorando le preguntó por qué la habia desamparado; él le dijo que no podia ver la luz del dia i que los carbones eran todos los que ella veia en la noche. Le aconsejó que se volviera a su tierra, porque donde estaban se sufria mucho; ella aceptó i se fueron a la orilla del mar. Antes de embarcarse le dijo que tenia que comerse otro pan; se embarcaron. La mujer se quedó dormida. Despues despertó. Habian llegado a este lado del mar, desembarcaron. El hombre le dijo que se sentara en un palo que habia ahi hasta que amaneciera. Se despidió i se fué. La mujer se durmió por última vez. Cuando despertó, estaba en el cementerio, i el palo donde ella estaba sentada, era el mismo con que habian tapado la sepultura de su marido. Se puso a gritar, i como el cementerio estaba cerca de su casa, vinieron su suegra i todos los demas que vivian en la casa, porque ella no se animaba a moverse de miedo. La llevaron para la casa, le calentaron los pies i la acostaron. En la tarde, cuando se le pasó el susto, contó todo lo que le habia pasado i a los seis dias murió.

### APARECIDOS QUE ANUNCIAN RUINAS

*De un mapuche de Huilio, cerca de Temuco, 1906*

Tres mapuches venian de la Arjentina. En la cordillera le salieron otros tres mapuches. Les dijeron que los chilenos eran mui malos i que por eso hacia 16 años que los mapuches trabajaban por matarlos. Ahora concluimos con la ciudad mas grande (1). Para diciembre o año nuevo haremos saltar los cerros de Temuco para concluir el pueblo; Imperial será arrastrado por el rio. Uno miró para atras i se le murió el caballo i quedó medio tonto. Los hombres desaparecieron.

Llegaron a Chile i contaron en Huilio. Los mapuches se asustaron. Algunos sacaron sus hijos de los colejios.

### UN SUEÑO

*De un mapuche de Metrenco*

Soñó un mapuche que lo habian hecho llegar al otro lado del mar. Le dijeron allá: «¿por qué han dejado tanto las costumbres antiguas de *ngillatun, palin* i otras fiestas?

¿Qué han pensado ustedes por la muerte de sus animales, que han perdido tantos? no habrán pensado nada?

Ruina han tenido; todos sus animales muertos están aquí».

---

(1) Terremoto de Valparaiso.

El mapuche conoció unos cuantos animales que se le habian muerto i vió muchos otros ajenos.

Le dijeron tenga un *palin* o haga reunir toda la jente para que cuente todo lo que ha visto i oido.

Así lo hizo a los pocos dias del sueño. Principió el *palin* en la mañana mui temprano, hasta cerca de las doce del dia; en seguida cuenta su sueño. Se reunieron muchos mapuches.

En la reunion hubo un mapuche que se burló de él i no creyó nada.

En la noche soñó otra vez el otro. Oyó que le dijeron: «Para que crea va a tener una desgracia ese mapuche, dentro de cuatro dias.»

Así fué: el mapuche que se burló del sueño a los cuatro dias se le murió un hijo i un buei mui bonito que tenia. Desde entónces todos creen i están convenidos que hai que hacer *ngillatun.*

Hoi los mapuches creen mucho en *perimontu* (visiones o hechos sobrenaturales).

### CUENTO DE UNA MUJER PEUN QUE HAI EN METRENCO

Esta mujer dijo que los espíritus quieren que se acabe el mundo, a causa de que los mapuches se han dejado mucho de hacer *ngillatun;* por eso han venido estos temblores. Ahora los mapuches están preparándose casi en todas las reducciones para hacer *ngillatun.* En caso de no acabarse el mundo, va a venir una epidemia en los animales i se van a morir todos.

Tambien dijo que hai espíritus que están trabajando para que no se acabe el mundo; estos vienen a ser como defensores. En caso que pierdan los que nos defienden, se acabará el mundo.

Esta mujer adivinó todo lo que ha sucedido en el norte entre los chilenos. Antes de tomar noticias, dijo esto sucedió de tal i cual manera entre los chilenos. Salió todo exacto cuando despues se supo la ruina que hubo en el norte (1).

___

(1) Terremoto de Valparaiso, 1906.

*Peun* se llama el que adivina las cosas del porvenir, muchas veces por medio del sueño.

## CUENTO DE UN NGÚRÚVILU

### De Melivilu, Maquehua

En un rio habia un paso, pero tan malo, que casi todos los que pasaban por ahí se ahogaban; la jente tuvo miedo i ya no pasaba casi nadie por ahí.

Un *machi* hombre dijo una vez que si le pagaban mui bien, él se animaba a matar un animal que en el paso habia. Oyeron decir los de la reduccion que el *machi* habia dicho que mataba al animal del paso, i se propusieron irlo a buscar. Le llevaron de regalo dos caballos mui gordos, estribos i freno de plata. Cuando llegaron a donde el *machi* le preguntaron si él habia dicho que mataba el animal que habia en el paso. El *machi* les dijo que sí. Al dia siguiente vinieron para la reduccion donde estaba el paso malo. El *machi* trajo muchas cosas de yerbas secas.

Llegaron al paso i el *machi* se sacó la ropa; el chiripá no se lo sacó. Entró andando por el agua i sólo le llegaba a la rodilla. Llegó a donde habia un remolino i se sumió; al rato apareció con un animalito como perro en los brazos. El *machi* sacó su cuchillo i le dijo al animalito: «Si matas mas jente, yo te corto», i le pasaba el cuchillo por el hocico despacito: «estas patitas, estas orejas te corto si matas mas jente». Despues se sumió el *machi* en el agua; al rato volvió i dijo que ya no iba a morir mas jente. En efecto, no murió mas jente i el remolino ántes del año desapareció i quedó el paso mui bajo.

## CUENTO DE UN HUITRANALHUE I UN ANCHIMALLEN

### De Melivilu, de Maquehua

Un mapuche rico, que tenia familia i parientes, una vez dispuso ir a pasear a donde un amigo que tenia en la tierra de los huilliches.

Le dijo a sus mocetones que se prepararan para el viaje. Dispuso llevarle de regalo a sus amigos un caballo de los mas bonitos, vacas, estribos, espuelas, jáquima i talero de plata. Ademas, dispuso llevar a su hija jóven. Cuando llegó donde su amigo huilliche, éste lo recibió mui bien; hizo venir a los principales del lugar, i entre los convidados vino una *machi* bruja (*calcu*). Mató una vaca i compró una pipa de vino; tocaban *trutrucas, púfülcas, cultrunes.* La *machi* bruja se hizo mui amiga con la hija del mapuche.

Cuando éste quiso venirse, el huilliche le hizo muchos regalos, como lazos, caballos corredores i mampatos. Como su hija se habia hecho mui amiga con la *machi* bruja, ésta le propuso si queria comprarle un *huitranalhue* i un *anchimallen,* para que se vengara de sus enemigos con estos maleficios. Aceptó: le costaron dos caballos, un *trarilonco* i una medalla de plata.

Como a los quince dias llegaron a su tierra. Ella habia traido sus maleficios. Al llegar, los dos le pidieron de comer, i ella les dijo que se esperaran, que les iba a mandar matar una vaca. Ellos le dijeron que no comian carne, que comian sangre humana i que ella debia darles a uno de sus parientes. Ella les dijo que no podia. Le constestaron que si no les daba de comer, se la comian a ella. Entónces la jóven tuvo miedo i elijió a uno de sus parientes mas lejanos, un hijo de una prima hermana. El niño andaba jugando, cuando de repente vino un viento i lo votó al suelo; murió i el cuerpo quedó negro. Así sucesivamente les dió a toda su familia; su padre i su madre tambien; sólo le quedaba un hermano como de dieciocho años.

Una vez el jóven estaba mui triste; no durmió toda la noche; se levantó mui temprano i le dijo a su hermana que seria conveniente matar una vaca. En esa noche tampoco se quedó dormido pensando como se habia muerto toda su familia. Tenia costumbre de dejar una chueca en la cabecera de su cama. De repente oyó una voz que decia: «Hambre, mamá», su hermana le dijo que no tenia que darles, que comieran carne de vaca. Ellos le dijeron que les diera a su hermano. Contestó que nó, como se iba a quedar sola; que ya les habia dado a toda su familia i que por esta vez co mieran carne de vaca. Se pusieron a comer i comian como perros. El jóven al oir que corria peligro se decidió a matar al *huitranalhue* o que lo mataran a él. Se levantó i se fué en puntillas a la puerta. Como estaban ocupados en comer, no lo sintieron. El jóven se escondió detras de la puerta; cuando se bebieron toda la sangre de la carne, se despidieron de la jóven. Su hermano, que estaba preparado, les dió garrotazos i cayeron como si hubieran botado un atado de huesos. El jóven atentó si habia muchos huesos; sólo encontró un hueso; lo guardó. Del otro no supo. El jóven fué a donde sus vecinos a decir que la matadora de su familia era su hermana, i contó lo que le acababa de suceder i fué a donde el cacique a dar cuenta de lo que hacia su hermana. Quedaron convenidos que al aclarar sitiarian la casa. El jóven alojó en la casa de un vecino. Cuando aclaró se fué para su casa a ver si su hermana estaba.

Cuando llegó la encontró llorando i despeinada. Le dijo: «¿Por qué lloras, hermana? Cuando murió mi padre i mi madre no lloraste». Ella se quedó callada. En seguida le pidió que le hiciera un asado i ella le contestó mui enojada que no le hacia nada.

En esto estaban cuando llegó el cacique con su jente. La tomaron en calidad de reo. El cacique le averiguó cómo habian llegado a su poder estos maleficios i si era cierto que les habia dado a su familia. Confesó que todos sus parientes se los habia dado i que los habia comprado en la tierra de los huilliches.

Entónces el cacique ordenó quemarla viva i por mas perdones que pidió, siempre la quemaron.

El jóven se fué para otro lugar con todo lo que tenia.

## LA SANGRE DE UN CULEBRON

### De Manuel Lonquite, de Pillanlelvun

Un mapuche mató un culebron con mucho trabajo. En seguida lo abrió i le sacó unos cuantos huevos del vientre.

23

Cada huevo contenia distintas sabandijas, como ser, lagartija, sapo, culebra. Cuando lo estaba matando, le saltó una chispa de sangre en la mano. Le resultó una hinchazon en el brazo. No pudiendo sufrir el dolor, tuvo necesidad de ver a una *machi*.

La *machi* con mirarlo tuvo suficiente para conocerle su enfermedad. Le dijo luego: «¿Para qué ha muerto ese culebron?» Sin saber nada, le agregó: «El corazon de ese animal puede enterrarlo al pié de un *alihuen* (árbol seco i sin ramas); de él se formará un nuevo culebron i mui pronto. Así como vaya formándose el culebron, su brazo se irá tambien deshinchando poco a poco. A los tres dias el corazon del animal se movia todavia.

El mapuche lo hizo tal como le indicó la *machi*. Sanó. El culebron revivió. El mapuche lo habia muerto con el fin de ser buen jugador *(cudeve)* con el corazon de ese animal i ser valiente en todo.

## CUENTO DE HUITRANALHUE

### De Ramon Lienan, Temuco

En una noche de primavera, en el lugar de Collimallin, salió Juan Quintrel de paseo a una de las casas vecinas, donde tenia citas amorosas. Le salió al encuentro un *huitranalhue* que venia mui bien montado, en un caballo blanco, tapado de plata. Quintrel al verlo creyó que seria algun caballero, pero cuando trató de atajarle la pasada, se quedó sin ánimo porque creyó que seria algun bandido. Reconociéndolo que era el brujo que tantos males le hace a la jente, fué tan grande la sorpresa, que le causó una enfermedad. Se volvió a su casa, donde contó lo que le habia pasado con el *huitranalhue*. Inmediatamente entre sus parientes mandaron buscar al *machi* hombre, Llanquili, para que le sacara el mal que le hizo el *huitranalhue*. Hicieron reunir cincuenta hombres armados de lanza para correr al brujo. Toda la noche tuvieron medicinando al enfermo, tocándole el *cultrum, huada* i varios otros instrumentos. Al dia siguiente como a las doce, se le reconoció mejoria porque llamó al *machi* para preguntarle por qué el *huitranalhue* le habia salido. El *machi* le dijo que habia sido porque iba a enamorar a su parienta i que le habia salido para decirle que no tuviera nunca amores con su familia, porque siempre seria desgraciado.

## ENTIERRO DE BRUJOS

### De Huilinao, Maquehua

Iban una vez dos mapuches para su casa, un poco ébrios. Por el camino sintieron hablar mucha jente en un *mallin* (pantano). Uno le dijo al otro que fueran a mirar; no queria.

Despues fueron, i se allegaron i miraron. Vieron a todos los que la jente tenia por brujos.

Era entierro de muerto lo que habia ahi. De repente se vieron ellos mismos que andaban a caballo sirviendo carne (costumbre). Les dió miedo i arrancaron a sus casas. Al poco tiempo murió un pariente de uno de ellos. Como se vieron esa noche, asi andaban para el entierro del pariente. Recordaron eso. Poco tiempo despues murió el que tenia mas deseo de ver a los brujos.

## BRUJOS DE REÑECO

### De Juan Venancio, Maquehua

Un mapuche andaba cuidando los caballos en el lugar de Reñaco, en Cholchol. Le salió un hombre chico, de fuego; él arrancó, saltando acequias. Era *anchimallen*. Se le ponia por delante i el caballo volvia para atras espantado. Despues atravesó un estero i al otro lado le salió otra vez. Entónces ya no le tuvo mas miedo, se desmontó i dejó el caballo ahi mismo. Huyó a pié para una casa vecina. Ahí se quedó dormido hasta el otro dia. Despues se fué para su casa i se enfermó mucho.

No podia comer. La casa adonde habia ido a alojar era de la familia de un brujo. La tia de él, que era mui buena *machi*, le hizo remedio i alivió. Le dijo que tenia que huir de ese lugar. Se fué para la Arjentina i jamas volvió a Reñaco.

## UNA MALA CONVERSACION

### De Lonquitue, Pillanlelvun

Un mapuche jóven iba a visitar a su novia.

Estando adentro de la casa, oyó una conversacion de los viejos. El hombre decia a la mujer: «Me falta mui poca plata para comprar un *huitranalhue* que me venden. Aquí nos hace mucha falta, para que vea de noche los animalitos que tenemos. Es mui importante tener uno donde hai algo que cuidar; cuando roben, para que siga los rastros i cuando estén robando, para que sorprenda a los ladrones.»

El mapuche jóven no volvió mas. Tuvo miedo.

## REUNION DE BRUJOS

### De José Cancanao, Collico

Un mapuche que se llamaba Llancaman, fué con su hijo a buscar los animales. Era ya tarde. Llegó a un lugar donde habia *reni*. Vió llegar a una mujer. Entónces dice: «¿Qué hará esta mujer tan tarde?» Se puso a mirar i vió que la mujer entraba a un *reni*. Se acercó a mirar i vió a seis, todos con ramas de *voqui* en la mano; estaban bailando. El hombre dice con mucho susto: «¡Este es *reni!*» Se retiró a su casa i contó a su familia que habia visto *calcus* en el *reni* de Licanco (lugar). Casi los conoci a todos. Su mujer le preguntó: «¿Cuáles fueron»? Nombró a Pichimai, Collifirrai, Ñañache, Nactuy i otros que no conocia.

Todos estos eran *calcus* del lugar de Licanco i Collohue, un poco al sur del rio Cautin.

## CUENTO DE HUITRANALHUE

*De un mapuche de Imperial*

Un mapuche de Imperial fué a una fiesta a Quepe. Se embriagó i se fué a una casa vecina de amigos. Dejó el caballo afuera i entró. Despues se acostaron todos i él tambien. Cuando estaba acostado, le servian vino en un cantarito. Lo iba a tomar i no lo hallaba; eran apariencias de cántaro i de jente.

Se levantó; siempre le servian. Se enojó con los de la casa i se fué. A poca distancia de la casa le salieron dos hombres a caballo: él huyó; lo iban siguiendo. Conoció que eran *huitranalhue*. No volvió el caballo para atras, porque cuando uno vuelve el caballo en tales apuros, pierde el camino.

Lo corrieron mucho, cuando iba cerca de su casa desaparecieron. Se acostó, al poco rato vinieron los mismos a cargarlo. Se le paraban en los piés. No pudo dormir. Vinieron las mujeres a cuidarlo. No le pasó nada porque huyó sin perder la serenidad; a casi todos los que le salen los engañan i los pierden del camino.

## UN GUIRIVILU (NGÚRÚVILU)

*Pichun Viejo, Galvarino*

En el rio Quillen, en la mañana bien temprano. Buscaba animales; habia niebla. Andaba a caballo. Habia un sauce en el rio, a orillas de la barranca. Guirivilu estaba arriba de la barranca, en un pedregal. Estaba durmiendo. Tenia la cabeza chica como gato, cola larga, ojos azules. Despertó; comenzó a lamerse el cuerpo. Cuando vió que lo miraban, dió un salto al agua. Hervia el agua. Estos son *ñenco* (ngencó, dueño del agua). Cuando se están bañando los hombres, se forma un remolino i los toma; les tira para abajo con la cola; se ahogan. Les come los talones i bebe la sangre. Lo mismo hace con los animales. Cuando está afuera no tiene fuerza.

### UNA CARRERA DE DOS HUITRANALHUE

#### De los caciques Paila i Lefiu

El mapuche Paila, nieto del mismo cacique Paila, dice que cuando estaba jóven, hubo una fiesta de mapuches. Se juntaron los dos caciques i formaron una carrera. Esto fué en la noche. El jinete de Paila, llamado Guañaco, dice que lo tomó su abuelo Paila i lo echó a caballo. El caballo era de color rosillo i sin rienda: le dijo estas palabras: «Ud. va a correr una carrera i sube en este caballo, se agarra bien del mechon. Con un talero o *trupuhue* en la mano i déle chicote.»

El caballo contrario, era color negro, el de Lefiu. Guaña-co lo hizo tal como le indicaron. Partieron los caballos, en la partida cortó mui léjos el negro. Como al llegar al lazo, em-pezó a acercarse el rosillo, hasta que pasó a dejar atras al negro, i ganó la carrera Paila.

Guañaco no vió si en la salida del lazo habia alguien. Los caballos sin gobernarlos se volvieron solos a sus primeros puestos

Cuando llegaron, pregunta Paila a su jinete «¿Quién ganó la carrera?» Guañaco le contesta: «Inché», yo.

Paila dice al contrario. Le gané la carrera, amigo Lefiú. «Bueno, pues, amigo», contesta éste.

Al dia siguiente en la mañana conversaban los dos caci-ques en público.

Paila.—Su caballo negro es harto bueno, amigo Lefiu.

Lefiu.—Si no es mui malo para correr i sin embargo nadie me habia ganado todavia.

Paila.—Mi caballo es chico pero no es mui malo para co-rrer.

Los caballos eran *huitranalhues*. Los jinetes los vieron en apariencia caballos. Por eso corrieron de noche. Lefiu tuvo que pagar un pariente.

## LA MUJER QUE SE PERDIÓ CUANDO ANDABA EN LA CORDILLERA LLAIMA. BUSCANDO PIÑONES

### De Manuel Lonquitue

Una mujer andaba con su marido, un hijo i otros mas. Se apartó. La buscaron cuatro dias, llamándola, hasta que se aburrieron.

El hijo tendria como veinte años. Un año despues el hijo salió para la Arjentina.

Cuando llegó, su padre se habia muerto, i estando en casa de unos amigos, su tropilla se perdió; dijo: «¿Qué se habrá hecho mi tropilla? ¿quién me la habrá robado?»

Se puso a seguir por los rastros. Entre los rastros de los caballos tambien iba un perro mui grande. Llegó a una altura i los rastros siguieron adelante; llegó por unos bajos, ni noticia de los caballos. Se subió a otra altura i divisó una casuchita que estaba humeando i dijo: «Voi a preguntar; puede ser que los hayan visto pasar.»

Cuando llegó a la casucha dijo: ¡oiii!!..., como es costumbre entre los indíjenas cuando llegan a cualquiera casa, como queriendo decir ¿hai jente?

Cuando de repente sale una mujer i lo queda mirando; asustada ella le dice, abrazándolo: «Pase para dentro, hijo, ¡siéntese!» El conoció a su madre i lloraron mucho.

Luego él le preguntó por su caballo i ella le dijo que sus caballos no estaban perdidos. Yo he mandado buscar sus caballos con el fin de verlo a Ud.; he tenido mucha pena por Ud.

Ahora yo estoi casada i tengo dos hijos que son sus hermanos; no están aqui andan buscando o cazando *choique* (avestruz), pero luego llegan.

Ella miraba cada momento si venian ellos. Dice a su hijo: «Van a llegar en forma de perros i Ud. no les tenga miedo;

se acercarán como jimiendo; Ud. les dice ¡éé!!!, como saludándolos. Sus hermanos igualmente i se irán a echar al lado de Ud. i no les tenga miedo».

«Si traen carne, yo voi a hacer que comer i le voi a servir a Ud. i Ud. no se va a servir nada. Si se sirve, puede perder el sentido; va a finjir que se está sirviendo.» El hizo tal como le había dicho su madre, cuando llegaron.

Los perros empezaron a jemir como hablando con su madre; entónces ella le dijo: «Están diciendo que Ud. se aloje, que se vaya mañana.»

No aceptó nada con tanto miedo i luego se despidió.

I le dice su madre: «Uno de sus hermanos va a ir a ponerlo en camino; va a empezar a jemir; usted le dice adios. Usted se va a venir aqui dentro un año mas.» Este contó todo cuando llegó a casa de su amigo i dijo: «Quizás voi a morir, porque ella me dijo que va a llevarme dentro un año mas».

Así fué; al año murió. La carne que trajeron eran cabezas, dedos i brazos de jente; ella decia que andaban cazando choiques.

Los perros eran *cherruves* i la mujer estaba casada con *cherruve*.

Esto me contó una mujer que tambien andaba en los pinales cuando se perdió la otra.

Dicen que siempre se pierden mapuches en la cordillera Llaima.

Los *cherruves* por el lado de la cordillera toman muchas veces forma de animal.

### UN PIHUICHEŇ EN CHOLCHOL

#### De José Manquian

Un mapuche andaba en el campo. De repente vió en un *menuco* (pequeño pantano) un pájaro parecido a un gallo grande. Quiso tomarlo; se acercó i le tiró encima la manta. Quedó tapado.

Estudiantes mapuches. Liceo de Temuco.

Con cuidado levantó la manta poco a poco. No habia nada.

Contó lo que le habia sucedido. Al mismo tiempo se enfermó.

Las *machis* i los viejos dijeron que el gallo era un *pihuicheñ* viejo, que de culebron se habia vuelto gallo, i que la enfermedad venia del susto i de la mala influencia del *pihuicheñ.*

Murió a los pocos meses.


## UN TRELQUEHUECUFE EN QUEPE

### De Manqueo

En el rio Quepe hai un remanso.

Un mapuche fué a bañarse ahí.

Se tiró al agua. Inmediatamente se sumerjió. No salió mas. Cuatro dias lo buscaron. Imposible hallarlo. Hallan pronto a otros ahogados.

Entónces todos dijeron: «Hai *trelquehuecufe*». Nadie se ha bañado mas en esa laguna.


## UN TRELQUEHUECUFE EN CHOLCHOL

### De Lorenzo Manquian

Mi casa en Cholchol está cerca del rio. Un dia fuí a la orilla, en la tarde. Ví en un pedregal una cosa como cuero de ternero, color café, con pintas blanquizcas. Estaba rodeado de uñas. Huí a mi casa a contarle a mi padre.

Volvi con él: ibamos con muchas precauciones; porque un remolino de viento, que jeneralmente arroja al agua al *trelquehuecufe*, podia habernos llevado cerca de él i uno habria perecido en sus garras.

Llegamos; ya se habia ido. Mi padre me dijo que si yo no

hubiera huido a tiempo, alguna ~~desgracia me habria su~~ cedido.

Se cuentan muchos casos de hombres que han sido devorados por este cuero, que tiene mucha fuerza i es como elástico.

# CAPITULO XVI

## La intelijencia

Causa de la deficiencia psíquica.—La atencion.—La curiosidad.—
Ideas jenerales i asociacion.— La abstraccion.—La memoria.—
Respeto del indio por los individuos de buena memoria.—Los
habladores.—El *huerquen.*—El *pentuco.* - La imajinacion.— El
razonamiento.—Precocidad del niño araucano.—Uniformidad de
los caractéres psíquicos.—Estabilidad de las artes e industrias.
—De la division del tiempo.—De las medidas de lonjitud i capacidad.—Sistema de numeracion i contabilidad.—Tipo de intelectualidad esterilizada.

Constituye una lei conocida que los rasgos psiquicos de
las razas inferiores i semi civilizadas, difieren por completo
de los que caracterizan a las superiores: miéntras que en
éstas se han fijado definitivamente esos caractéres mentales, en las otras se hallan en un estado de incompleto desarrollo.

De aquí la deficiencia de las funciones intelectuales de los
pueblos indijenas.

La vida mental araucana presenta, pues, los vacios comunes a las razas similares.

Así, la atencion que se dirije a fenómenos internos se manifiesta débil en el araucano. Cuando se activa con él una
conversacion que exije cierto grado de concentracion intelectual, se nota bien pronto que su cerebro se fatiga: la mi-

rada vacila i las respuestas son difusas. Para mantener la atencion en un mismo órden de materias, hai necesidad de estimularla brevemente con interrogaciones repetidas i abrir a continuacion un intervalo de reposo para continuar despues, variacion a que se aviene mui bien su mente versátil.

Los estudiantes indíjenas tampoco pueden mantener fija su atencion por un espacio de tiempo algo prolongado. Las operaciones aritméticas, los episodios históricos i las lecciones de ciencia que se estienden demasiado, exceden a la cantidad de enerjía nerviosa de que disponen (1).

En cambio, muestra mucho mayor persistencia en la aten cion esterna o de los sentidos. Se intensifica de modo notable i se prolonga por largo tiempo cuando el mapuche se ve en la precision de fabricar sus adornos, armas, utensilios i arreos de montar.

Este ejercicio tenaz de sus facultades intelectuales inferiores, contribuye a que sus observaciones se particularicen en los detalles prolijos, infatigables.

La atencion provocada por la curiosidad, se cansa pronto i no dura sino cuanto la sostiene la novedad del objeto.

En 1907 se colocó en una de las esquinas de la plaza principal de Temuco un carrousel con caballos, carruajes, cerdos i elefantes, que servian de asiento a los niños. Jiraban mecánicamente i al són de un organillo.

Su vista repentina causaba a los mapuches en el primer momento una marcada impresion de sorpresa. En seguida concentraban su atencion en el aparato, particularmente en las figuras de animales que montaban los niños.

Duraba la atencion el tiempo que se anota a continuacion:

En los viejos de los dos sexos, de 4 a 5 minutos.

En los adultos de los dos sexos, de 10 a 15 minutos.

En los jóvenes, de 15 a 25 minutos.

En los niños aumentaba la duracion hasta mas de media hora (2).

_____

(1) Observaciones del autor i maestros de jóvenes indíjenas.
(2) 23 observaciones practicadas por el autor.

En jeneral, la curiosidad en el araucano se manifiesta mucho ménos prolongada que la del hombre civilizado. Da muestras débiles de la curiosidad razonada.

Como la atencion interviene eficazmente en la formacion de las ideas jenerales i la asociacion, lójicamente se deduce que estas facultades se encuentren detenidas en su desenvolvimiento.

El araucano dispone de un caudal copioso de ideas particulares; pero apénas cuenta con las jenerales mas humildes i nunca llega a las mas altas. En esto, como en todas las manifestaciones de su mentalidad, no difiere de los pueblos inferiores i semicivilizados.

Esta incapacidad para formar ideas jenerales, proviene de no poder separar idealmente una o varias cualidades presentadas por los objetos de las ideas particulares.

Ordinariamente sus jeneralizaciones son arbitrarias i confusas.

En la lengua araucana los términos jenerales son escasos. Al contrario rebosan en ella los nombres correspondientes a los objetos sensitivos individuales.

No es ménos ostensible su limitada aptitud para asociar las ideas, en particular para las asociaciones complejas. Una capacidad de atencion fuerte descubre distintamente las relaciones i las diferencias de tiempo, lugar, etc., de los objetos. De consiguiente, miéntras mas eficaz sea el acto de atender, mejor formadas i unidas resultarán las asociaciones. Ademas, en ellas tiene participacion importante la memoria que tambien se manifiesta débil en el indíjena. Estas causas influyen en la inhabilidad del araucano para las funciones de la asociacion.

Por lo insuficiente i superficial de sus conocimientos, las asociaciones que dominan en su espíritu son frivolas i poco estables.

Algunos esperimentos hechos con mapuches adultos i trabajos mas sistemados, emprendidos en los colejios con jóvenes indíjenas adelantados, para sacar alguna luz en el problema de la asociacion de las ideas, dan invariablemente resultados escasos o negativos. Así, con dificultad se obtiene que por la cualidad recuerden el objeto i mas aun por el objeto, la cualidad. Otro tanto sucede con las asociaciones del todo a la parte, de la parte al todo, de objeto a acto, de acto a objeto, etc. (1).

Sus percepciones tienen siempre un carácter concreto. Se deja ver, pues, su dificultad para desprenderse de las formas materiales de la idea i plegarse al hábito de la abstraccion elevada, porque es una operacion mental que demanda un esfuerzo inaccesible a su intelijencia. Sus ideas abstractas no sobresalen de un grado primario.

El idioma araucano carece, por consiguiente, de términos correspondientes a ideas abstractas elevadas.

A las palabras abstractas del castellano corresponden en el araucano frases que se forman de esta manera:

Bondad = *cúme piuquengen* (buen corazon ser).

Intelijencia=*cúme loncongen* (buena cabeza ser o tener).

Dulzura =*cochingen* (dulce ser).

Deshonestidad=*ñuangen* (ramera ser).

Felicidad = *cúme dungun* (buena cosa).

Maldad =*huedd dungun* (mala cosa).

Brujería=*calcu dungun* (cosa de brujo).

La voz *dungun* tiene una vasta acepcion, pues equivale a cosa, razon, palabra, asunto, novedad, noticia, etc.

Otro elemento de la vida mental del indio que funciona con ménos perfeccion que en el civilizado es la memoria.

Sabido es que existen entre las razas superiores i las atrasadas diferencias en la forma de su memoria. La plasticidad de los centros nerviosos i la atencion, son las causas que la establecen. Ambos factores están en favor de los pueblos evolucionados.

Los ensayos practicados en los colejios del sur acerca de la intensidad de la facultad retentiva, permiten comprobar que en las recitaciones de poesias i otros ejercicios los niños

---

(1) Ensayos practicados por el autor i varios profesores de jóvenes mapuches.

araucanos aparecen como inferiores a los de oríjen español o de otra nacionalidad (1).

Las impresiones no se fijan pues en el cerebro del indíjena de una manera persistente.

El conjunto de sus recuerdos se dilata mui poco mas allá de los hechos familiares i recientes. La huella del pasado se borra mui pronto ante el interes de la actualidad, por lo cual no puede recordar una serie de representaciones mentales o de reminicencias históricas. Las luchas armadas, los sucesos de jeneraciones precedentes, quedan para las que siguen como recuerdos vagos e inciertos.

El poder de retener se manifiesta vigoroso en los detalles, en lo relativo a las personas, a los lugares i objetos aislados.

No conserva tampoco la nocion del tiempo trascurrido. No tiene idea precisa de su edad. Al interrogársele sobre este particular manifiesta una ignorancia completa o sus datos adolecen de resaltante inexactitud. No acierta igualmente a fijar el tiempo de los hechos particulares grabados en su memoria.

Habia ántes i quedan todavia entre los araucanos individuos de memoria superior a los demas. Tenian la profesion de recordar las jenealojías de las familias en algunas reuniones, de pronunciar discursos, narrar episodios i trasmitir mensajes de un grupo a otro.

Se les adiestraba en el ejercicio de la palabra desde la infancia, tanto para perfeccionar la memoria como para la correccion i énfasis de la frase (2).

Ejercian sus funciones de habladores sentados i a veces al compas de un tambor. Aunque era ocupacion de los hombres, no estaban escluidas las mujeres. Gozaban todos marcadas consideraciones públicas.

El que pronunciaba discursos en los parlamentos, entie-

---

(1) Observaciones del autor i datos suministrados por maestros de colejios indíjenas.

(2) González de Najera, *Reparo de la guerra.*

rros, matrimonios i reuniones domésticas tenia el nombre de *hueupive*, (de *hueupin*, discurso). Sobresalia en valor estético para el indio el estilo de *hueupin* o *coyag* (parlamento) por su entonacion enfática, que concluia con la prolongacion de la última vocal de cada frase mas o ménos completa.

Los que recordaban hechos pasados i especialmente las biografias de caciques, se llamaban *cuivituve* (de *cuivi*, antiguamente) Por lo comun cantaban sus relatos de personajes célebres. Entretenian tambien a sus oyentes con cuentos (*epeu*) de animales o mitos.

Reconocian a los mensajeros o correos con la designacion de *huerquen*. Sus funciones revestian mayor importancia que los otros habladores, porque de la fidelidad de su memoria dependian un acuerdo de guerra, una notificacion por perjuicios o un convenio de matrimonio.

A la fecha han desaparecido como oficio los oradores i cronistas de los grupos, pero quedan como intermediarios indispensables los mensajeros.

Un jóven de la raza, conocedor exactísimo de las costumbres de su pueblo, da estas noticias del que representa la mas alta espresion de la memoria indíjena.

«Entre los araucanos no hai servicio de correos. Para subsanar este inconveniente, cada cacique tiene un jóven mapuche que debe llenar requisitos indispensables: mui buena memoria, mui buen lenguaje i mui atento.

Al *hueçhé huenthrú*, indio jóven, que cumple con esas cualidades indispensables, se llama *huerquen*, emisario.

Este tiene que reproducir fielmente el mensaje a la persona a que va enviado.

Cuando el correo llega a presencia del cacique que debe recibir el mensaje, tiene que decir en primer lugar: «Soi correo del cacique N.» Tal declaracion la hace cuando es conocido de la persona a quien va a visitar. Cuando el cacique lo ha visto por primera vez, es deber de éste preguntarle por la residencia i entónces el interrogado dice: «Me manda un gran cacique que vive en . . . . .»

En vista de estas declaraciones, se le autoriza para que se desmonte i se le pregunta por toda la familia del cacique amigo si hai o no hai nuevas por su tierra.

El *huerquen*, correo, tiene que hacer las mismas preguntas. Despues de esta ceremonia i de haber recibido algo para el estómago, el correo dice su arenga. Miéntras el *huerquen* está hablando, el cacique debe estar mui atento, i para manifestar esta atencion, tiene que decir cada vez que el correo va a hablar de otra cosa: «Dice la verdad, mi viejo amigo». O bien esclama las siguientes espresiones: «Así es, eso es, así es, eso fué, etc.» Cuando el correo tiene por objeto pedir al cacique una de sus hijas, el oyente en medio del discurso dice: «Si es mi amigo, no puedo poner ninguna dificultad; se casarán».

Una vez que el mensajero ha concluido de hablar, el cacique tiene que contestar punto por punto.

El *huerquen* en vista de la contestacion, se despide i se vuelve cantándola, muchas veces, a fin de que no se le olvide. Una vez llegado a casa del cacique que lo mandó, tiene que narrar en primer lugar lo que fué a decir i en seguida la contestacion. De manera, que el *loncó*, cacique, puede notar fácilmente lo omitido.

Ademas, éste le pregunta por la clase de comida que le sirvieron, pues segun la reputacion que se tenga del cacique en ese hogar, así se le sirve a sus *huerquenes*.

Si por casualidad el correo se olvida algo i recordándolo despues, lo dice, el cacique esclama: «mi amigo no debe estar ya mui rico, porque el correo que me manda no es de un cacique que debe merecer ese nombre», o bien: «Este cacique creerá que soi pobre como él, que me envia un emisario tan malo».

Si el *ñidol*, cacique, nota con facilidad estas faltas en el mensajero, no contesta, i si lo llega a hacer, es siempre en términos poco corteses. De modo que por la contestacion se puede saber si un *huerquen* se ha o no portado bien.

El enviar a otro cacique un emisario malo es una de las mayores ofensas que se puede hacer entre ellos. Por eso los *loncó* i *gúlmen*, rico, se esfuerzan en tener buenos emisarios.

Si algun cacique tiene como buen emisario a su hijo, es mui considerado i respetado por todos, pues los demas dicen: «Este es el único a quien debe llamarse cacique, pues él confia sus secretos a su hijo i nadie mas sabe sus pensamientos».

Los caciques que no tienen hijos i desean poseer mas o ménos buenos emisarios, enseñan este oficio a sus sobrinos o parientes mas cercanos.

Cuando están chicos los hacen aprender cortos discursos, mandándolos a las casas vecinas a pedir algo. En estas peticiones tienen que portarse tal como lo hacen los emisarios ya formados. De esta manera aprenden a hablar mui bien i la memoria adquiere su desarrollo paulatino.

Mas o ménos a la edad de ocho años principian los caciques a enseñar a sus hijos el oficio de correo. De manera que a la edad de dieciocho años, que es la que se exije a los emisarios, están aptos para ejercer sus funciones.

El cacique que manda el *huerquen* se llama *huerkufe* i el que lo recibe *huerkulmangei*.

Para comprender mejor daremos un *huerquen* i su contestacion.

Un cacique manda a buscar un caballo que le hayan regalado.

Es necesidad imperiosa que el cacique diga a su *huerquen* la arenga a caballo i lo acompañe como a dos cuadras de distancia, deseándole un feliz viaje i un pronto regreso.

El emisario sale a galope tendido hasta llegar al lugar de su destino, deteniéndose sólo en los arroyos i donde otras necesidades se lo exijan.

La arenga dada al *huerquen* es del tenor siguiente: «Hace mucho tiempo, mi amigo, vino a visitarme i en medio de su embriaguez me ofreció uno de sus mas hermosos caballos, diciéndome, al mismo tiempo, que lo mandara buscar cuando quisiera.

Por eso ahora, envíole, buen amigo, mi emisario a fin de que, si usted lo tiene a bien, se sirva mandarme el caballo

regalado tan sincera, tan amistosa i tan espontánea-
mente».

El interrogado contesta en los términos siguientes: «Hace
mucho dí una visita a mi amigo i le regalé el mas hermoso
de mis caballos. Por eso, ahora, cumpliendo mi palabra, le
envío, por intermedio de su emisario, este buen caballo.

El regalo que le he hecho es prueba de la amistad sincera
que nos liga, libre por consiguiente de retorno, pues nunca
lo admitiré.

Ha de saber, mi buen amigo, que tengo una hija que hace
magníficos quesos i necesita buenas vacas para la leche, i he
sabido que Ud. posee varias de las que agradan a mi queri-
da hija.

Por otra parte, le mando como le digo, mi buen amigo, mi
mejor animal, i le agradeceria que, en prueba de esa amistad que nos une, Ud. nunca vendiera el bonito caballo ob-
sequiado».

Aparte de poseer el *huerquen* todas las cualidades arriba
mencionadas, hai que agregar la de ser un magnifico *pentucufe,* saludador.

*Pentuco* es un saludo que un cacique manda a otro. Cuando el emisario llega a la ruca adonde va en comision, las
ocupaciones se suspenden i la jente oye en completo silencio el diálogo que entabla con el jefe de la familia.

El mismo informante de los párrafos anteriores, da estos
detalles del acto de saludar en forma enfática i estraordinaria.

«El *pentucufe,* visitador, como el *pentucungei,* visitado,
al fin de cada frase o de cada sentencia alargan mucho la
última vocal. Cuando ésta se va a pronuciar; la voz se pone
mui vibrosa i sonora.

Un araucano que habla su idioma en tal estilo i con tanta
arrogancia, es denominado por sus compatriotas *tutelu pentucufe,* magnifico saludador, visitador, i es respetado como sabio, como hombre recto i juicioso.

Los mapuches al hablar del *pentucufe* dicen: «Este maneja
la lengua i maneja el juicio».

El *huerquen* debe saber el *pentucu* mui bien, pues es ésta una de las cualidades mas resaltantes del emisario» (1).

Como la memoria, la imajinacion es otro factor importante en el desarrollo mental del araucano. Puede clasificarse la raza entre los tipos imajinativos. Ajena a la vida intelectual, con una memoria de hechos separados, con los que no ha llegado a formar leyes jenerales, no dispone del control de la esperiencia para moderar sus ficciones imajinativas.

Esplica un psicólogo la exhuberancia de actividad imajinativa de los pueblos inferiores con estos conceptos que cuadran perfectamente al estado mental del araucano. «El exceso de imajinacion depende mucho de la menor claridad de las percepciones, que se trasforman a voluntad, mas fácilmente, una en otra. Se ve lo que se quiere en lo que es confuso, como la forma de las nubes» (2).

Los caractéres de la imajinacion mas fuerte o mas libre, corresponden, pues, a la mayor debilidad de espíritu.

Este poder de imajinacion, la lei de su intelijencia de buscar lo que no conoce por lo conocido, su nocion de la imájen de los objetos, que los anima i personifica, crean el instinto de lo maravilloso, del cual salen sus desbordantes representaciones miticas i relijiosas, de monstruos i jenios.

Bien se comprende que la imajinacion araucana no ha salido de un grado inferior. Realiza el indio actos de imajinacion reproductiva; rara vez llega a la creadora. Evoca fácilmente las impresiones percibidas; pero le falta capacidad para percibir los hechos alejados, para elevarse a la nocion de causa i a las manifestaciones del arte i del pensamiento especulativos. Este resultado sólo se alcanza despues de una larga evolucion psicolójica.

El mapuche juzga con la misma actividad de las razas evolucionadas, pero su juicio i su razonamiento no son facultades de reflexion.

---

(1) Datos escritos en mapuche por el jóven normalista don Manuel Manquilef, profesor en la actualidad del colejio indíjena de la Mision Inglesa de Maquehue.

(2) Guyan *Education et hérédité.*

No dispone de todos los materiales intelectuales, en cantidad i calidad, que se necesitan para el mayor desarrollo del pensamiento. Sus deducciones no se producen lójicas i completas, porque las verdades abstractas i los principios jenerales no intervienen en su intelijencia. Tampoco induce con certeza, por cuanto no está en condiciones de ejercitar bien la nocion de la causalidad: sus percepciones, aunque no carecen de intensidad i prontitud, son confusas, sin relacion de coordinacion, Ademas, sus asociaciones se caracterizan por lo fortuitas i superficiales.

La escasez de sus conocimientos i la asimilacion incompleta de los que posee, orijinan la pobreza de esperiencia, que influye en sus raciocinios.

Le falta asimismo la facultad de inhibicion intelectual, que corrija las consecuencias de la irreflexion.

Si el araucano es capaz de razonamiento práctico mediante el auxilio de percepciones e imájenes que le sirven de término para llegar a una conclusion, en lo tocante al complejo, obra combinada de gran número de observaciones e ideas, su incompetencia queda de manifiesto. Su razonamiento simple es rectilineo; se agota en una sola direccion sin desviaciones a ideas correlativas.

En el niño araucano, como en el de todas las sociedades no adelantadas, se nota la precocidad intelectual. La raza indíjena llega mas pronto que la superior al término de su desarrollo mental, pero ahí se estaciona, sin avanzar mucho en el resto de la vida

En la colectividad araucana se encuentran por cierto tipos intelectuales variables, algunos que sobrepasan el nivel ordinario de la raza; mas, el análisis hecho hasta aqui corresponde a la jeneralidad de la masa. Las disposiciones psíquicas comunes o el modo igual que tienen todos los individuos de concebir i de considerar los hechos, dan a las manifestaciones intelectuales tal uniformidad, que las diferencias de grado no aparecen tan sensibles como en una sociedad civilizada.

El progreso de la raza en los distintos aspectos, ha debido marchar en concordancia con su poder intelectual i desenvólverse, en consecuencia, con estrema lentitud.

Un rápido exámen del estado en que se encuentran al presente sus ensayos artísticos e industriales i sus conocimientos de aplicacion práctica, contribuirá a complementar las consideraciones jenerales espuestas.

Las producciones artisticas del mapuche no han progresado con el tiempo i el contacto con la raza superior. Se cristaliza en su forma primitiva.

Falta al indíjena la sensibilidad bien dirijida, que es la condicion esencial del espiritu artístico. Todas sus tentativas de arte se hallan desprovistas de sentimiento e imajinacion creadora.

No carece de sentido gráfico, aunque por falta de ejercicio no ha tenido oportunidad de desarrollarlo.

En sus temas de dibujo no se inclina a la reproduccion del reino vejetal, prefiere la humana i la animal, siempre como se presentan en el medio indíjena. En los objetos antiguos de piedra, en los mangos de rebenques i adornos de plata, ha grabado el indio i graba todavia su propia figura i la de vacas, ovejas i caballos.

Escasas son sus disposiciones para el tallado en madera. La reproduccion de la figura humana, como se ha visto, resalta por la tosquedad e inexactitud de sus líneas, trasmitidas de jeneracion en jeneracion sin el menor mejoramiento.

No conoce la plástica o modelacion en greda. Una que otra vasija que imita algun animal, no pasa de ser una figura inacabada e informe.

La música vocal e instrumental han permanecido hasta hoi inferiores (1).

Las canciones araucanas (*úl* o *gúl*), que constituyen la poesía de este pueblo, no han esperimentado un desenvolvimiento real, siguen reproduciéndose hasta la saciedad en sus caractéres antiguos. Estas canciones, ahora como ántes, no están sujetas, ciertamente, a accidente métrico alguno. Son

_____

(1) Véase el capítulo «Rasgos étnicos».

frases que al oido del indio han dejado el valor de la prosa i que se adaptan al compas de los instrumentos. Nunca se declaman; siempre se cantan como las composiciones de los narradores. Estos cancioneros se llaman en la lengua *gúlca-tuve* (cantor) i tambien *ngenpin* (saber decir).

Cuando llegaron los españoles conocian el arte de la cerámica. En esta época principiaba el tejido. En el primero llegaron a ser hábiles artífices, tanto por la belleza de forma de las vasijas como por sus dibujos en color i la combinacion de sus líneas rectas, de exactitud admirable a veces en los detalles. De tales perfecciones del arte indíjena no queda sino el recuerdo; las obras de la alfareria contemporánea presentan un aspecto vulgar i de ordinario tosco.

El tejido ha llegado en la actualidad a su mayor florecimiento, bien que sus medios de elaboracion continúan siendo primitivos, como se ha manifestado en un capítulo anterior.

La confeccion de adornos de plata i trenzado de juncos i correas, son industrias artisticas que se mejoran. El indio se manifiesta en ellas como trabajador paciente i laborioso.

Fuera de la agricultura, los mapuches no cuentan con otra industria, séria i economicamente establecida. A pesar de estar reconcentrados todos los esfuerzos i las iniciativas en aquella, los procedimientos permanecen invariables. Sólo han adoptado algunos la trilla a máquina, que pagan en trigo en las propiedades vecinas. Los instrumentos de labranza, aparte de escasos, no han recibido los últimos adelantos, por lo que resultan groseros los trabajos i ordinarios los productos. Pocas veces salen, ademas, de la medida estricta de sus necesidades, por lo comun no bien previstas.

Sus ideas sobre la division del tiempo han permanecido hasta hoi en un completo atraso. No poseen nombres para los dias de la semana, que designan de este modo:

Lúnes, *quiñe antú* (un sol o un dia).

Mártes, *epu antú* (dos dias).

Miércoles, *quila antú* (tres dias).

Juéves, *meli antú* (cuatro dias).

Así mencionan hasta los siete dias de la semana.

Cuentan los meses por lunas. Un mes, dos, tres, etc., corresponden a *quiñe cúyen* (una luna), *epu cúyen* (dos lunas), etc. Doce meses son *marí epu cúyen* (doce lunas), aunque la lengua menciona este espacio de tiempo con el término *tripantu*, que trajeron a Chile los peruanos.

Quedan todavia otras denominaciones que no se relacionan con motivos astronómicos.

*Huehuell* (tiempo largo, ántes de las cosechas).

*Villangen* se dice igualmente por la parte del año en que se concluye el trigo almacenado, mes de diciembre.

*Hualen* (tiempo de las cosechas) *Pram quetran ngen* se dice tambien por la época de levantar la siembra.

*Rimúngen* (tiempo de la flor amarilla, parte del otoño).

" *Puquem* (tiempo de las lluvias).

*Peguingen* (cuando brotan los árboles).

Mañana es *pelihuen*; medio dia, *rangi antú* (mitad del dia); tarde, *rag antú* (sol bajo). Noche, *pun*; media noche, *rangi pun*.

Sus conocimientos acerca de las medidas de lonjitud permanecen estacionarios. Continúan midiendo por jemes, brazadas i lazos. Han adquirido, no con exactitud, la nocion de la hectárea, que se aplica oficialmente en la entrega de sus hijuelas. Si aceptan en el comercio la vara i el metro, nunca aplican estas medidas entre ellos.

Se valian ántes i se valen aun ahora en los grupos aislados, de cestos de diversos tamaños (*quelco* i *llepu*) como medidas de capacidad. Ahora se ha jeneralizado el almud en las reducciones ménos atrasadas. Once almudes forman una fanega.

Fijos han quedado, por último, los mapuches en su sistema de numeracion, que usan desde ántes de la llegada de los españoles. Consiste en llegar hasta diez i formar en seguida numerales compuesto con este número:

| | |
|---|---|
| 1 quiñe. | 11 mari quiñe. |
| 2 epu. | 12 mari epu. |
| 3 cúla. | 13 mari cúla. |
| 4 meli. | 14 mari meli. Etc. |
| 5 quechu. | 20 epu mari. |
| 6 cayu. | 30 cúla mari. |
| 7 relgue, regle. | 40 meli mari. |
| 8 pura. | 50 quechu mari. Etc. |
| 9 ailla. | 100 pataca. |
| 10 mari. | 1000 huaranca. |

En el clan totémico no se usaron los nombres ciento i mil que introdujeron los peruanos al pais. Impusieron estos mismos su sistema de contabilidad por medio de hilos o cuerdas anudadas, *quipos*. Mas simplificado sin duda el de los araucanos, se compone de varios hilos de lana de distintos colores, en los que se hacen nudos que corresponden al número que se quiere formar. Este sencillo sistema de nudos, llamados *pron*, es el que conservan los mapuches hasta la fecha para la contabilidad doméstica, i mas simplificado todavia porque han disminuido los hilos, que se reducen en ocasiones a uno solo.

Las concepciones relijiosas del mapuche, sus lagunas mentales, la debilidad de sus aptitudes artisticas i de asimilacion para otro órden de ideas, atestiguan que está dotado de una intelectualidad esterilizada, pero susceptible de modificaciones esenciales.

# CAPÍTULO XVII.

## Sentimientos i pasiones.

El sentimiento del pudor.—La simpatía personal i amistosa.—El amor.—El amor propio.—Tenacidad del sentimiento.—La pasion del odio.—La venganza.—El juego de azar.—Juego de habas.—El celo conyugal.—La propiedad.

En este lijero bosquejo solo se toman en cuenta las pasiones tipos de los araucanos, las esperimentadas con mas profundidad, i se prescinde de las que no entran en las cualidades esenciales de su carácter.

Para hacer un análisis, aunque somero, de las facultades afectivas de una colectividad media como la araucana, hai que tener presente la conexion que existe entre la sensibilidad i la intelijencia. En efecto, los sentimientos superiores suponen representaciones intelectuales, imájenes e ideas. Estos elementos intelectuales constituyen la base de la vida afectiva del araucano.

Así, la debilidad de su imajinacion representativa, es decir, de la facultad de evocar una impresion percibida, esplica el deficiente desarrollo del sentimiento del pudor. La vista de un cuerpo medio desnudo no despierta en él ninguna idea malsana (1).

_____

(1) En capítulos anteriores se detallan sus costumbres íntimas.

Mediocre se manifiesta igualmente para representarse el sufrimiento ajeno, que suscita en el individuo un dolor por mediacion del recuerdo de estados semejantes.

En este órden de representaciones desempeña un papel importante la asociacion por semejanza, no bien rejistrada en la mentalidad del indíjena.

Lo mismo sucede con el sentimiento de la simpatía fraternal i amistosa, que en su jénesis jeneral se ha desarrollado de esferas estrechas a otras mas estensas, de la familia al grupo, a la tribu, etc. El indio circunscribe este sentimiento a la sociedad familiar; fuera de ahí sus afecciones van disminuyendo proporcionalmente a la distancia. Se interesa por las aventuras de un individuo de su lugar, por los asuntos domésticos, pero nunca por los de interes social o politico.

La indiferencia del mapuche por lo que sale de su grupo se nota a primera vista. Los que no se conocen i se encuentran en los caminos o calles de alguna ciudad, no se saludan i a veces ni se miran. La simpatia de raza parece hallarse en estado borroso, sin manifestaciones esternas. Los jóvenes indíjenas de los colejios oficiales, se miran por lo comun como estraños dentro i fuera del establecimiento. Cuando proceden del mismo lugar, se intiman i se auxilian en todos los incidentes desagradables que les promueven sus compañeros de aulas (1).

Las diferencias de idioma, costumbres i condicion social, han opuesto siempre un fuerte obstáculo a la simpatía del mapuche por la raza dominadora.

Si cada grupo de indíjenas es egoista con relacion a las esferas mas ámplias, en cambio en el seno de ellos existe un sentimiento de compañerismo que identifica el dolor i la alegria de todos sus miembros.

Su apego a lo concreto, su reducida capacidad para la abstraccion, le impiden esperimentar sentimientos jeneralizados. El amor, la mas alta espresion afectiva en el civili-

---

(1) Observaciones de varios años del autor en el liceo de Temuco.

zado, no es para él una agrupacion de impresiones agrada
bles alrededor de una persona, sino la prolongacion del
amor propio, que mira al goce i al sentimiento del poder.

Como ama lo que le produce placer i le divierte, reparte
su afeccion, aunque no en igual grado, entre las personas,
los objetos i los seres irracionales. Tal estado afectivo esplica la solicitud con que cuida algunos animales favoritos: los
hace dormir próximos i aun dentro de la habitacion, los
abraza, besa, respira su aliento i les dice frases cariñosas
(*Cúme cahuellu, pichi mulato,* buen caballo, mulatito) (1).

El amor materno es el sentimiento de simpatia mejor desarrollado. El paterno se manifiesta mucho ménos enérjico
que en las sociedades progresivas.

Apénas esperimenta el de justicia, porque su regla de conducta sólo se aplica a su propio bien o a su propio mal: sus
apreciaciones no salen fuera de él.

El sentimiento de amor propio toma en el araucano contornos bastante marcados. Debió ser mayor que ahora en
los tiempos de guerra. El menosprecio o elojio de los miembros del grupo influyen directamente en sus acciones.

De este sentimiento personal provienen, evidentemente,
las emulaciones de grupo a grupo que enardecen los ánimos
en los juegos de chuecas. El mismo orijen hai que atribuir
al afan de los caciques por sobresalir en el realce de sus
fiestas, a costa de largas privaciones futuras.

Toma gran dilatacion su deseo de distinguirse, ya sea
dando pruebas de su fuerza, destreza o superioridad en algo,
ya haciendo resaltar lo estraño de sus vestidos. Su punto de
mira primordial es abultar su personalidad.

Este orgullo de sí del araucano fué ántes de su sometimiento, segun lo atestigua la historia, un rasgo de raza mucho
mas saliente que ahora. El mapuche de hoi ha perdido esa
antigua arrogancia i se ha vuelto tímido. Los sintomas psíquicos que determinan esta timidez son el miedo a las espoliaciones i engaños de la raza vencedora, la conciencia de su
debilidad i la abulia que embaraza sus acciones.

(1) Costumbres anotadas por el autor.

Este sentimiento propende a alejarlo de la raza que lo ha subyugado, a mantener su aislamiento i su pesimismo por todo lo que no pertenece a los usos i al medio indíjena.

El egoismo domina, pues, en las diversas manifestaciones de su vida afectiva.

Como una lei psicolójica informa que el sentimiento es la parte ménos variable de la vida mental, se comprenderá que las condiciones afectivas de la raza habrán seguido trasmitiéndose mas o ménos integras i habrán de sostenerse en ella hasta el última término de la evolucion. Es ilusorio, por lo tanto, esperar efectos rápidos de la sola instruccion.

La propia tenacidad se observa con algunas pasiones. El odio, la venganza, el juego de azar i los celos, se profundizan en su sér.

El araucano odia de un modo intenso i sordo. Cuando se cree despreciado, perseguido, robado, la pasion se hace permanente, obsesiva.

Así odió a los españoles, despues a los chilenos i así odia hoi a todos los que le arrebatan sus terrenos. En esta pasion está incluida su aversion a los brujos, a los que dañan con maleficios.

Los accesos de cólera estallan a veces con el odio; en otras éste permanece reconcentrado.

La venganza, desmesuradamente estendida en las etapas inferiores, se deriva del odio. Premeditada, lenta por lo comun, en el araucano se aceleraba i asumia caracteres de marcada crueldad. El *malon* o el ataque armado por perjuicio recibido, real o imajinario, fué la forma tipica de la venganza araucana.

La pasion del juego de azar ajita su ser con no menor violencia que las otras. Antiguamente jugaba el indio i juega todavia con estrépito, casi con ira: grita llamando a la suerte con las palabras cariñosas de hermana, madre i otros, como *lamngen, lamngen, cúpape, cúpape* (hermana, hermana, que vengas, que vengas). Cuando la suerte no lo favorece, profiere violentas imprecaciones. Se golpea el pecho con fuerza, suda i se ajita. Suele estar empeñado en una partida dias enteros. Juega en proporcion de lo que tiene, dinero, objetos i animales.

Uno de los juegos sedentarios mas practicados al presente es el *quechu cahue,* especie de dado triangular, con puntos en las caras; seis palitos sirven de tantos. Prefiere el mapuche el de habas, *avar cudehue* en las reducciones del norte i *aguarcudén* en las del sur).

Un jóven indíjena describe el último en estos términos (1).

«Para jugar a las habas se toman en primer lugar ocho de un mismo color. Por un lado se raspan i esta parte se tiñe con carbon. En seguida se salpican, es decir, la cubren de pequeños hoyitos con una lezna o punzon.

Despues se tiende una manta doblada, o una frazada, que los araucanos llaman *pontro.*

En seguida se toman diez palitos como de un centimetro de largo que sirven para anotar lo que se va ganando. Se denominan *cou.*

Los jugadores se sientan uno en cada estremo del pontro i principian en el mismo momento que lanzan las habas al aire a cantar de amor, de su padre, de su madre, de sus hermanos, en fin, de lo que se les viene a la cabeza.

Las habas se toman i se dejan caer desde una altura de un decímetro i al mismo tiempo de soltarlas se da un golpe con las palmas de las manos. Cuando todas caen negras o blancas, segun el color de las habas, valen dos palitos i cuando caen cuatro negras, un palito (2).

Cuando pierde uno sigue el otro. Se da por terminado el juego, cuando uno de los jugadores ha pasado cuatro veces los diez palitos.

Los jugadores forman una gran bulla, que se puede oir a dos cuadras de distancia.

_____

(1) Relacion escrita para el autor.

(2) Si no cae alguno de los números 4 u 8, las habas pasan al otro jugador. Gana el que por 4 veces se ha quedado primero con los palitos.

Este juego lo llaman los araucanos *aguarcudén*. Este entretenimiento, despues de la chucca, es el mas bonito i gra·cioso que he visto».

Pasion bien caracterizada en el indio ha sido siempre el celo conyugal. La mujer admirada por otro o simplemente tratada con familiaridad, despertaba los celos del marido. La causa que obra como jeneradora de los celos en el mapuche es la idea de la desposesion de una propiedad, de un robo propiamente dicho. Las tendencias agresivas de esta pasion motivaban en la colectividad hondas perturbaciones, esteriorizadas a veces en el *malon* i el homicidio.

Merece mencionarse tambien el sentimiento de la propiedad tan estrechamente ligado con la organizacion i la posibilidad de adelanto social. El amor a la propiedad ha ido creciendo a medida del lento progreso de la sociedad. Primero de tribu, despues familiar, manifiesta ahora tendencias a individual.

El deseo de adquirir se fortifica en el mapuche. La idea de posesion i defensa de sus tierras se hace fija en su espiritu, llena sus atenciones, sacude su apatia.

De aqui nace un comienzo de ahorro, que, excitado con tiempo i discrecion, influiria en el progreso de la colectividad mapuche.

# CAPÍTULO XVIII

## La voluntad i el carácter

Caractéres jenerales de la voluntad del araucano.—Sus tendencias irreflexivas i mudables.—Su deficiencia de actividad.—La fuerza de la tradicion.—Su insuficiencia de enerjía voluntaria en la guerra.—La imitacion.—El carácter araucano.

Observando sistemáticamente la personalidad mental del araucano, se llega a la conclusion de que no está bien dotado en lo referente a la voluntad. Aparece ésta constituida por un conjunto de hábitos espontáneos. Se halla suprimida en ella o poco desenvuelta la deliberacion, la cual, a la vez de la resolucion i la ejecucion, entra en el desarrollo de la voluntad reflexiva o superior.

La resolucion, ademas, es pronta i viva; pasa inmediatamente al acto.

Su ejecucion tampoco se realiza con perfeccion i suele suspenderse ántes de concluir.

Al contrario, en la actividad voluntaria los deseos no determinan actos sin la reflexion i sin que medie, por consiguiente, un intervalo bastante marcado entre el pensamiento i la ejecucion.

Provienen de estos caractéres de la voluntad del indio sus tendencias irreflexivas i mudables. Sus impulsiones lo arrastran con violencia a la accion; rara vez le dan lugar a la re-

flexion, lo dejan dueño de sí mismo. Pero la accion dura poco, porque sus estados intelectuales i sensibles son pasajeros.

La vivacidad de sus impulsiones no significa que tenga
iniciativa, actividad. La misma repulsion al esfuerzo intelectual se estiende al físico. Se inclina, pues, a la inercia. Cualquier esfuerzo prolongado lo cansa pronto i le impone un
largo reposo. Por eso reparte su tiempo entre el apresura-
miento febril i la inaccion de la *ruca* i de la bebida. Los ejercicios corporales tienen el estímulo del amor propio i la fuerza del juego de azar.

No seria exacto clasificarlo entre las razas perezosas; pero
no hai exajeracion en decir que su falta de perseverancia
para el trabajo supera a su capacidad de labor.

Las industrias del sur no han recibido nunca, ni reciben
todavía el concurso del brazo araucano.

El conocimiento de la distribucion del tiempo en las faenas agrícolas, que son las que ocupan su actividad, comprueba este aserto. El mapuche siembra el trigo en abril o mayo.
En diciembre o enero efectúa la cosecha i vende o entrega
este cereal a las bodegas. En febrero i marzo barbecha la
tierra. En octubre dedica algunos dias a la esquila i venta de
lana. En las agrupaciones del este se agregan a estas ocupaciones la recoleccion del piñon i el viaje a la Arjentina, entre
enero i marzo. Quédale, en consecuencia, un largo intervalo
de inaccion, el cual distribuye entre los trabajos complemen-
tarios, accidentales, que no exijen un esfuerzo continuado, i
entre las diversiones, particularmente el juego primaveral
de chueca.

En un espiritu tan dominado por la fuerza de la inercia,
debe necesariamente presentar grandes dificultades el trabajo
de modificar los hábitos legados por jeneraciones anteriores.
En todo tiempo, hasta hoi dia, esos hábitos inmutables han
sido la causa del respeto relijioso por la tradicion, el cual,
fijando las instituciones i las costumbres, ha entrabado la
evolucion de este pueblo.

Es de notar que la mujer araucana aparece ménos capaz
que el hombre para recibir modificaciones. Se apega con

mas fuerza a las ideas i usos establecidos. Ha podido notarse este espíritu conservador en la mayor resistencia que oponen a la propaganda de los misioneros, al cambio de traje i al abandono de la poligamia. Ellas, como esposas, incitan al hombre a que tome otras mujeres; ellas tambien, i mui poco los varones, burlan cruelmente a las niñas indíjenas que llegan de los colejios vestidas al modo civilizado.

La insuficiencia de enerjía voluntaria que el análisis psicolójico asigna al araucano, parece estar en contradiccion, segun la historia, con la voluntad constante i estraordinariamente firme que este pueblo ha necesitado desplegar para resistir la dominacion del coloso español en una lucha secular. La contradiccion desaparece si se atiende a que la resistencia se verificaba de ordinario por grupos o zonas i de un modo sucesivo; en un tiempo se levantaba uno i a continuacion otro, próximo o distante. Eran esplosiones violentas i breves, en concordancia con la variabilidad de sus impulsos.

La voluntad dirijida a la guerra se ha manifestado así en las sociedades bárbaras. Si los conquistadores han sometido unas ántes que otras, débese a circuntancias favorables del medio, de organizacion social de los grupos i de elementos disponibles.

En el araucano se ve una tendencia bastante pronunciada a la imitacion, con respecto a las acciones. Esta facilidad de imitar se funda especialmente en el desenvolvimiento de sus órganos visuales i auditivos. Indica asimismo que no puede formar la idea de una accion sin ejecutarla.

Mediante el movimiento imitativo, el araucano posee una mímica uniforme en sus ceremonias, juegos i vida doméstica.

En sus adquisiciones imitativas hai que colocar su destreza en el manejo del caballo i de las armas. Esta tendencia a la imitacion se habria podido aprovechar en el desarrollo de su voluntad, pero a ello se han opuesto su antipatia a la raza dirijente i la distancia en que ha vivido de ella.

Estos elementos de la voluntad, como los afectivos e intelectuales, entran en la formacion del carácter araucano. A causa del jénero de vida uniforme, orijinado a su vez por las disposiciones psíquicas comunes, este carácter no presenta las diversidades considerables que a este respecto se notan en los pueblos civilizados.

Para delinear la fisonomia moral del indio no se requiere la enumeracion de pormenores que sólo aparecen en algunos tipos, aunque con cierta intensidad, sino los rasgos mas notables i permanentes de la raza.

Descuella su cualidad de versátil, a virtud de su instabilidad mental, que le impide contraer su atencion prolongadamente sobre un mismo objeto o idea.

La supersticion determina gran parte de los actos de su existencia, porque su imajinacion es rica en ficciones.

Manifiéstase imprevisor por la limitacion de su memoria i de su poder para asociar i jeneralizar las ideas. No se encuentra apto para deducir de hechos pasados i presentes los que sobrevendrán en lo futuro. Por eso vende sus animales i cereales sin dejar los necesarios para el sustento del año, o los consume de una sola vez en sus fiestas de familia o de indole relijiosa.

Sus inclinaciones mui materiales esplican su incapacidad para subir a lo que está mas encima de la satisfaccion de sus necesidades urjentes i concebir ideales.

La rapidez con que el araucano pasa del pensamiento al acto, da a su carácter una estremada violencia. En raras ocasiones su emotividad se halla inhibida por la reflexion. Refrena sus primeros movimientos cuando un móvil de interes o de temor lo obliga a replegarse en si mismo. Entónces disimula su pensamiento, no avanza opinion, se esconde tras un mutismo estudiado. Tal es sobre todo la conducta que observa en su trato con los individuos que reputa sus enemigos, por lo comun de orijen español, con los cuales toma una apariencia calmosa, un aspecto frio, una actitud indiferente.

El odio i la desconfianza avivan sus tendencias a la astucia. Miente para desorientar, finje creer lo que se le afirma para sacar ventajas posteriores o para aplazar una solucion. Sus inclinaciones a la astucia no han variado en las diversas épocas de su historia. Hoi el mapuche abre una brecha disimulada en el cierro del camino público para que penetren por ahí a su propiedad los animales perdidos; otras veces los espanta hácia una laguna o rio para que se ahoguen i sus dueños los abandonen. Si conduce por un camino una porcion de ganado vacuno i encuentra algun animal en su trayecto, lo incorpora al medio para que pase como suyo. Algunos mapuches se cubren con ramas de árboles i cerca arman trampas con lazos para cazar corderos; asi se sustraen a la vijilancia de los pastores i la perspicacia de los mismos animales. Para perder la huella, cuando se les persigue, trazan confusos rodeos, se meten a los rios i suben a los cerros.

Aplicaban ántes a la guerra esta inclinacion conjénita de la astucia, sobre todo para tender emboscadas al enemigo.

Su incontinencia en la bebida ejerce un influjo preponderante en su inclinacion al ocio, en el acrecentamiento de sus alucinaciones i el estallido pasional. Es un hábito heredado, lo que contribuye a que pese sobre él con una fuerza que nada atenúa.

El araucano es vanidoso a causa del abultamiento del amor de sí i de la vida aislada en que lo mantiene su organizacion social. Siente con vivacidad el deseo de alabanzas i por adquirir aplausos resiste las fatigas, realiza largos viajes i se vuelve pródigamente jeneroso. Consecuencia natural del espiritu de vanidad es su indole ceremoniosa.

El egoismo se dilata en los rasgos de su carácter. Nace del sentimiento familiar, que reduce el interes al círculo de los parientes, cuando mas al grupo, nunca a la sociedad.

Su crueldad de otras épocas se esplica por la falta de jeneralizacion, que no le permitia formarse nocion del dolor ajeno por el propio. Su crueldad de todo tiempo con las mujeres se debe a su movibilidad afectiva, fuera del reconocimiento de la fuerza del hombre que aquéllas hacen implicitamente.

Su inclinacion al robo se orijina de su incapacidad de distincion entre el bien i el mal.

Es fatalista por ausencia de espiritu crítico. Ve en sus

desgracias irremediables la intervencion de los **espíritus** malignos i en sus éxitos, la de los jenios protectores. Se opera de este modo una abdicacion de la voluntad. Así llega a comprender el observador la calma del araucano para afrontar los sucesos desgraciados, su tranquilidad delante de la muerte, el respeto que profesa a las *machis* i adivinos, su fé ciega en las operaciones de la majia.

Entiéndase por los que han formado la orijinal escuela de ensalzar o deprimir al araucano, por desconocimiento de sus costumbres i psicolojía, que no es deliberadamente malo, como pudiera deducirse de la enumeracion de sus rasgos característicos, sino que sus cualidades negativas corresponden a toda colectividad bárbara de igual desarrollo mental.

# CAPÍTULO XIX.

## La asimilacion.

Lo que ha sido la enseñanza indíjena.—El estudio de la relijion en los colejios de indíjenas.—El de nociones de cálculo, jeografía i gramática.—La educacion de jóvenes indíjenas en los liceos i sus resultados negativos.—La capacidad de asimilacion intelectual en el indio.—Caracteres de un buen sistema de educacion indíjena. —La opinion de un pedagogo de la raza. —Dos ciclos del programa indíjena.—Colejios esclusivamente indíjenas.—Los profesores indíjenas i los idiomas.—Graduacion de escuelas.—Su organizacion como internados.—Como acepta el mapuche la educacion.— Otras instituciones de asimilacion.—El crédito agrícola.—Las vias de comunicacion.—Industrias locales indíjenas —El estado social del sur i el indio.—Esperanza de un tipo mejor.

Para obtener un provecho real en la obra larga i compleja de la asimilacion araucana, hai que considerar el problema en dos aspectos diferentes: el de la educacion del niño i el social o la coexistencia en un mismo territorio de la poblacion nacional i los restos indíjenas sobrevivientes, dos elementos étnicos separados, que no tienden a mezclarse.

En todas las épocas de la historia de este pueblo, la enseñanza indíjena ha sido un fracaso, i en estos últimos años en vez de atenuarse el mal, ha continuado en sus antiguas condiciones.

·Hasta el dia no se ha atendido sino al fin técnico de la enseñanza. Con métodos rutinarios o con otros que no son adaptables al desenvolvimiento del niño indíjena, se le enseña, por profesores chilenos, a leer i a medio escribir, para continuar en seguida con algunas nociones de cálculo, jeografía i gramática.

En la enseñanza antigua de los misioneros, se daba ademas al catecismo i al dogma un desarrollo superior al de las otras nociones. Todavía en los colejios congregacionistas i protestantes se da cabida desproporcionada al programa relijioso, como medio de conversion.

Se han comprobado ya las dificultades que obstaculizan la accion del factor relijioso en el mejoramiento moral e intelectual del indio, tanto porque no recibe integros los principios que se le inculcan, cuanto por su incapacidad para comprender las abstracciones dogmáticas. El mapuche puede repetir algunos dogmas, pero como vanas fórmulas i no como especulaciones accesibles a su razon.

De manera que en los pretendidos resultados de una enseñanza relijiosa rápida, sin nuevos hábitos creados, existe un error de hecho o una simple simulacion de la conveniencia.

Las nociones superficiales de aritmética, jeografía, gramática i moral, contribuyen a que el niño araucano esperimente lijeras modificacionas mentales. No cabe duda de que al volver a su medio, todas esas adquisiciones embrionarias se borran pronto, o quedan como ideas inaplicables a la realidad indíjena. Es esta una cultura en apariencia, un lijero barniz que el tiempo disipa.

Hecho con amplitud comprobado es que un jóven educado incompletamente en la enseñanza secundaria, sin un procedimiento especial, i que ha permanecido uno o dos años en el liceo, va perdiendo toda señal de educacion cuando vuelve a su medio natural. En algunos presenta por mas tiempo resistencias a la regresion, pero el tenaz influjo ancestral concluye al fin por arrastrarlos en la edad adulta a la vida de los suyos (1). Si se le arranca definitivamente de

_____

(1) El autor ha llevado durante seis años un apunte detallado de

su medio i se le deja en otro mejor, se producirá un avance, mui lento ciertamente.

Las cualidades intelectuales de una colectividad atrasada se modifican por lo jeneral en la superficie con la educacion; las del carácter casi escapan del todo a su accion, porque persiste con tenacidad el alma de la raza, formada por el medio familiar, por la tradicion de una o varias jeneraciones.

Mucho se ha debatido acerca si el indio tiene o no aptitudes para la asimilacion intelectual. Evidentemente que, no existiendo en su cerebro causas morbosas, su capacidad existe, pero limitada, conforme a una mentalidad insuficiente, que exije para su integracion una serie de desenvolvimientos graduales.

Si ha aparecido hasta hoi ménos asimilable de lo que es en realidad, débese a que nada o bien poco se ha hecho en la obra de su educacion racional.

Por consiguiente, todo sistema de educacion indíjena habrá de encaminarse en primer lugar a la parte psicolójica o al plan de construccion mental, diverso por completo al aplicable al hombre de raza adelantada. Habrá que atenderse tambien al aspecto social, o a lo que concierne a la aplicacion práctica de los conocimientos adquiridos.

Una idea del estado de intelijencia i de las aptitudes del niño araucano, da la siguiente esposicion que hace un maestro de colegio misto de indíjenas (1).

«Hacia ya cerca de dos semanas que estaba en este esta-

---

los jóvenes indíjenas que han asistido al liceo de Temuco, en períodos de uno a tres años. La mayoría absoluta ha regresado a sus reduccicnes i contraido matrimonio con niñas mapuches. Por escepcion han ingresado algunos a Escuelas Normales. Los que vuelven a sus lugares conservan sí el traje civilizado, lo que vale ya un adelanto en sus hábitos.

(1) Del normalista don Manuel Manquilef, orijinario de Quepe i profesor del colejio que la «Mision Inglesa» sostiene en Maquehue, un poco al sur de Temuco.

blecimiento, cuando formalicé mis clases con los niños de mas intelijencia i con tan mal resultado, que durante varios dias no pude hacerlos hablar, pero sí, sumaban, restaban i multiplicaban con toda perfeccion i me parece que, segun el espresivo decir chileno, «corrian como corren las aguas de los rios.»

El niño indíjena al ingresar a la escuela, aunque es de elevada estatura, no tiene sus sentidos desarrollados, pues él no se fija en lo que existe a su alrededor.

Por eso, la primera tarea del maestro será desarrollar los sentidos paulatinamente i esto lo consigue por medio de las lecciones objetivas; ademas, con éstas, conjuntamente con el desarrollo de los sentidos, logra el desenvolvimiento gradual de la intelijencia i es entónces cuando el niño puede formar abstracciones.

Mui bien se sabe que todas las ideas, aun las mas abstractas, son el producto de procesos psicolójicos que se fundan en las percepciones i éstas, a su vez, se basan en las sensaciones.

Resulta, pues, que las lecciones objetivas ejercitan el razonamiento del niño.

Ahora, al enriquecer la intelijencia con nuevas ideas el niño tiene necesidad de manifestarlas i esto contribuye poderosamente en el desarrollo de la lengua materna.

De aqui entónces la gran necesidad e importancia de enseñar en las escuelas la leccion objetiva, porque ella constituye el tronco de donde parten las demas asignaturas.

El ramo que entre los indíjenas da tan buenos resultados como el proporcionado por las lecciones objetivas, es la recitacion, porque ésta es una verdadera leccion objetiva para los mapuches.

Examinando el método para analizar una poesia, se comprenderá la razon para llamarla leccion objetiva.

Al tratar la poesia, en primer lugar se arregla un cuento; en éste debe obrar casi siempre un personaje i éste recita la poesia; otras veces obran varios, diciendo uno una parte i otro la otra, etc. Todo esto se hace en el idioma mapuche.

De modo, pues, que al leerse la poesía en castellano ya se sabe su traduccion.

Los niños desean la recitacion; pero el escaso tiempo impide darles mas clases tan *ellangelu*, privilejiadas, como dicen ellos.

La otra clase que necesita atencion preferente en las llamadas escuelas araucanas es la enseñanza manual.

Por el escaso tiempo se enseñan sólo los siguientes ramos:

Lectura i Recitacion, nociones de Gramática, de Aritmética, Jeometria, Jeografia e Historia, meras copias en vez de Dictado, Dibujo, Caligrafía, Mapuche i Relijion.

Para inculcar conocimientos de estos doce ramos se dispone diariamente de dos horas i media, con una pausa de veinte minutos.

Ademas, uno de los instructores hace semanalmente una hora de clase de las asignaturas de Jimnasia i Canto.

Fácilmente se desprende que los conocimientos proporcionados son por demas incompletos; los programas tanto por sus métodos como por su distribucion son antipedagójicos, i el lapso de tiempo para las clases, por demas deficiente.

Tal es en resúmen, el horario de las clases de la seccion mas adelantada de la escuela mejor implatada entre los indios.

El contacto con los niños indijenas me ha hecho llegar a las siguientes conclusiones:

I. *Ramos Literarios.*

*a)* Aptitudes.

1) En ámbos sexos.

Manifiestan los niños indíjenas gran interes i al mismo tiempo mucha aptitud para las clases de Recitacion, Jimnasia, Canto, Caligrafia i Dibujo.

Como en la primera clase de Jimnasia aprendiesen a marcar el paso, al romper la fila esclamaron: *«Tufá uld soltau reké yeniayiñ taiñ namun ka taiñ kalül»*; «ahora llevaremos nuestros cuerpos i nuestras piernas como un soldado.»

2) En el sexo masculino.

El hombre piensa mas rápidamente que la mujer en Aritmética, Jeometría i posee mas desenvoltura para hablar i leer en el idioma mapuche.

3) En el sexo femenino.

La mujer es mucho mas calmada que el hombre para los cálculos escritos i orales; pero mui segura; sus contestaciones siempre son satisfactorias.

Manifiesta la mujer araucana un gran amor a la recitacion, caligrafia i al canto.

La diferencia que existe entre el hombre i la mujer araucana para raciocinar depende única i esclusivamente de la educacion que reciben en el modesto hogar araucano.

b) Dificultades.

Tanto el hombre como la mujer, manifiestan gran dificultad para comprender las lecciones de gramática i jeografia.

II. *Clases industriales.*

a) El sexo masculino.

1) Aptitudes:

Los niños manifiestan mucho interes por la clase de carpintería, i aumenta mas su alegria cuando pueden hacer objetos de su uso.

Manifiestan amor por la agricultura, a juzgar por las siembras que van aumentando de año en año.

Los insignificantes resultados obtenidos por los mapuches en las escuelas indíjenas, son debidos tambien al desconocimiento completo de los métodos.

Mui sabido es que en las escuelas que no existe un método de enseñanza no hai un desenvolvimiento gradual i sistemático de la mente del niño.

Tal cosa, parece, suceder con las escuelas actuales para niños indíjenas; baste decir que si el educador del presente siglo visitase algun establecimiento, ninguna diferencia encontraria de las llamadas «escuelas pagadas».

En muchas ocasiones la falta de preparacion del maestro obliga al casi dejenerado araucano a practicar algun oficio sin la prévia teoria sencilla i gradual; el indio, al verse de improviso frente al trabajo superior a sus fuerzas, se fastidia i viene lójica i naturalmente el desaliento i la desercion.

Al mapuche siempre se le acusa de ser refractario a la civilizacion, i ademas de mui neglijente i torpe; pero la esplicacion de esos conceptos se hallan en las clases industriales.

Séame permitido decir que en las escuelas de indios, éstos con su trabajo pagan su alimento i su i lavado los grandes, siempre que sean aprovechados, su poca educacion.

Otra causa secundaria por que los resultados de las escuelas araucanas misionales son en parte deficientes, es la gran preponderacia de la enseñanza relijiosa».

Se nota, pues, la conveniencia de graduar la enseñanza indíjena conforme a sus fines psicolójicos i sociales.

Al par de iniciar al niño araucano en la enseñanza rudimentaria de la lectura, hai que emprender la tarea de formar sus nuevos caractéres mentales. La labor educativa dirijida al infante de sociedad civilizada, es de direccion; de construccion, la aplicada al indíjena. En esta primera fase de la educacion indíjena entrarian como trabajos esenciales despertar la atencion que tanto se relaciona con todas las funciones psiquicas; crear la memoria i no los ejercicios mnemónicos, que suelen inducir a error acerca del verdadero desarrollo intelectivo del indíjena; adiestrar la imajinacion para descartarla de la exuberancia de ficciones i utilizarla en beneficio de las otras facultades; seguir, en suma, durante todo el curso de la enseñanza la obra de estas adquisiciones mentales hasta llegar a educar, en lo posible, el raciocinio, el sentimiento i la voluntad.

El segundo grado del programa indíjena comprenderia los elementos de ciencias usuales (cálculo, sistema métrico, nociones de los principales fenómenos celestes i meteorolójicos, de ciencias físicas, cultura e hijiene). Conjuntamente a los conocimientos anteriores se aplicaria, del modo mas rápido, la enseñanza agricola para los hombres i profesional para los dos sexos. El araucano es agricultor i, por lo tanto, no estaria en lo práctico perder de vista este hecho capital, que puede considerarse uno de los puntos de arranque del progreso económico.

Un plan de enseñanza araucana para ser completo, exijiria la fundacion de escuelas esclusivamente indíjenas i graduadas en conformidad a los programas especiales.

No se acomoda bien el jóven araucano en los establecimientos de niños nacionales. Se ve ahí en un ambiente hostil a su raza, en donde se le convierte en blanco de sarcasmos i burlas, i en donde se obra, se siente i se piensa de tan distinto modo que el suyo; se ve aislado, aburrido i en el trascurso de algunos meses piensa en irse.

La direccion de estas escuelas se encargaria a maestros indíjenas, con preparacion pedagójica suficiente. Cuando se encarga a educadores chilenos, los resultados son lentos, casi nulos. No pueden éstos atender la primera fase de esta educacion sino en su lengua, incomprensible para el niño araucano en este ciclo escolar.

La observacion acerca de este particular comprueba que la tarea de dos meses de un maestro indíjena supera a la de un año de otro que no lo sea (1).

Operacion prévia en este plan de enseñanza es que el indíjena adquiera la lengua hablada del pueblo dirijente. La tarea resultará difícil si se efectúa metódicamente, dado el enorme contraste entre los idiomas polisintéticos, como el araucano, i los de flexion; pero no será irrealizable, porque una raza inferior toma de otra que la domina con menores dificultades un conjunto de voces i frases que las instituciones.

El estudiante mapuche tendrá que hablar castellano primero. En seguida podrá pensar castellano. Esta lengua pasa a ser indispensable elemento de educacion en el segundo ciclo del programa, para los desarrollos superiores de la facultad de reflexion.

Esta adquisicion de idioma, como la identidad de traje, se cuenta entre los motivos primarios de acercamiento de la raza inferior a la superior.

_____

(1) Datos recojidos por el autor entre profesores de la raza.

Adaptable a este plan seria la siguiente graduacion de establecimientos de enseñanza araucana.

1.º Escuelas comunales dirijidas por un maestro indíjena. Programa: construccion mental, leer i hablar castellano. Lecciones en araucano.

2.º Escuelas rejionales rejentadas por un maestro chileno i un ayudante indíjena. Programa: nociones de cálculo, sistema métrico, fisica, cultura, hijiene, etc., con aplicaciones a la agricultura, a la industria u oficios manuales. Castellano escrito. Lecciones en castellano.

3.º Escuelas superiores profesionales en las provincias de Cautin i Valdivia, con secciones mejor montadas que las otras, de agricultura, carpinteria, herreria, etc. Director chileno.

No tendrian ningun éxito los establecimientos para mapuches si no se organizaran en calidad de internados. El protector de indíjenas de Temuco, don Eulojio Robles, ilustra este punto con datos dignos de tomarse en cuenta.

«A propósito del establecimiento de escuelas para indíjenas, debo hacer algunas observaciones sujeridas por el conocimiento que tengo de sus costumbres.

Si se establecen esternados en los campos, las escuelas no tendrán alumnos sino en los primeros dias de su funcionamiento, llevados por curiosidad, pero despues o carecerán absolutamente de ellos o la asistencia será mui precaria. Hai que tomar en cuenta que los indios no viven agrupados en caseríos, sino diseminados en vastas zonas i que si bien es cierto que las rucas de los miembros de reduccion emparentados entre sí están mas o ménos cercanas, no seria posible encontrar un punto céntrico para ubicar la escuela, i aun encontrada esta situacion ventajosa, no podrian salvarse otros serios obstáculos, como los malos caminos i el mal tiempo, a lo que hai que agregar todavia, la falta de método en la vida de individuos no del todo civilizados, que interrumpen con frecuencia la continuidad que es indispensable para el aprovechamiento escolar.

26

Esos colejios deberian ser forzosamente internados.

Las escuelas de los padres capuchinos alemanes i las de los misioneros evanjélicos tienen alumnos, sobre todo los primeros, por ser internados, i ademas porque los padres les proporcionan ropa i todo lo que necesitan.

A pesar de esto, los indios no permiten, por lo jeneral, que sus hijos se recojan a ellos, sino despues de los trabajos preparatorios de las siembras, i los retiran para las cosechas, muchas veces ántes de terminar los cursos anuales. Simultáneamente con la creacion de internados en los campos podria crearse en las ciudades, anexándolos a algunas escuelas públicas de los departamentos de Temuco, Imperial, Llaima, Traiguen i Cañete. I por esto podria principiarse i seria lo mas práctico» (1).

La acertada organizacion de estos colejios llevaria la confianza al ánimo del padre araucano, le impondria con evidencia las ventajas de educar a sus hijos.

Como otros pueblos inferiores, los padres mapuches creyeron en un tiempo que la educacion desviaba a sus hijos de toda rectitud de miras, segun su concepto, i que los sustraia a la accion de sus mayores. Despues la aceptaron todos, pero con un fin meramente utilitario i personal: deseaban que aprendiesen para que supieran defender las tierras i los animales de las artimañas de tinterillos i la ambicion de vecinos inescrupulosos. Ahora tienen una nocion mas clara de la importancia de la educacion i ninguno la rehuye, pero la postergan por las conveniencias materiales del trabajo del hijo en la agricultura.

Las mujeres se manifiestan mas refractarias: se niegan a que sus hijas reciban educacion para que no abandonen su hogar ni la «idea mapuche» (2).

___

(1) Interesantes son las memorias que anualmente pasa al Ministerio de que depende el protector señor Robles, particularmente en lo que se refiere a la condicion legal del indio.

(2) Segun la espresion de un caciqu? al dar informes sobre este particular al autor.

La educacion, con ser un medio eticaz para la incorpora· cion del mapuche a la vida civilizada, no basta por sí sola para producir un cambio radical i rápido. Se requiere que la lei, consultando el ideal social en que ha de rejir, se especialice con referencia al indio, no sólo en cuanto al réjimen de su propiedad i a su condicion civil, sino tambien al establecimiento de instituciones i medidas que atiendan a su prosperidad económica.

Reportaria reales beneficios al indíjena la organizacion del crédito agricola. Hoi el producto de sus cosechas pasa a manos de ávidos especuladores, que le han prestado trigo para la siembra i el consumo, o anticipado dinero para sus fiestas i gastos de esplotacion. La lei acuerda en otros paises a los indíjenas laboriosos, a titulo de estímulo, recursos estraordinarios, en animales, útiles de labranza i de construccion.

Desenvolver las vias de comunicacion que den acceso a sus comarcas, equivale a crear la facilidad de trasportes i los cambios comerciales. Excitando el instinto mercantil del indio, desaparece su inactividad.

Protejer el establecimiento de modestas industrias locales o sea en el mismo recinto indíjena, contribuiria a dar empleo a las aptitudes que se fueran formando en los colejios araucanos e incrementaria ademas el comercio. Podria tener opcion el obrero mapuche a la elaboracion del mobiliario de escuelas rurales i a algunas obras de carpinteria i ferreteria en puentes i construcciones fiscales.

Complemento de este cuadro de reformas que protejerian la transformacion del mapuche, es asegurar la correccion de la justicia en los litijios en que ellos sean parte i protejer sus garantias individuales i sus intereses, con no ménos celo que los del cultivador nacional o del hacendado de influencias politicas i administrativas.

El estado social del norte del pais difiere mucho al del sur. Aqui las iniciativas suelen tomar jiros inusitados, porque domina en los ánimos la idea de la fortuna rápida. La division íncompleta de la propiedad, la afluencia de una poblacion animada de aquel propósito, favorecen los choques violentos de intereses encontrados, la improbidad oficial i la anarquia de la sociedad, movida de este modo por fuerzas desquiciadoras. El ménos apto para sostener esta lucha, de efectos pasajeros, es el indio; de aquí la necesidad de prestarle mayor proteccion.

Protejida la raza indíjena i transformadas sus condiciones económicas i con ellas las de existencia, su mejoramiento moral vendrá como consecuencia natural.

Los caractéres peculiares del araucano se irán alterando, pues en el curso de una o dos jeneraciones mas hasta se borrarán en grado mayor o menor ciertas diferencias profundas de las dos razas. El cruzamiento que ántes habia sido malo para ámbas, dará en adelante un tipo mejor que los anteriores, por las condiciones sociales distintas en que se habrá producido.

# ÍNDICE

# CAPÍTULO II.

# CAPÍTULO III.

# CAPITULO IV.

## CAPÍTULO V.

### MODALIDAD GUERRERA.

## CAPÍTULO VI.

### RASGOS ÉTNICOS.

## CAPÍTULO VII.

### RÉJIMEN DE PROPIEDAD.

## CAPÍTULO VIII.

### EL DERECHO CONSUETUDINARIO

## CAPITULO IX.

### HECHOS CRIMINOSOS I PENAS.

# CAPÍTULO X.

EL TABÚ O LA M(RAL NEGATIVA.

## Parte segunda.—El alma araucana.

# CAPÍTULO XI.

LA MAJIA.

# CAPÍTULO XII.

REPRESENTACION COIECTIVA DE LA MUERTE.

## CAPÍTULO XIII.

### EL CUITO DE LOS ESPÍRITUS.

## CAPÍTULO XIV.

### CONCEPCIONES MÍTICAS.

## CAPÍTULO XV.

## CAPÍTULO XVI.

### LA INTELIJENCIA.

## CAPÍTULO XVII.

### SENTIMIENTOS I PASIONES.

## CAPITULA XVIII

### VOLUNTAD I CARÁCTER.

## CAPÍTULO XIX.

### LA ASIMILACION.

# Libros del autor

Historia de la provincia de Curicó.

Incorrecciones del castellano en Chile.

Enseñanza del castellano (folleto).

Historia de la civilizacion de Arau-
caranía (tres tomos).

Libro de redaccion (texto).

Reseña histórica del Liceo de Temuco (folleto para el Congreso de Enseñanza, 1902).

Enseñanza de los Araucanos.

El libro Raza Chilena (folleto).

Sintáxis histórica.

CPSIA information can be obtained
at www.ICGtesting.com
Printed in the USA
LVHW05*1815220518
578091LV00012B/194/P